LA TIERRA DE LAS COSAS PERDIDAS

colección andanzas

Obras de John Connolly en Tusquets Editores

SERIE CHARLIE PARKER

Todo lo que muere
El poder de las tinieblas
Perfil asesino
El camino blanco
El ángel negro
Los atormentados
Los Hombres de la Guadaña
Los amantes
Voces que susurran
Más allá del espejo
Cuervos
La ira de los ángeles
El invierno del lobo
La canción de las sombras
Tiempos oscuros
El frío de la muerte
La mujer del bosque
Antigua sangre
En lo más profundo del sur
Tumbas sin nombre
Las furias
Los mensajeros de la oscuridad

*

VOLÚMENES INDEPENDIENTES

Malvados
Nocturnos
Música nocturna
El libro de las cosas perdidas
La tierra de las cosas perdidas

*

SERIE «LA CRÓNICA DE LOS INVASORES», CON JENNIFER RIDYARD

Conquista
Imperio

JOHN CONNOLLY
LA TIERRA DE LAS COSAS PERDIDAS

Traducción de Pilar Ramírez Tello

Ilustraciones de Riki Blanco

TUSQUETS
EDITORES

Título original: *The Land of Lost Things*

1.ª edición: noviembre de 2025

Tusquets Editores, S.A. – Av. Diagonal, 662-664 – 08034 Barcelona
www.tusquetseditores.com
ISBN: 978-84-1107-691-3
Depósito legal: B. 16.147-2025
Fotocomposición: Realización Tusquets Editores
Impresión y encuadernación: Macrolibros
Impreso en España

Para Cameron y Megan, Alistair y Alannah, y Jennie,
que ya son lo bastante mayores
como para volver a leer cuentos de hadas

Los libros no están completamente muertos, sino que contienen en su interior una fuerza vital que les permite ser tan activos como lo era el alma de la que son progenie.

JOHN MILTON, *Areopagítica*

Y ahora nos alzamos y estamos en todas partes.

NICK DRAKE, «From the Morning»

I
Uhtceare
(INGLÉS ANTIGUO)

Permanecer despierto antes del alba porque las preocupaciones te impiden dormir

Érase otra vez, pues así deberían continuar algunas historias, una madre a la que le habían robado la hija. Y, ¡ay!, todavía podía verla. Todavía podía tocarle la piel y cepillarle el cabello. Podía observar el delicado movimiento de su cuerpo al respirar y, si le posaba una mano en el pecho, podía sentir el latir de su corazón. Pero la criatura guardaba silencio y no abría los ojos. Aunque unos tubos la ayudaban a respirar y otros tubos le procuraban sustento, para la madre era como si la esencia de su querida niña estuviera en otro lugar y la figura de la cama no fuera más que una carcasa, un maniquí, a la espera de que un alma incorpórea regresara a ella y la animara.

Al principio la madre creía que su hija seguía presente, dormida, y que por medio del sonido de su amada voz contándole historias y noticias podría inducirla a despertar. Pero, a medida que los días se transformaban en semanas y las semanas en meses, cada vez le costaba más conservar la fe en la inmanencia de la criatura, y así llegó a temer que todo lo que era su hija, todo lo que le daba sentido (su conversación, su risa, incluso su llanto), quizá nunca volviera y ella se quedara completamente desamparada.

El nombre de la madre era Ceres y su hija se llamaba Phoebe. Durante un tiempo también había habido un hombre, pero no un padre, porque Ceres no lo consideraba digno de tal nombre, pues las había abandonado a su suerte antes incluso de que la niña naciera. Por lo que sabía, vivía en algún lugar de Australia y jamás había mostrado interés alguno por formar parte de la vida de su hija. Lo cierto era que la situación complacía a Ceres. Nunca había sentido un amor perdurable por aquel hombre y su desafección le iba bien. Conservaba una pizca de gratitud hacia él por haberla ayudado a dar vida a Phoebe y, de vez en cuando, vislumbraba algo de él en los ojos y la sonrisa de su hija; no obstante, se trataba de algo fugaz, como una figura apenas recordada que, desde un tren, se atisba en el andén de una estación; vista, pero olvidada al instante. Phoebe no había mostrado mucha curiosidad, y nunca había pedido ponerse en contacto con él, aunque Ceres le había asegurado que podía hacerlo siempre que quisiera. El hombre no estaba en las redes sociales, ya que las consideraba obra del diablo, pero algunos de sus conocidos usaban Facebook, y, si hubiera sido preciso, Ceres sabía que podían hacerle llegar un mensaje.

Sin embargo, aquella necesidad nunca había surgido, no hasta el accidente. Ceres había querido que supiera lo sucedido, aunque solo fuera porque el trauma era demasiado grande para soportarlo sola pese a que todos sus intentos por compartirlo no habían servido para mitigarlo. Al final solo había recibido una respuesta seca a través de uno de sus socios: una única frase en la que la informaba de que sentía mucho el «percance» y esperaba que Phoebe mejorase pronto, como si la niña que era parte de él estuviera pasando la gripe o el sarampión, y no sufriendo los efectos de la catastrófica colisión entre un coche y el delicado cuerpo de una cría de ocho años.

Por primera vez, Ceres odió al padre de Phoebe, lo odió casi tanto como odiaba al idiota que había estado enviando mensajes por el móvil mientras conducía; y, encima, se los mandaba a su amante, no a su mujer, algo que lo convertía no solo en un idiota, sino también en un embustero. Había visitado el hospital unos días después del accidente, lo que la obligó a pedir que se lo llevaran de allí antes de que pudiera hablar con ella. Desde entonces, había intentado ponerse en contacto con Ceres tanto directamente como por mediación de sus abogados, pero ella no quiso saber nada. Ni siquiera había querido demandarlo, al menos al principio, por más que le hubieran aconsejado que lo hiciera, aunque solo fuera para que sufragara los cuidados de su hija, porque quién sabía cuánto tiempo soportaría Phoebe aquella vida a medias, con enfermeras que le daban la vuelta de forma regular para que su pobre piel no se llagara, sobreviviendo solo gracias a la ayuda de la tecnología. Phoebe se había golpeado la cabeza contra el suelo después del impacto, así que, mientras que el resto de sus heridas se estaban curando, algo en su cerebro seguía roto, y nadie sabía cuándo se arreglaría; ni siquiera si lo haría alguna vez.

Ante Ceres se había presentado todo un vocabulario completamente nuevo, una forma desconocida de interpretar la continuidad de una persona en el mundo: edema cerebral, daño axonal y, lo más importante de todo, tanto para la madre como para la hija, la escala de coma de Glasgow, la gradación con la que se dictaminaba el grado de conciencia de Phoebe (y, por extensión, tal vez su derecho a vivir). Si la puntuación era menor de cinco en respuesta visual, verbal y motora, las probabilidades de muerte o existencia en estado vegetativo permanente eran del ochenta por ciento. Si la puntuación era mayor de once, las probabilidades de recuperación estimada eran del noventa por ciento. Si, como Phoebe, se fluctuaba entre ambas cifras, bueno...

Phoebe no se hallaba en estado de muerte encefálica; eso era lo importante. En su cerebro todavía se veían débiles chispazos de actividad. Los médicos creían que no sufría, pero ¿quién podía saberlo a ciencia cierta? (Era lo que siempre decían en voz baja, al final, casi como de pasada: «¿Quién puede saberlo a ciencia cierta? Es imposible. El cerebro es un organismo muy complejo. No creemos que exista dolor, pero...».) Durante una conversación en el hospital se había sugerido que, más adelante, si Phoebe no daba muestras de mejora, lo más caritativo sería (y aquí cambiaban de tono y esbozaban una sonrisa débil y triste) dejarla marchar.

Aunque Ceres buscaba esperanza en el rostro de aquellas personas, solo encontraba compasión. Y no quería compasión. Solo quería que le devolvieran a su hija.

29 de octubre: aquella había sido la primera visita que se había saltado, el primer día que no había estado con Phoebe desde el accidente. Su cuerpo, sin más, se había negado a levantarse del sillón en el que se había sentado a descansar. Estaba exhausta, así que había cerrado los ojos y se había vuelto a dormir. Más tarde, al

despertarse en el mismo sillón con la luz del alba, se sintió tan culpable que lloró. Comprobó el móvil, segura de que encontraría un mensaje del hospital informándole de que, en su ausencia (no, debido a su ausencia), Phoebe había fallecido, que su resplandor se había apagado para siempre. Pero no había tal mensaje, y cuando Ceres llamó al hospital, le dijeron que todo estaba como siempre y como probablemente seguiría estando: inmovilidad y silencio.

Aquel había sido el comienzo. No tardó en visitar el hospital solo cinco días de cada siete, a veces incluso cuatro, y así había sido desde entonces. Su sentimiento de culpa se volvió menos apremiante, aunque seguía rondando en el ambiente: una forma gris, como un espectro. Acechaba entre las sombras del salón aquellas mañanas y tardes en que se quedaba en casa, y a veces veía su reflejo en la pantalla del televisor al apagarlo para irse a la cama, como un borrón visible en medio de la oscuridad. El espectro tenía muchos rostros, a veces incluso el suyo. Al fin y al cabo, era una madre que había traído a una criatura a este mundo y después no había sabido protegerla, dejando que Phoebe se adelantara unos pasos al cruzar Balham High Road. Estaban a pocos metros del bordillo y el cruce parecía tranquilo cuando Phoebe se le había soltado de la mano. Había sido un instante de descuido, pero segundos después vio un contorno borroso, oyó un golpe sordo, y su hija, tal y como Ceres la conocía, desapareció. Lo que quedaba en su lugar era otra niña, como si la hubieran intercambiado con otra al nacer.

No obstante, la presencia que habitaba la oscuridad no era tan solo una manifestación de la culpa, sino algo más antiguo e implacable. Era la muerte en persona, o, más concretamente, la muerte hecha mujer, puesto que adoptaba ese aspecto. En las peores noches en el hospital, mientras Ceres se sumía en un sueño inquieto junto a su hija, percibía cómo la muerte las escrutaba, buscando una ocasión. La muerte se habría llevado a Phoebe en High Road si la niña hubiera aterrizado con una pizca más de brusquedad, y ahora permanecía desesperantemente fuera de su alcance. Ceres percibía la impaciencia de la muerte y oía su voz, casi tierna: «Cuando no puedas soportarlo más, pídelo y os aliviaré a las dos».

Y a Ceres le costaba mucho no ceder.

II
Putherry
(STAFFORDSHIRE)

Calma tensa y húmeda antes de que estalle la tormenta

Ceres llegó al hospital un poco más tarde de lo habitual y empapada por la lluvia. Bajo el brazo llevaba un libro de cuentos de hadas, uno que le encantaba a Phoebe desde que era muy pequeña, pero que nunca había leído sola. Era un libro que la pequeña asociaba a la lectura en voz alta, y por lo general de noche, así que todo el aprecio que ella sentía por él, y todo su poder, estaban indisolublemente unidos al sonido de la voz de su madre. Incluso después, al crecer, a Phoebe le seguía gustando que Ceres le leyera, aunque solo aquella obra y solo cuando estaba triste o nerviosa. La antología tenía los bordes maltrechos, además de huellas dactilares y manchas de té, pero era el libro de ambas, un símbolo del vínculo que existía entre ellas.

A Ceres su padre le había dicho en cierta ocasión que los libros conservan rastros de todos los que los habían leído, en forma de escamas de piel, pelos visibles y diminutos, grasa de sus dedos o incluso sangre y lágrimas, de modo que, igual que el libro pasa a formar parte del que lo lee, el que lo lee también pasa a formar parte del libro. Cada ejemplar era un registro de todos aquellos que lo habían abierto, un catálogo de los vivos y los muertos. Ceres había decidido que, si Phoebe moría, el libro de cuentos de hadas debía enterrarse con ella. Se lo llevaría al otro mundo y lo tendría cerca hasta que se reencontraran, porque Ceres sabía que, si Phoebe fallecía, ella no tardaría en seguirla. No quería permanecer en un mundo en el que su hija quedara reducida a un recuerdo. Pensaba que quizá por eso tampoco la consolaba ver vídeos de Phoebe en el móvil ni escuchar grabaciones de su voz. Eran reliquias, tótems ya antiguos, como fantasmas, y Ceres no deseaba una Phoebe del pasado, sino una Phoebe todavía por llegar.

Un tablón de anuncios situado junto a la entrada principal del hospital recordaba a los padres que había un grupo de apoyo para los que se enfrentaban a la enfermedad de un hijo y que se reunía los miércoles por la noche, con algo para picar después. Ceres solo había asistido una vez y se había quedado callada mientras otros hablaban de su dolor. Algunos de aquellos padres lo tenían mucho peor. A ella todavía le quedaba esperanza, pero la noche en que acudió la rodeaban madres y padres cuyas criaturas nunca mejorarían, no tenían ninguna posibilidad de alcanzar la edad adulta. La experiencia la había dejado aún más deprimida y enfadada, así que no había vuelto, y cada vez que pasaba junto a algún miembro del grupo, hacía todo lo posible por no mirarlo a los ojos.

También se daba cuenta de que el accidente de Phoebe había supuesto un cambio en su propia identidad. Ya no era ella, sino «la madre de Phoebe». Así solía referirse a ella el personal del hospital («Ya está aquí la madre de Phoebe», «Hay que informar a la madre de Phoebe»), y también los padres de los niños con los que su hija asistía al colegio. Ceres no era una persona por derecho propio, sino que se definía únicamente en términos de su relación con su hija enferma. Aquello acentuaba su sensación de desubicación e irrealidad, como si casi pudiera verse desaparecer poco a poco, igual que su hija.

Una enfermera la saludó al entrar en la habitación de Phoebe: Stephanie, que había estado allí la noche en que Ceres y la niña habían llegado bañadas en la misma sangre. Ceres no sabía nada de ella, salvo su nombre, porque nunca le había preguntado. Desde el accidente, su interés por la vida de las personas que la rodeaban había menguado de forma drástica.

Stephanie señaló el libro.

—Los de toda la vida, por lo que veo —dijo—. Nunca se cansan de ellos, ¿verdad?

Aquel pequeño gesto de amabilidad hizo que a Ceres le escocieran los ojos: la emocionaba la idea de que la enfermera supusiera que Phoebe, allá donde estuviera, pudiera ser consciente de aquellos cuentos y de las continuas atenciones de su madre, y que, quizá, unos y otras lograran devolverla a la vida.

—Sí, es verdad —respondió Ceres—. Aunque... —Se contuvo—. Nada, no se preocupe, no tiene importancia.

—Puede que sí —repuso Stephanie—. Si cambia de idea, avíseme. —Sin embargo, no siguió con sus quehaceres, y Ceres supo que la enfermera tenía algo más que decirle—. Antes de que se vaya, al señor Stewart le gustaría hablar con usted un momento. Si se pasa por el puesto de enfermeras cuando tenga un ratito, le acompañaré a verlo.

El señor Stewart era el médico responsable del cuidado de Phoebe. Era un hombre paciente y atento, pero Ceres desconfiaba de él por su relativa juventud. No creía que hubiera vivido lo suficiente (o, para ser más exactos, sufrido lo suficiente) para ser capaz de enfrentarse como era debido al sufrimiento de los demás. Y había algo en el rostro de la enfermera, algo en sus ojos, que le decía que aquella conversación no iba a consolarla en modo alguno. Sentía que se acercaba un final.

—Lo haré —dijo Ceres, aunque se imaginaba huyendo del hospital con su hija pegada al pecho, envuelta en la sábana como si fuera una mortaja, solo para que el viento se llevara la tela volando, como un fantasma al partir, y ella acabara descubriendo que tenía los brazos vacíos.

—Si no estoy yo, pídale a quien sea que me llame —dijo Stephanie.

Y allí estaba de nuevo, esta vez en la sonrisa de la enfermera: una tristeza, un lamento.

«Esto es una pesadilla», pensó Ceres, «una pesadilla en vida, y solo la muerte le pondrá fin.»

III
Wann
(INGLÉS ANTIGUO)

Oscuridad de las alas de un grajo

Ceres se pasó una hora leyéndole a Phoebe, pero si alguien le hubiera preguntado por el contenido de las historias, habría sido incapaz de responder, de tan distraída como estaba. Por fin dejó el libro a un lado y le cepilló el pelo a su hija; le quitó los enredos con tanto cuidado que la cabeza de la niña siguió inmóvil sobre la almohada. Phoebe tenía los ojos cerrados; ahora siempre estaban cerrados. Ceres solo veía un atisbo de su color azul cuando el señor Stewart o uno de sus subordinados se acercaban para levantarle los párpados y comprobar el reflejo pupilar, como nubes pálidas que se separaban brevemente para dejar ver un ápice de cielo. Dejó el cepillo y le aplicó crema hidratante en las manos (con olor a melocotón, porque a Phoebe le gustaba el olor de los melocotones) antes de alisarle el camisón y quitarle las legañas de los rabillos de los ojos. Cuando terminó con aquellas pequeñas atenciones, tomó la mano derecha de Phoebe y le besó la punta de los dedos, uno a uno.

—Vuelve conmigo —le susurró—, porque te echo mucho de menos.

Oyó un ruido en la ventana y, al levantar la vista, vio un pájaro que la miraba a través del cristal. Le faltaba el ojo izquierdo, y en su lugar había dos cicatrices idénticas. Ladeó la cabeza, graznó una vez y se marchó.

—¿Era un cuervo?

Ceres se volvió y vio a Stephanie en el umbral. Se preguntó cuánto tiempo llevaría allí, esperando.

—No —contestó Ceres—. Era un grajo. Antes rondaban los campos de batalla.

—¿Por qué?

—Para alimentarse de los muertos.

Las palabras salieron de su boca antes de poder refrenarlas. «Ave de carroña.» «Carroñera.»

«Presagio.»

La enfermera la miró sin saber qué responder.

—Bueno —dijo al fin—, pues aquí no va a encontrar nada que comer.

—No, ni aquí ni hoy —coincidió Ceres.

—¿Cómo sabes esas cosas? Sobre los grajos y eso, quiero decir.

—Me las enseñó mi padre cuando era pequeña.

—Es raro enseñarle algo así a una niña.

Ceres dejó la mano de Phoebe en la colcha y se levantó.

—No para él. Era bibliotecario en la universidad y folclorista aficionado. Podía hablarte sobre gigantes, brujas y sierpes hasta aburrirte.

Stephanie señaló de nuevo el libro que Ceres llevaba bajo el brazo.

—¿De ahí os viene a Phoebe y a ti vuestro amor por los cuentos de hadas? Mis hijos los devoran. Creo que incluso es posible que tengamos un ejemplar de ese mismo libro, o uno muy parecido.

Ceres estuvo a punto de echarse a reír.

—No, no. A mi padre no le habría hecho ninguna gracia que le leyera estas tonterías a Phoebe.

—¿Y eso por qué?

Ceres pensó en el anciano, muerto hacía ya cinco años. Phoebe solo había tenido oportunidad de conocerlo durante muy poco tiempo, lo mismo que él a ella.

—Porque no son lo bastante tétricas.

El especialista no tenía una consulta propia en el hospital, sino que trabajaba en una sala privada situada en un edificio anexo. Stephanie la acompañó hasta la puerta, aunque Ceres ya conocía el camino. Se sentía como una prisionera a la que llevan al patíbulo. El despacho era anodino e impersonal, salvo por una estridente obra de arte abstracto colgada en la pared de detrás del escritorio. No había fotos de la familia del señor Stewart, pero Ceres sabía que estaba casado y tenía hijos. A ella siempre le había resultado extraño que los médicos, tras adquirir cierto grado de experiencia, se transformaran de nuevo en meros «señores». Si ella se hubiera pasado tantos años formándose para ser doctora, lo último que querría sería prescindir del título que tanto le habría costado conseguir. Seguramente se lo estamparía a fuego en la frente.

Se sentó frente al... señor Stewart y charlaron sin más: hablaron del tiempo y el hombre se disculpó por el olor a pintura porque acababan de pasar por allí los pintores, pero ninguno de los dos lo hizo con entusiasmo y, poco a poco, la conversación decayó.

—Dígame ya lo que tenga que decir —le pidió Ceres—. La espera es lo peor. —Lo dijo con toda la amabilidad posible, pero, aun así, sonó más abrupta de lo que le habría gustado.

—Creemos que Phoebe va a necesitar otro tipo de cuidados a partir de ahora —dijo el señor Stewart—. Más asistenciales que terapéuticos. Su estado no ha cambiado, lo que es bueno, por un lado, aunque puede que no lo parezca a simple vista. En otras palabras, no ha empeorado, y creemos que está lo más cómoda que va a poder estar, al menos a corto plazo.

—Pero ¿no pueden hacer nada más por ella? —preguntó Ceres—. ¿Para que mejore, quiero decir, y no solo para que esté cómoda?

—Me temo que no. Lo que no significa que, más adelante, la cosa no pueda cambiar, ya sea porque surjan avances en el tratamiento como por su propia capacidad para recuperarse.

Parecía tenso, y Ceres creyó comprender por qué no había fotos de su mujer y de sus hijos en el escritorio. A saber cuántas conversaciones como aquella se veía obligado a soportar al cabo del día, en las que los padres recibían las peores noticias posibles sobre sus pequeños. Para algunos de ellos, enfrentarse a la imagen de la familia sana de otro hombre mientras intentaban asimilar su desgracia no serviría más que para acrecentar su dolor. Pero aquel no era el caso de Ceres: ella solo esperaba que, todos los días, cuando regresara a casa, el señor Stewart abrazara a sus hijos y diera las gracias por tanta suerte. Se alegraba de que tuviera una familia y no les deseaba más que felicidad. Bastante tristeza había ya en el mundo.

—¿Y qué probabilidad hay de que eso ocurra? —preguntó.

—Tiene una actividad cerebral limitada —respondió el señor Stewart—, pero la tiene. Debemos conservar la esperanza.

Ceres se echó a llorar. Se odió por hacerlo, aunque no era la primera vez que lloraba delante de aquel hombre. Sí, seguía albergando esperanzas, a pesar de que costaba mucho y estaba muy cansada. El señor Stewart no dijo nada; solo le dio tiempo para que se recuperase.

—¿Cómo va el trabajo? —preguntó él.

—No va.

Ceres había sido redactora *freelance* de textos publicitarios y después había pasado a ser revisora, pero todo aquello formaba parte del pasado. Desde el accidente no había sido capaz de concentrarse, así que no había podido trabajar, lo que significaba que no ganaba dinero. Ya se había gastado casi todos los ahorros (tampoco era que tuviera muchos, siendo madre soltera en Londres) y la verdad era que no sabía cómo iba a seguir adelante. Esa era una de las razones por las que había accedido a demandar al conductor, pero sus abogados y él se resistían a pagar una suma provisional, por modesta que fuera, ya que temían que aquello comportara que, con el tiempo, tuvieran que hacer frente a una indemnización mayor. Ese lío le habría quitado el sueño si no estuviera ya tan agotada.

—Perdón si me he metido donde no me llaman... —dijo el señor Stewart.

—Métase todo lo que quiera. No me queda mucho que esconder.

—¿Hasta qué punto va mal la cosa?

—Va muy mal en todos los sentidos, incluido el económico.

—Puede que me equivoque, pero ¿no me dijo que su familia tenía una pequeña propiedad en Buckinghamshire?

—Sí, una casita, no muy lejos de Olney —respondió Ceres—. Me crie allí. Mi madre todavía la usa durante el verano, y Phoebe y yo vamos de vez en cuando a pasar el fin de semana.

Su madre no dejaba de sugerirle que se mudara de manera permanente a la casita, en vez de malgastar dinero en un alquiler en Londres, pero Ceres no quería regresar. Volver al lugar en el que había empezado era como reconocer que había fracasado, y, además, debía tener en cuenta la escuela y el círculo de amistades de Phoebe. Ahora todo eso había dejado de ser un problema.

—¿Por qué?

—A las afueras de Bletchley hay una clínica asistencial muy buena, exclusivamente para jóvenes, especializada en daño cerebral. Se llama Lantern House, y acaba de quedar una plaza libre. Mis padres viven en Milton Keynes, así que voy a menudo, y tengo una relación profesional con Lantern. Si estuviera usted dispuesta a probar, le aconsejaría que trasladase a Phoebe allí lo antes posible. La cuidarán bien, yo estaré siempre informado y, al ser una clínica registrada como centro benéfico, no tendrá que preocuparse por el tema económico; o al menos, no tanto. Dadas las circunstancias, Lantern podría ser la mejor opción para todos. Pero no vamos a rendirnos con Phoebe. Quiero que eso le quede muy claro.

Ella asintió, aunque no estaba convencida. El hospital sí que se estaba rindiendo con Phoebe, o eso le parecía. Y la palabra *benéfico* le dolía, puesto que siempre lo había hecho frente a todos los gastos, y ahora Phoebe y ella quedaban reducidas a eso. Se sentía impotente, inútil.

—Trasladémosla, entonces —dijo.

Y así se hizo.

La noche se había vuelto fría: era noviembre, y el invierno empezaba a hacerse notar. A los pocos minutos de concluir su conversación con el señor Stewart, Ceres ya estaba haciendo planes para reorganizar su vida. No echaría demasiado de menos Londres, ya no. Todavía evitaba pasar por la calle en la que habían atropellado a Phoebe, y el accidente parecía haberlo empañado todo, desde aquel pequeño tramo de asfalto hasta el sur de Londres y, por extensión, al resto de la ciudad. A pesar de sus reservas respecto a Buckinghamshire, mudarse allí la ayudaría a escapar de una sombra, y un cambio de escenario quizá le permitiera volver a trabajar.

El monarca invernal estaba a punto de subir al trono, y bajo su reinado todo mutaba.

IV
Anhaga
(INGLÉS ANTIGUO)

Alguien que mora en soledad

En total, la mudanza duró unas tres semanas. Había que hacer preparativos para llevar a Phoebe a Lantern House y arreglar la casa para habitarla durante un tiempo indefinido. El casero de Ceres en Londres lamentó que se marchara (era una buena inquilina, lo que significaba que no protestaba ni le costaba mucho en reparaciones), pero la pena que le provocaba su partida se vio atenuada apenas tomó conciencia de que aquello le permitiría poner a prueba el mercado y subir el alquiler. Los amigos de Ceres (no muchos, ya que en Londres no era sencillo hacer amistades, y menos aún si trabajabas desde casa) le organizaron una fiesta de despedida, aunque fue algo discreto, y ella era consciente de que solo unos cuantos mantendrían su promesa de ir a visitarla. Habían hecho todo lo posible por ser considerados, pero las personas cuentan con una cantidad limitada de tiempo, atención y cuidados para los demás, y escuchar los tormentos y desgracias de otros puede ser agotador, incluso para los más generosos.

Ceres era consciente de que conocer el estado en el que se hallaba su hija alteraba el humor de cualquier persona con la que se encontrara. Sabía que a veces se organizaban cenas o salidas a restaurantes a las que antes la habrían invitado, pero que ahora se celebraban a sus espaldas; a pesar de ello, no sentía rencor. Al fin y al cabo, en algunas ocasiones, después del accidente, estando entre amigas íntimas y animada por un par de copas de vino, se había reído a carcajadas de un chiste o de una anécdota para, a continuación, sentir que la invadían los remordimientos, como si una bofetada la hubiera despertado de golpe. ¿Era lícito reírse cuando tu hija permanecía suspendida en algún lugar entre la vida y la muerte, o cuando podía llegar el día en el que tuviera que tomar una decisión que pusiera fin a su estancia en la tierra por culpa del más nebuloso de los conceptos: la calidad de vida?

¿Y si a ella le pasaba algo?, pensaba Ceres. ¿Y si enfermaba o moría? ¿Quién tomaría entonces las decisiones sobre Phoebe? Suponía que tendría que ser un profesional; no se lo podía pedir a uno de sus amigos, e incluso su madre se mostraría reacia a aceptar la responsabilidad ella sola, sobre todo porque ya pasaba de los setenta. El personal médico le había recomendado a Ceres que dejara por escrito sus deseos en un testamento, pero por el momento se había resistido. Ningún padre ni ninguna madre deberían verse obligados a planificar la posibilidad de que su hija muriese debido a la suspensión de los cuidados vitales. Le parecía inconcebible pensar en algo así y no volverse loca. ¿Cómo iba a endosarle esa carga a alguien cercano?

Y después estaban los abogados: entrevistaban a testigos, corroboraban la versión de los hechos de Ceres, recogían fotografías, mapas, gráficos. Todas las semanas le enviaban una carta con más preguntas y la informaban sobre sus avances para ir a juicio o llegar a un acuerdo. Su vida se había vuelto indisoluble de la de su hija, así que ya no estaba segura de saber quién era. El paso del tiempo había perdido su significado, y transcurrían días enteros sin ninguna sensación de propósito ni ningún logro. Existía, pero, como Phoebe, no vivía de verdad.

El día en que trasladaron a Phoebe a Lantern House, Ceres siguió a la ambulancia en su coche, cargado con sus últimas pertenencias. Aunque podría haber viajado con su hija, que estaba conectada a un respirador portátil para el trayecto, decidió no hacerlo. No habría sabido dar una razón para ello, salvo que, cuando le era posible, ahora prefería estar sola en lugar de verse obligada a dar conversación, sobre todo en un vehículo en el que iba su hija en coma. No le costaba tratar con los desconocidos que no sabían nada de su trance; le resultaba incluso más fácil que con algunos amigos. Mientras conducía, vio que la hierba todavía no se había recuperado del todo de la sequía del verano, cuando los campos se habían vuelto de un amarillo pardo y sediento, en vez del verde exuberante de su infancia. Parecía empeorar con cada año que pasaba, igual que tantas otras cosas.

Lantern House era muy moderna y estaba situada en un terreno bien cuidado y rodeado de un bosque que impedía que se viera desde la carretera. Según le habían contado, todas las habitaciones estaban orientadas de modo que las ventanas dieran a los prados, los árboles y las flores, y con el cambio de estación habían sustituido las plantas que florecían en verano por campanillas de invierno, rosas de Navidad, mahonias, dafnes, jazmines de invierno y clemátides. Una vez instalada en ella, la habitación de Phoebe olía ligeramente a madreselva y, a través de la ventana, Ceres veía aquellas flores de un blanco roto entre unas ramas casi peladas. Un par de abejorros muy activos revoloteaban de flor en flor, y verlos la reconfortó. A Phoebe le encantaban los abejorros, la velocidad y la elegancia de unas criaturas tan pequeñas y a la vez, a su manera, tan imposiblemente grandes.

«Pero ¿cómo vuelan?», le preguntaba la niña. «Tienen unas alas muy pequeñas y un cuerpo enorme.»

«No lo sé, pero lo hacen.»

«Cuando crezca, quiero ser un abejorro.»

«¿En serio?»

«Solo por un día, para ver cómo es.»

«Lo añadiré a la lista.»

Aquella lista incluía martines pescadores, gusanos, ballenas, delfines, jirafas, elefantes (tanto africanos como indios), diferentes razas de perros pequeños, mariposas (pero no polillas), mirlos, suricatas y, solo por ser ordinaria, escarabajos peloteros. Además, era una lista de verdad, guardada en un sobre que habían clavado en el tablero de corcho de la cocina: planes vitales, ahora detenidos por un tiempo indefinido.

Una voz pronunció el nombre de Ceres.

—Lo siento —respondió ella—. Estaba en otra parte.

El joven, un empleado, era grande y alto, y tenía un acento suave e indefinible. Según le había informado a la llegada, se llamaba Olivier. Como casi todas las personas que trabajaban tanto en

Lantern House como en el hospital de Londres procedía de algún lugar remoto, en este caso de Mozambique. Ceres pensaba en toda aquella gente, lejos de casa, limpiando, atendiendo, consolando a los hijos de otros, a menudo dedicándose a tareas que nadie nacido en Inglaterra quería hacer.

Olivier le había hablado a Phoebe desde que la habían sacado de la ambulancia; le explicaba dónde estaba, adónde iba y qué estaba pasando mientras la trasladaban de la camilla a la cama. La trataba como a una niña que sentía, que escuchaba y que comprendía todo lo que le contaban, y su amabilidad resultaba sorprendente en un hombre tan corpulento, porque Olivier era al menos treinta centímetros más alto que Ceres, y ella pasaba del metro setenta.

—Decía que ya hemos acomodado a Phoebe y que puede quedarse con ella todo el tiempo que quiera —dijo Olivier—. También puede visitarla siempre que lo desee, o casi. Ese sofá se transforma en cama por si desea pasar la noche a su lado, aunque también tenemos un par de suites preparadas para los padres. Solo le pedimos que no venga después de las nueve de la noche, a no ser que se trate de una emergencia, para no molestar a los otros niños, a los que quizá ya estén acostando.

—Lo entiendo. Y gracias por ser tan bueno con Phoebe.

Olivier puso cara de perplejidad, como si jamás se le hubiera ocurrido comportarse de otro modo, y Ceres supo que su hija había encontrado el lugar correcto.

—Bueno —dijo Olivier—, las dejaré a solas. Me pasaré después, Phoebe, para asegurarme de que estés bien.

Le dio una palmadita en la mano antes de marcharse.

—Te está protegiendo un gigante —informó Ceres a la niña—. Nadie se atreverá a hacerte daño mientras él esté por aquí —añadió, aunque sin dejar de mirar hacia las sombras.

El sol se ponía y pronto sería de noche. A pesar del cansancio que sentía, Ceres sacó del bolso el libro de cuentos de hadas y empezó a leérselo a su hija inconsciente.

Érase una vez una joven llamada Agathe que vivía cerca de la ciudad de Aquisgrán, en lo que ahora es la Alemania moderna. Como su nombre era muy común en la región, la llamaban Agathe des Sonnenlichts o Agathe de la Luz del Sol, porque su pelo era tan dorado como los rayos del astro rey y, como él, también era brillante y bella y tenía un corazón puro. Cuidaba con devoción de su madre viuda y de sus dos hermanos pequeños, y trabajaba sus escasas tierras con la ayuda de su hermano y su hermana. Se preocupaba mucho por su familia, tanto que se negaba a casarse, pues no confiaba en que ningún marido fuera tan cariñoso y tierno con ellos como lo era ella; y, a decir verdad, como no eran ricos y no podían proporcionarle una dote, Agathe tenía menos pretendientes que otras mujeres menos bellas y buenas que ella.

No obstante, se le daba bien juzgar a las personas, algo que había aprendido de su madre, que, a su vez, lo había aprendido de la suya, que lo había aprendido de la suya, de modo que Agathe era heredera de varias generaciones de sabiduría femenina, lo que, como cualquier persona inteligente os confirmará, resulta muy útil. Agathe era capaz de mirar a un hombre a los ojos y llegar directamente a su corazón, aunque solo le contaba lo que veía allí a su madre, puesto que no deseaba provocar hostilidad ni arriesgarse a que la tacharan de bruja por lo que, al fin y al cabo, no era más que sentido común y perspicacia.

Si algo amaba Agathe, aparte de a su familia, era el baile. Cuando estaba sola, de repente se descubría a sí misma siguiendo con los pies los pasos de una pavana o una cuadrilla, trazando los movimientos sobre la tierra o sobre los prados conforme avanzaba, dejando atrás las pruebas en forma de huellas. Los días en que había una fiesta era la primera en levantarse en cuanto empezaba a sonar la música y la última en sentarse cuando terminaba. Era tan elegante y tan ágil, y seguía tan bien el ritmo de los músicos, que era capaz de engrandecer a la más torpe de las parejas de baile, como si sus dones fueran tan abundantes que le rebosaran y se derramaran sobre los demás. Esto provocaba cierta envidia entre las muchachas menos dotadas de la aldea, incluso en algunas de las más dotadas, si bien la dulzura y la generosidad de espíritu de Agathe hacían que a pocas les durase el resentimiento.

A pocas, pero no a ninguna. Al otro lado de la colina en la que vivía la familia de Agathe, había una joven llamada Osanna, que era casi igual de bella que Agathe, casi igual de lista y casi igual de grácil, y para Osanna esas carencias eran como dagas que se le clavaban en el corazón. A veces, desde el bosque, observaba a Agathe bailar y deseaba que tropezara, que se cayera, que el paso en falso acabara con un grito de dolor y el crujido de un hueso al romperse. Pero el paso de Agathe era demasiado firme y solo flaqueaba en los sueños de Osanna. No obstante, los celos de Osanna eran tan intensos, y tan venenoso era su encono, que empezaron a transformarla por dentro hasta que en lo único que pensaba, tanto dormida como despierta, era en Agathe.

Sin embargo, debemos tener mucho cuidado con nuestros deseos y recelar de nuestros sueños si no queremos que alguien los oiga o los vea y decida tomar cartas en el asunto.

Era costumbre del lugar celebrar un baile especial el día de Karnevalsdienstag, o Martes de Carnaval, la última oportunidad de comer y divertirse antes del inicio de la Cuaresma. A medida que se acercaba la fecha del baile, Agathe se pasaba los días danzando y se perdía en una música que solo ella podía oír. La mañana de Karnevalsdienstag, estaba tan distraída bailando por el campo fresco que no se fijó en que otro par de huellas se materializaba al lado de las suyas, como si alguien invisible copiara sus movimientos, una bailarina incorpórea igual de dotada que ella, una a la que no le costaba seguirle los pasos; y cuando tarareaba una melodía, algo que hacía de vez en cuando, una segunda voz repetía la suya como un eco, pero tan tenue que podría haberse confundido con el zumbido de los insectos, o tan agudo como para molestar solo a los pájaros de los árboles, que huían al oírla.

Aquella noche, cuando Agathe dormía, una sombra la observaba desde la ventana, eclipsando incluso la oscuridad.

Y así llegó Karnevalsdienstag y, como siempre, Agathe fue la primera en ponerse en pie cuando los músicos empezaron a tocar, y bailó con

todo aquel que se lo pedía, joven o viejo, torpe o experto. Aunque no hubiera sido tan diestra, no habría podido rechazar a nadie por miedo a herir sus sentimientos o exponerlo al ridículo de sus vecinos. Ni tropezaba ni se cansaba. Las antorchas estaban encendidas y la celebración fue volviéndose más bulliciosa y descontrolada, pero Agathe bailó hasta que no quedó ni un hombre en la aldea que, siendo capaz de hacerlo, no hubiera bailado con ella.

Al final, justo cuando una nube pasaba por delante de la luna (a pesar de que la noche era clara) y las antorchas temblaban ligeramente (a pesar de que no soplaba viento), un desconocido se abrió paso entre la multitud, que se apartó antes incluso de advertir su presencia: una parte antigua y temerosa de ellos, una más profunda que la vista o el oído, había percibido su llegada y pretendía protegerse de ella; y él no los tocó, ni ellos lo tocaron a él.

Era alto y apuesto, de pelo oscuro y dientes blancos y perfectos, con una piel sin mácula y ojos despiadados. Vestía ropa negra y sin adornos, aunque de buen corte, y las botas de cuero brillaban como si las estrenara ese día. Y, aunque nadie recordaba haberlo visto antes en aquel lugar, les resultaba casi familiar... y a Osanna más que a nadie. Lo conocía porque lo había atisbado en sus sueños.

El desconocido se plantó al fin frente a Agathe y le tendió la mano.

—Baila conmigo —le dijo.

Agathe lo miró fijamente a los ojos y percibió en él la verdad. Porque lo que era alto por fuera era bajo por dentro; lo que era bello por fuera era repulsivo por dentro; lo que era dulce, agrio; y lo que era recto, torcido, muy muy torcido.

—No bailaré contigo —le dijo.

—Ya has bailado conmigo antes.

Solo entonces recordó Agathe las huellas en la hierba, el zumbido de los insectos a pesar de que ninguno de ellos volaba, la huida de los pájaros a pesar de no existir amenaza alguna, y comprendió lo descuidada que había sido.

—Si lo hice, no fue por voluntad propia, de modo que no puede considerarse bailar.

—Quería asegurarme de que eras una pareja digna. ¿Qué tiene eso de malo?

—A mí sí me parece malo —respondió Agathe.

Los ojos del hombre, glaciales, de un gris frío, se tornaron aún más gélidos.

—Te lo pediré otra vez —dijo—: baila conmigo.

—Y, por segunda vez, te digo que no bailaré contigo.

Los dientes del desconocido mordisquearon el aire nocturno, y Agathe vio que ahora eran más amarillos que blancos, como la pulpa de una manzana al marchitarse.

—Has bailado con todos los demás, ¿por qué no me complaces a mí?

—Porque no eres lo que finges ser.

El desconocido extendió los brazos para abarcar a los reunidos, porque todos guardaban silencio, e incluso los músicos habían dejado de tocar.

—¿Acaso alguien lo es? —preguntó—. Eres orgullosa, y eso, como bien te dirá tu sacerdote, es el pecado original, el más grave de todos, pero no eres la única que lo comete. Este —dijo, señalando a Uwe, el panadero— empapa el pan viejo en agua para añadirlo a la masa, lo que adultera la mezcla. —Movió el dedo un centímetro—. Ese otro —añadió, dirigiéndose a Axel, el herrero— engaña a su esposa con una mujer de la aldea vecina. Ese otro es un ladrón, aquella agua la cerveza, y esa —dijo, señalando a Osanna— me invocó porque te envidiaba.

Osanna estaba horrorizada. No era una persona malvada, aunque sí había algo de maldad en ella. Ahora, enfrentada a un ser realmente vil, al comprender que quizá tuviera algo que ver con su llegada, estaba tan asustada como arrepentida; pero era demasiado tarde, y su reacción fue poco sincera: no habría reaccionado así si no hubiera sido descubierta.

—Basta —le dijo Agathe—. Estás siendo muy maleducado.

—Has bailado con muchos, y ninguno es lo que finge ser —repuso el desconocido.

—Todos tienen sus defectos, como yo, pero nuestros defectos no son la suma de lo que somos. Y eso no puede decirse de ti. En ti no hay nada bueno, nada bueno en absoluto.

Un espasmo recorrió el cuerpo del desconocido, y todos los allí reunidos oyeron los crujidos y chasquidos de huesos y cartílagos.

Después ya no parecía tan alto y envarado, y en su cara se habían abierto úlceras. De sus entrañas brotó un milpiés que corrió a ocultársele en el pelo.

—Te lo pediré por última vez —le dijo a Agathe—: baila conmigo.

—Y, por última vez, te responderé que no bailaré contigo.

Tras aquellas palabras, el disfraz del desconocido se deshizo del todo y dejó al descubierto a un hombre torcido.

«No», pensó Agathe, «no es un hombre retorcido: es el Hombre Torcido.» Era su nombre y su esencia, la vileza encarnada. Era algo que ella sabía, aunque no hubiera podido decir cómo, ya que nunca antes lo había visto.

—Entonces, que el baile siga sin mí —dijo el Hombre Torcido—, pero tú ya no formarás parte de él, y quizá llegues a agradecérmelo.

Hizo un gesto en el aire con la mano derecha y una daga serpentina se materializó en su puño. De repente, ya no estaba frente a Agathe, sino detrás de ella, y de un solo tajo le cortó los tendones de la parte inferior de las piernas. Agathe se desplomó al instante, pero nadie acudió en su ayuda. Nadie podía, puesto que todo el mundo había empezado a bailar, salvo los músicos, que tocaban una melodía que no conocían y que nunca habían ensayado; primero, despacio, después, cada vez más deprisa, y conforme la música se aceleraba, también lo hacían los pasos de los bailarines; aunque intentaban detenerse, no podían, y el baile se prolongó durante horas y más horas, y días y más días, y solo cesó cuando los bailarines estuvieron tan exhaustos que ni siquiera el hechizo del Hombre Torcido lograba obligarlos a continuar, o cuando las extremidades se les quebraban y ellos caían al suelo.

Y cuando el hechizo se agotó y la fiesta tocó a su fin, solo había desaparecido una persona: Osanna, la que había traído al Hombre Torcido a la aldea por culpa de su inquina hacia Agathe. A Uwe, el panadero, le parecía haber visto al Hombre Torcido llevársela de la mano y arrastrarla hacia el bosque, así que iniciaron la búsqueda con la ayuda de los sabuesos. Al cabo de una semana, los perros lograron dar con el rastro de Osanna y lo siguieron hasta el corazón del bosque. Allí encontraron su cadáver, con los pies reducidos a muñones tras haber bailado hasta morir.

Y así termina el cuento de las dos bailarinas.

—Qué historia tan poco común. Creo que no la había oído nunca.

Olivier estaba en la puerta. Ceres no sabía cuánto tiempo llevaba allí. Lo bastante, al menos, para haber escuchado parte del cuento, si no el cuento entero.

Pero eso era lo curioso: que Ceres tampoco había oído nunca aquella historia. No estaba en el libro que sostenía sobre las rodillas. No había estado leyendo, sino recitando, como de memoria, aunque no recordaba haberlo escuchado, igual que tampoco recordaba haber tenido un bolígrafo en la mano al empezar. Y lo más raro de todo fue que, al mirar el libro, descubrió que había estado escribiendo el relato mientras lo contaba, pero las palabras estaban inclinadas con respecto al texto ya existente, de modo que, con tan solo ajustar un poco la posición del libro, se podía leer o uno o el otro. Un palimpsesto, o casi; así se llamaba. A su padre, cuyo trabajo consistía también en descifrar manuscritos antiguos, le encantaba encontrárselos; eran creaciones pertenecientes a un pasado en el que el papel era demasiado valioso para usarlo una única vez.

Olivier estaba cerca de Ceres. Había visto su letra en las páginas, cinco de las cuales estaban ocupadas por la historia.

—No sabía que fuera escritora.

—No lo soy —respondió Ceres—. O no de esto. De cuentos, quiero decir. No sé de dónde ha salido este. Lo habré escuchado en alguna parte o me lo leerían de pequeña.

—Un «Érase una vez» de hace mucho tiempo —dijo Olivier—. O un «Érase que se era», o un «Había y no había», como solía empezarlos mi abuela.

—Sí, supongo. De hace mucho tiempo.

«Un “Había y no había”. Había y no había una niña. Había y no había una madre.»

Sin embargo, a Ceres le desconcertaba la idea de haber alumbrado, por así decirlo, una historia. De joven le gustaba dibujar, pero había dejado de hacerlo al final de la adolescencia, cuando entendió que se limitaba a intentar reproducir el mundo. Los verdaderos artistas, en cambio, representaban el mundo a su manera, lo que no entraba dentro de las habilidades de Ceres. Aunque contaba con los conocimientos necesarios, concluyó que le faltaba imaginación. Ahora bien, es posible que, al fin y al cabo, sí contara con aquella capacidad (la de sentirse cómoda con no saber, lo que daba paso a la invención), pero de un modo distinto: a través de las palabras y no de las imágenes.

Ceres se levantó. Había llegado el momento de marcharse. Le dio un beso de despedida a Phoebe.

—Parece tan pequeña... —dijo, no a Olivier, sino a algún otro ser invisible, pues había un matiz de reproche en su voz. Se estaba acostumbrando cada vez más a decir lo que pensaba en voz alta, sobre todo cuando se quedaba a solas con Phoebe. Era su forma de romper el silencio y de hacerle saber a su hija que estaba cerca. Phoebe nunca reaccionaba, lo que no era razón suficiente para que Ceres desistiera. El día en que dejara de hacerlo, ya nada tendría sentido—. Cada semana que pasa está más delgada. Se lo noto en la cara.

A veces es así como perdemos a las personas: no de golpe, sino poco a poco, como cuando el viento se llevaba consigo las motas de polen de una flor.

—He visto su historia clínica —dijo Olivier—. Su hija es una luchadora. Si alguien es capaz de superar esto, es ella.

—Es usted muy amable —respondió Ceres, mecánicamente. Estaba acostumbrada a responder mecánicamente, pero, al parecer, a Olivier eso no le interesaba.

—No significa nada si no es cierto —añadió—. Y yo no les mentiré nunca, ni a usted ni a Phoebe.

Ceres no contestó. Ya fueran verdades o mentiras, no había diferencia alguna.

—Creo que no puedo seguir haciendo esto —susurró—. No me quedan fuerzas.

Y, en algún lugar, una mujer la oyó y empezó a acercarse.

V
Auspice
(FRANCÉS MEDIO)

Adivinación a través del comportamiento de los pájaros

Olivier acompañó a Ceres hasta la puerta principal de Lantern House y esperó mientras ella se abotonaba el abrigo para protegerse del frío. El cielo estaba despejado y la luna creciente se veía tan baja sobre una vieja casa situada al este que casi parecía posible subirse a su tejado y tocar con la mano un mundo muerto.

—¿Qué es ese edificio? —preguntó Ceres—. ¿Forma parte del centro?

—Más o menos. Hace años vivía ahí un escritor. Solo escribió un libro, que se hizo bastante famoso; lo publicó con seudónimo. Ganó algo de dinero con él, pero no tuvo una vida feliz.

—¿No?

—Su mujer murió en el parto, al igual que el bebé, y él no volvió a casarse. Se quedó en esa casa, escribió su novela y vivió humildemente con las ganancias que obtuvo. En sus últimos años fundó una organización benéfica con el dinero del libro, además del que le había dejado su padre y que él no había gastado. Su padre había sido criptógrafo en Bletchley Park durante la guerra y después inventó algo que tenía que ver con ordenadores y códigos, y se hizo bastante rico. Ese dinero sirvió para pagar el terreno de Lantern House y gran parte de su construcción. Los intereses de la fundación siguen contribuyendo al mantenimiento, junto con los derechos de autor, porque el libro sigue vendiéndose, lo que nos permite proporcionar cuidados a los que no pueden pagarlos.

—¿Cuándo murió? —preguntó Ceres.

Ceres recordaba vagamente aquello; quizá su madre lo había mencionado brevemente, o quizá había sido su padre, después de que ella se marchara de casa; pero por aquel entonces a ella le había parecido intrascendente.

—No murió —dijo Olivier—. Es decir, ahora seguro que ya está muerto, pero, técnicamente, desapareció, y puede que todavía figure como desaparecido en alguna ficha policial. Pasara lo que pasara, era un anciano muy débil cuando se esfumó, y eso fue hace casi veinte años.

»Llevan mucho tiempo considerando convertir la casa en otra ala del centro o cederla para oficinas, pero algunas partes son muy antiguas y están sujetas a restricciones sobre lo que se puede modificar o no. Al principio, los administradores intentaron alquilarla, pero nadie quiere quedarse mucho tiempo, y después la abrieron durante un tiempo al público como museo, pero mantenerlo era demasiado lío. Más tarde se usó para almacenar archivos y ahora está deshabitada. Los suelos de madera están podridos y hay agujeros en el tejado, así que el dinero de la obra benéfica está mejor invertido aquí y nadie quiere gastarse lo que hace falta para restaurarla.

Aun a la luz de la luna, Ceres veía que había tenido que ser una residencia impresionante y que podría volver a serlo, si alguien estuviera dispuesto a invertir en ella.

—¿Por qué nadie quiere vivir ahí? —preguntó. Había percibido una vacilación en la voz de Olivier.

—Lo que pasa con las casas antiguas y todo eso. Ya sabe cómo es alguna gente.

—No, dígamelo: ¿cómo es alguna gente?

Olivier se examinó los zapatos e intentó no darle mucha importancia a lo que dijo a continuación.

—Decían que estaba encantada, así que no querían quedarse. Hasta tres inquilinos incumplieron los contratos de alquiler y se marcharon.

—¿Encantada? ¿Se refiere a fantasmas?

—O a recuerdos, lo que viene a ser lo mismo. Y no de los buenos.

—¿Por qué lo dice?

—Porque, si fueran buenos, esos inquilinos no se habrían marchado, ¿no cree? Y ahora será mejor que me vuelva para dentro antes de que alguien empiece a pensar que he huido con las hadas.

—¿Alguna vez ha entrado en la casa?

—Un par de veces.

—¿Y?

—Y no me quedé mucho rato. —Ahora estaba serio—. Me dio la impresión de que no estaba vacía.

Olivier se disponía a regresar a sus quehaceres cuando ella le hizo una última pregunta.

—¿Cómo se llamaba la novela, la que pagó este sitio?

—Se llamaba *El libro de las cosas perdidas*. En realidad, pensaba que usted la habría leído.

—¿Por qué?

—Porque sale un Hombre Torcido, como en su cuento.

—Creo que nunca había oído hablar de esa novela. Ni del Hombre Torcido.

—Bueno, pues ya lo ha hecho —repuso Olivier.

Cuando se dirigía a su coche, Ceres vio un sendero abrupto que surgía del aparcamiento y viraba hacia al este a través del bosque. Se preguntó si llevaría hasta la casa, aunque tampoco es que pensara visitarla a esas horas. Puede que no creyera en fantasmas, pero había leído suficientes novelas de misterio para saber que a las personas que decidían vagar de noche por el bosque siempre les ocurrían cosas malas, y Milton Keynes y sus alrededores no eran inmunes al crimen. Hasta una bruja malvada podía ser víctima de un robo si se internaba en la parte equivocada del bosque.

Vio que algo se movía en la rama más baja del roble que marcaba el acceso al sendero: un viejo grajo con un solo ojo; el otro se lo habían arrancado unas garras.

—No —dijo Ceres—. No es posible. No puedes habernos seguido hasta aquí.

El pájaro graznó tres veces, una réplica que se parecía asombrosamente a una risa. Manteniendo las distancias, Ceres se agachó y empezó a recoger piedras.

—Te voy a enseñar lo que les pasa a los grajos que creen haber encontrado una presa fácil —dijo—. Desearás que lo que te arrancó ese ojo hubiera regresado para terminar el trabajo.

Sin embargo, cuando levantó de nuevo la vista, el grajo se había marchado.

VI
Eawl-leet
(LANCASHIRE)

Crepúsculo o luz de búho

Al día siguiente, Ceres durmió hasta tarde y no soñó; o, si lo hizo, no recordaba qué había soñado. Dedicó las horas siguientes a desembalar cajas con ropa y libros, y también con las pertenencias de su hija. Phoebe tenía su propio dormitorio en la casita, donde ya se encontraban parte de sus cosas, pero ahora Ceres añadió el resto, e incluso colgó los pósteres y las fotos del piso londinense. No soportaba dejar la habitación sin decorar; hacerlo habría supuesto reconocer que su fe en la posibilidad de la recuperación de su hija estaba flaqueando. Puede que también hubiera algo de superstición en ello, como si la mera insinuación de aquel desenlace lo hiciera realidad.

La casita tenía un tamaño modesto, aunque contaba con un jardín trasero considerable que en aquel momento rebosaba de maleza, y se distinguía por una arboleda de vetustos tejos en el borde septentrional, compartida con un pequeño cementerio en desuso desde finales del siglo XIX. Ceres suponía que, a algunas personas, estar tan cerca de un cementerio les inquietaría o les deprimiría, pero a ella no. De pequeña le parecía que formaban parte del paisaje, de un paisaje en ocasiones excitante, como en Halloween, aunque, por lo demás, era un elemento más en el que apenas se fijaba. Como los que allí descansaban procedían de los segmentos más pobres de la comunidad local, había pocas lápidas, y alguien que desconociera su historia podría pasar junto a él sin imaginar que era un cementerio. Un rostro apenas intuido y formado por hojas, un Hombre Verde, se asomaba desde uno de los viejos postes, testimonio de unas creencias más antiguas que la cristiandad.

Por el extremo norte del cementerio discurría un riachuelo; el padre de Ceres solía asegurar que en él se guarecían un caballo de agua y un duende de río, y que Ceres podría verlos si se quedaba quieta el tiempo suficiente. Pero Ceres nunca había visto ni al caballo ni al duende, y acabó por sospechar que su padre se lo había inventado para mantenerla ocupada cuando él quería leer o ver el fútbol. Al este, el riachuelo bordeaba y dejaba atrás una loma que muchos tenían por un túmulo de las hadas, ya que antes se creía que las hadas moraban cerca de los cementerios para reclamar las almas de los que allí yacían. Su padre nunca se lo había tomado en serio, aunque solo fuera porque, desde su punto de vista, significaba poner el carro delante del caballo: las colinas eran más antiguas que los lugares de enterramiento humanos y, por tanto, habían sido los hombres los que, inconscientemente, habían decidido situar los cementerios cerca de las colinas, y no al revés. Por otro lado, su abuelo se burlaba de los que, por precaución, esquivaban los círculos de setas porque imaginaban que los habían creado las hadas. Como le explicó a Ceres, el talo de los hongos, el micelio, crecía en círculo formando una red de filamentos bajo tierra; eso era ciencia y no tenía ningún misterio. Sobre esa base esotérica se escribían artículos publicados en revistas especializadas en folclore.

Pero lo que de verdad le gustaba a Ceres eran los árboles. Se los conocía como «tejos andantes» y se formaban cuando las ramas de un tronco matriz llegaban al suelo, se acodaban y se extendían para producir raíces nuevas (además de arcos y grutas interesantes que primero exploró Ceres y, después, Phoebe), que a su vez volvían a crecer formando árboles hermanos. Abandonados a su suerte, los tejos seguían prosperando: hojas perennes, ramas envueltas en liquen y una corteza que, al observarse de cerca, no era solo marrón, sino también roja, verde y morada. Encantadores pero peligrosos: llenos de la venenosa taxina, empleada en el pasado para untar con ella la punta de las lanzas de tal modo que un mero arañazo resultara letal, y, según la creencia popular de la zona, en una ocasión se había aplicado también a los tallos y las espinas de un puñado de rosas recién cortadas que después la hija de un panadero envió a su rival en el amor, provocándole así la muerte entre dolores atroces.

Al regresar a su hogar de la infancia en las peores circunstancias posibles, Ceres halló consuelo en la proximidad de los tejos, porque perduraban. Aunque heridos, ajados y llenos de cicatrices, persistían. Se negaban a rendirse a la muerte. Incluso el nostoc, que su madre aborrecía, le daba esperanzas. En aquellos momentos, el alga verde azulada, cuyas esporas el viento esparcía desde el cementerio, se había instalado en el banco del jardín y formaba montoncitos transparentes pegajosos en el césped y en los muebles después de la lluvia. Ceres debía reconocer que, sin lugar a dudas, resultaba asqueroso, pero al mismo tiempo era tenaz y resiliente. El nostoc era capaz de permanecer en un estado seco y, aparentemente, exánime durante años o décadas, para después revivir cuando la naturaleza lo dispusiera. De haber estado presente, su madre lo habría eliminado con la manguera; Ceres, en cambio, decidió dejarlo en paz.

Cuando se cansó de las tareas de la mudanza, condujo hasta el supermercado para reabastecer la despensa y el frigorífico antes de decidir, siguiendo un impulso, ir a comprar libros, algo que no había hecho muy a menudo desde el accidente. Phoebe y ella eran buscadoras empedernidas, aunque preferían las librerías más antiguas, de segunda mano, a las nuevas, y aunque cada vez era más difícil encontrar librerías de segunda mano abiertas porque las tiendas benéficas habían usurpado su lugar. Por otra parte, incluso cuando abundaban las tiendas de libros usados, Ceres a menudo se había preguntado si parte de su objetivo no sería permanecer cerradas el mayor tiempo posible, por si acaso alguien acudía a perturbar su estudiado desorden con la inusitada intención de comprar un libro. Las tretas de las librerías de viejo eran legión: carteles de VUELVO DENTRO DE CINCO MINUTOS que se colgaban durante horas o días; un número de teléfono garabateado al que llamar para que te abrieran, pero al que nadie contestaba nunca (eso suponiendo que alguna vez hubiera estado en servicio), y, en una ocasión, escritas a máquina con esmero en una ficha, cinco palabras: CIERRE POR DEFUNCIÓN TEMPORAL, lo que planteaba más preguntas de las que despejaba, siendo una de las más acuciantes si lo provisional sería el cierre o la muerte.

En la Snug, cerca de la librería infantil de Olney, compró el único ejemplar de *El libro de las cosas perdidas* que encontró en los estantes. Dado que Phoebe estaba beneficiándose de la generosidad del escritor, Ceres se dijo que tenía que conocer mejor su obra, y averiguó en internet algunos detalles sobre su vida. Como le había explicado Olivier, efectivamente, había estado marcada por la tristeza, aunque no había sido definitoria. El autor había encontrado el modo de convertir su dolor en novela, y esa novela había ayudado a otros que sufrían dolor. Eso es lo que hacían las historias, o al menos las que nos importaban: nos ayudaban a comprender a los demás, pero también a sentirnos comprendidos y menos solos en el mundo. En aquel momento, Ceres pensaba que aquello no le vendría mal, puesto que jamás se había sentido tan sola.

No obstante, seguía preocupada por «El cuento de las dos bailarinas», que se había abierto camino por sí mismo, al parecer sin que ella fuera del todo consciente, desde su cabeza hasta su boca y su mano, y de ahí a la página. De no haber estado escrito con su letra, quizá habría dudado de que fuera obra suya. Normalmente, cuando escribía a mano, Ceres dejaba un reguero de palabras tachadas, replanteamientos y correcciones. Cuando meditaba sobre el giro correcto o la construcción de una frase, solía dar toquecitos con la punta del bolígrafo o el lápiz en el papel, creando un enjambre de puntos. Sin embargo, la escritura de la noche anterior era perfecta, sin muestras de vacilación ni de reflexión.

Al regresar a la casa, Ceres preparó té y se pasó unas cuantas horas sentada ante su escritorio. Se había obligado a volver a trabajar y ya tenía tres entregas inminentes, todas de publicidad de productos que ella nunca habría comprado o de páginas web que no deseaba visitar, lo que dificultaba mucho la tarea de convencer a otros para que lo hicieran. Por otro lado, si hubiese consentido solo en escribir sobre los productos que le gustaban, haría tiempo que Phoebe y ella habrían acabado viviendo en la calle. Era una de las diferencias entre la niñez y la edad adulta: de niña, a menudo tenías que hacer cosas que no querías (entre ellas, en el caso de Phoebe, ir al colegio, hacer los deberes y comer brócoli) porque alguien más grande y mayor que tú te decía que las hicieras; de adulta, seguías teniendo que hacer cosas que no querías, pero, con un poco de suerte, alguien te pagaba por hacerlas, lo que, en cierta medida, ayudaba.

Una vez que hubo terminado el trabajo y el día se deslizaba apaciblemente hacia la noche, Ceres se permitió servirse una copa de vino para acompañar la lectura de *El libro de las cosas perdidas*. Hacía mucho que no abría una obra de ficción solo por placer. Sobre todo, le leía a Phoebe, incluso antes del accidente, y en aquel momento se percató de que le costaba no relacionar ese acto con su hija. No leer en voz alta le resultaba extraño, tanto que tardó unos segundos en darse cuenta de que se oía a sí misma recitar el comienzo de la novela a un cuarto vacío, como un hechizo o un encantamiento. «Érase una vez.» Pero bueno, ¿quién seguía empezando así los libros?

Y, ¡ah!, allí estaba de nuevo la repentina punzada de dolor al ser consciente de que acababa de utilizar una de las construcciones favoritas de su hija, una fórmula a la que recurría Phoebe cuando algo le resultaba especialmente frustrante o desconcertante.

Pero bueno, ¿quién conoce esa canción?

Pero bueno, ¿cuándo fue eso?

Pero bueno, ¿qué es la coliflor?

Dios, cuánto echaba de menos el sonido de la voz de Phoebe. Era la quietud lo que más le costaba soportar, como si se preparase poco a poco para un silencio perpetuo en el que ya no tendría el aliento de su hija para consolarla y recordarle que su niña seguía en el mundo. Pero ¿cómo mantener el equilibrio entre eso y la desesperación que se abatía sobre ella con cada vez más frecuencia, y con más intensidad con la luz grisácea previa al alba? Aunque también la había sufrido mientras conducía de regreso a casa desde Lantern House la noche anterior: el deseo secreto de que aquello llegara a su fin, de una resolución, para ella...

O para Phoebe.

—¡No! —Gritó la palabra a la habitación vacía y se sobresaltó a sí misma—. Lo retiro. No lo pensaba en serio. —A las motas de polvo atrapadas en la luz de la lámpara—. No me separaré de ella, así no. Cueste lo que cueste, quiero que me la devuelvan. —A las migas del plato y al té derramado en el platillo—. Es mi hija. —A las arañas de los rincones, rodeadas de los restos arrugados de sus presas—. ¿Me oís? —A la mujer de las sombras, que solo oía lo que quería oír.

VII
Ryne
(INGLÉS ANTIGUO)

Misterio

Estaba oscuro y había dejado el libro para ver las noticias de la noche, lo que resultó ser un error, pues estaban copadas por imágenes de tanques rusos bombardeando pueblos y por científicos que auguraban una catástrofe climática inminente. Antes del accidente, esto último preocupaba especialmente a Phoebe, que no entendía por qué los políticos no se apresuraban a salvar el planeta. Y Ceres había tenido que explicarle que, como algunos niños pequeños, los políticos se guiaban por las ganancias a corto y a medio plazo, y rara vez pensaban más allá de las siguientes elecciones, lo que confirmaba su idea de que la política no era una ocupación adecuada para un adulto. Renunció a las noticias al cabo de diez minutos; no le convenía sentirse aún más impotente.

Acarició la cubierta de *El libro de las cosas perdidas* como si fuera un gato dormido. Aunque no le gustaba reconocerlo, Ceres se dio cuenta de que se había distanciado de los libros de ficción, tanto que ya no le ayudaban a evadirse, y eso que tenía más razones que la mayoría para querer escapar de la realidad, aunque solo fuera por un rato. Ni siquiera podía culpar al accidente de su desapego, puesto que era algo que le sucedía desde la adolescencia. Había perdido el amor por las historias, y lo que le había sucedido a Phoebe no hacía más que confirmar lo inútiles que eran. ¿Para qué servían? Las historias felices no eran fieles a la vida, y las historias tristes no podían contarte nada que no supieras ya.

«Aquí está mi historia: una vez tuve una hija, pero me la robaron, y en su lugar dejaron a una muñeca con su mismo aspecto.»

Sin embargo...

El libro la llamaba desde la mesa, quería que siguiera leyéndolo. Ceres pensó que quizá fuera porque el libro estaba relacionado con Lantern House, con la antigua residencia del autor que se desmoronaba en aquellos mismos terrenos y con la misteriosa desaparición de su dueño. Esas cosas le daban textura al relato. Lo hacían más relevante. Y por eso lo que la había enganchado no era tanto el libro como las circunstancias que lo rodeaban. Eso es lo que se decía, a pesar de que sabía que, en el fondo, no era cierto. Curiosamente, la experiencia de leer aquella novela la dejaba perpleja. Apenas unas horas antes se había sumergido en la historia sin apenas darse cuenta, y cuando al fin había emergido, se había sorprendido al comprobar que habían transcurrido casi dos horas, tan absorta había estado en la historia de un niño que pierde a su madre, que después se encuentra, sin desearlo, con que tiene una madrastra y un hermanastro, y que luego se aventura en una tierra real o imaginaria (aquello no quedaba claro), construida a partir de los libros de sus estanterías y de los cuentos de hadas que adora. En sus páginas moraba el Hombre Torcido, un ser que, como había comentado Olivier, tenía el mismo nombre que el monstruo de la historia que Ceres había inventado para Phoebe. La única explicación que se le ocurría era que, en el pasado, debía de haber leído una reseña del libro o un artículo sobre su autor, y había almacenado aquellos detalles en un rincón de su mente.

Se dispuso a preparar la cena, aunque no tenía mucha hambre. Le habían arrebatado el placer que antes le proporcionaba la comida (como el de tantas otras cosas) y ahora solo comía para alimentarse. Pero eso de poco le servía a Phoebe en aquel momento, y no le serviría de nada en absoluto si su madre acababa en el hospital por abandonarse demasiado.

Después de la cena, reanudó la lectura del libro y llegó más allá de la mitad. Cuando ya no pudo leer más, Ceres llamó a su madre, que vivía, modestamente, casi todo el año en el norte de España y rara vez se acostaba antes de las dos de la mañana. Había dejado Inglaterra poco después de la muerte del padre de Ceres. No se veía capaz de enfrentarse a un invierno gris sin él al lado, decía, pero después resultó que tampoco quería enfrentarse sin él ni a la primavera ni al otoño ingleses, aunque sí podía tolerar el verano inglés durante unas semanas. Habían explorado juntos la zona, él y ella, cartografiando viejos túmulos, fotografiando círculos de piedra y fortalezas de hadas, y reuniendo leyendas, mitos e incluso pintorescas palabras antiguas o vernáculas para darle más vida a los crípticos trabajos académicos que publicaba su padre o a los capítulos de libros destinados a ser leídos solo por aquellos hombres y mujeres tan peculiares y obsesivos como él, o eso había dado siempre Ceres por sentado. Todas aquellas páginas amarillentas, aquellas hojas marchitas...

Había tardado mucho tiempo en averiguar por qué la vocación de su padre la había perturbado tanto, y *El libro de las cosas perdidas* se lo recordó: las historias que a él le gustaban a ella le daban miedo. Podía ver su fantasma sentado en su sillón favorito junto a la chimenea vacía, con un cárdigan que olía a tierra y a humo de tabaco.

«Existe otra Inglaterra, Ceres: una tierra oculta, una comunidad secreta, y estos cuentos son su eco, su historia.»

Ella no quería escuchar esos ecos. Hablaban de crueldad y perversidad. Que se desvanecieran. Que se perdieran para siempre. Como si deseara fastidiarle, Ceres había decidido leer lo que deliberadamente denominaba sus «cuentos de hadas», un concepto que siempre le arrancaba una mueca a su padre; y cuanto más guapa fuera la princesa y más feliz el final, mejor. Hadas madrinas, ayudantes feéricos, seres benevolentes con alas y varitas mágicas; Ceres los adoraba a todos.

«Pero eso no son hadas, Ceres», le decía su padre.

«Son hadas buenas.»

«Las hadas buenas no existen.»

«Porque tú solo crees en las malas.»

«Tampoco existen las hadas malas.»

«Pero si no son ni buenas ni malas, ¿qué son?»

«Son otra cosa, Ceres; eso es lo que son: otra cosa.»

Y la voz de su padre era firme y rebosaba convicción, como la de alguien que creía que tales criaturas existían, porque él sí lo creía. Para su padre, el pasado y el presente discurrían juntos, casi siempre en líneas paralelas, pero se tocaban en lugares ancestrales, donde la tierra guardaba los recuerdos al igual que los cementerios guardaban los cadáveres. Esos recuerdos se incrustaban en la tierra y la roca, en el metal y la madera, e inoculaban su esencia en los materiales inanimados. Alrededor de esos lugares se reunían los mitos y las leyendas, y de ellos surgían relatos, libros, historias, de modo que el límite entre lo real y lo irreal se difuminaba cada vez más cuando cada narrador extraía varias capas de significado y añadía nuevas capas propias. Los hechos se volvían borrosos, imprecisos, y así se transformaba el mundo.

Porque, según le contaba su padre, cuando un libro o una historia se contaba por primera vez, la realidad en sí cambiaba. La historia se convertía en parte del mundo, y cualquier persona que la escuchara o la leyera, cualquier persona en la que arraigara, no volvía a ser la misma. Las historias eran una infección benigna que transformaba a sus portadores; o generalmente benigna, porque algunos libros podían cambiar a las personas a peor. Si vertías el veneno suficiente en un libro o retorcías la verdad lo bastante en sus páginas, podías transformar una mente débil en una odiosa. Pero cuanto más lee una persona y más amplias son sus lecturas, más se fortalece su mente. Por eso, al final su padre se sentía satisfecho con ver que su hija consumía libros, independientemente de cuáles, aunque no siempre fueran los que él aprobaba. Lo importante era que apreciara el valor de la literatura. Cuando un político idiota o un santurrón ceñudo se quejaba de los libros de las listas de lectura escolares porque se atrevían a tratar con respeto a los adolescentes o a reconocer que temas como la raza, la sexualidad y el género podrían ser importantes para ellos en su camino hacia la edad adulta, él siempre hacía el mismo comentario: «No hay que preocuparse por la gente que lee libros, sino por la que no los lee».

Mientras tanto, el teléfono seguía sonando junto al oído de Ceres. Su madre se pasaba el día correteando hacia la otra punta de la casa o deambulando por el jardín, de día o de noche, y se dejaba el móvil donde lo hubiera soltado por última vez. También era frecuente que lo dejara en silencio para que no la molestasen si leía o veía la tele, y después se le olvidaba volver a activar el sonido, haciendo que Ceres se preguntase si se habría muerto desde su última conversación y un vecino preocupado o un desdichado cartero acabaría por encontrar su cadáver. Ceres había llegado a esa edad en la que te pasas el día preocupándote tanto por tus hijos como por tus padres. Hacía tiempo que sospechaba que ser adulta estaba sobrevalorado.

Por fin, su madre cogió el teléfono. Había regresado a Inglaterra para estar con Ceres durante los días posteriores al accidente de Phoebe y acabó quedándose unas cuantas semanas, hasta que se hizo evidente que no era probable que el estado de su nieta cambiara en un futuro inmediato. Llegadas a ese punto, madre e hija habían empezado a irritarse mutuamente porque el piso de Ceres era muy pequeño para dos personas adultas, sobre todo si dichas personas se parecían demasiado en algunas cosas para sentirse cómodas, mientras que en otras eran demasiado diferentes. Ceres quería a su madre, pero la mujer tenía mucha personalidad, y la gente con mucha personalidad no funcionaba bien en espacios reducidos. Al final, por mutuo acuerdo, la madre de Ceres regresó a España, aunque hablaban cada dos días como mínimo, y Ceres sabía que estaba lista para subirse a un avión hacia Inglaterra en un segundo si algo le pasara a...

No, nada le pasaría a Phoebe, o, al menos, nada peor. Ceres invirtió toda su fuerza de voluntad en pensarlo. El nuevo entorno de Lantern House, con sus árboles, flores y cantos de pájaros, tenía que ser beneficioso. Si el espíritu de Phoebe seguía dentro de aquel cuerpo, quizá oyera los pájaros y reaccionara, y si estaba en otra parte, su melodía quizá la trajera de vuelta. Ceres tenía que mantener alta la moral y no dejarse llevar por la melancolía o la desesperación, como le había pasado antes.

—¿Cómo está? —preguntó su madre, porque así era como empezaban siempre sus conversaciones.

—Igual, aunque el sitio nuevo es precioso, o todo lo precioso que pueden ser esos sitios.

—¿Echas de menos Londres?

—Todavía no he tenido tiempo de echarlo de menos, pero creo que no. Londres se me hacía ya demasiado grande y ruidoso. —Y vacío, sin Phoebe. Antes, ella llenaba todos sus espacios—. Aunque odio reconocerlo —añadió—, tenías razón desde el principio con lo de volver aquí. Esta siempre ha sido mi casa. Se me había olvidado cuánto me gusta.

A veces habían hablado de vender la casita, pero estaba llena de objetos y recuerdos de varias décadas de vida de casados, y su madre era reticente a desprenderse de ellos. Además, no existía ninguna razón económica apremiante para vender, o no existía hasta que las circunstancias de Phoebe amenazaron con alterar la situación. La madre de Ceres le había dicho que no tenía más que decirlo y pondría la casa a la venta; sin embargo ahora vivir en ella parecía la mejor solución, gracias a Lantern House.

—Bueno, tú procura no sentirte demasiado sola. Intenta hacer nuevos amigos, Ceres.

Cuando era más joven, a Ceres nunca le había importado la soledad porque no era lo mismo estar sola que sentirse sola. Por aquel entonces, los libros ayudaban, ya que una persona con un buen libro jamás se sentirá sola. Entonces llegó Phoebe y Ceres ya no tenía tiempo para estar sola, y jamás se sintió sola con su hija cerca. En cambio, ahora, con Phoebe en un estado de animación suspendida, Ceres también se había quedado en estasis. Estaba sola y se sentía sola. Iba a tener que hacer algo al respecto. Aunque puede que ya hubiera empezado a hacerlo.

—He vuelto a leer —dijo—. Libros, quiero decir.

—No es lo mismo leer libros que tener amigos.

—¿No? Papá habría discrepado.

—Tu padre discrepaba conmigo en muchas cosas, y por eso, entre otras razones, nos llevábamos tan bien.

—¿Porque eran cosas sin importancia?

—No, porque, en secreto, ambos sabíamos que yo tenía razón y él se equivocaba. Él prefería no reconocerlo y a mí no me importaba que conservara su orgullo.

Ceres sabía que había algo de cierto en lo que decía su madre. Su padre era un hombre que moraba en muchos mundos, y el real no era en absoluto su preferido, a pesar de la presencia de una esposa y una hija. Si su madre no lo hubiera mantenido anclado al suelo, podría haberse alejado flotando hasta reducirse a una figura lejana entre las nubes, con la cabeza enterrada en una historia sobre círculos megalíticos y tumbas subterráneas o en un trabajo sobre las diferencias entre las dríades y las hamadríades.

—Me preocupo por ti, ¿sabes? —le dijo su madre—. Me preocupa lo que esto te está haciendo. Si tuvieras a alguien a tu lado para compartir esta carga...

Era otro de los temas recurrentes de su madre. No entendía por qué Ceres seguía soltera, y a Ceres le habría costado explicárselo, en caso de haber querido hacerlo. El padre de Phoebe la había decepcionado mucho, lo que era parte del problema. No era que desconfiara de los hombres, pero les tenía cierta aprensión, sobre todo con una niña en la que pensar. No quería introducir a un hombre nuevo en la vida de Phoebe solo porque ella echara de menos de vez en cuando la compañía masculina o porque la cama fuera demasiado grande, y, hasta el momento, no había conocido a ninguno por el que sintiera lo suficiente como para permitirle entrar.

No obstante, también era cierto que Phoebe y ella se habían convertido en una sola entidad. Habían establecido rutinas y patrones que funcionaban y satisfacían a ambas. Ceres no quería que otra persona perturbara aquel equilibrio, a no ser que tuviera la certeza absoluta de que se trataba de la persona adecuada; y, como era difícil, incluso imposible, saberlo, se había conformado con una vida sin pareja. No siempre era sencillo, pero estaba satisfecha con su decisión... o lo había estado hasta el accidente.

—¿A un novio, te refieres?

—A alguien —respondió su madre.

—Quizá me busque un perro.

—Un perro no es alguien, sino algo. Aunque, ahora que lo mencionas, quizá no sea tan mala idea. Puedes hablar con él y no te replica.

—¿Como papá?

—Tu padre no se parecía en nada a un perro. Jamás hacía lo que se le pedía, ni siquiera prometiéndole una galleta. Bastante teníamos con que recordase lo que había que comprar cuando lo enviaba a la tienda. Solía esperar junto al teléfono a que me llamara al llegar para preguntarme qué era lo que le había encargado. Lo habría achacado a la vejez si no fuera porque estuvo bien lúcido hasta el final, por mucho que a veces fingiera lo contrario. Y no servía de nada darle una lista porque siempre se la dejaba en casa o la perdía dentro de un bolsillo abarrotado. En una ocasión pensé en escribírsela en la mano, pero, para ser sinceros, no podía descartar la posibilidad de que consiguiera perder la mano en algún lugar entre la puerta de casa y el final de la calle. Era un hombre desesperante y yo lo quería con todo mi corazón.

Ceres dejó vagar la mirada por el salón de la casita. Todavía quedaban muchas cosas de su padre por allí: los libros, los mapas y grabados en madera de las paredes, su sillón, e incluso un par de pipas en un soporte sobre la chimenea, junto con un ornitorrinco disecado dentro de una vitrina. (Aseguró no recordar haberlo comprado cuando el animal apareció en la repisa mientras la madre de Ceres estaba en el hospital para que le quitaran unos cálculos biliares, aunque se negó a desprenderse de él a su vuelta, aduciendo que aportaba carácter a la sala.) Los recovecos de los ladrillos todavía estaban escarchados por la cera de las velas que él encendía y los estantes del pasillo seguían llenos de los objetos hallados en la tierra durante sus exploraciones y excavaciones: esculturas vikingas de animales en piedra, puntas de flecha sajonas, fragmentos de cerámica romana e incluso joyas hechas con metales semipreciosos. Siempre había entregado escrupulosamente los artículos valiosos o poco comunes a las autoridades, aunque sabía que con toda probabilidad acabarían almacenados dentro de una caja polvorienta en el sótano de un museo.

Solo se había quedado una cosa que debería haber entregado: un dodecaedro romano que databa del siglo II o III. Medía ocho centímetros de diámetro y consistía en doce caras pentagonales, cada una de ellas con un agujero circular en el centro, aunque los agujeros no eran todos del mismo tamaño y cinco pequeñas protuberancias esféricas rodeaban todas las caras. Su padre lo había encontrado en una tierra removida cerca del Muro de Adriano, la barrera erigida por los romanos para fortificar el sur de Bretaña contra las tribus del norte, y se lo había quedado. Lo que le atraía era el misterio del objeto, ya que nadie había sido capaz de determinar la función de un dodecaedro. Una teoría decía que quizá lo usaran para la adivinación, pero no tenía ni símbolos ni inscripciones, así que ¿cómo adivinar nada? Las protuberancias impedían que fuera fácil de lanzar y que permaneciera sobre la cara en la que aterrizaba. Eso significaba que tampoco servía para jugar a los dados. Aunque algunos expertos frustrados habían concluido que su fin era meramente decorativo, su padre no lo había aceptado jamás y al final había dejado de leer las opiniones ajenas sobre los dodecaedros.

«No es importante saber para qué sirve», le decía a Ceres cuando ella se le sentaba en el regazo y daba vueltas al objeto. «Basta con saber que existe.»

En aquel momento, con el móvil pegado a la oreja, Ceres se acercó al pasillo. El dodecaedro seguía allí y todavía brillaba. Era la única pieza de toda la colección que nunca acumulaba polvo. Lo cogió con una mano. El radiador no funcionaba y Ceres veía el vaho de su aliento, pero el dodecaedro estaba caliente. Lo devolvió a su sitio. El estante que ocupaba era el que tenía los libros más importantes para su padre; entre otros, monografías de arte de Giovanni Battista Piranesi, Wenceslaus Hollar y Pere Borrell del Caso; un ejemplar de *La comunidad secreta de los elfos, los faunos y las hadas,* de Robert Kirk; *Oliver Cromwell,* escrito por S.R. Gardiner en 1901, un presente que habían otorgado el padre de su padre como galardón escolar, pues los tres (el padre de Ceres, su abuelo y Cromwell) habían nacido en Huntingdon (Cambridgeshire); dos volúmenes de *El paraíso perdido* de Milton, de 1719, en su opinión la mejor obra poética escrita en inglés, y cinco pequeños volúmenes de Tito Livio en latín, encuadernados en cuero rojo y dorado, publicados en Alemania en el siglo XIX.

Del último, Ceres recordaba a su padre traducir para ella (a espaldas de su madre, por supuesto) la historia de Régulo, el general romano del siglo III a. C. puesto en libertad condicional por los cartagineses para que pudiera regresar a Roma y negociar un acuerdo. Cuando llegó a Roma, Régulo urgió al Senado romano a que rechazara la oferta de los cartagineses, para posteriormente, en contra de las protestas de los suyos, regresar a Cartago con el fin de cumplir las condiciones de su liberación. A cambio, se decía que los cartagineses le cortaron los párpados, lo metieron dentro de un cajón con pinchos y lo hicieron rodar hasta que murió, de un modo similar al criado desleal de la historia de «La pastora de gansos», de los hermanos Grimm, uno de los cuentos populares que su padre aprobaba con creces porque al final alguien sufría una muerte dolorosa.

«Pero ¿por qué volvió Régulo?», le preguntó Ceres.

«Porque había dado su palabra», contestó su padre, «y era lo correcto.»

«¿Aunque sabía que podían hacerle daño o matarlo?»

«A veces debemos tomar esa decisión.»

«Espero no tener que tomarla nunca.»

Él le besó la cabeza.

«Yo también espero que no tengas que tomarla nunca.»

Papá, ay, papá.

—Tengo que dejarte —le dijo Ceres a su madre—. Estoy agotada.

—Pues vete a la cama. Te quiero. Si te buscas un perro, que no sea uno de esos pequeños que no paran de ladrar o no te lo perdonaré nunca.

Se dieron las buenas noches. Ceres apagó las luces, colocó la rejilla frente a lo que quedaba del fuego y subió las escaleras para entrar en su dormitorio. No corrió las cortinas porque en invierno le gustaba dormirse a la luz de la luna, sabiendo que el sol no la despertaría a una hora intempestiva. Al final, apenas tuvo tiempo de fijarse en la hoja desenvainada de la luna antes de quedarse dormida, así que no oyó el aleteo contra el cristal ni vio el primer zarcillo de hiedra que se abrió paso entre los ladrillos desmoronados de la pared y se acurrucó en silencio, casi vigilante, en una esquina de la cama.

VIII
Egesung
(INGLÉS ANTIGUO)

Miedo o terror

Una lección que se aprende a las malas cuando creces es que las llamadas en plena noche nunca auguran nada bueno. Por eso Ceres se despertó al instante cuando le sonó el móvil a las cuatro de la madrugada y en la pantalla vio que ponía una única palabra: «Lantern».

—¿Sí?

Era la voz de Olivier. Al menos se sintió agradecida por eso.

—¿Ceres? El estado de Phoebe ha empeorado. Creo que debería venir.

La habitación nueva de Phoebe era distinta, más parecida a la del hospital. No había cuadros en las paredes, ni sillones ni sofás. Era una unidad de alta dependencia, pensada para un único propósito: mantener vivo a un niño.

Ceres intentaba escuchar lo que la doctora de pelo plateado le decía («¿Beattie? Sí, Beattie; ese era su apellido»), pero las palabras se alejaban flotando sin apenas dejar huella («repentino», «inexplicable», «dificultades respiratorias») porque su atención no paraba de desviarse hacia su hija. Phoebe parecía más pequeña y más perdida que antes. Ceres deseaba con todas sus fuerzas abrazarla, llevarse la cabeza de la niña al pecho y acariciarle el pelo, decirle que no pasaba nada, que no tuviera miedo...

«Aun así, si tienes que dejarme, lo entenderé. Si duele demasiado, quiero que te vayas. Pero, si puedes, quiero que te quedes, porque no quiero estar aquí sin ti.»

—¿Podría deberse al estrés del traslado desde el hospital? —preguntó.

—Lo dudo mucho —respondió la doctora Beattie—. El personal responsable del traslado tiene tanta experiencia que nunca ha habido ningún incidente, ni siquiera menor. Supervisaron a Phoebe en todo momento y la examinaron de nuevo en cuanto llegó. No ha habido señales de alarma ni alteraciones de ningún tipo. Seguimos esperando que este cambio en su estado tenga que ver con un proceso de sanación. Su cuerpo ha estado bloqueando todas las funciones no esenciales para centrarse en restaurar las importantes, y el trabajo continúa.

—Pero, si eso es así, ¿cómo explica esta recaída?

—Estamos bastante seguros de que se trata de algo temporal. Aunque no voy a mentirle: nos ha tenido preocupados y por eso hemos pensado que lo mejor era llamarla. Ahora está estable y fuera de peligro, aunque no por completo.

A través de la única ventana de la unidad, Ceres veía las siluetas de las ramas tomar forma con la incipiente luz de la mañana, como una fotografía que se revelaba poco a poco en una bandeja. Le parecían quiméricas, intrusas provenientes de un entorno extraño. El mundo de allí dentro era de plástico, metal, vidrio y electrónica; fuera había otro, hecho de madera, corteza, hierba y savia. De algún modo, su hija habitaba en ambos, ya que su cuerpo yacía inmóvil en uno, mientras que su alma vagaba por el otro.

—¿Puedo quedarme con ella? —preguntó.

—No en la unidad, me temo, aunque sí en una de las suites reservadas para los padres. Hacemos lo que podemos, pero esto no es el Savoy. Tal vez se sienta más cómoda en casa, la decisión es suya. Si se produce algún cambio, será la primera en saberlo, y solo tiene que llamarnos cuando quiera para preguntar por el estado de su hija. No obstante, como le he dicho, y si bien con las debidas reservas, somos optimistas y creemos haber detenido el debilitamiento.

Ceres solo pudo asentir. Quería darle las gracias por lo que había hecho, pero las palabras no le salían, y para cuando las encontró, la doctora ya se había ido. Solo quedaba Olivier. Juntos observaron a una enfermera examinar a Phoebe con movimientos rápidos y eficientes, sin malgastar ni tiempo ni esfuerzo. Fue al final, antes de irse, cuando se detuvo para acariciar el pelo de la niña, y enfermera y madre intercambiaron una mirada de ternura y comprensión.

«Esa debería ser yo», pensó Ceres. «Yo debería ser quien la consuele.»

—Ya se lo dije, es una luchadora —comentó Olivier.

—No, no es más que una niña, y una niña no debería tener que luchar, así no. No es justo.

—Nada de esto es justo, pero esta es su batalla y lo único que podemos hacer es ayudarla a triunfar. Ha habido un momento en el que ha perdido pie y la batalla podría haberse decantado en su contra, pero estábamos a su lado y la lucha sigue.

Ceres se volvió hacia él.

—¿Cómo lo hace, Olivier? Tiene un trabajo muy duro. Todos estos niños, con todas sus enfermedades...

—Porque no es un trabajo. Al menos, para mí no lo es, ni para ninguno de nosotros. Es más que eso, mucho más. Y lo hago porque no hacerlo sería más duro todavía, si es que eso tiene sentido: no estar aquí con ellos, no sentarme con ellos las noches que pasan miedo, no ser capaz de explicarles lo que sucede ni porqué. No podría hacer ninguna otra cosa, ya no. Ninguna otra cosa significaría tanto como esto. Incluso en los peores momentos, nunca he lamentado la decisión de venir aquí. Nunca. Pero también sé que lo que siento por cada uno de estos niños, a pesar de toda su intensidad, es infinitesimal comparado con lo que usted siente por Phoebe y con lo que está sufriendo ahora. Lo único que puedo decirle es que lo entiendo, una milésima parte.

Ceres alargó un brazo y le apretó la mano un momento.

—Me gustaría quedarme un ratito —le dijo— para vigilarla. Al fin y al cabo, sé que usted haría lo mismo.

—Sí, lo haría —respondió Olivier, y la dejó con su hija.

IX
Urushiol
(JAPONÉS)

Capa aceitosa e irritante que cubre la hiedra

Durante los días siguientes, Ceres estableció una nueva rutina. A pesar de que en Lantern House le aseguraban que la avisarían de inmediato de cualquier cambio, se dio cuenta de que, si se quedaba en la casita, no lograba relajarse. Tenía siempre los nervios a flor de piel y una oreja pendiente del sonido del teléfono. Además, aquello le recordaba a la muerte de su padre: desde el hospital habían llamado pasada la medianoche para decirles que fueran enseguida porque ya casi no le quedaba tiempo. En aquel momento, Ceres estaba alojada en la casa con su madre y con Phoebe, que todavía no había cumplido los tres años. De algún modo, consiguió vestirse a toda prisa y envolver a Phoebe en una buena manta sin despertarla antes de recorrer con su madre el trayecto de quince minutos hasta el hospital. Cuando llegaron, su padre había muerto. Todavía tenía la mano caliente cuando Ceres se la tomó sin dejar de pensar: «Tendríamos que haber estado aquí. Tendríamos que habernos quedado. Sabíamos que no le quedaba mucho. Nos dijeron que podrían ser un par de días, no más. Pero en cambio solo han sido unas cuantas horas y no hemos estado a su lado en el final. Ha muerto sin nosotras y ni siquiera hemos podido despedirnos de él».

Aunque deseaba un final distinto para Phoebe, uno en el que le devolvían a su niña, temía otro. No permitiría que Phoebe estuviera sola si llegaba ese momento. Preguntó al equipo de cuidados si todavía le permitirían usar una de las suites y le respondieron que por supuesto. *Suite* era una palabra demasiado pomposa para la habitación, que tenía el tamaño justo para acomodar una cama, un escritorio con una silla, un armario y una mesita de noche; disponía además de un baño diminuto, pero estaba a pocos minutos de la cama de Phoebe. La habitación también tenía un frigorífico, un hervidor, un microondas y un televisor acoplado a la pared, así que Ceres podía prepararse café, calentar comida e incluso ver películas antiguas ligeras cuando estaba demasiado cansada para cualquier otra cosa. Además, le permitían de nuevo pasar tiempo con Phoebe, ahora que se había estabilizado, así que Ceres volvió a leerle, aunque esta vez *El libro de las cosas perdidas* en lugar de los cuentos antiguos. Casi había terminado la novela, pero regresó al principio y empezó a leer en voz alta desde el primer capítulo para que Phoebe también la conociera.

«Por si estás escuchando. Por si me oyes.»

Sin embargo, no era el único motivo por el que Ceres había dejado la casa; había otro que no le había contado a nadie, ni siquiera a su madre: la hiedra. La había descubierto por primera vez en un rincón de su dormitorio, la noche después de que llevaran a Phoebe a cuidados intensivos. Se había encaramado a una silla para cortarla con unas viejas tijeras de podar y al día siguiente había parado en un invernadero para comprar herbicida. Aquella tarde roció el muro exterior y el rincón interior por el que se había filtrado la hiedra, y tapó el agujero con una masilla que habían encontrado en la caseta del jardín antes de regresar a Lantern House para su visita nocturna.

Cuando despertó a la mañana siguiente, la hiedra había roto la masilla y había empezado a extenderse: dos zarcillos, en vez de uno, que serpenteaban hacia el sur y el este del rincón, con unas hojas que ya no eran del todo verdes, sino que tenían motas amarillas y blancas, como si el veneno con que las había rociado la hubiera alterado físicamente, pero sin hacerle más daño que aquel. La atacó de nuevo con las tijeras, aunque resultó ser más difícil de cortar que antes y tuvo la inquietante sensación de que se le resistía, de que había aprendido de la arremetida anterior y había añadido una capa adicional de protección a su tallo. Incluso después de conseguir cortar las ramas, se opusieron a sus intentos de arrancarlas, y cuando por fin las extirpó, se llevaron consigo una capa de pintura y un pedazo de yeso, afeando la pared. Además, a pesar de llevar guantes, a Ceres le salió un sarpullido en las muñecas y en los dedos, y tuvo que sacarse fragmentos verdes, como astillas, de la carne.

Pero lo peor estaba por llegar. Al bajar la escalera vio que la hiedra había entrado también en la cocina tras dar con puntos de acceso junto al alféizar y detrás de los armarios. Aquellas hojas también presentaban la nueva coloración. Ceres ni siquiera esperó a desayunar; salió de inmediato y empezó a rociarla de nuevo hasta vaciar la garrafa de cinco litros de herbicida. Esperaba que funcionase; la idea de contratar a alguien para que eliminara la hiedra le producía pavor. Aparte de que siempre le había gustado verla en la fachada de la casa, se había adherido con tanta tenacidad a las paredes de su dormitorio que temía que arrancarla desde el exterior dañara la mampostería. Ya iba mal de dinero para encima añadir a sus gastos reparaciones costosas con las que mantener fuera el frío del invierno o evitar que se le cayera la casa encima. A saber lo que su madre hubiera dicho al respecto.

Ceres volvió al interior, preparó el desayuno y trabajó un par de horas. A mediodía condujo hasta Lantern House para leerle a Phoebe. Se marchó poco después de las dos, compró pan, leche y un periódico, y estuvo de vuelta las tres. Paró junto a la casa, salió del coche y sacó la bolsa de la compra del asiento de atrás.

Solo entonces se percató de lo que le había pasado a la hiedra.

El apellido del jardinero era Greene, lo que a Ceres podría haberle hecho gracia en otra situación.

—*Hedera helix* —dijo mirando la fachada—. Hiedra común. Es muy cabezota. Una vez que entra, cuesta una barbaridad sacarla.

—Pero ¿por qué tiene algunas partes rojas?

La hiedra de las paredes de la casa, verde durante tantos años y después brevemente teñida de amarillo y blanco, ahora mostraba una estructura interna de color burdeos en las hojas, como si en vez de agua y azúcar, circularan por ellas fluidos sangrientos.

—Podría ser una plaga o que a la tierra le falte fósforo. A veces la gente confunde la parra virgen con hiedra común, y la parra se pone roja en otoño, pero no se ve mucha parra virgen por esta zona, y está claro que esto es hiedra de producción local. Se ve en las hojas. —Se acercó más y se puso algunas en la mano enguantada—. La verdad es que no había visto nunca un rojo como este. Lo que ha cambiado de color es la nervadura central y las venas que salen de ella. ¿Lo ve?

Ceres miró, pero no tocó. La hiedra la repelía.

—Parece sangre —dijo.

—Exacto. Aunque debe de llevar un tiempo así.

—No, empezó ayer.

—No es posible —repuso el señor Greene—. Han cambiado todas las hojas. Eso debería tardar más de un día.

—Y yo le digo que no estaban así cuando he salido de casa esta mañana. Había algunas partes amarillas, sí, pero no rojas. Lo rocié todo con herbicida. ¿Podría ser por eso?

—¿La roció toda?

—Bueno, solo la parte de la fachada principal. La garrafa se acabó antes de llegar a la de atrás.

—Pero esa también está roja —dijo el señor Greene—. Y no comparten raíces. No, es poco probable que haya sido el herbicida. Vamos, que la hiedra ni siquiera se está muriendo. Si acaso, todo lo contrario.

—Quiero quitarla. Está atravesando las paredes.

—Bueno, puedo arrancarla, aunque no esta semana. La que viene, con suerte.

—¿La semana que viene? Para entonces, habrá invadido la casa.

—Lo siento, pero no puedo venir antes. Y se lo advierto: la casa va a tener muy mal aspecto después. Quizá tenga que hablar también con un albañil, porque no le prometo que no afecte a la fachada... o algo peor, si ha empezado a introducirse por la piedra.

Y así lo dejaron: el señor Greene prometió hacer cuanto pudiera por encargarse del problema lo antes posible y la casa siguió cubriéndose de una hiedra que parecía llevar sangre en las venas. Y aquel era el verdadero motivo por el que Ceres había decidido alojarse en la clínica un tiempo, mientras se sentaba junto a la cama de su hija y leía y recitaba.

Creaba.

Canalizaba.

Érase una vez, en una tierra tan lejana de esta como cercana a ella (porque, a veces, los lugares remotos están más cerca de lo que creemos y se parecen mucho más de lo que imaginamos), un hombre llamado Jacob. Era dueño de una pequeña granja, pero soñaba con poseer una más grande. Estaba casado con una mujer bonita, pero, en secreto, anhelaba casarse con una más bella. Tenía un hijo estudioso y afable, pero habría preferido tener uno fuerte y enérgico.

Jacob se guardaba para sí tales deseos, ya que, aunque anhelara aquello de lo que carecía (o creía carecer, dado que el deseo es una emoción cegadora), no era un hombre malicioso y no quería hacerle daño a su familia. Únicamente cuando se encontraba a solas en el bosque, sin nadie que lo oyera, se permitía expresar sus frustraciones; era entonces cuando daba rienda suelta a sus verdaderos sentimientos y hablaba sobre ellos con cortezas, ramas y hojas.

Un día de otoño, después de dedicar una hora entera a contarle sus tribulaciones a la naturaleza, oyó que alguien pronunciaba su nombre. Miró a su alrededor, pero el claro del bosque estaba vacío; no había ni un pajarillo revoloteando por allí, ni el más diminuto de los insectos removiendo la tierra.

—¿Quién anda ahí? —preguntó Jacob—. ¡Deja de esconderte y da la cara!

—Mira con más atención y lo verás —dijo la voz—. Mira los árboles.

Jacob hizo lo que la voz le indicaba, primero levantando la vista hacia las copas y después asomándose por detrás de los troncos hasta que al fin llegó a un viejo roble albar cuya corteza estaba cubierta de una hiedra densa. Y, allí, en el corazón de la espesura, vio un rostro formado por la configuración de la fronda. A modo de ojos, tenía solo oscuridad, y un agujero por boca; aun así, se trataba sin duda de una cara, a pesar de que era fácil pasarla por alto si no se la buscaba. Mientras Jacob la observaba, la fronda de la boca se movió y la voz habló de nuevo con un susurro seco, un crujido, como el de las hojas secas arrastradas por la brisa.

—No me escondía —dijo la voz—. Una cosa es esconderse y otra no hacerse notar.

—¿Quién eres? —pregunto Jacob—. ¿Qué eres?

—Supongo que hay quien me consideraría un espíritu. Algunos incluso se refieren a mí como a un dios.

—Pero ¿cómo te llamas?

—Bueno, tengo muchos nombres, algunos de los cuales nunca han sido pronunciados en voz alta por el hombre. Hoy, para ti, me llamaré Beonot.

—Pues Beonot, entonces —dijo Jacob, aunque pensaba que era un nombre curioso, ya que se refería a un lugar de hierba doblada, de follaje torcido. Por otro lado, se trataba de una criatura curiosa, fuera lo que fuera—. ¿Cuánto tiempo llevas ahí?

—Lo bastante para haber oído tus quejas, y no solo hoy, sino todos los días pasados. Lo bastante para compadecerme por tus cuitas.

—¿Compadecerte?

—Te mereces algo mejor, como les ocurre a muchas personas. Sin embargo, para ti es más difícil porque eres consciente de merecer algo mejor. Tienes una vida distinta, más valiosa, casi al alcance de la mano. Si se te concediera, no me cabe duda de que sabrías valorarla y de ese modo apreciar aún más tu tiempo en la tierra. No seguirías perdiendo el tiempo anhelando lo que no tienes, ya que todo lo que deseas sería tuyo. Te sentirías satisfecho, ¿no es así?

—Así es —respondió Jacob—. La tierra que cultivo es buena, pero podría tener más. Mi esposa me quiere, pero me temo que los años no pasan en balde por ella. Mi hijo le cae bien a todo el mundo y tiene buen corazón, pero este mundo no es tan bueno como él y la fuerza lo llevaría más lejos.

—Entonces, ¿qué te gustaría que hiciera por ti, si estuviera en mi mano cambiar tus circunstancias? —preguntó Beonot.

—Te pediría la tierra de mi vecino para ampliar mis cultivos y criar más ganado, pero no tantas hectáreas como para que administrarlas suponga un esfuerzo excesivo. Le devolverías la belleza a mi esposa, y si eso no fuera posible, me proporcionarías a otra que ya la poseyera y que me amara tanto como mi vieja mujer. No obstante, tampoco deseo que su belleza sea tal que los demás hombres la codicien, y te pediría que fuera de naturaleza fiel, por si acaso. Y le arrebatarías la bondad a mi hijo para sustituirla por una voluntad y un cuerpo robustos, aunque no tanto como para que me rechace en la vejez.

—¿Con eso te sentirías satisfecho? —preguntó Beonot.

—Con eso me sentiría satisfecho.

Jacob creía en todo lo que había dicho, pero solo porque hacía tiempo que se había convencido de que era cierto. Así es como un hombre se convierte en mentiroso aun considerándose sincero.

—Pero ¿qué me dices de tu vecino? —preguntó Beonot—. ¿Acaso él no aprecia sus tierras? ¿Qué será de él si te lego sus hectáreas?

—Eso lo dejo en tus manos, aunque no le deseo ningún mal.

—¿Y tu esposa? ¿Qué hará si otra ocupa su puesto?

—Eso también lo dejo en tus manos, pero deseo que sea feliz.

—¿Y tu hijo? ¿Le borro los recuerdos de su antiguo ser? ¿Y si se siente satisfecho tal como es ahora?

—Eso lo dejo en tus manos, aunque solo deseo que esté mejor preparado para enfrentarse a la crudeza de la vida.

El sol estaba ya poniéndose y proyectaba un brillo dorado sobre Beonot a través de la hiedra, de modo que parecía arder. Y de no haber estado Jacob tan obsesionado con sus anhelos, tan deslumbrado por la perspectiva de un futuro mejor, quizá hubiera percibido que el rostro de Beonot no era benévolo, que sus rasgos estaban torcidos, que su boca era una cicatriz deforme y que las concavidades de sus ojos eran negras, más negras de lo que cualquier sombra por sí sola sería capaz de hacerlas parecer.

—Seamos sinceros el uno con el otro —dijo Beonot—. Lo que deseas es una vida diferente de la que tienes, pues tengo la sensación de que serías más feliz si pudieras desprenderte de tu antigua vida como quien muda de piel.

—Sí —respondió Jacob con una confianza que nunca antes había sentido—. Deseo desprenderme de mi antigua vida como quien muda de piel.

—Entonces te pido que selles con sangre nuestro trato para demostrarme que no he juzgado mal el alcance de tu compromiso. Viértemela en la boca, ya que no veo lo que haces y solo a través del sabor podré confirmar lo que hemos acordado.

Así que Jacob sacó su cuchillo de caza; se pinchó un dedo con la punta y dejó caer una única gota de sangre en la boca de Beonot. En aquel mismo instante, todas las hojas del árbol pasaron del verde al rosa y después al rojo; y la hiedra se hizo carne; y del tronco muerto surgió una figura encorvada y sin piel mientras la sangre seguía goteando del dedo de Jacob, cada vez más deprisa, de modo que las gotas se transformaron en río y el río en torrente hasta que de Jacob no quedó nada más que piel y ropa.

El Hombre Torcido estiró sus prietas extremidades y la sangre manchó la tierra, siseando y humeando al caer. Recogió la piel de Jacob y se la ajustó al cuerpo hasta adoptar la imagen del granjero fallecido. Veréis, el Hombre Torcido era muy viejo, y las cosas muy viejas a veces buscan la manera de volver a ser jóvenes, ya que hasta las peores personas tenemos una pizca de vanidad. El Hombre Torcido sabía que, al final, su esencia contaminaría la de Jacob y de nuevo regresaría a su antigua forma: una criatura deforme y contrahecha, aunque envuelta en un traje nuevo de piel que quizá le durara muchos años.

Sin embargo, mientras se pareciera al hombre muerto, se aprovecharía de la situación. Así que el Hombre Torcido se vistió con la ropa de Jacob y se preparó para conocer a su nueva esposa.

Ceres se incorporó de golpe en la silla. *El libro de las cosas perdidas* se le había caído al suelo, no sabía cuándo. No obstante, tenía fresco en la memoria el relato que le había contado a su hija inconsciente y sabía que no procedía del libro que estaba leyendo. Bueno, eso tampoco era del todo cierto, ya que presentía que, aunque no se hubiera escrito en sus páginas, el cuento pertenecía al mismo mundo. El universo del libro, como la hiedra de la casa, se extendía hasta su conciencia, porque eso era lo que hacían los libros. No tenía por qué sorprenderse ni asustarse; simplemente, era su naturaleza.

—Duerme.

«...un susurro seco, un murmullo, como el de las hojas secas arrastradas por la brisa.»

Y Ceres durmió.

X
Lych Way
(DEVON)

Carretera de cadáveres, camino de los muertos

Cuando despertó, Ceres vio que alguien había reclinado el respaldo del sillón mientras dormía y la había tapado con una manta. Se acercó a la ventana. Rompía el alba y se oía el coro de los pájaros. A pesar de los esfuerzos de su desconocido benefactor, estaba agarrotada. Consideró la posibilidad de buscar la comodidad de su cama, aunque solo fuera un rato, pero el recuerdo de la hiedra la convenció de que sería menos desasosegante quedarse donde estaba. De todos modos, sabía que solo postergaba lo inevitable y que, al final, tendría que regresar y encontrar el modo de enfrentarse al follaje invasor.

Guardaba un par de camisetas limpias, una muda y un pequeño neceser en la mochila. Era una de las primeras cosas que había aprendido después del accidente de Phoebe: no siempre era posible regresar a casa después de una vigilia junto a su cama, y tener que vestir la misma ropa dos o tres días seguidos empeoraba cualquier estrés, igual que verse obligada a buscar o pedir un cepillo de dientes.

«Pero ¿qué más dan la ropa y los cepillos de dientes?»

Miró a Phoebe. Había moratones recientes en los brazos de su hija, por la inserción de agujas nuevas, y diminutas arrugas ceñudas (o arrugas de dolor) que Ceres no recordaba haber visto antes.

«¿Qué más da todo eso?»

Salió de la habitación y caminó, medio aturdida, hacia su suite, donde se desvistió y se metió en la ducha. Sentía las piernas débiles, así que se sentó en el plato y apoyó la frente en los brazos.

El agua le corrió por encima y se llevó con ella toda conciencia de sí misma.

El cuerpo y la mente tienen un límite; es mayor de lo que cabría imaginar o esperar, pero menor, a veces, de lo que necesitamos. Podemos seguir adelante a fuerza de voluntad, sin alimento, sin respiro, sin apoyo, pero solo hasta cierto punto. Al final, tenemos que detenernos en seco, y nuestro maltrecho ser buscará la ocasión de descansar.

Así que Ceres se quedó sentada en la ducha, con los ojos abiertos pero sin ver, y el agua la golpeó durante tanto tiempo que acabó por resultar hiriente. Consiguió levantar una mano para cerrar el grifo antes de envolverse en una toalla, salir a rastras del baño y tumbarse en el suelo del dormitorio. La puerta de la suite estaba cerrada y nadie entró a ver cómo estaba, ya que suponían que estaría durmiendo como era debido, en la cama, después de pasarse la noche en el sillón.

Solo cuando el agua se enfrió, provocándole escalofríos, acabó de secarse. Se vistió automáticamente, con la misma ropa que había llevado un día y una noche, sin reparar en la muda de la mochila. Cuando terminó, se puso los zapatos, abrió la puerta y caminó hacia la salida de Lantern House. Percibió las voces del puesto de las enfermeras, tenues y lejanas, y el bullicio y el movimiento, aunque no era nada fuera de lo común y no les prestó mayor atención, como al pelo mojado y al dolor de espalda, hombros y piernas. Era Ceres y, a la vez, una entidad aparte, una criatura que prescindía de todo salvo de las funciones más esenciales, un ser cuya conciencia se había retirado a un lugar seguro de su interior. Le bastaba con ser capaz de poner un pie delante del otro, con poder seguir moviéndose, si bien no tenía ni idea de qué la impulsaba a hacerlo.

Ante ella se extendía el sendero que conducía al bosque y, desde una rama pelada, el grajo tuerto la vio poner un pie en él, y después el otro. Como un ave rapaz adiestrada que sigue el guante de su halconero, el grajo planeó de árbol en árbol, siempre algo por delante de la mujer para supervisar su avance, graznando tan solo cuando ella parecía flaquear. El chillido del pájaro, destemplado y exigente, penetraba en la niebla que se había apoderado de Ceres y embotaba el mundo que la rodeaba. El grajo apuntó con el pico a lo que sucedía detrás de ella: el bosque se cerraba a su paso, las ramas de los árboles se alargaban las unas hacia las otras hasta oscurecer el cielo mientras las raíces atravesaban la tierra y formaban una barrera de madera retorcida de la que las lombrices se desprendían y los escarabajos caían.

Sin embargo, Ceres no tenía miedo. No deseaba regresar a un mundo en el que solo quedaba el cascarón de su hija. Desconocía dónde moraba su espíritu, pero no era allí. Para que su hija volviera a ser quien era, para que el mundo estuviera de nuevo completo, debía recuperar la parte de Phoebe que le habían robado, y si eso no era posible, no deseaba seguir adelante. Era demasiado difícil, y no hacía ningún bien a su hija limitándose a leerle cuentos con la esperanza de que los oyera y respondiese, ya que no había ninguna Phoebe presente para reaccionar. Era como leerle las historias a un pozo vacío o aullarlas en la boca de una cueva, para el efecto que estaban surtiendo. Se le exigía más que eso, puesto que algo le había arrebatado a su hija. Si no lograba que ese algo se la devolviese, moriría en el intento, y eso sería lo mejor.

Ceres se detuvo frente a la vieja casa mientras, tras ella, el bosque se transformaba en una espesura impenetrable de troncos y ramas. Siguió la valla hasta dar con un punto en el que se había desprendido de las estacas y los postes, y se coló por el hueco. Caminó por el borde del jardín hundido, aquel lugar por el que David, en el libro (y, quién sabía, quizá también en la vida, o al final de ella), había entrado en otro mundo. Un cartel prohibía hacer pintadas en la piedra, pero Ceres veía grafitis hechos por los lectores en una época en la que la propiedad era más accesible.

Era la casa la que la llamaba. Detrás de las ventanas de la habitación más alta, la que había pertenecido a David hacía ya tantos años, creyó ver pasar una silueta. Aquello la hizo detenerse, aunque no mucho rato. La parte de sí misma que la observaba desde lejos comprendía que los incidentes del libro se mezclaban con sus recuerdos y que ahora veía lo que David había visto o había creído ver en otro tiempo: el Hombre Torcido arrastrándose por aquel lugar en busca de un niño. No era real, pero tampoco del todo irreal. El libro la había contaminado, la había transformado. Ahora formaba parte de ella, y si el libro formaba parte de ella, ¿acaso no formaba ella también parte de él?

El grajo volaba en círculos sobre el ala oriental de la casa, esperando a que lo alcanzara. Ceres notaba el crujir de la hierba escarchada bajo sus pies y dejaba un rastro de huellas, como el eco del cuento de Agathe y el Hombre Torcido, la confirmación de que se había convertido a la vez en cuento y en cuentacuentos, en bailarina y en baile.

Otro cartel junto a la puerta prohibía el paso y avisaba de que la propiedad estaba vigilada las veinticuatro horas del día, pero, gracias a Olivier, Ceres sabía que no era cierto y que el sistema de alarma estaba estropeado. Llegó a la parte de atrás de la casa, consiguió meter los dedos bajo la plancha de contrachapado que cubría una ventana y la arrancó. Uno de los vidrios ya estaba resquebrajado, así que se quitó un zapato y usó el tacón para rematar el trabajo; los añicos cayeron tintineando en el fregadero del interior. Una vez que estuvo segura de que en el hueco no quedaba ninguno, introdujo la mano y giró el cerrojo; después metió la punta de los dedos entre la guía inferior y el retenedor para abrir la ventana. Al final esta cedió, aunque no sin cierto esfuerzo por su parte y la dolorosa rotura de una uña. Trepó al alféizar y permaneció un segundo apoyada tan solo con un pie en el viejo fregadero de piedra del otro lado antes de bajar al suelo. Detrás de ella, el grajo se posó en el alféizar, pero no entró. Profirió un único graznido, quizá de aprobación, antes de alejarse volando.

A pesar del polvo y las telarañas, la cocina tenía un aspecto ordenado. Los utensilios de cocina seguían colgados de sus ganchos, las sillas estaban dispuestas alrededor de la mesa y en la chimenea vacía no había residuos ni hollín. Ceres percibió el correteo de los ratones en las sombras y también de algo más grande, seguramente una rata. Las ratas no le inspiraban miedo, solo cautela. Eran listas, no tanto como los grajos, pero listas. Sus ruidos y el dolor palpitante de la uña rota la devolvieron a la realidad. Había entrado en la casa sumida en una especie de aturdimiento y, al recuperarse, fue consciente de estar invadiendo una propiedad privada. No le preocupaba meterse en un lío demasiado grave (estaba segura de que el hospital lo comprendería), sino lo bochornoso que resultaría. Por lo tanto, su primer impulso fue marcharse por donde había venido, pero enseguida sintió el deseo de explorar, aunque solo fuera unos minutos. ¿Qué era lo que decía siempre su padre? De perdidos, al río. Teniendo en cuenta lo que le había costado entrar en la casa, debía aprovechar la oportunidad.

Sin embargo, también conocía el lugar por el libro. Estar allí era como meterse en sus páginas, así que no se habría sorprendido demasiado si un David espectral hubiera aparecido ante ella con un tomo bajo el brazo o si de la planta superior hubiera brotado la risa de un recién nacido. Ceres salió al vestíbulo; la escalera quedaba a la izquierda. Las paredes de la casa estaban vacías casi por completo. Seguramente habían descolgado los cuadros y las fotografías que antes las adornaban para guardarlos en alguna parte, o quizá los hubieran robado, porque se veían algunas zonas de pared más oscuras. No obstante, algunos seguían allí. Le sorprendió que hubiera tanta luz: los paneles de contrachapado que tapaban las ventanas y la puerta principal no estaban colocados perfectamente al ras y, por la orientación de la casa, la luz del sol de la mañana caía sobre la fachada principal y los rayos se colaban por los huecos.

En el salón, frente a ella, se veían las formas amortajadas de los muebles, que en su mente conjuraban visiones de figuras que se alzaban de los sillones y sofás, cuya monstruosidad permanecía oculta bajo los guardapolvos. Se lo pensó mejor y decidió no tocar aquella estancia, y se centró en la escalera. Arriba había más luz que abajo, ya que las ventanas de las plantas superiores no estaban tapadas. Junto al primer escalón había una vitrina pequeña con tapa de vidrio, puede que de cuando la casa era un museo. Contenía varias ediciones de la novela de David, además de un conjunto de objetos de su infancia transcurrida durante la guerra: una cartilla de racionamiento y un suplemento de este expedidos por el Ministerio de Alimentación; una cartilla para ropa a su nombre, con varios cupones sin usar; un manual de instrucciones titulado *Cómo cuidarse en tiempo de guerra,* y un permiso para entrar en el cercano Bletchley Park, la finca del padre de David. Por último, había una fotografía del autor con su esposa. ¿Cuánto tiempo habían podido disfrutar juntos antes de que la muerte los separase? Ceres solo recordaba que había sido muy poco.

El primer escalón crujió con estridencia al dejar caer todo su peso encima, lo que la detuvo un momento. Parte de ella, la parte lógica, sabía que la casa estaba desocupada; sin embargo, otra Ceres, más primitiva, dudaba. Podía culpar a Olivier y sus historias de fantasmas, pero no era solo culpa suya. Al fin y al cabo, no todo lo descrito en el libro era pura invención: el autor sí que había llegado allí de niño tras la muerte de su madre; se había peleado con su madrastra, que dio a luz a su hermanastro, y, aunque pareciera increíble, un bombardero alemán se había estrellado en el enorme jardín, y el joven David, hipnotizado por la estampa del avión en llamas, había estado a punto de perder la vida a consecuencia de ello. Cuando los límites que separaban lo verdadero de lo falso se difuminaban, también lo hacían los que separaban la realidad de la irrealidad. Para que una novela funcionara tenía que hechizar a quien la leía; no era preciso que creyera en lo imposible ni que dejara de distinguir entre la mentira y la verdad, pero sí que bajara sus defensas, que flotara entre ambas esferas e, incluso, durante un tiempo, que se sumergiera de tal modo en uno de esos mundos que llegara a olvidar por completo el otro. Ceres pensaba que, en aquella casa, la distancia entre los mundos era ínfima.

Llegó a lo alto del primer tramo de escalones. Todas las puertas de aquella planta estaban cerradas, y una ventana arqueada, cuyos vidrios eran transparentes o policromos a intervalos regulares, proyectaba una luz multicolor sobre los viejos tablones del suelo. A su derecha, un tramo de escalera más estrecho conducía al dormitorio de David, en el desván. La oscuridad allí era absoluta porque la suya era la única habitación de la planta de arriba, y su puerta también estaba cerrada. Ceres rememoró su onírico paseo hacia la casa y la forma que había vislumbrado junto a la ventana del desván. De nuevo, lo racional y lo irracional entraron en conflicto...

«He visto algo.»

«No he visto nada.»

...hasta que acabó llegando a un acuerdo que no satisfacía a ninguna de las dos partes, lo que, suponía Ceres, era la definición misma de un acuerdo:

«No sé lo que he visto, pero no era lo que me pareció que era».

Y aquello tendría que bastarle.

Empezó a subir con cautela la escalera del desván y se plantó frente a la puerta. No sabía qué haría si resultaba estar cerrada con llave. Hasta ese momento, solo había roto un pequeño vidrio que ya estaba agrietado. Técnicamente, aquello seguía siendo un allanamiento de morada, pero los daños eran mínimos. No estaba segura de querer añadir el destrozo de una cerradura y del marco de una puerta a su lista de delitos. Siendo objetiva, lo que estaba haciendo no tenía ningún sentido. Había entrado en una casa que no le pertenecía, abandonando durante un rato a su hija catatónica, y todo por un libro. Pero era demasiado tarde para deshacer cualquier transformación que la narrativa hubiera provocado en ella porque, una vez leída una historia, no se podía *desleer*. Ahora era una persona distinta, y el libro era el causante de ello.

¿O no? El cuento de las dos bailarinas y el Hombre Torcido había llegado hasta ella antes de abrir el libro. ¿Cómo podría haber hecho aquello sin conocer antes el libro y su contenido? Habría sido una coincidencia. A los escritores a menudo se les ocurrían ideas similares que partían de experiencias humanas comunes (enamorarse, enfermar, perder a un ser querido) o de lo que sucedía a su alrededor en el arte, la política e incluso la guerra. Cada escritor elaboraba una narrativa distinta con aquellos elementos porque no había dos escritores que compartieran con exactitud la misma perspectiva del mundo, aunque lo que creaban a partir de su experiencia personal fuese después comprensible para muchos. Entonces, ¿por qué no iba Ceres, como creadora de *El libro de las cosas perdidas,* a invocar la visión de una figura torcida con un sombrero torcido que jugaba a sus retorcidos juegos con los incautos?

Porque sabía que no se trataba de un personaje distinto con un nombre parecido: era la misma figura. Si de algún modo hubiera podido sentarse frente a David y convencerlo para que le dibujara su idea del Hombre Torcido mientras ella hacía lo mismo, habrían producido resultados prácticamente idénticos; estaba convencida de ello. «Como el demonio», pensó. Si pides a dos personas que dibujen al demonio, le pondrán cuernos, patas de cabra y, con toda probabilidad, una barba puntiaguda. Las imágenes de los demonios de distintas culturas a menudo tienen esos detalles en común, como si, en cierto momento, todos aquellos artistas hubieran sufrido la misma pesadilla.

Quizá a causa del trauma de lo que había hechizado a Phoebe y de todo lo que había llegado después (la rabia y el miedo, la pena y la culpa), Ceres creía haber encontrado una forma de acceder a una versión preliteraria de sí misma, una forma de memoria común. Distintas culturas compartían versiones de algunas historias, aunque no siempre estaba claro cómo era posible, puesto que algunos de aquellos relatos precedían al contacto entre civilizaciones. Cabía pensar que algunos de esos mitos eran tan esenciales para nosotros, tan cruciales para nuestra comprensión del mundo y de nuestro lugar en él, que los producíamos de manera natural antes de transmitirlos a las generaciones posteriores. Ceres oyó la voz de su padre como un eco dirigido tan solo a ella:

«Estos recuerdos nos enseñan qué debemos temer para que seamos conscientes de ello desde que nacemos, como ciertos olores o sonidos que indican peligro. Creemos que los animales heredan esta capacidad, así que ¿por qué no íbamos a hacerlo los humanos?».

Sonidos, olores. Imágenes.

Un Hombre Torcido.

El viento había arreciado en el exterior y arrancaba una letanía de gemidos y gruñidos a las viejas tablas, arrancaba escombros de las chimeneas en desuso y los tiraba contra las rejillas, y hacía que un polvo pálido y copos de pintura cayeran como nieve sobre Ceres. Las puertas cerradas con llave golpeaban los marcos y las ventanas vibraban. Abajo, en la cocina, un vaso o una taza, seguramente animada por una ráfaga de viento que se había colado por el vidrio roto, acabó estrellándose contra el suelo. Ahora, la puerta del desván se abría ante ella, no empujada de golpe, sino poco a poco, controlada por una mano cuidadosa.

Ceres miró el interior que se le revelaba al tiempo que dos mundos empezaron a confluir en uno.

XI
Teasgal
(GAÉLICO)

Viento que canta

La hiedra había invadido el desván. Se enroscaba en el armazón desnudo de la cama y en las estanterías. Oscurecía las paredes, colgaba en matas verde rojizo del cable de la lámpara sin bombilla y colonizaba el suelo. Y se movía: un pedazo apareció ante el rostro de Ceres y la observó; las dos hojas superiores, a ambos lados del tallo principal, se torcieron levemente hacia abajo, perplejas, como cejas al fruncirse. Ceres miró a su izquierda y vio que otro tallo agarraba con fuerza el pomo; era así como se había abierto la puerta a su llegada.

Entre la vegetación, insectos multicolores reptaban, saltaban y volaban. Ceres esquivó una polilla blanca con versos inscritos en las alas, construida a partir de una única hoja doblada con esmero, como una obra de origami que hubiera cobrado vida. Un saltamontes enorme aterrizó en el suelo, a sus pies; su cuerpo estaba formado por las tapas verdes y doradas de un libro. Unos escarabajos de rayas amarillas y negras pasaron correteando, cada uno con una nota musical distinta en el lomo; cuando se rozaban unos contra otros, producían sonidos metálicos. En la esquina derecha del fondo, una araña de papel negro, cuyo cuerpo era tan grande como la mano de Ceres, se encontraba en el corazón de una intrincada disposición de hilos pegajosos que se extendían casi hasta el centro de la habitación y estaban salpicados de moscas de una sola palabra.

Y, por encima de los crujidos, aleteos y repiqueteos, Ceres empezó a oír voces a medida que los libros abandonados y polvorientos de los estantes se despertaban y hablaban.

—¿Quién es? —preguntó uno—. ¿Quién anda ahí?

La voz procedía de un volumen sobre las últimas batallas de la Primera Guerra Mundial; Ceres vio que sus hojas se movían como labios, y que su tono era brusco y marcial, muy apropiado.

—Creo que es una mujer o una niña —contestó otro—. La oigo respirar. Por sus pasos en la escalera, creo que pesa unos setenta y siete kilos.

—¡Sesenta y tres! —exclamó Ceres, ofendida, antes de percatarse de que estaba discutiendo con un libro.

Evidentemente, no era la primera vez que discrepaba sobre el contenido de un libro, pero sí con el libro físico en sí. Por otro lado, le costaba distinguir con cuál de los libros estaba conversando porque el parloteo que manaba de los estantes era demasiado fuerte, y los bichos y la hiedra la distraían.

—¿Estás segura? Creo que te engañas, la verdad.

—Sesenta y cinco —reconoció Ceres—. Pero es que tengo retención de líquidos.

—¿Debería estar aquí? —preguntó el volumen bélico.

—Si está aquí, por supuesto que sí —repuso el otro—. ¿Por qué iba a estar aquí, si no?

—¡No uses ese tono conmigo, jovencito! Presentaré cargos. Averigua quién es. Es lo tuyo, ¿no? Investigar. ¿Para qué sirves, si no?

Tras algunos rezongos, que podrían haber incluido un par de palabras malsonantes, el segundo libro intervino de nuevo.

—Perdona, pero ¿quién eres? —preguntó con mucha educación.

Ceres por fin localizó la fuente de la pregunta: era un ejemplar de *Emilio y los detectives.*

—Me estoy volviendo loca —dijo ella.

—Ay, no seas así —respondió *Emilio y los detectives*—. No sirve de nada.

—Sí —añadió una voz de mujer que brotaba de un libro llamado *El buen señor,* de Kate Seredy—. Has encontrado tu camino y eso es lo importante. Si nos oyes es que estás en el lugar correcto. No hay motivo para asustarte.

—Todavía.

Esto lo dijo una edición muy manoseada de *La espada en la pie-*

dra, cuyas tapas colgaban del lomo por el más frágil de los hilos. Su contribución acalló la cháchara del dormitorio.

—Eso habrá que verlo, ¿no? —dijo *El buen señor*—. Bueno, ¿cómo te llamas, querida?

—Ceres.

Se produjo cierto murmullo al pasar el nombre de libro en libro, si bien resultaba evidente que algunos estaban bastante sordos, ya que Ceres oyó corregir con impaciencia varios Ferris, Doris y Dennise.

—¿Eres una niña? —le preguntó *Emilio y los detectives*—. No suenas a niña. Suenas a adulta.

—Soy adulta —respondió Ceres, pese a que ya no se sentía como tal.

—Bueno, eso explicaría la cuestión del peso, aunque sigo creyendo que deberías comprobar si tu báscula funciona bien.

Más murmullos y más intercambios de pareceres, algunos airados.

—Sospecho que se ha cometido un terrible error —dijo Ceres—. Veréis, leí un libro, pero quizá fuera el libro equivocado. Creo que se me ha metido en la cabeza y me ha *despiscertado.*

Despiscertado: una de las palabras de su padre, como *aycidente* en vez de *accidente* y *aletosa* en vez de *mariposa.* No había usado aquella palabra ni la había oído usar en voz alta desde su fallecimiento.

—No existen los libros «equivocados» —dijo con paciencia *La espada en la piedra*—. Solo el libro correcto leído en el momento equivocado.

—No te metas con ella —repuso *El buen señor*—. ¿No ves que está confusa? ¿Por qué has venido, Ceres? ¿Qué buscas?

Ella pensó en esa pregunta. Podría estar sufriendo una crisis nerviosa que la hacía ver una hiedra con voluntad propia, esquivar insectos creados con papel viviente y oír hablar a los libros, pero lo curioso (bueno, lo más curioso de todo) era que los libros le planteaban preguntas sensatas. ¿Por qué había ido hasta allí? ¿Qué estaba buscando?

—Mi hija está enferma. No, es peor que eso: se ha ido. Todo lo que adoraba de ella ha desaparecido y solo queda un cuerpo. Aunque respira, ya no es Phoebe. Alguien me la ha robado y quiero que me la devuelva. Hablo con ella y la llamo, pero no responde, y es muy duro, tan duro que a veces quiero rendirme. Cada vez sucede más a menudo, ese deseo de tumbarme y no volver a levantarme más.

»Así que eso es lo que busco: la forma de recuperar a mi hija, porque no puedo seguir así. En cuanto a lo que me ha traído hasta aquí, ha sido el libro que estoy leyendo. Me ha enfermado, y ahora veo y creo cosas que no son reales, vosotros incluidos.

—Pero esto sí es real —dijo *El buen señor,* amable—. Todo lo que puedes imaginar es real. Tú misma lo creas. Esta es la historia de tu vida y nosotros formamos parte de ella tanto como tú. Y si has venido hasta aquí buscando a tu hija, eso quiere decir...

—Escuchad —dijo *Emilio y los detectives.*

El buen señor dejó de hablar. Todos los libros lo hicieron, aunque, hasta aquel momento, su parloteo había sido incesante. Eran libros que hablaban con otros libros, que al fin y al cabo era lo suyo, porque ningún libro era una creación aislada y la literatura consistía en una larga conversación constante entre historias.

El viento había vuelto a cambiar. Era más frío, frío con saña, la clase de frialdad que no pelaba, sino que despellejaba. El sonido que hacía no se componía de ráfagas aleatorias, sino que eran como inhalaciones y exhalaciones; y no llegaba de fuera, sino del desván mismo, de las paredes, del techo y del suelo.

—¿Qué ocurre? —preguntó Ceres.

—Ahora sí que hay que tener miedo —dijo *La espada en la piedra.*

—Tienes que salir de aquí, Ceres —le dijo *El buen señor*—. Date prisa, pero procura ser sigilosa. De lo contrario, te oirá. Y no debe oírte.

Ceres retrocedió y la hiedra cerró la puerta a su paso sin hacer ruido. Quería correr, pero sabía que si lo hacía la detectarían, y la advertencia de *El buen señor* no había caído en saco roto. Así que se quedó en el escalón superior, con una mano en la barandilla y la otra contra la pared, e intentó permanecer lo más inmóvil posible. Detrás de la puerta, el viento alcanzó un *crescendo* antes de cesar por completo, sustituido por un movimiento de hojas, como si alguien o algo se abriera paso entre la vegetación del interior.

Ceres se agachó hasta ponerse a la altura de la cerradura vacía. Atisbó por el ojo y vio que la hiedra se desplazaba y formaba una única masa en el centro de la habitación. Aparecieron en ella dos agujeros, después un tercero más grande, debajo, con la mera insinuación de una nariz entre ellos. Ceres estaba viendo un rostro que ahora giraba a izquierda y a derecha, buscando con el ceño fruncido. Una polilla de papel, sobresaltada, aleteó delante de él, y dos tentáculos de hiedra salieron disparados de la boca verde y la hicieron trizas. Los restos de la polilla planearon hasta el suelo mientras la hiedra se extendía más allá, donde Ceres ya no podía verla. Cuando los zarcillos volvieron a ser visibles, sostenían entre ellos un libro: *El buen señor.*

La boca verde se movió y de ella surgió una voz cantarina que había sido destinada tan solo a la burla y la malicia.

—Te he oído hablar, libro —dijo—. Pero ¿con quién?

—Con mis hermanos y hermanas, como siempre.

Lo único que delataba su miedo era un levísimo temblor en la voz.

—No, no como siempre —repuso el rostro de hiedra—. Conozco los tonos y patrones de todos y cada uno de vosotros, de tanto tiempo como hace que escucho vuestro parloteo. Pero se ha oído otra voz, una que no he reconocido. ¿Significa eso que se ha añadido un libro nuevo a vuestro acervo? De ser así, enséñamelo. Dime quién lo ha traído y por qué.

—Te equivocas —replicó *El buen señor*—. Solo están los que ves en nuestros estantes, como ha sido desde hace muchos años.

Los ojos del follaje se entornaron.

—Ya deberías saber que no conviene mentirme.

—¿A ti? —repuso el libro, en un valiente acto de rebeldía—. Pero si ni siquiera sabemos quién eres... Aunque a menudo te percibimos rondándonos y a veces te oímos pasar como una brisa entre la hiedra, no te conocemos.

—Ah, sí que me conocéis, puesto que mi espíritu está dentro de cada uno de vosotros. Tendríais que haber prestado más atención.

El buen señor no respondió de inmediato, pero cuando lo hizo el miedo había regresado a él. Ceres pensaba que en realidad sí que había reconocido a la aparición y que además no era la primera vez que lo hacía; no obstante, el libro insistió en negarlo.

—Seas lo que seas, no te necesitamos —dijo—. Aquí hay mundos dentro de otros mundos, infinidad de personas, lugares e ideas. Con eso nos basta. No pedimos más.

—Otra mentira —dijo el rostro de hiedra—. Necesitáis un lector. ¿De qué sirve un libro si no se lee? Te lo diré: de nada. No ha sido una única voz lo que me ha atraído, sino vuestro entusiasmo, vuestra alegría. Ningún libro nuevo, por maravilloso que sea, habría despertado esas emociones. Vuestro deseo de ser leídos os ha delatado, y eso solo lo puede haber provocado la llegada de una persona. Así que te lo preguntaré de nuevo: ¿con quién hablabais?

—Esto es ridículo —dijo *El buen señor*—. Déjanos en paz. No debatiremos con un espectro, con un fantasma itinerante que tiene que tomar prestadas hojas y ramas para dotarse de una estructura.

—Que así sea —zanjó el rostro. Más hiedra rodeó a *El buen señor,* aferrándose a sus hojas y tapas y abriéndolo de par en par—. Adiós, libro.

Y entonces despedazó a *El buen señor* como había hecho antes con la polilla, reduciéndolo a fragmentos de papel y jirones de tela. Ceres oyó gritar al libro, pero solo al principio. Una vez roto el lomo, no hubo nada que hacer, y, después de eso, su fin llegó deprisa.

La hiedra salió de nuevo de caza y regresó con otro tomo, esta vez *Emilio y los detectives.* Fuera lo que fuera aquella entidad, podía, en efecto, identificar la voz individual de cada libro. No tardaría en llegarle el turno a la historia militar y a *La espada en la piedra.*

—¿Qué me dices tú, chico? —preguntó el rostro de hiedra—. Intuyo que serás más sensato. Si no, me tomaré mi tiempo contigo, hoja por hoja, y te prometo que me lo contarás todo antes de que acabemos.

»Pero no quiero destruirte. Verás, me gustan las historias, así que ¿por qué iba a disfrutar destrozando una? Te lo pondré más fácil. Sé que la persona que ha entrado era una mujer. Me gustaría que me dijeras su nombre. ¿Lo harás, chico? Solo un nombre. ¿Sabes?, he estado esperando a una mujer, una mujer en concreto. Podría decirse que la he estado llamando. Es importante, más importante de lo que imaginas, pero no le deseo ningún mal. Justo lo contrario: quiero ayudarla.

Poco a poco, la hiedra empezó a arrancar la portada interior de *Emilio y los detectives*. El libro gimió con la voz de un niño y Ceres no pudo soportarlo más.

—¡Para! —gritó—. ¡Déjalos en paz!

La puerta se abrió de golpe y aquel rostro espantoso la miró, triunfante. La hiedra se arrastró rauda por el suelo hacia ella mientras un coro de voces voceaba al unísono desde los estantes:

—¡Corre!

Y Ceres corrió.

XII
Wathe
(INGLÉS MEDIO)

Caza de la presa

Ceres bajó de dos en dos los escalones del desván y solo al llegar a la escalera principal se tomó un momento para ver cómo iba la persecución. La hiedra cubría a toda prisa las paredes y los techos, y se enroscaba en los pasamanos de las barandillas, aunque ahora estaba salpicada de púas con las puntas teñidas de rojo, como espinas mojadas en sangre. Con ella avanzaba el rostro del desván, que se reconstituía una y otra vez para colocarse al frente y liderar la caza desde las frondas delanteras.

Aquella ligera vacilación bastó para que Ceres se hiciera un rasguño en el tobillo por culpa de una rama que había dejado atrás al resto, lo que también sirvió para espolearla. Tenía la puerta principal ante ella, pero no podía escapar por allí. Aun en el caso de que pudiera haberla abierto, detrás había una plancha de acero. No, tendría que salir por donde había entrado, lo que significaba llegar hasta la cocina y trepar a la ventana, pero abajo estaba más oscuro de lo que recordaba. Poco a poco, algo tapaba los haces de luz solar que se colaban por los huecos de las tablas, y Ceres oía movimiento en el tejado. Se imaginó la hiedra derramándose desde la ventana del desván y envolviendo lentamente la casa entera. Cuando terminara, ella se quedaría atrapada dentro, secuestrada por una criatura compuesta de verdor y odio que le haría lo mismo que le había hecho a *El buen señor:* la agarraría, la atormentaría y la destrozaría.

Ceres se giró de golpe en el último escalón y patinó de tal modo sobre los tablones del suelo que estuvo a punto de caer antes de recuperar el equilibrio. Otra rama le rozó la mano derecha y le cortó la carne blanda entre el pulgar y el índice, pero la puerta de la cocina estaba justo delante y Ceres todavía veía luz. Tenía sentido: si la hiedra usaba la ventana del desván para acceder al exterior de la casa, aquel sería uno de los últimos lugares a los que llegaría. Al otro lado de la ventana había campo abierto, y Ceres era capaz de correr deprisa en caso necesario. Una vez que estuviera fuera, adelantaría a la hiedra y a lo que fuera que la animaba. Desde allí iniciaría una carrera hacia Lantern House y la seguridad; si el bosque seguía siendo infranqueable, no le quedaría más remedio que rodearlo, pero se enfrentaría a ese problema cuando tocara.

Ceres entró en la cocina, donde, por suerte, el sol seguía brillando a través del cristal despejado; sin embargo, al acercarse, la hiedra de fuera reptó por la ventana y la cocina se sumió en la oscuridad. La única luz visible entraba por debajo de la puerta.

—Por favor —susurró Ceres—. Por favor.

Giró el pomo cuando los primeros dedos de hiedra se aferraban al umbral de la entrada de la cocina. La puerta trasera estaba cerrada con llave y tenía el marco hinchado, pero Ceres vio que la madera se había podrido y no aguantaría mucha presión. Tiró con fuerza, apoyando el pie izquierdo en la pared, y la puerta se soltó. Detrás había una plancha de contrachapado, no de acero, como en la puerta principal. Cargó contra ella una vez, dos veces. Los tornillos empezaron a soltarse justo cuando la hiedra invadía con fervor la cocina. Dio un paso atrás sin prestar atención al dolor cuando una espina le hizo un corte en la pantorrilla izquierda, y arremetió con todo el cuerpo contra la plancha. Al derribarla, el impulso la lanzó al suelo, contra el que se estampó dolorosamente de bruces, y se quedó sin aliento. Su cara acabó también golpeando la tierra y notó que le crujía la nariz. La conmoción del impacto la dejó aturdida, aunque, a pesar del dolor, consiguió levantarse y echar a correr, dispuesta a abandonar aquella casa para siempre.

Sin embargo, al volver la vista atrás, la casa no estaba.

XIII
Scocker
(ANGLIA ORIENTAL)

Grieta en un roble

Ceres no se encontraba de pie sobre un césped crecido, sino en medio de un tupido bosque con unos árboles tan altos que las copas se perdían entre las nubes bajas y los troncos eran tan gruesos que ni cinco hombres cogidos de la mano habrían podido rodear ninguno de ellos. La corteza del que tenía más cerca estaba mutilada por una herida que se alargaba desde el suelo hasta la altura de su cabeza y supuraba savia viscosa. No obstante, mientras lo observaba, la abertura empezó a cerrarse, y Ceres comprendió que había llegado allí a través de ella. De algún modo, había cruzado el umbral de la casa y había salido por un tronco. La buena noticia era que ya no la perseguía ni la hiedra ni ninguna otra cosa. La mala, que no tenía ni idea de dónde estaba, pero, fuera donde fuera, no era donde se suponía que debía estar: cerca de Lantern House y de Phoebe.

Ceres se agarró a los laterales de la abertura del árbol, cuyo ancho había quedado ya reducido a la mitad, y empujó con fuerza. Si permitía que desapareciera la entrada, quizá se quedara atrapada en aquel sitio, ¿y qué sería entonces de su hija? Pero el tronco estaba empeñado en curarse, y la corteza, la savia y el duramen se reconstituían y acercaban cada vez más sus manos hasta que Ceres se vio obligada a cejar en su empeño para no arriesgarse a sacrificar las puntas de sus dedos. Vio desaparecer lo que quedaba de la grieta y después fue como si la herida del árbol nunca hubiera existido, ya que ahora era idéntico a sus hermanos. Si se alejaba, aunque solo fuera un poco, no estaba muy segura de ser capaz de volver a encontrarlo.

Solo entonces se fijó en la sangre que le brotaba de la nariz herida. Se la tocó con precaución y no la notó rota, aunque sí muy dolorida. Se sacudió la sangre de los dedos y, un segundo después, le volvió a caer encima. En la base del árbol había unas flores amarillas y blancas y, en el centro de cada una de ellas, un rostro infantil. Las flores la miraban con tristeza, sobre todo la que tenía más cerca, cuyos pétalos estaban salpicados de sangre. La flor se sacudió con fuerza y se libró de parte de ella, pero una pequeña cantidad le bajaba hacia la boca, por más que la flor intentara soplarle para mantenerla alejada.

—Lo siento muchísimo —dijo Ceres.

Se sacó un pañuelo de papel del bolsillo, escupió en él como hacen instintivamente todas las madres del mundo y se agachó para limpiarla. Antes de que pudiera hacerlo, las flores se cerraron al unísono formando un caparazón protector duro y, pegajoso con sus hojas.

—Bueno, como queráis —dijo Ceres—. Ahora estaréis todas manchadas, y bien merecido que lo tendréis. Solo pretendía ayudar.

Intentó discernir lo que la rodeaba, pero no veía más que árboles y más árboles, y más matas de flores amarillas y blancas, que seguían cerrándose unas tras otras, ya que el pánico de una se transmitía a la siguiente, hasta que el bosque quedó reducido a verdes y marrones.

Ceres contempló la posibilidad de pellizcarse. Era lo que hacía la gente en los cuentos cuando creía que estaba soñando, aunque ella no lo había hecho nunca porque un pellizco rara vez solucionaba nada. Por otro lado, el dolor de la nariz era bastante real y todavía tenía resentidos los pechos por la caída, pero también había experimentado dolor en sueños, o creía haberlo hecho. A veces soñaba con la noche en que Phoebe había nacido, la experiencia más dolorosa que había vivido, y se despertaba fatigada porque el sufrimiento del parto la perseguía hasta la vigilia.

Intentó despertarse, apretar mucho los ojos con la esperanza de, unos segundos después, encontrarse de vuelta en una de las suites para las visitas del hospital, o tumbada en el césped de la vieja casa, donde ahora no habría hiedra porque eso también había formado parte del sueño; o más bien de la pesadilla, sí, lo que no dejaba de ser un sueño. Sin embargo, no funcionó porque cuando abrió los ojos seguía estando en el bosque y le seguían doliendo la nariz y el pecho.

«¿Será así como Phoebe experimenta su existencia ahora?», se preguntó, «¿como una especie de sueño del que no puede despertar por mucho que lo intente?»

Otro pensamiento siguió al anterior.

«Si estoy atrapada aquí, ¿lo estará también ella? De ser así, puedo encontrarla. Puedo volver a estar con ella. Aunque todo sea una ilusión, será mejor que la realidad de vivir sin ella y que la impotencia de no poder ayudarla.»

Mientras intentaba buscarle un sentido a su situación, Ceres llegó a la conclusión de que quizá sí tuviera una idea de dónde estaba. Aquello era Otra Parte, el mundo de *El libro de las cosas perdidas*. Lógicamente, la obra seguía en su cabeza después de leerla: lo que recordaba de su estructura, de sus sucesos y sus personajes. Conocer su contenido le había transformado de algún modo la conciencia, creando un paisaje en el que habitar en su estado límbico. Por lo tanto, estaba inconsciente o, con más probabilidad, semiinconsciente, y en su delirio elaboraba una versión de Otra Parte.

No obstante, la lógica tenía sus límites, y estos empezaron a desmoronarse cuando Ceres notó el sabor de la sangre en los labios y sintió el dolor de una nariz que había estado a punto de romperse; cuando olió la hierba, oyó el zumbido de los insectos y vio los granos de polen en su piel; cuando tocó la corteza del árbol y las hojas de un arbusto, y los dedos se le mancharon de marrón y verde.

Ceres oyó agua fluir por allí cerca, y siguió el sonido. Quería lavarse la sangre de la cara y se le ocurrió que aplicarse agua fría en la pobre nariz tampoco le haría ningún mal. Mientras caminaba, tuvo que subirse los vaqueros porque se le escurrían por las caderas, y se dio cuenta de que la camiseta le quedaba más holgada que antes. Tropezó porque se pisaba los pantalones con unos zapatos que ahora le iban un poco grandes.

Tuvo una horrible premonición.

—No —dijo—. No, no, no...

Llegó hasta un arroyo que alimentaba un estanque cristalino y se arrodilló para mirar su reflejo. El rostro que le devolvía la mirada estaba manchado de sangre y tenía la nariz muy hinchada, pero seguía siendo el suyo, salvo que...

Salvo que parecía tener dieciséis años, no treinta y dos. Hasta el pelo le había cambiado. Lo llevaba corto desde los veintitantos, y ahora era mucho más largo, le llegaba hasta los hombros. Y, aunque nunca había sido especialmente alta y había dejado de crecer antes de terminar la adolescencia, había menguado cinco centímetros y perdido unos cuantos kilos, lo que explicaba por qué la ropa no le quedaba tan bien como antes. Tenía los senos más pequeños y las caderas más estrechas; claro, porque aquel ya no era el cuerpo de una mujer que había dado a luz. Era el cuerpo de una niña o un cuerpo que había dejado atrás la infancia hacía muy poco. Era el cuerpo de una joven, no de una adulta.

—Ay, no. La adolescencia otra vez no, por favor —dijo Ceres.

XIV
Getrymman
(INGLÉS ANTIGUO)

Construir algo resistente y fortificarlo contra los ataques

En una cama hecha con un palé de madera dentro de una casa de piedra con una chimenea que no conocía el fuego desde hacía media vida o más, una figura se revolvió. Un hombre se levantó del fino colchón y echó a un lado la pesada manta. Se observó las manos y después la ropa, como sorprendido por su apariencia, o incluso por el hecho mismo de estar allí. Vestía una camisa y calzas de lana verde y suave. Tenía el pelo corto y veteado de gris. Se acarició la mandíbula y comprobó el largo de la barba incipiente: un par de días, no más, aunque sabía que había pasado mucho más tiempo dormido. La rigidez que sentía se lo dejaba claro.

Junto a la cama había una pesada hacha con la hoja vieja, pero todavía afilada y sin mácula. El hombre le puso una mano encima y, de haber habido alguien más en la estancia, quizá hubiera visto una sucesión de recuerdos recorrerle el rostro, una pantomima de momentos de felicidad, tristeza y pérdida, todo evocado por el contacto del arma con la piel. En un estante, junto al hacha, había un arco de madera al que le habían quitado la cuerda para alargarle la vida, y un carcaj con flechas. En otro, cercano, reposaba una espada dentro de una vaina funcional, un cuchillo dentro de otra más ornamentada y un peto de cota de malla al que habían untado de una ligera capa de grasa antes de reservarlo. El hombre recordaba haber guardado todas aquellas cosas o, al menos, recordaba a una versión de sí mismo haciéndolo. Parecía haber transcurrido tanto tiempo desde entonces que quizá lo había imaginado.

No obstante, volvía a estar despierto. Se había producido una alteración de la que debía encargarse; y si debía encargarse de ella, era porque existía un conflicto. Quedaba por ver la forma que adoptaría y cuál sería la tarea en cuestión, pero primero tenía que librarse del cansancio que le calaba los huesos. Recogió el hacha, puesto que habría sido una imprudencia salir a un mundo incierto sin alguna protección a mano, y se acercó a la puerta, que estaba cerrada con llave y tranca, igual que las ventanas, que estaban bien aseguradas desde dentro. Retiró la tapa de la mirilla: todo parecía tranquilo más allá de la casa. Su jardín no se veía demasiado revuelto y las primeras plantas del invierno ya asomaban de la tierra, aunque aún no tenían flores. Al otro lado de la valla estaba el bosque, y la hiedra dormida cubría los árboles más cercanos, lo que era buena señal.

Abrió la puerta y salió. La casa era de piedra, con un tejado de madera sellado con lodo y paja, pero el exterior no era como recordaba. En los muros, empotrados como si formaran parte de los mismos bloques, había púas de acero tan largas como el antebrazo de un hombre, y algunas más sobresalían del tejado. Todas acababan en unas puntas letales, y se fijó en que, además, las recorrían unas extrusiones más pequeñas, como las espinas de una rama. Estaban pensadas no solo para perforar, sino también para rasgar. Aquello no era obra suya ni de ninguna mano humana. Había sido creado por voluntad de la misma casa, para proteger a su habitante. Examinó con cautela las defensas, olisqueando el metal por si detectaba veneno, pero no advirtió nada. La casa había decidido que bastaba con el acero.

Anexo al edificio había un establo; una yegua marrón asomaba la cabeza por la portezuela superior de su cuadra. Relinchó a modo de saludo al verlo acercarse y le hocicó el cuello cuando el hombre la abrazó. Una capa de paja cubría el suelo y había agua en el abrevadero. La llegada de la yegua había sido debidamente preparada, igual que la suya.

—Pareces casi tan desconcertada como yo —le dijo al animal tras apartarse de él—, pero me alegro de tenerte conmigo.

Se dirigió al pozo, donde llenó un cubo, se desnudó y se lavó. Pese a haberse preparado mentalmente para el frío, este provocó un fuerte impacto en su organismo; aun así, para asegurarse de acabar con todo rastro de lasitud, se vació el resto del cubo sobre la cabeza antes de volver a llenarlo. Después se vistió con ropa limpia de lana, cuero y piel, calentó un poco de agua al fuego, vertió en ella avena de su despensa (fresca, por suerte; de nuevo había sido la casa, aunque era una pena que no hubiese considerado oportuno añadir algo de cecina o unos cuantos huevos) y se preparó unas gachas para desayunar. Cuando terminó, le colocó la cuerda al arco, se guardó el cuchillo en el cinto y volvió a coger el hacha. La espada la dejó. No pensaba alejarse tanto; no todavía. Abrió la puerta del establo, ensilló a la yegua y montó. El animal no necesitó más que un ligero toque de los talones para echar a trotar, ya que estaba tan ansioso como él por volver.

Al llegar al bosque, la hiedra (su hiedra, porque la había de todo tipo, algunos más benevolentes que otros), que había permanecido inmóvil hasta el momento, se agitó en troncos y ramas, como el despertar de unas serpientes verdes, y se irguió para saludarlo. Le acarició la mejilla, le alborotó el pelo y le tiró de la ropa, juguetona. A su alrededor, las ramas se movían, a pesar de que no soplaba el viento, y las flores amarillas y blancas lo miraban sin timidez. Otras descendían para alfombrarle el camino, mientras las hojas susurraban su tributo.

El Leñador había regresado a aquellas tierras.

XV
Gairneag
(GAÉLICO ESCOCÉS)

Riachuelo ruidoso

Ceres no se había movido de la orilla ni había apartado la vista del árbol. Lo había marcado colocando una moneda de cinco peniques en una muesca con forma de corazón que había encontrado en el tronco, con la cara de la reina hacia fuera. A medida que avanzaba el día, la hierba de alrededor se iba calentando.

No tenía muy claro qué era real y qué cuestionable, pero de algo estaba segura: aunque estuviera soñando o sufriendo una especie de crisis nerviosa, el árbol representaba un vínculo con todo lo que ella era. Si se separaba de él, temía renunciar también a su cordura. Allí sentada, intentó recordar todos los detalles posibles de *El libro de las cosas perdidas;* sin embargo, las visiones de loups, hechiceras, arpías, troles y cazadoras psicóticas no hacían que se sintiera mejor. A pesar de los esporádicos momentos sosegados de la novela, aquel era un mundo compuesto por amenazas. El único consuelo estribaba en que casi todos los horrores que recordaba se eliminaban, a menudo de forma violenta, en el transcurso del relato.

Pero ¿acaso podía creerse aquella historia? Si bien a veces las novelas contenían verdades, eso no equivalía a que fueran ciertas. No obstante, allí estaba, varada en un lugar que no debería haber sido real, pero que lo parecía en todos los sentidos. Todo aquello le daba dolor de cabeza.

—Buenos días —saludó una voz masculina desde algún punto cercano a su zona lumbar.

—Buen...

Ceres se alejó de un salto de la orilla al ver que una cabeza asomaba a la superficie del agua. Tenía el tamaño de la de un niño pequeño, pero con la cara surcada de arrugas, y lucía algas a modo de cabellos y una barba que se parecía al musgo que se encuentra en algunas piedras antiguas. Al observarlo mejor, concluyó que la piel se asemejaba más a las escamas de un pez, mientras que un agua clara fluía sin parar desde algún punto por debajo de aquella mata de algas, como si el hombrecillo fuera, al menos en parte, también de agua. Ceres no conseguía imaginar dónde estaría el resto de su cuerpo, puesto que en aquel punto la profundidad del riachuelo solo alcanzaba más o menos medio metro. O tenía una forma muy peculiar o era solo cabeza.

—Bonito día para esto —dijo el hombre con voz borboteante—. Bueno..., sea lo que sea «esto» —añadió, vacilante, con el tono de alguien que, al descorrer las cortinas tras despertarse para saludar el nuevo día, se encuentra a una desconocida fisgoneando en su jardín—. Eres nueva por aquí, ¿no?

—Acabo de llegar —respondió ella—, aunque no sé bien de dónde exactamente.

—Bueno, aquí es aquí —repuso la figura—. Es evidente. Si no fuera aquí, sería allí, lo que no es lo mismo en absoluto.

—Tienes razón, por supuesto. Pero permíteme que te diga que eso no me resulta de mucha ayuda. Vamos, que no es como si me dieras un mapa, ¿sabes?

—No, supongo que no. No se me dan bien los mapas. Nunca me han hecho falta. —Una mano acuosa salió del arroyo, junto con un caracol muy pequeño y algo sorprendido que se había acoplado a una de las uñas, y se tiró del labio inferior, algo perplejo—. Por cierto, ¿qué es un mapa?

—Es... Da igual —dijo ella, y entonces, como parecía lo más apropiado, se presentó—. Me llamo Ceres.

—Encantado de conocerte. Yo soy el Espíritu del Agua. De esta agua en concreto, claro, no de toda el agua. Ser el espíritu de toda el agua es un trabajo considerable. No me gustaría nada. Al día le faltan horas para eso, la verdad. Vamos, que habiendo ríos, lagos, mares y demás, tardas una eternidad en presentarte a alguien, sobre todo a los peces, y en preguntarles cómo les va y qué es de su vida. No tienen demasiada labia, los peces. Tampoco los cangrejos. Ahora que lo pienso, hace tiempo que no hablo con nadie que me pueda responder. Así que, resumiendo, me siento satisfecho siendo lo que soy: Espíritu del Agua (sucursal local, sector sur), ese soy yo. —El Espíritu del Agua se tiró otra vez del labio—. Es casi un trabalenguas, ¿eh? —caviló—. Espíritu del Agua (sucursal local, sector sur). No es buena idea incluir cláusulas subsidiarias que te hagan un flaco favor restándote importancia. Porque, cuando menos te lo esperas, alguien resbala en una piedra traicionera y pide hablar con tus superiores.

—¿Qué tal «Espíritu del Arroyo»? —sugirió Ceres, ya que le parecía la solución más evidente.

El hombrecillo probó a decirlo para ver cómo sonaba.

—Espíritu del Arroyo. Vaya, ¿por qué no se me había ocurrido? Me gusta. Suena casi como el río, es una onomato..., como se llame.

—Onomatopeya —dijo Ceres.

—Eso. Pues Espíritu del Arroyo, decidido. Total, que, como decía, estoy completamente satisfecho, sí. Tengo mis peces. Tengo mis caracoles. —Agitó la mano con cuidado para que no se cayera su ocupante—. De vez en cuando pillo algún que otro tributo, no sé si me explico.

El Espíritu del Arroyo tosió de forma húmeda pero significativa y le guiñó un ojo.

—¿Un tributo?

—Bueno, has usado mi agua para limpiarte y he visto que también has bebido. No me malinterpretes, no me parece mal. Procuro tener muy limpio mi arroyo. Podrías comer en el suelo de ese estanque, si fueras un pez. Pero una pequeña muestra de gratitud nunca está de más, ¿verdad? Es bonito que te reconozcan tu trabajo. Vamos, que te agradezco que me hayas ayudado con el tema del nombre y lo estoy teniendo en cuenta, pero un espíritu tiene que ganarse la vida.

Ceres rebuscó en los bolsillos. Aunque la única moneda que llevaba era la que había usado para marcar el árbol, localizó un botón plateado que se le había caído aquella misma semana de la chaqueta y que pretendía coser cuando estuviera de humor.

—No tengo dinero, solo esto.

El Espíritu del Arroyo abrió los ojos como platos.

—Aaah, eso es precioso, sí. Muy reluciente, muy... distinto. Se merece mucho más que un lavado rápido de cara y un par de tragos de agua. A cambio de eso, podrás bañarte en uno de mis estanques siempre que quieras, e incluso les pediré a unos cuantos peces que te mordisqueen la piel muerta de los pies. Si se entusiasman demasiado, dales un capirote. Tampoco queremos que se te coman un dedo.

Ceres declinó su oferta con mucha educación. No sabía si le apetecía bañarse en un estanque que tenía su propio espíritu residente. Ni siquiera le gustaba cambiarse en el vestidor de la piscina municipal, así que no hablemos de la posibilidad de que un ancianito asomara la cabeza para preguntarle si quería que le frotase la espalda.

—Bueno, la oferta sigue en pie para cuando la necesites —respondió el Espíritu del Arroyo cuando Ceres le entregó el botón—. Mientras tanto, si te encuentras con algún problema de naturaleza acuática, no tienes más que pronunciar mi nombre: Espíritu del Arroyo. ¿Lo tienes? Espíritu... del... Arroyo. ¿Necesitas que te lo escriba?

—Estoy segura de que lo recordaré —respondió ella.

Como no quería ofenderle, no dijo que había un montón de arroyos y que, por tanto, seguramente también habría un montón de espíritus. No obstante, el cauce de aquel espíritu del arroyo en concreto, con sus aguas bajas, frías y claras, sus estanques pedregosos, sus peces y sus caracoles, le pareció el lugar idóneo que reclamar como propio.

—Tengo que irme —dijo el Espíritu del Arroyo, que volvía a fundirse con el agua—. Tengo cosas que hacer, rocas que limpiar.

—¡No! —exclamó Ceres—. Espera un momento, que todavía no me has dicho dónde estoy. No me has dicho nada. —Pero el espíritu ya se había ido—. Y me has costado un botón —añadió, malhumorada.

Se subió los pantalones. No le quedaba más remedio que hacer algo con ellos, porque si, por lo que fuera, tenía que correr, se le acabarían cayendo hasta los tobillos. Sin embargo, esperaba no tener que correr, ya que, si lo hacía, con toda probabilidad sería porque huía de algo. Se examinó los bajos de los vaqueros y decidió que lo primero que tenía que hacer era darles un par de vueltas para no tropezarse con ellos, antes de confeccionar un cinturón. Meditó sobre la posibilidad de usar un pedazo de hiedra, pero entonces recordó su experiencia con la de la casa vieja y no se sintió dispuesta a cortar ninguna vegetación que pudiera tomárselo a mal. Cerca de la orilla del arroyo crecían unos juncos altos. Les dio un tirón cauteloso y, al ver que ninguno de ellos objetaba al respecto y tras algo de esfuerzo, consiguió arrancar uno de cuajo. Era lo bastante largo para rodearle la cintura y atárselo sin que se rompiera. Por un momento, Ceres se sintió como Robinson Crusoe después de construir su choza en la isla: un triunfo del hombre o, en este caso, de la mujer sobre la naturaleza.

Cuando volvió a mirar hacia el tronco del árbol, la moneda había desaparecido.

XVI
Wicches
(INGLÉS MEDIO)

Brujas, hechiceras

Durante un instante, Ceres creyó que se equivocaba. Debía de estar mirando el árbol que no era o haberse alejado por la orilla más de lo que pensaba. Regresó sobre sus pasos, pero no solo seguía sin ver la moneda, sino que tampoco lograba dar con ningún tronco que tuviera un hueco con forma de corazón. Eran todos absolutamente idénticos.

Oyó un aleteo sobre ella. En una rama alta, un círculo de metal brillaba en el pico de un pájaro negro: un grajo que, de haber estado más cerca, lo bastante cerca para que distinguir sus rasgos, Ceres estaba segura de que solo tendría un ojo.

—¡Ladrón miserable! —le gritó—. Baja aquí ahora mismo y deja esa moneda donde estaba.

Pero el grajo se limitó a revolotear de árbol en árbol, posándose en ramas cada vez más bajas: jugaba con ella, o esa impresión daba. Ceres, cegada por la ira, lo persiguió, internándose así en el bosque hasta perder de vista el arroyo. El grajo siguió con su juego y, cuando la tuvo del todo desorientada, emprendió el vuelo y desapareció.

—¡Te odio! —gritó Ceres—. ¡Espero que te atragantes y te asfixies con esa moneda!

Habría jurado que oyó un graznido de burla a lo lejos; después, nada más.

Se detuvo a echar un vistazo a su alrededor. Los árboles allí eran más grandes y viejos, y el dosel que formaban era tan tupido y oscuro que solo unos delgados rayos de sol atravesaban la oscuridad. Sin embargo, detectó humo de leña en el aire, procedente de un lugar cercano. Ardía un fuego, lo que apuntaba a la presencia de personas. Como ya estaba perdida sin remedio, daba igual hacia dónde fuera, así que siguió el olor hasta dar con una casa en un claro. Una de las ventanas estaba abierta y dentro se oía hablar a unas mujeres. Habría recelado más de haberse tratado de una reunión de hombres y, quizá, habría dudado si acercarse, pero los miembros de su propio sexo le inquietaban menos. Al llegar junto a la casa oyó pasos y vio a una joven de pelo oscuro con una capa amarilla y un sombrero puntiagudo del mismo color caminar a toda prisa hacia la casa. En un brazo llevaba una cesta de la que asomaba una hogaza de pan y una rueda de queso. Ceres no recordaba la última vez que había comido, solo que había pasado demasiado tiempo para que su estómago y sus glándulas salivares no reaccionaran ante aquella visión.

La mujer se detuvo al verla.

—¡Hola! —exclamó—. Eres nueva, ¿no? Bueno, pues date prisa. Ya vamos tarde, y si hay algo que realmente saca a Ursula de sus casillas es la impuntualidad.

Como Ceres estaba demasiado cansada y hambrienta para hacer otra cosa, la obedeció. La mujer de amarillo le sostuvo la puerta para que pasara.

—¡Venga, rápido! Que no mordemos.

Apenas franquearon la entrada, cerró.

La vivienda consistía en un único espacio con una cama en un extremo, una chimenea encendida en el otro y una mesa contra la pared, frente a la puerta. En la mesa había un pastel, un surtido de bollos glaseados, algunos sándwiches sin corteza y unas cuantas tazas y platillos desparejados junto a una enorme tetera de cuyo pitorro brotaba vapor. En el centro de la estancia se veían cinco sillas, cuatro de ellas ocupadas por mujeres de edades diversas; la más joven, vestida en tonos otoñales marrones y rojos, apenas era mayor que Ceres (o, para ser más exactos, de lo que Ceres aparentaba en aquel momento), mientras que la mayor parecía tan anciana que su rostro era básicamente un cúmulo de arrugas; el resto de su persona, manos incluidas, se perdía bajo una túnica negra que le quedaba demasiado grande, de manera que parecía un globo desinflándose poco a poco. De las demás mujeres, una tenía el pelo gris, vestía con más elegancia que el resto y daba la impresión de haber preferido estar en otra parte. La última era una criatura de aspecto alegre, cabello rojo intenso y mejillas rubicundas a juego, con el cuerpo de alguien que nunca había dicho que no a otro trozo de tarta y los ojos de alguien que jamás se había sentido mal después de hacerlo. Lucía tantos collares, pañuelos, pulseras y anillos que podría haber pasado por un puesto de baratijas con patas. Con una de sus largas uñas, pintadas del mismo tono de rojo que sus mejillas y su cabello, daba golpecitos impacientes en un reloj de arena. Ceres supuso que se trataba de Ursula. A su lado había una cabra que les balaba, muy irritada.

—Estamos intentando empezar a la hora acordada, Rowena —dijo Ursula—, no diez granos más tarde.

—Lo siento, Ursula. No he conseguido arrancar la escoba y he tenido que venir a pie.

La chica otoñal soltó una risita y Ursula chasqueó la lengua.

—Bueno, Salvia, no seas así. Podría pasarle a cualquiera.

Saltaba a la vista que Salvia no estaba de acuerdo.

—¿Qué clase de bruja no es capaz de arrancar una escoba? —se burló—. Y ya te he dicho que no me llamo Salvia. Ahora soy Belladona.

—¿Y Belladona no es demasiado... obvio? —preguntó la mujer de pelo gris sentada a la izquierda de Ursula.

—Podría probar con Cebolla —sugirió la participante de más edad—. Eso le pegaría.

Ceres nunca había oído a nadie carcajearse como una bruja, pero el sonido que emitió la anciana era claramente eso. Debía de haber necesitado décadas de práctica para perfeccionarlo y convertirlo en un carcajeo prototípico.

Salvia (perdón, Belladona) le sacó la lengua a la anciana, que respondió asomando un índice nudoso por la manga de la capa. La punta destelló durante un instante con chispas de luz blanca, como relámpagos en miniatura.

—Parad todas de una vez —dijo Ursula—. Esto no ayuda y no es la impresión que queremos dar a nuestro nuevo miembro. Sírvete una taza de té, querida, y acerca una silla. Nos ocuparemos de las presentaciones cuando te hayas acomodado.

Ceres se sirvió un té para ella y otro para Rowena.

—¿Podría tomar un bollito, por favor? —preguntó.

—Los bollitos son para después —respondió Ursula.

—Tienes que ganarte el bollito —dijo Belladona, mirando a Ceres con cara de «¿Quién te has creído que eres?».

«Menuda lagarta, la niña», pensó Ceres, que se había encontrado con más de una Belladona durante su época escolar: chicas que rara vez veían un compás que no desearan clavar en el muslo más cercano. Un terapeuta habría concluido que Belladona era una incomprendida, a lo que Ceres habría contestado que no tenía nada que no pudiera curarse con una temporada en un reformatorio o en el ejército. Tras lanzarle una mirada anhelante a la comida, localizó una silla vacía y la colocó entre Rowena y la mujer de pelo gris.

—Bien, ahora que estamos todas ubicadas, empecemos —dijo Ursula. Se aclaró la garganta—. Me llamo Ursula y soy una bruja malvada. Hace cinco años de mi última maldad.

—Hola, Ursula —respondieron cuatro voces con distintos grados de entusiasmo.

Ceres añadió la suya al final, a destiempo, ante lo que Belladona señaló hacia abajo con un pulgar mientras articulaba los labios la palabra *pringada.* A Ceres le entraron ganas de darle un puñetazo.

Las demás empezaron a presentarse. Rowena: dos años desde su última maldad; Belladona: ocho meses; Matilda, la del pelo gris: cinco semanas, aunque intentó afirmar que todo había sido un malentendido y que no debería estar allí, momento en el cual Ursula la interrumpió para decirle con mucha educación que ya habían hablado de aquello y que una sentencia judicial era una sentencia judicial; y, finalmente, la anciana, Evanora: veinte años desde su última maldad, lo que a Ceres le pareció muy impresionante. A Belladona, fiel a su estilo, no.

—Una cosa es no ser malvada —dijo— y otra no ser capaz de ser malvada porque ya no te da el cuerpo.

Evanora no replicó, pero de debajo de su túnica brotó de nuevo el mismo sonido chispeante. A Ceres le pareció bastante más intenso que antes.

—Y Evanora huele mal —añadió Belladona—. La próxima vez no quiero sentarme a su lado. Apesta a gatos y pan rancio.

El chisporroteo aumentó de volumen.

—Eso ha sido una grosería —dijo Ceres.

Belladona se acercó una mano a la oreja.

—¿Perdona, chica nueva? Blablablá. Es lo único que he oído. ¿Eres extranjera? Aquí no se puede hablar en extranjero. Nadie te va a entender.

—¿Y qué nos dices de ti, querida? —se apresuró a preguntarle Ursula para intentar que las cosas no se salieran de madre—. ¿Cómo te llamas?

—Bueno, Ceres, aunque en realidad no soy una bruja malvada. Es que...

Ursula le dedicó su mejor sonrisa condescendiente.

—El primer paso es reconocer que se tiene un problema —le dijo.

—Pero es que no lo tengo. Bueno, sí lo tengo, pero no es ser una...

Ursula se acomodó en su asiento, triunfante.

—¿Ves? Ya estás haciendo progresos. Un aplauso para Ceres, por favor.

Se oyeron algunas palmadas sueltas, como un puñado de guijarros al caer sobre un tejado de zinc. Aunque Belladona fingió sumarse, sus palmas se esquivaron deliberadamente. Aunque hubieran llegado a juntarse, no habrían hecho demasiado ruido, puesto que solo había levantado un dedo de cada mano. Estaba claro que algunos gestos eran universales, pensó Ceres, sobre todo los malos.

—Veamos, ¿qué buenas obras habéis hecho esta semana? —preguntó Ursula—. ¿«Porque...»?

Esperó a la respuesta requerida. Tardó un poco, pero al final llegó.

—Porque —mascullaron las brujas— no hacer maldades no es lo mismo que hacer el bien.

A Ceres le sonó como si las participantes de una despedida de soltera estuvieran reconociendo a regañadientes ante un policía que, sí, que habían sido ellas las que habían hecho rodar botellas de vino vacías colina abajo a las cuatro de la madrugada.

—Vamos a intentarlo de nuevo —dijo Ursula—. Con más entusiasmo.

Las brujas repitieron el mantra y esta vez sonaron como esas mismas jóvenes al dirigirse al juez.

—La pregunta aún espera respuesta —siguió diciendo Ursula—. ¿Buenas obras? ¿Alguien? ¿La que sea?

Para sorpresa de Ceres, fue Belladona la que levantó la mano. Hasta Ursula parecía algo desconcertada.

—¿Belladona? ¿De verdad?

Belladona logró componer el semblante de modo que, para alguien que pasara por allí a toda prisa, quizá pudiera haber parecido la viva imagen de la inocencia.

—Dejé una tarta de manzana frente a la puerta de una triste anciana sin amigos.

—Bueno, qué amable por tu... —empezó a decir Ursula.

—Tiene gracia —intervino Evanora—. Justo esta mañana he encontrado una tarta de manzana en la puerta de mi casa.

Se hizo un silencio incómodo mientras el resto de las presentes esperaba a que la anciana cayera en la cuenta.

—Ah —dijo Evanora, que pareció desinflarse de repente antes de descartar la emoción para decidirse por la furia—. ¡Serás...!

Ursula intervino rápidamente.

—Recuerda, Evanora: insultar no es cuidar.

—Ser mala tampoco es cuidar —comentó Ceres.

—Le dejé una tarta —contestó Belladona—. Además, ¿a ti quién te ha pedido tu opinión?

—No tengo por qué esperar a que me la pidan. Y menos tú.

—Llevas una ropa muy rara, ¿lo sabías? —informó Belladona a Ceres.

—Tu cara sí que es rara.

—Pues la de tu madre es aún más rara.

—Pues la tuya no tiene la cara rara, sino triste —replicó Ceres—. Por ser tu madre.

Belladona alargó ambas manos hacia ella y unos rayos azules muy brillantes le brotaron de las puntas de los dedos.

—¡Parad! —gritó Ursula—. Hemos venido a ayudarnos unas a otras, no a lanzar hechizos. Recordad que este es un espacio libre de maldad.

—Ha empezado ella —dijo Ceres.

—No —repuso Belladona—, empezaste tú al nacer.

—Ay, no —dijo Ceres, que se puso a mecerse en la silla como si le hubieran apuñalado el corazón—. Eso me ha hecho tanta pupa que creo que voy a llorar. Buaaaa, Feadona ha dicho algo malo.

—En realidad —dijo Belladona, que no había pillado el insulto— es Belladona. Ni siquiera sabes pronunciar bien mi nombre.

—Es que, a ver, te llamas Salvia.

—Podría transformarte en sapo.

—¿Por qué? ¿Siempre has querido tener una hermana gemela?

El rostro de Belladona empezaba a adquirir un interesante tono rojizo, como un volcán a punto de entrar en erupción.

—Retira eso —dijo entre dientes.

—Lo siento —respondió Ceres—. Lo retiro..., Salvia.

—¡Es Belladona!

—O Cebolla —comentó Evanora—. O, incluso, Salvia y Cebolla, como cuando se rellena un pavo. —Y se carcajeó de nuevo. Estaba claro que había convertido aquello en todo un arte.

—Tú no te metas, abuela —le espetó Belladona—. Esto es entre la chica nueva y yo.

—No me llames abuela —repuso Evanora, muy tranquila; era la clase de calma que enmascaraba el caos inminente—. Si fuera familia tuya, te habría desheredado hace tiempo.

—Muy bien, Evanora —intervino Ceres—. Dile cuatro cosas bien claras. A ti te sobran y ella las necesita.

—Me encargaré de ti enseguida —dijo Belladona.

—No estás ayudando —le advirtió Ursula a Ceres—. Preferiría que no...

Belladona acercó mucho la cara a la de Evanora.

—No me caes bien —le dijo—, ni le caes bien a nadie, ni siquiera a tu gato. Él mismo me lo dijo. Es un gato, y hasta él huele menos a gato que tú. No sé por qué te molestas en venir a esta estupidez de reuniones. Creo que es porque te sientes sola y desgraciada. No podrías ser mala de verdad, aunque...

La luz blanca destelló no solo en las mangas de Evanora, sino también en los ojos, las orejas, la boca y la nariz, acompañada del chisporroteo más fuerte hasta aquel momento... y del carcajeo correspondiente, también. El brillo era tan potente que Ceres empezó a ver puntitos flotando mientras una nube de humo pernicioso oscurecía media estancia. Sumidos en ella, Ursula y su cabra tosían.

El humo tardó un rato en disiparse. Cuando lo hizo, Ceres vio que la silla de Belladona estaba vacía, o casi vacía. En el cojín abrasado se sentaba algo que se asemejaba a una patata asada que se ha dejado demasiado tiempo en el horno. Todas la miraron, horrorizadas, salvo Evanora.

—Hola, me llamo Evanora y hace... —dijo, y miró el reloj de arena—, hace dos granos de mi última maldad...

Ceres estaba junto a la casa, al lado de Rowena. Dentro se seguía haciendo todo lo posible por retirar de la silla lo que quedaba de Belladona, que se había pegado un poco. Rowena le pasó a Ceres un trozo de queso, un pedazo de pan y un bollo glaseado, todo envuelto en un pañuelo limpio.

—Será mejor que te marches —le dijo—. Y deberías considerar la posibilidad de buscarte otro grupo de apoyo. Ursula está muy enfadada, y no queremos precipitar otro acto de maldad, ¿verdad que no?

—No tengo adónde ir. Me he perdido.

—Entonces podrás seguir perdida en algún otro lugar, lejos de aquí —insistió Rowena—. No te supondrá ninguna diferencia.

Aquello puso fin a la discusión. Mordisqueando el trozo de queso, Ceres regresó al bosque.

XVII
Crionach
(GAÉLICO)

Árbol podrido

Ceres caminó hasta perder de vista la casa y dejar de oler el humo de la chimenea, ahora mancillado por otro hedor, que imaginó que debía de ser el que emitía la achicharrada Belladona. Encontró una zona cubierta de musgo suave y seco, con un tocón contra el que apoyar la espalda, y se comió casi todo, salvo parte del queso, aunque tenía tanta hambre que se habría zampado incluso el pañuelo.

Mientras envolvía lo que quedaba, percibió un ligero movimiento en un árbol cercano y sintió el cosquilleo típico que aparece a veces cuando alguien te observa. No reaccionó, pero se guardó el queso en el bolsillo sin dejar de mirar en aquella dirección. ¡Sí! Allí estaba de nuevo, como si el árbol hubiera exhalado brevemente y se le hubiera olvidado volver a inhalar, porque la corteza seguía hinchada y, enterrado en el abultamiento resultante, había un par de ojos. Ceres se arrodilló, se puso a acomodarse el dobladillo de los vaqueros con la mano izquierda mientras con la derecha agarraba una piedra, el único objeto a su alcance que quizá pudiera servirle de arma.

En el árbol la actividad continuó. En realidad, lo que se movía no era la corteza en sí, sino una criatura camuflada a la perfección para fundirse con ella. Distinguía piernas y brazos finos, y un cuerpo y una cabeza estrechos.

Debía de medir metro y medio y le recordó a un lagarto sin cola. Si se abalanzaba sobre ella, la tendría encima en un instante. Considerando que lo mejor que podía hacer era anticiparse, Ceres se levantó para enfrentarse al peligro, enarbolando la piedra a modo de advertencia.

—Te veo —dijo—. Será mejor que no te acerques más.

Había dado por supuesto que, fuera lo que fuera la criatura, comprendía lo que trataba de comunicarle pero, aunque no hablara su idioma, seguro que sí hablaba el de las piedras. Todo el mundo hablaba el de las piedras y, si no era así, lo aprendía pronto.

Sabiéndose vista, la criatura se despegó del tronco. Lo hizo muy despacio, pero no de manera amenazadora. Intentaba no asustarla y, en cuanto estuvo en el suelo, alzó las manos para que se tranquilizara. Al dejar atrás el tronco, cambió de color. Los pies se le tiñeron de un marrón más oscuro, a juego con la tierra del lecho del bosque, mientras que el resto daba la impresión de volverse transparente, hasta que Ceres vio que en realidad reflejaba los árboles y arbustos que la rodeaban para mimetizarse mejor con ellos. Solo destacaban los ojos.

—No tengas miedo —dijo la criatura—. No te haremos daño.

Si bien la voz del Espíritu del Arroyo era borboteante, la de este ser le recordaba a una escoba barriendo un suelo polvoriento. Pero Ceres no bajó la mano con la que sostenía la piedra, aunque empezaba a pesarle. Estaba muy bien que una criatura te dijera que no iba a hacerte daño; aun así, aquello distaba mucho de ser una promesa.

—¿Quién eres? —le dijo Ceres, pensando que empezaba a ser la pregunta del día.

—Somos Calio —respondió la criatura.

—¿«Somos»? —preguntó Ceres, y miró alrededor, nerviosa, por si había otros acechando.

—Somos —repitió Calio, señalándose.

Antes del accidente, Ceres había pasado el tiempo suficiente con Phoebe (que respetaba mucho los sentimientos de los demás) para saber que si alguien quería que lo trataran de él, de ella, de nosotros o de lo que fuera, era cosa suya. Si Calio prefería aquel pronombre, a Ceres no le costaba nada usarlo.

—¿Y qué sois?

—¿Que qué somos? Somos lo que somos.

Ceres se planteó si Calio, fuera cual fuera su naturaleza, habrían pasado demasiado tiempo con el Espíritu del Arroyo. A ambos se les daba estupendamente monopolizar el mercado de las respuestas inútiles.

—¿Y eso qué viene a ser?

Calio meditó la pregunta.

—Dríade —contestó al fin. Hablaban de forma clara pero vacilante, como alguien poco ducho en el arte de la conversación—. Somos... dríade.

—¿Y qué queréis?

Calio la olisqueó.

—No eres de aquí. Vienes de otro lugar. Estos bosques son peligrosos, de día y de noche. No tardarán en tratar de cazarte todo tipo de bestias deseosas de darse un banquete con tu extraña carne.

A Ceres no le gustó su forma de paladear las dos últimas palabras, como si las degustara para ver a qué sabían.

—Sé cuidarme sola —dijo Ceres, y se avergonzó de inmediato; la gente decía eso en las películas, casi siempre justo antes de descubrir que no era así.

—¿Una niña armada con una piedra?

Calio se rieron. No era una risa bonita. De nuevo, a Ceres le recordaron a las chicas que la habían acosado en el colegio: arrogantes y bastante desagradables. Seguramente Belladona se reía así hasta que la transformaron en una patata quemada. En aquel momento, Ceres se convenció de que Calio no eran de fiar.

—No soy una niña —respondió Ceres, y la confianza con la que lo dijo hizo que Calio la evaluaran de nuevo.

Al parpadear, sus ojos negros desaparecieron un instante. Al reaparecer, la dríade se había acercado tanto que Ceres percibía su aliento, de un olor a tierra húmeda y revuelta.

—Ah, ¿no? Y si no eres una niña, ¿qué eres?

Ceres no respondió. Ya había dicho demasiado, y Calio habían empezado a moverse en círculos a su alrededor, así que se vio obligada a hacer lo propio para no perderlas de vista.

—Creemos que deberías venir con nosotras —dijo Calio—. Podemos protegerte.

—Ir con vosotras ¿adónde? —preguntó ella, aunque no tenía intención alguna de ir a ninguna parte con Calio. Quería que la dríade siguiera hablando porque, cuando dejara de hacerlo, empezarían los problemas.

—A nuestra casa. No está lejos. Es fresquita y oscura. Nada ni nadie te encontrará allí.

«No me cabe duda», pensó Ceres; «tengo la impresión de que si voy con vosotras, nadie volverá a verme.»

—Me quedaré donde estoy, gracias. Ya aparecerá algo. Suele pasar.

Otro parpadeo, con el que de nuevo desaparecieron aquellos ojos oscuros; y, de repente, Calio estaban junto a la oreja izquierda de Ceres.

—No podemos dejar que te quedes aquí —dijo Calio—. Estaría mal.

Ella retrocedió un paso.

—¿Mal para quién?

Sin embargo, Calio se habían cansado de discutir, así que la agarraron por el brazo izquierdo, por debajo del codo, y el fuerte apretón le dolió tanto como si la sujetaran con un guante de pinchos. Luego le clavaron en el antebrazo un espolón que tenían en la muñeca y la dejaron entumecida; la sensación se le extendió rápidamente hacia el hombro. Ceres la conocía bien: una década antes le habían extraído dos muelas del juicio con anestesia general, y recordaba la aguja del anestesista al introducirse en el brazo, el émbolo de la jeringa al bajar y el momento en que el narcótico empezó a circular por su torrente sanguíneo en dirección al cerebro, después de lo cual el mundo se fundió en negro. Calio, como una araña al atacar a una mosca, la dejaban indefensa para poder arrastrarla mejor a su guarida; allá abajo, a aquel lugar frío y oscuro, el que les dejaba esa fragancia en el aliento.

Pero Calio habían cometido un error crucial: habían incapacitado el brazo erróneo.

Con sus últimas fuerzas, Ceres golpeó a la criatura en un lado de la cabeza. La dríade retrocedió dando un traspiés y le soltó el brazo, y ella lo aprovechó para golpearla de nuevo, esta vez solo rozándola, porque empezaba a perder la vista y le costaba permanecer en pie. Pero justo antes de quedar inconsciente, vio a Calio en su verdadera forma. La fuerza del golpe debía de haber afectado a su mecanismo de camuflaje, a la parte de su taimado cerebro que les permitía fundirse con el entorno. Ceres vio una forma desnuda con piel marrón verdoso; uñas ganchudas y dedos alargados para agarrarse y trepar mejor; y un rostro fino con orejitas puntiagudas, dos rendijas finas a modo de nariz, aquellos ojos negros y tristes encima, y una boca llena de dientes romos debajo. Savia espesa como la miel empezó a brotar de una abolladura cóncava en la cabeza de Calio, y Ceres supuso que les había fracturado el cráneo.

«Bien», le dio tiempo a pensar antes de que llegara la oscuridad; «al menos os he herido, y espero que de tanta gravedad que...»

XVIII
Frith
(INGLÉS ANTIGUO)

Seguridad

Ceres abrió los ojos. Sentía un dolor lacerante en todo el cuerpo y notaba un sabor desagradable en la boca, como a fruta agria o vino rancio. Se encontraba en un lugar que no era oscuro, sino de iluminación tenue, y donde tampoco hacía frío, sino calor; o Calio habían mentido sobre su guarida o aquello no era obra suya.

Estaba tumbada en una cama estrecha y larga, abrigada con pieles y mantas. A su izquierda ardía un fuego, y las llamas aunaban su luz a la de un trío de lámparas; gracias a ellas vio estantes con tarros, utensilios de cocina apilados junto a un fregadero de piedra, cestas con frutas y verduras, algunas todavía cubiertas de tierra..., y armas, entre ellas un arco, un carcaj con flechas, una espada y el hacha más grande que había visto en su vida. Procuró que no se notara mucho que estaba despierta e intentó observar todo lo que pudo sin mover la cabeza. Parecía estar sola, pero...

—¿Cómo te encuentras?

La pregunta surgió de entre las sombras del otro extremo de la habitación. No era la voz de Calio, lo que supuso un alivio, aunque quien hablaba debía de ser la misma persona que tenía un hacha capaz de cortar árboles muy grandes y, potencialmente, también cabezas, del tamaño que fueran.

Ceres distinguió unas botas que asomaban por la penumbra. Una silla crujió y un hombre se inclinó hasta que lo bañó la luz de las lámparas. Tenía el pelo oscuro, aunque veteado de gris, y una barba incipiente en el rostro. Costaba discernir su edad. Parecía rondar los cincuenta, pero, incluso medio a oscuras, sus ojos parecían aún más viejos, como si los hubieran trasplantado de un muerto ancestral a un hombre de mediana edad. Algo en sus rasgos le resultaba familiar, a pesar de que se le escapaba el qué, desvaneciéndose como si fuese agua ensombrecida fluyendo bajo una luz del sol moteada.

—Me duele todo —dijo Ceres.

—No me extraña. Al fin y al cabo, te han envenenado.

—¿Me voy a...? —Le costaba decir las palabras, ya fuera porque tenía la boca seca o porque temía la respuesta—. ¿Me voy a morir?

—Seguro que sí, pero no hoy. Fuera lo que fuera lo que te atacó, quería dejarte inerte, nada más. Los efectos se habrían pasado pronto, aunque, para entonces, seguro que ya sería tarde para ti. Nada ni nadie decide paralizar a una joven por el bien de su salud.

Ceres había vivido lo suficiente para saber que los hombres desconocidos que se llevaban a mujeres inconscientes a su casa y las metían en su cama tampoco lo hacían siempre con la mejor de las intenciones. Miró bajo las mantas y pieles, y fue un alivio comprobar que seguía vestida con su ropa.

El hombre se levantó de la silla y se le acercó. Era muy alto y fuerte. Cuando caminaba, los músculos se le movían como placas tectónicas bajo la camisa, aunque no se trataba del tipo de músculos que había visto en algunos jóvenes en los gimnasios, cultivados solo para presumir. Aquellos se habían ganado a través del trabajo físico y estaban en bruto, sin esculpir. De haber talado un árbol con su hacha, no le habría costado arrastrarlo hasta la casa por sí mismo. No obstante, al verlo plantado frente a ella, supo que no tenía de qué asustarse. Aquellos ojos tan viejos, antiquísimos, eran profundamente bondadosos y amables, como los de su padre; pensó que por eso no le había resultado del todo desconocido.

—Creo que quiero levantarme —le dijo—. Tengo calor.

—Con cuidado, entonces.

Alargó un brazo para que se agarrara a él, y se fijó en que la dejaba elegir si lo aceptaba o no. No la tocaría sin permiso, ni siquiera para ayudarla. Ceres se incorporó y, de inmediato, sintió náuseas. Le daba vueltas la cabeza, aunque tampoco quería volver a tumbarse. Se apoyó en el hombre, y solo entonces él la rodeó con el brazo izquierdo para ayudarla. Ceres se sentó en el borde de la cama, bebió de la taza que le ofrecía, que sabía a infusión de hierbas caliente, y esperó a que se le aclarara la cabeza. Tardó un rato, pero, cuando lo hizo, se sintió mucho mejor, sobre todo porque también remitió un poco la pesadez de las extremidades, y con ella buena parte de su malestar.

—¿Mejor? —preguntó el hombre.

—Sí, gracias. No bien, pero sí mejor. Me llamo Ceres, por cierto. Lo siento, no sé cómo te llamas.

—Me llaman el Leñador —dijo su benefactor—, que es tan buen nombre como cualquier otro. Tengo algunas preguntas, si te ves con ganas de responderlas, pero primero tengo que darte algo de sustento, junto con más infusión. Eso ayudará a tu cuerpo a combatir el veneno.

Había una olla al fuego. El Leñador llenó un par de cuencos con un espeso caldo de verduras que olía a hierbas y especias fragantes. Lo comieron con cucharas de madera talladas a mano con tanto primor como los cuencos y las tazas de las que el Leñador bebía agua y Ceres, la infusión. Aunque la vajilla podría haberse tachado de un exceso de sencillez, hacía gala de la elegante simplicidad de las cosas bien hechas.

—¿Las has tallado tú? —preguntó Ceres.

El Leñador miró las tazas, los cuencos, las cucharas y el resto de la casita, como si se fijara en todo ello por primera vez.

—Sí, hace mucho tiempo. Creo que también construí esta casa.

—¿Crees?

—La recuerdo distinta, y lo era, en su momento. Es que he estado durmiendo y hace muy poco que he despertado. Intento volver a acostumbrarme al mundo.

—¿Quieres decir que alguien redecoró tu casa en secreto mientras dormías? Suena un poco extraño...

—Dicho así, supongo que sí —reconoció el Leñador.

—¿Y cuánto tiempo has estado durmiendo?

El Leñador se encogió de hombros.

—Bueno, supongo que una sola noche, pero ha sido una noche muy larga y aquí el tiempo transcurre de otro modo. Y bien, Ceres, ¿de dónde vienes tú? Porque creo que has hecho un largo viaje para ser tan pequeña.

—Mira, no soy pequeña —respondió ella—. Tenemos que dejar eso bien claro desde el principio. Soy una mujer de treinta y dos años, pero me he quedado atrapada en mi cuerpo de los dieciséis, cosa que no me entusiasma. No me gustaba tener dieciséis años entonces y, evidentemente, no quiero tenerlos otra vez ahora que voy ya por el doble de edad. Bastante tuve con pasar la adolescencia una vez.

Y así era: los ataques de pánico, la presión de ser guapa, de estar delgada, de encajar, de resultarles atractiva a los chicos (o a las chicas) y la tensión, siempre la tensión, de mantenerse a flote.

El Leñador no puso cara de incredulidad.

—Explícame cómo ha ocurrido —le pidió.

Ceres lo hizo. Le contó lo del hueco del árbol y la vieja vivienda en los terrenos de Lantern House. Le habló de la biblioteca parlante y de la hiedra inteligente. Le habló del rostro que había visto y de la voz que había oído en el desván. Le habló de *El libro de las cosas perdidas* y de las historias que había escrito sin querer, quizá procedentes del mismo libro. Le habló de Phoebe y de cómo se había perdido. Y, por último, le habló del Espíritu del Arroyo, de las brujas y de Calio, la dríade depredadora. Era mucho para asimilarlo de golpe y se sentía mal por desahogarse así con el Leñador, pero, bueno, él le había preguntado.

—En mi opinión —dijo para concluir—, estoy sufriendo una crisis nerviosa y tú formas parte de ella. Lo siento mucho por la parte que te toca, pero, como tengo casi la certeza de que no eres real, no será tan tedioso para ti como podría serlo. Por motivos que no logro comprender, esa novela, *El libro de las cosas perdidas,* se ha convertido en la base del mundo de fantasía en el que ahora me encuentro atrapada. Pero si logro encontrar la salida, es decir, la clave de la crisis, me despertaré en una cama de hospital limpia y cómoda, y una enfermera me ofrecerá una taza de té y una tostada, y todo irá bien o, al menos, volverá a la normalidad. Me conformaría con eso.

—Pero ¿por qué das por sentado que este mundo no es tan real como el tuyo, o incluso más?

—No puede ser. Es imposible.

Sin embargo, al tiempo que hablaba, Ceres de nuevo se sorprendió deseando que algo de aquello fuera cierto mientras, en secreto, reconocía que, por desgracia, podría no ser el caso. Allí todo era demasiado real: los efectos y el malestar del veneno, el fuerte dolor en el brazo tras la picadura de Calio, el sabor de la sopa, el calor del fuego, el olor a pieles de animales y aceite de lámpara, e incluso el sonido de la respiración del Leñador. Ni las pesadillas ni los colapsos emocionales o psicológicos eran tan ricos en detalles, ¿no?

El Leñador contemplaba el fuego, sumido en sus pensamientos... o, como resultó ser, en sus recuerdos.

—Así que escribió un libro —les dijo a las llamas—. Claro que lo hizo.

Y Ceres le vio la ternura reflejada en el rostro.

—David —le dijo—. Estás hablando de David.

—Sí.

—Porque él estuvo aquí. Y se encontró contigo, eres el mismo Leñador.

Aunque ya se lo imaginaba, no había querido mencionarlo en voz alta hasta saber más.

—Lo conocí —dijo el Leñador—. Viajamos juntos. Pero él no estuvo aquí, no exactamente.

—Estás hablando con acertijos. Es un defecto que comparten muchas criaturas de este mundo.

El Leñador volvió a dedicarle toda su atención.

—Esta tierra no es la misma a la que llegó David, como tampoco esta casa es idéntica a la casa en la que me dormí. El mundo es similar y conservará algunos aspectos del tiempo que pasó aquí David, de todo lo que sucedió mientras lo recorría, pero otros aspectos se habrán alterado. Parte de lo que antes se conocía ahora será desconocido y lo común se tornará extraño.

—¿Por qué?

—Por ti. Si estás aquí es porque tienes que estar aquí. Nadie encuentra este lugar por error. Habrá cambiado para anticiparse a tu llegada y seguirá evolucionando ahora que has venido. Todo lo que te convierte en quien eres, tus miedos, tus esperanzas, lo que amas, lo que odias, tendrá su efecto. Esta se ha convertido en tu historia, y el mundo está creando el paisaje en el que debe desarrollarse, igual que hizo para David.

A Ceres no le gustó cómo sonaba aquello. Ni siquiera en los mejores tiempos confiaba demasiado en su estabilidad mental, así que no deseaba en absoluto pasar mucho tiempo en un mundo condicionado por ella.

—David desapareció —dijo Ceres—. ¿Lo sabías?

—No desapareció. Regresó... a esta tierra y a todo lo que amaba.

—Ese fue el final que escribió. En su libro.

—Fue el final que soñó, y para él se convirtió en realidad. Era su recompensa.

—¿Por? —quiso saber Ceres.

—Por no perder nunca la esperanza.

—Entonces, ¿está aquí?

—En alguna parte —contestó el Leñador—, pero recuerda que esta no es la única versión del mundo, porque hay otras: un mundo tras otro y tras otro, algunos distintos en todos sus detalles, otros iguales salvo por uno. Hay espacios y umbrales que los conectan todos.

—¿Un árbol puede ser un espacio de conexión?

—Sí, cuando desea serlo o cuando tiene que serlo. Es posible que el antiguo hogar de David en tu mundo sea otro.

Ceres lo asimiló todo, o lo intentó, porque había mucho que entender.

—Pero yo no elegí venir —dijo—. Intentaba escapar de la hiedra y del rostro que había en ella, y, al huir, me transportaron aquí.

—No he dicho que eligieras venir, solo que tenías que venir... o que te atrajeron aquí.

—¿Que me atrajeron? ¿Qué fue lo que me atrajo?

El Leñador echó otro tronco al fuego. En el exterior se oyó un aullido tan cercano que sobresaltó a Ceres.

—Solo son lobos —la tranquilizó el hombre.

—¿«Solo»?

—Tiempo atrás, había algo peor que los lobos.

—Los loups —repuso Ceres: las criaturas del libro de David, mitad lobos, mitad humanas, que deseaban arrebatarles el poder a los hombres.

—Ya no existen, pero los lobos todavía sueñan con ellos.

—En todos esos mundos de los que hablas, ¿podría haber alguno en el que hayan triunfado los loups?

—Si lo hay, no siento interés alguno por visitarlo.

«O un mundo en el que el Hombre Torcido hubiera triunfado», pensó Ceres; «ese también sería mejor evitarlo.»

—Estabas hablando de cómo he llegado hasta aquí —dijo en voz alta—. Y de atracciones.

—Es solo una suposición, pero me has dicho que la casa te llamaba. ¿Y qué había en la casa? Un desván, una biblioteca, libros..., historias. Entonces se manifestó la presencia, la de la hiedra. Por lo que dices, quizá estaba escuchando, esperándote.

—Pero intentó matarme.

—¿Sí?

—Me persiguió. Quería atraparme.

—Una vez más: ¿estás segura?

—Claro que sí.

—O sea, una hiedra inteligente, aunque capaz de dejarse controlar por una conciencia superior, que consumía una casa entera, por dentro y por fuera, ¿no consiguió evitar que una mujer escapara?

—Me hirió —repuso ella, levantándose la pernera—. Mira, tú mismo puedes ver las marcas que me dejó al intentar agarrarme.

—¿Agarrarte o espolearte? —preguntó el Leñador—. La hiedra se enrosca, se pega, asfixia. No azota.

Ceres no quería aceptar que la habían engañado para que entrara en aquel mundo. Creía que había evitado que la capturasen y se había felicitado por su rapidez y su ingenio, aunque solo fuera por haber escapado de la casa. No obstante, si el Leñador estaba en lo cierto, no había sido ni rápida ni ingeniosa, sino víctima de alguien mucho más listo que ella.

—Escribí historias sobre el Hombre Torcido. Él estaba en mi cabeza. Quizá fuera él el que...

—El Hombre Torcido ha desaparecido —la interrumpió él—. De todos los mundos. Ya se moría cuando llegó David, y se bisecó cuando no pudo salirse con la suya. Fue el culpable de su propia destrucción. Igual que los loups, ha quedado reducido a un recuerdo.

Ceres no se lo discutió. Total, ¿qué sabía ella de aquel lugar? No tanto como el Leñador.

«Pero no es el mismo mundo, no del todo. Lo ha dicho él. Lo que antes se conocía ahora será desconocido.»

Ceres silenció la voz. Dudar no la ayudaría. Quería confiar en el Leñador. Necesitaba tener fe en su criterio, igual que había hecho David.

—¿Qué me dices de la dríade, Calio? —preguntó Ceres—. Al fin y al cabo, fue la que me envenenó.

—No vi ninguna dríade cuando te encontré —respondió el Leñador—. Había un reguero de salvia, aunque no tuve tiempo de seguirlo. Sin embargo, hace muchos años que no se ve ningún ejemplar de esa especie. Las dríades y otras criaturas similares desaparecieron de este mundo. Si de verdad te atacó una, debía de ser muy vieja y sentirse muy sola. Pero ¿dónde se había metido hasta ahora y por qué ha decidido reaparecer?

El Leñador examinó de nuevo la picadura del brazo de Ceres. Tenía seis pinchazos, uno por cada uña, y uno más, el del espolón de la muñeca de Calio. Le explicó a Ceres que este último era el que le había inyectado el veneno. En el centro de la marca se veía un corte vertical, el que él había abierto con su cuchillo para intentar extraer la toxina.

—Está claro que es obra de una dríade —dijo el Leñador—. Y la herida me preocupa. No saqué todo el veneno porque, de haberlo logrado, no habrías pasado tanto tiempo inconsciente. Debería examinarla alguien con más experiencia, aunque de esas personas quedan pocas.

—Tengo que regresar a mi mundo. Mi hija está allí y me necesita. Si hay algún problema con la herida, los médicos se ocuparán de ella, pero no puedo quedarme aquí.

—Ya ha oscurecido y ni siquiera a mí me gusta viajar por el bosque de noche. Si Calio sigue ahí fuera..., o más bien siguen, que a saber qué significa eso, no solo estarán lamiéndose las heridas, sino también alimentando su rencor. Querrán venganza.

—Les di fuerte. Puede que hayan muerto.

—No puedes haberlas matado con una piedra. Las dríades son seres de madera y corteza. Puedes golpearlas con una piedra o atravesarlas con clavos, y resultarán heridas, pero no de muerte. Solo el fuego consigue matarlas, porque todos los seres vivos lo temen, y las dríades más que nadie. Es posible que Calio ya se hayan recuperado del ataque, las dríades se curan deprisa. No, no nos aventuraremos a salir hasta que amanezca, y solo lo haremos si es seguro.

—¿Y eso cómo lo vamos a saber? —preguntó Ceres—. Calio eran casi invisibles hasta que las golpeé.

—Existen formas de saberlo. No toda la naturaleza se alegrará del regreso de una dríade.

Pero Ceres ya no escuchaba. Sentía un deseo irrefrenable de volver a ver a Phoebe, de sostenerle la mano y hablarle. Temía que si no mantenía las rutinas establecidas (las visitas, la lectura de cuentos), la frágil chispa de la quintaesencia de su hija se apagaría para siempre. Aunque le brotaron algunas lágrimas, se las enjugó y se resistió al impulso de ceder a la pena porque temía que si empezaba a llorar de verdad, no pararía nunca. Esperaba que el Leñador no se hubiera dado cuenta, aunque sospechaba que sí. Suponía que pocos detalles se le escapaban.

—Me sé una historia, si te apetece escucharla —dijo él.

—¿Por qué no? A no ser que tengas una baraja de cartas para entretenernos.

—La verdad es que tengo juegos de cartas por alguna parte, si lo prefieres.

—No, me gustaría escuchar una historia. Puede que se la cuente a Phoebe cuando regrese a su lado. Espera, ¿es un cuento de hadas?

—Sí, sin lugar a dudas.

—He empezado a odiar los cuentos de hadas.

—Qué poco conveniente.

—¿Por?

—Porque resulta que estás dentro de uno —respondió el Leñador.

La primera historia del Leñador

Érase una vez una joven llamada Morgiana que vivía en una aldea remota junto al mar. Era alta, pero no en exceso, y guapa, pero no tanto para ser objeto de la envidia de las demás o para adolecer de una vanidad desmedida. Sin embargo, como muchas de las personas que viven en lugares remotos, ya sea junto al mar o lejos de él, tenía la vista puesta en horizontes distantes; aunque, como los más sabios tienen a bien recordarnos, los horizontes siempre son distantes, por mucho que intentemos alcanzarlos, lo que es una lección importante que aprender en la vida. Aun así, la joven no deseaba pasar el resto de sus días en aquella aldea, casada con un granjero cuyas pasiones no llegaran más allá de los límites de sus tierras o con un pescador más enamorado del mar que de ella.

Un día, mientras paseaba por la playa, un jinete se cruzó trotando en su camino. Vestía todo de blanco, su caballo era blanco e incluso su cabello era blanco, si bien no se trataba del blanco de la vejez, dado que su piel era tan tersa como la de ella. Era el hombre más apuesto que había visto en su vida: no guapo, sino de una exquisitez radiante, como una estatua esculpida en el mármol más puro. La joven no lo había oído acercarse, ni veía en la arena las huellas de los cascos del caballo. Era como si hubiera surgido del mar, salvo que tanto su montura como él estaban completamente secos.

—¿Cómo te llamas? —le preguntó el jinete, y la pregunta era una melodía en la que cada palabra representaba una nota.

De haber habido alguien más allí, aparte de Morgiana, quizá lo único que hubiera oído brotar de la boca del jinete habría sido música; y de haberse tratado de un testigo receloso y astuto, quizá hubiera detectado en ella una disonancia, como si fuera un instrumento mal afinado.

—Morgiana —respondió ella.

—Yo soy Faera.

Puede que ese fuera su nombre, pero, si decía la verdad, se trataba de un nombre extraño cuyas raíces se hundían en el escarnio y en cosas peores. A Morgiana, que no conocía más lengua que la suya, le pareció que sonaba dulce procediendo de su boca, aunque, por abyecto que fuera su significado, cualquier palabra habría brotado como la miel de sus labios.

—Llevo muchos días observándote —dijo Faera—. Todas las mañanas y todas las noches paseas por esta playa, y siempre te detienes a contemplar el mar, como si buscaras un barco que nunca llega.

—Es porque no deseo nacer, vivir y morir a menos de un día a pie de distancia de la misma aldea —explicó ella—. Ahí fuera existe un mundo que explorar, y ya siento que el tiempo se me escapa entre los dedos.

—El tiempo es cruel. Más que dar, quita: la juventud, la belleza, incluso los sueños. Lo roba todo y al final te confina a la oscuridad.

Morgiana, que ya estaba cautivada por él, se fijó en que se refería a ella, no a la gente en general, y también percibió lo mucho que le brillaba la piel a la luz del sol y que su aliento perfumaba el aire. Entonces supo lo que era: un señor de las hadas, un príncipe feérico, incluso en el nombre. Era la primera criatura de su especie con la que se encontraba, ya que se mantenían apartadas de los humanos; algunos decían que era por odio; otros, que por miedo, y otros tantos, que era porque se sabía que no amaban a nadie más que a sí mismas. En cualquier caso, lo mejor para los hombres era no tener tratos con ellas.

Y para las mujeres. Sobre todo, para las mujeres.

—¿A ti el tiempo no te roba nada? —preguntó Morgiana.

—El tiempo roba a todo el mundo, pero con algunos lo hace con mayor languidez que con los demás. Ven conmigo y no envejecerás como los de tu especie. Ven conmigo y te enseñaré el mundo que hay más allá de estas orillas.

Faera alargó una mano hacia Morgiana, pero, justo cuando sus dedos estaban a punto de tocarse, ella vaciló.

—Aquí están mis seres queridos —dijo—. No deseo abandonarlos para siempre. ¿Podré volver a visitar a mi familia y a mis amigos?

—Podrás regresar cuando desees y presentarles tus respetos —respondió Faera—. Te doy mi palabra. A cambio, debes prometerme que siempre volverás conmigo.

Morgiana accedió y sellaron su pacto con un beso. Aceptó la mano del príncipe de las hadas y él la subió fácilmente a su montura. Después se puso de cara al mar, espoleó a su caballo y las olas los consumieron a los dos.

Esta es la verdad sobre las criaturas feéricas: puede que nos odien y puede que nos teman, pero también codician a los seres humanos. Les fascina el fuego de nuestro interior, que arde con tanta intensidad y tan deprisa. Les gusta tenerlo cerca, verlo (y sentirlo) apagarse, e incluso hacer uso de él cuando lo necesitan o les apetece. Aunque les guste engañar, no mienten, pero rara vez hacen una promesa con un único significado. Hay que prestar mucha atención cuando se conversa con ellas y estar seguros de la naturaleza del trato que se cierra.

Sin embargo, Morgiana, que era inexperta y confiada (y, como ocurre en la juventud, se consideraba más lista de lo que era), no sabía nada de esto.

Faera cumplió su palabra. Se llevó a Morgiana a su tierra y, durante un tiempo, la trató como si fuera una visita de la realeza procedente de un reino lejano. Le entregaron vestidos de seda, y diamantes, rubíes y esmeraldas para que los luciera. Comió las mejores viandas, deambuló por los pacíficos bosques de las hadas y exploró sus espléndidos palacios, aunque era consciente de las risas que se oían a su paso y, al volverse, siempre veía a una princesa feérica reprimiendo una sonrisa o a un príncipe observándola como un zorro observaría a una gallina gorda y lenta.

Al cabo de apenas unas semanas, Morgiana empezó a sentirse inquieta porque, a pesar de la seda, las joyas y los platos exóticos, y a pesar de la paz del bosque y las riquezas del palacio, se aburría. La vida de las hadas era de laxitud y excesos. Su existencia no tenía propósito, o, al menos, ningún propósito que no fuera su propio disfrute, pero incluso eso les costaba y solo lo lograban brevemente. Es la maldición de la longevidad: la vida apenas alberga ya sorpresas y solo se consigue romper la monotonía entregándose a los extremos.

Y Morgiana estaba cambiando. Al final de su primer día con las hadas, descubrió una cana donde antes no había ninguna. Al día siguiente, otra, y después, cada vez más. Unas finas arrugas le aparecieron en los rabillos de los ojos y en la frente. La piel, antes tersa, empezó a tornarse flácida. Las risas de las princesas feéricas se volvieron más sonoras y frecuentes. Ya no se molestaban en ocultar su desdén, y pocas eran las que se dignaban a hablar con Morgiana. Mientras tanto, Faera no aparecía por ningún lado y nadie le decía dónde estaba.

No obstante, lo peor de todo era que Morgiana atisbó la verdadera apariencia de las hadas, oculta hasta entonces por el glamur mágico, como una máscara que imitara un rostro humano pero no acertara a esconder la fealdad que encubría. A veces, también oía algo que sonaba como llantos de bebés humanos en lo más profundo de la tierra, aunque solo de noche y no durante mucho rato. Aun así, no se lo contó a nadie.

Al final, al cabo de un mes, Faera regresó y Morgiana le hizo frente.

—Me gustaría visitar a los míos —le dijo—. Los echo de menos y seguro que ellos también a mí.

Faera intentó disuadirla, pero ella no cejó.

—Me lo prometiste —insistió—. Me prometiste que podría regresar a ver a mis seres queridos cuando lo deseara.

—Y así es. Pero recuerda que tú me prometiste volver conmigo, y las promesas hay que cumplirlas, so pena de muerte.

Aunque Morgiana se arrepentía de haber accedido a unirse a Faera y deseaba más que nada en el mundo recuperar su antigua vida, era una mujer que cumplía su palabra, so pena de muerte o no.

—Volveré contigo después de haber caminado de nuevo entre los míos.

Sin embargo, Faera levantó un dedo a modo de advertencia.

—Me temo que no puedes hacerlo. Ahora perteneces a este reino tanto como nosotros, y tu tierra es tan letal para ti como para nosotros. Si la pisas, siquiera un solo un instante, quedarás reducida a polvo.

—Pero eso no me lo dijiste —protestó Morgiana.

—No me lo preguntaste.

—De haberlo sabido, no habría aceptado marcharme contigo.

Morgiana lloraba, pero Faera no mostró compasión alguna. Mientras hablaba, le pareció que había cambiado, de modo que por fin lo vio tal y como era. No había ni rastro de su belleza, sino que estaba marchito y sus rasgos se asemejaban más a los de un demonio que a los de un ser humano.

—Ese fue tu error, no el mío. ¿Todavía deseas visitar a los tuyos?

—Más que nunca —respondió Morgiana.

—Entonces debes permanecer montada en el caballo que te daré, y ni tus manos ni tus pies deberán tocar el suelo. ¿Lo entiendes?

Morgiana lo entendía, y más de lo que dejaba ver.

—Antes de marcharme, tengo que preguntarte algo —le dijo.

—Adelante.

—Ahora tengo el pelo más gris que moreno, la piel más flácida y arrugas como las de mi madre. Pero solo llevo aquí unas semanas. ¿Cómo es posible?

—Te dije que no envejecerías como los demás de tu especie —respondió Faera—, y así ha sido. Lo que no dije fue que fueras a envejecer más despacio que ellos. Deberías haber escuchado con más atención, en vez de limitarte a oír lo que deseabas oír.

—¡Ah, eres una criatura vil!

—Y tú eres una criatura estúpida, pero llegamos a un acuerdo y no puedes romperlo. —Faera tocó con un dedo el pelo de Morgiana, observando su nuevo color—. A no ser, por supuesto, que prefieras morir. Puedes bajar del caballo cuando llegues a tu hogar, y ese será tu fin.

Estaba retándola a suicidarse, y Morgiana sabía que se alegraría de que lo hiciera. Se había cansado de ella, como si fuera una mascota que ya no le divertía. Pronto la joven se convertiría en un ser tan lamentable que los bellos nobles feéricos ni siquiera se molestarían en reírse de ella, y al final moriría y ellos lanzarían su cadáver al muladar de la cocina, para que se pudriera con los alimentos a medio comer.

Pero Morgiana no era estúpida, solo temeraria, como lo son los seres inmaduros, y demasiado confiada, al igual que quienes cuentan con poca experiencia con la crueldad ajena. No obstante, había aprendido mucho y ganado en sabiduría durante el tiempo que había pasado con las hadas, todo a través de duras lecciones, aunque la más dura estaba por llegar.

Fue en una soleada mañana de invierno cuando Morgiana se internó con su caballo en el mar, en la frontera con los reinos de las hadas. Tras ella se extendía el sendero de piedra que estas recorrían dos veces al día, puesto que tenían por costumbre acudir a la playa para ver salir y ponerse el sol, con hidromiel para el alba y vino para la noche. Se preguntó si volvería a ver aquel lugar, así de tentadora le resultaba la liberación prometida por la muerte. Las aguas se cerraron sobre su cabeza y, cuando se abrieron de nuevo, emergió en su país. A lo lejos distinguió la cabaña de sus padres, en la cresta de una colina que daba al mar, y los tejados de la aldea situada más allá; sin embargo, cuando llegó a su antiguo hogar, vio que el techado de paja había desaparecido y que en la casa no había ni muebles ni habitantes. Cabalgó hacia la aldea y, por el camino, se encontró con un anciano.

—¿Sabe usted lo que ha sido de la familia que antes vivía en la casa que hay junto al mar? —le preguntó.

—Esa casa lleva abandonada desde que yo era un chaval. La hija desapareció, se temió que hubiera muerto ahogada, y sus padres nunca se recuperaron de ese golpe. Murieron antes del año, y la casa se dejó en ruinas porque se consideraba un lugar del que había huido toda suerte, salvo la mala.

Morgiana siguió avanzando por el camino y vio que la aldea también había cambiado. Era más grande, estaba llena de rostros que no reconocía o en los que solo quedaban las sombras de la juventud perdida. Pero ninguna de aquellas personas mayores la recordaba, puesto que las hadas habían dejado su marca en ella y la ocultaban a los suyos.

Cuando el sol empezó a ponerse, Morgiana cabalgó de vuelta a la orilla, aunque la rabia y la pérdida le oprimían el corazón. Sus padres habían abandonado aquel mundo víctimas de la pena, creyendo ahogada a su única hija, y sus amistades estaban muertas o moribundas. Era una desconocida en su propia tierra, y entre las hadas no era más que un juguete con el que se entretenían mientras se marchitaba ante sus ojos. En ese momento, montada en el caballo que pisaba la arena, ante las olas, estuvo a punto de complacer a Faera y dejarse caer a la playa para morir en ella.

Sin embargo, justo cuando iba a soltar las riendas y sacar los pies de los estribos de oro, vio a un chico en la orilla. Llevaba consigo dos grandes sacos llenos de cangrejos y marisco que había recogido, y los sacos pesaban tanto que tenía que arrastrarlos tras él. Se detuvo ante Morgiana para contemplar la belleza de jinete y montura, los detalles de la silla, y el oro de los estribos y la brida. El muchacho se inclinó para saludarla, y ella hizo lo mismo y los pensamientos suicidas se desvanecieron.

—Veo que has estado ocupado.

—El mar ha sido generoso.

—Me gustaría comprarte esos sacos —dijo Morgiana—, pero solo los sacos. Si encuentras otro modo de cargar con su contenido, te lo puedes quedar.

El chico la miró como si estuviera loca.

—Los sacos no valen casi nada —repuso.

—Para mí, valen lo mismo que esta brida —contestó ella, y la sacó para entregársela al chico. Sabía que podía cabalgar sin ella.

—Pero estaría engañándote —insistió el muchacho con el oro brillándole en las manos.

—Ya me han engañado antes, pero este trato lo cierro con gusto.

Así que el chico vació los sacos y se los ofreció.

—Tengo que pedirte otro favor —le dijo Morgiana—. Me gustaría que llenaras los sacos de arena, tanta como quepa, y que después me busques una cuerda para atarlos juntos, de modo que pueda colgarlos de mi silla.

El muchacho hizo lo que le pedía. Llenó los sacos de arena, los ató con un trozo de cuerda que encontró en un barco varado en las dunas y los colocó detrás de la silla de Morgiana. Ella le dio las gracias y se preparó para abandonar su hogar por última vez.

—¿Me dirás quién eres? —le preguntó el chico—. Si regreso a casa con esta brida y sin saber quién era su dueña, mi madre me acusará de haberla robado.

—Diles que me llamo Morgiana y que hace muchos años vivía en la casa de la colina. Diles que hice un mal trato con las hadas, pero que quizá haya descubierto el modo de conseguir que lo lamenten más que yo.

Dicho lo cual, azuzó el caballo para meterse entre las olas, y el mar se la tragó.

Las aguas se abrieron y Morgiana salió de ellas. Ante sí se encontraba el camino que conducía desde la orilla hasta los palacios de las criaturas feéricas. Detrás de ella, el sol estaba también a punto de ponerse en aquel mundo. Al llegar al sendero, se sacó una horquilla del pelo y la usó para agujerear los sacos que colgaban detrás de su silla, de modo que las arenas de un mundo se esparcieran por las de otro y su polvo ajeno resultara indistinguible del de aquel reino. Recorrió el sendero arriba y abajo hasta que los sacos se vaciaron.

Cuando el sol se tornó rojo, regresó a la playa y esperó a que llegaran las hadas.

—Es una historia horrenda —dijo Ceres cuando el Leñador terminó.

—Suelen ser las más interesantes.

—Mi padre habría estado de acuerdo contigo. Y mi hija.

Mencionar a Phoebe hizo que se le saltaran de nuevo las lágrimas, pero logró contenerlas.

El Leñador cogió una pipa del estante que había sobre la chimenea, extrajo un saquito de tabaco de un bolsillo y empezó a meter tabaco en la cazoleta.

—Eso es muy poco saludable, que lo sepas —dijo Ceres.

—¿En serio? Entonces no te ofreceré.

Sacó una cerilla, la encendió en la chimenea y la acercó a la pipa hasta que obtuvo un resultado satisfactorio; acto seguido, expulsó una densa nube de humo al aire. A Ceres le olió a calcetines viejos enmoheciéndose sobre madera podrida. Cruzó los brazos y fulminó con la mirada al Leñador.

—¿Estás segura de que no eres una chica de dieciséis años?

—Segurísima.

—Pensaba que quizá no lo había oído bien.

Ceres se levantó.

—Me voy a la cama.

—Parece una buena idea. Has tenido un día muy intenso.

—Pero mañana me ayudarás a volver a casa, ¿verdad?

El Leñador atizó el fuego.

—Ten por seguro que lo intentaré.

Unas palabras que a Ceres no le resultaron demasiado tranquilizadoras.

XIX
Ealdor-Bana
(INGLÉS ANTIGUO)

Destructor de vida

La dríade, Calio, examinó la casa, cuyos contornos apenas se distinguían en la oscuridad; lo único que indicaba que dentro moraba alguien eran los destellos de luz que se colaban por las rendijas de las contraventanas y el olor a humo del fuego.

Calio estaban sentadas en una roca situada en un claro desprovisto por completo de árboles. Aquellos eran los dominios del Leñador, que había manipulado la naturaleza para doblegarla a su voluntad, de modo que los murciélagos y los búhos nocturnos le servían de ojos y oídos, y la hiedra local lo protegía. Calio notaban que la vegetación se agitaba, nerviosa, al verlas llegar. Si intentaban acercarse a la casa, buscarían la manera de impedirle el paso hasta que apareciera el Leñador, y Calio no deseaban someterse a la justicia de aquel hombre.

Pero ¡ay!, ¡cómo sufrían Calio y cuánto deseaban causar un daño mayor que el recibido! La llamada Ceres, la niña que no era una niña, había herido a Calio. Les dolía la cabeza, se habían quedado ciegas de un ojo y su camuflaje era esporádico, así que solo eran capaces de fundirse un momento con el entorno antes de volver a ser visibles. Sin su habilidad para esconderse, eran vulnerables, y estar expuestas significaba correr el riesgo de ser presas fáciles. Y lo peor de todo era que estaban débiles, y Los Que Regresan no tolerarían la debilidad. Encargarse de Ceres les demostraría que Calio todavía eran útiles.

Ahora bien, la intrusa se encontraba bajo la protección del Leñador. Este no se rendiría sin luchar, y Calio no estaban en condiciones de desafiarlo. Quizá bastara con perseguir, con vigilar y después contarles a los demás lo que hubieran descubierto. Los suyos tardarían en volver a adaptarse al mundo, ya que había cambiado mucho desde la última vez que caminaran por él, y era poco probable que tuvieran conocimiento de la llegada de Ceres.

Pero... ¿por qué estaba allí? En el mundo, todo tenía su propósito, lo que significaba que Ceres también. No era la primera vez que llegaban viajeros de otros lugares, pero los había de dos tipos: los que se aventuraban sin planearlo y los que acudían atraídos por los recuerdos de otro. Calio sospechaban que Ceres se contaba entre los primeros porque parecía perdida y desconcertada. Si había viajado de su mundo a este, era porque algo de este lado así lo había querido, y había pocos con esa clase de poder.

El único ojo bueno de Calio captó movimiento entre las hojas caídas: un ratón de campo en busca de comida, aunque procurando esconderse de los cazadores nocturnos. La quietud de la dríade, a pesar de no contar con camuflaje, le había ofrecido al ratón una falsa sensación de seguridad. El pie izquierdo de Calio salió disparado y apresó al animal contra el suelo, y, con una de sus largas uñas, abrieron al animal desde el cuello hasta el rabo, hiriéndolo de muerte.

Calio se arrodillaron al lado del ratón, acercaron el rostro a su hocico e inhalaron su esencia cuando murió.

En la casa, el Leñador dividía su atención entre Ceres, que estaba dormida, acurrucada sobre el camastro, y las brasas del fuego. Distinguió algunos rostros en ellas: el del llamado Leroi, líder de los loups, medio hombre, medio lobo y con lo peor de ambos; también vio troles y arpías, y al niño, David; y, por fin, surgió el Hombre Torcido, que antaño gobernara desde las sombras, manipulando a los niños para atraerlos a su mundo y después convertirlos en reyes y reinas a los que manejaba como títeres sirviéndose del miedo y la debilidad.

Pero Ceres no era una niña (en cuerpo era menos que una mujer, pero no en mente) y los tiempos de los soberanos habían quedado atrás. Cuando el Leñador había cerrado los ojos para dormir, aquella Otra Parte había empezado a reescribirse, y un nuevo orden de lores y damas comenzó a imponerse, cada uno de ellos con territorios delimitados por ríos, montañas y cañadas cuyas fronteras se decidieron por acuerdo entre ellos. Sin embargo, la mayor parte de la tierra era de uso común, abierta a todos, incluso para habitarla, siempre y cuando no se metieran en la propiedad de una gorgona, un cíclope o alguna otra criatura con malos humos. En tal caso, lo más probable era que su viaje se interrumpiera dolorosa y permanentemente, y que su destino diera lugar a un cuento infantil admonitorio; o que su casa quedara reducida a escombros y sus restos yacieran pudriéndose en el centro, como recordatorio de que no ver algo no significa que no esté ahí.

Así que el Leñador había abandonado aquel mundo en un estado de transformación, aunque no de inestabilidad absoluta, y ahora regresaba a él para encontrárselo bajo una nube de desconocimiento. Una dríade, una criatura a la que no se había visto desde hacía siglos, había reaparecido y había tenido la temeridad de atacar a una persona, algo casi inaudito. La persona en cuestión, además, no pertenecía a aquel lugar. No había llegado hasta él por voluntad propia, sino que había tropezado con él o la habían perseguido de modo que no le quedara más opción que entrar. Así que ¿quién quería allí a Ceres y con qué fin? El Leñador pensó que, mientras que aquello no se resolviera, Ceres seguiría allí, y a saber por cuánto tiempo. Le dio una buena calada a la pipa y recordó la historia que le había contado, el cuento de Morgiana y las hadas.

«Y bien», reflexionó, «¿de dónde habrá salido ese relato?»

La llegada de la dríade ofrecía una posible respuesta, pero aquella respuesta habría confirmado sus peores temores.

XX
Hleów-feðer
(INGLÉS ANTIGUO)

Pluma que cobija; un brazo protector que rodea a otro

Ceres pasó una noche espantosa. Febril, pasaba de tener tanto calor que intentaba arrancarse la ropa (hasta que intervenía el Leñador) a tener tanto frío que no había pieles ni mantas suficientes en la casa para calentarla. La asediaban visiones de bestias con dos cabezas, con muchas cabezas o sin cabeza, y estaba convencida de que Calio acechaban en la penumbra de los aleros, invisibles para el Leñador pero presentes, a la espera de arrastrar a Ceres a la oscuridad. Le dolía tanto el brazo izquierdo que no podía apoyar el peso en él y tenía el cuello tan rígido que era incapaz de mover la cabeza sin chillar. El Leñador renunció a su descanso para sentarse a su lado, taparla o destaparla según las exigencias de la fiebre y mojarle la cara con un trapo húmedo mientras le proporcionaba más tazas de la infusión con la que, en un principio, había logrado calmar la picadura de Calio.

Cuando llegó el alba, la fiebre de Ceres había remitido, aunque el brazo seguía hinchado y le costaba mucho girar la cabeza. No se veía capaz de soportar otra noche como aquella.

—He llegado al límite de mis conocimientos —dijo el Leñador—. He mantenido a raya el veneno de la dríade, pero no sé cómo eliminarlo por completo.

—Solo tienes que ayudarme a volver a casa —repuso Ceres—, por favor. Los médicos de mi mundo me curarán.

El caballo del Leñador relinchaba en el establo, deseoso de salir de nuevo, aunque unas nubes densas velaban la mañana y amenazaban lluvia. Cuando examinó el bosque a través de las contraventanas, todo estaba como debía, pero, para asegurarse, dejó a Ceres en la casa y se acercó hasta los primeros árboles. Allí alzó una mano hacia la hiedra y le permitió que se enredara en sus dedos para interpretar con su piel el mensaje que ella le transmitía: un intruso en la linde del bosque durante la noche, un ser rastrero, pero ya se había marchado. Y, bajo tierra, percibió movimiento, como los temblores de un terremoto lejano o...

Alguien excavando.

El Leñador flexionó la mano y la hiedra lo soltó.

«Mal», pensó; «todo va mal.»

Regresó a la casa, y el sonido hueco de sus pasos le resultó incómodo. Desde la rama más alta de un árbol muerto desde hacía tiempo, un grajo tuerto montó guardia hasta que el Leñador entró y cerró la puerta; después alzó el vuelo en dirección norte. En su pico, el botón seguía brillando: un tesoro, y una confirmación.

La mujer estaba allí.

Le llevó un buen rato preparar a Ceres para el viaje. No podía atarse los zapatos sola, de lo hinchado que seguía el brazo izquierdo, y el Leñador había tenido que ayudarla a caminar hasta el caballo antes de alzarla sobre su lomo. Luego cogió el hacha y sentó a Ceres entre sus brazos. En circunstancias normales, le habría pedido que se sentara detrás, pero no quería que se cayera si la debilidad la superaba. Eso significaba que se veía obligado a montar con el brazo izquierdo rodeándola mientras agarraba las riendas con la mano derecha, y el hacha sobre la silla. Si los atacaban, le costaría defenderse, así que confió a la hiedra la tarea de comprobar la seguridad por el camino.

Ante la insistencia de Ceres, primero fueron al arroyo. Desmontó con ayuda del Leñador y contempló los árboles que la rodeaban, impotente.

—Podría ser cualquiera —dijo, señalando el sinfín de árboles con troncos gigantescos.

Avanzó con paso tembloroso de uno a otro, dándoles toquecitos en la corteza con la esperanza de detectar algún hueco, pero todos sonaban deprimentemente recios. Después miró al Leñador, que permanecía subido a su yegua y le acariciaba el cuello.

—¿No me vas a ayudar? —le preguntó.

—No tiene sentido. Aunque la moneda siguiera ahí, dudo que el umbral también. Ya te lo dije: no has venido por accidente. Estás en un cuento y tú tienes un papel que interpretar en él.

—Pero no quiero formar parte de ningún cuento —repuso Ceres—. Quiero..., tengo que volver con mi hija.

—A este mundo, como a los demás, le da igual lo que quieras. Tengas la edad que tengas, eres demasiado mayor para cometer ese error.

Ceres supuso que el Leñador tenía razón. El nuevo mundo le debía tan poco como el antiguo, aunque, de todos modos, era posible sentirse defraudada por ambos.

—Bueno, díselo al pájaro que se llevó mi moneda —replicó al volver junto al hombre.

—¿Seguro que fue el mismo que te condujo hasta la casa?

—No he realizado ningún estudio sobre grajos tuertos —gruñó Ceres—, así que no podría jurarlo.

Se tambaleó y tuvo que apoyarse en la yegua. El Leñador le pasó una petaca y ella bebió un poco de infusión. Empezaba a hartarse de su sabor, pero, después de beberla, se encontraba mejor.

—Entonces, ¿qué hacemos ahora? —preguntó.

—Tenemos que curar esa picadura, y puede que por el camino averigüemos más sobre lo que está pasando, lo que nos dará alguna pista sobre por qué estás aquí. Cuando sepamos eso, nos costará menos saber cómo devolverte a casa.

—¿Está pasando algo? —preguntó Ceres mientras él la ayudaba a subir al caballo.

—¿Aparte de que hayas aparecido aquí, lo que ya es suficiente motivo como para preocuparse? Sí, está pasando algo. —Le dio un pisotón a la tierra, todavía mojada de rocío, y las flores con cara infantil fruncieron el ceño, contrariadas—. Creo que se está produciendo un despertar.

De vuelta a la casa, recogieron comida, agua y mantas para el viaje. Ceres, incómoda con su ropa después de pasarse una noche entera sudando con ella puesta, se acercó al armarito que le indicó el Leñador para buscar una muda adecuada.

—No va a servir de nada —repuso—. Si es tuya, no me valdrá.

—Entonces no hay problema, porque ahí dentro no hay nada mío.

Ceres abrió la puerta, encontró prendas de distintos tamaños y, tras enrollarse un poco las mangas y ajustarse las perneras, consiguió un conjunto pasable. También dio con unos botines que le iban, porque sus zapatillas de tenis estaban ya bastante maltrechas.

—¿De dónde ha salido todo esto? —preguntó—. ¿Tú también tienes hijos?

—No eres la primera que pasa por aquí.

—¿La primera qué?

—La primera nada.

—Como alguna vez encuentre en este mundo a alguien que me sepa dar una respuesta directa a una pregunta, contará con una amiga para toda la vida.

El Leñador metió más flechas en el carcaj y ajustó la funda de la espada en la silla del caballo. El hacha se la colgó a la espalda. Tras un instante de vacilación, le entregó a Ceres una espada muy corta protegida por una vaina con cinturón. Ella tiró de la empuñadura y descubrió una hoja limpia y afilada.

—¿Qué se supone que tengo que hacer con esto?

—La punta va primero —respondió el Leñador—. El resto entra detrás.

—No pienso apuñalar a nadie. ¿Por quién me has tomado?

—No te importó golpear con una piedra a una dríade.

—Eso era distinto.

—¿En qué sentido?

—No lo sé. —Ceres se lo pensó un momento—. Una espada parece algo más íntimo y más... definitivo.

—Lo es si la usas bien —le dijo el Leñador antes de ablandarse—. Mira, si alguien quiere hacerte daño, se lo pensará dos veces al verla. Muy a menudo basta con eso.

Ya estaban fuera, a punto de partir, pero para Ceres la casa representaba un lugar seguro que dudaba de querer abandonar.

—Te lo iba a preguntar antes... ¿Por qué añadiste todos esos pinchos de acero a los muros y al tejado?

—No fui yo. Estaban ahí cuando desperté.

—Entonces, ¿quién lo hizo?

—No es quién, sino qué. La casa decidió que eran necesarios.

—Una casa no es más que una casa. No puede decidir nada —repuso Ceres.

La puerta principal, que había estado abierta hasta el momento, se cerró de golpe, y Ceres oyó que el pesado listón de madera se colocaba en su sitio al otro lado. Si una vivienda pudiera haber resoplado, aquella lo habría hecho.

—Lo retiro.

El Leñador se subió a la silla con una energía impresionante para alguien de su edad y se inclinó para ofrecerle una mano.

—Puedo montar detrás de ti —dijo Ceres—. Sé por qué antes me llevabas delante, pero es poco práctico e incómodo. Si empiezo a marearme, te aviso.

Aunque tuvieron que reorganizar las provisiones, pronto Ceres estuvo sentada detrás del Leñador, agarrada a su cinturón para mayor seguridad.

—Hay caballos en el sitio al que vamos. Podemos comprar o tomar prestado uno que te vaya bien.

—No voy a comprarme un caballo, no pretendo estar aquí tanto tiempo.

—Deja que te recuerde que ni siquiera pretendías estar aquí —repuso el Leñador mientras emprendían la marcha.

XXI
Stræl
(INGLÉS ANTIGUO)

Rayo o relámpago; flecha

Aunque seguía preocupada por su incapacidad de regresar a casa y porque el Leñador no le ofrecía una solución alternativa inmediata, Ceres no podía evitar interesarse por el paisaje que recorrían.

Durante las primeras horas apenas vieron otra cosa que árboles, con pocos indicios de presencia humana salvo por algunas ruinas: una casa de piedra cubierta de hiedra aquí, una vivienda de madera reclamada poco a poco por el bosque allá... Pasaron junto a estanques de anguilas con trampas putrefactas en la orilla, donde los viejos refugios de los pescadores apenas se distinguían ya entre la maleza. En cierto momento se encontraron con tres casitas, la primera de las cuales consistía solo en cimientos de pacas de paja abrasada, mientras que la segunda era una cáscara vacía hecha de palos achicharrados y la tercera estaba construida con ladrillos, aunque ennegrecidos, y de ella manaba un inconfundible aroma a cerdo a la parrilla.

—Nunca subestimes el ingenio de un lobo malo —dijo el Leñador.

Más adelante, cuando el sol llegó a su cénit, oyeron ruidos en el bosque que había a su derecha, y el suelo tembló bajo la yegua. El Leñador iba a sacar el hacha cuando un tejo ya crecido apareció arrastrando las raíces por el suelo, sin tan siquiera fijarse en ellos. Unos segundos después, un tejo más pequeño salió corriendo tras él, intentando alcanzar a su padre, y se detuvo un momento para observar a los jinetes antes de seguir su camino.

—Cómo no —comentó Ceres—. Los tejos andantes.

Y, por primera vez desde su llegada, sonrió de verdad.

Por fin llegaron a una torre colosal situada entre árboles más jóvenes, cuyos troncos no eran ni tan gruesos ni tan altos como los del resto del bosque. Ceres desmontó para estirar las piernas y aprovechó la oportunidad para rodear el edificio, vigilada de cerca por el Leñador. Vio unas ventanas arqueadas arriba del todo, pero no había puerta. La mampostería parecía reciente (de años de antigüedad, no siglos), aunque no alcanzaba a imaginar cuánto tiempo habrían tardado en levantar semejante torre, ni por qué la habrían construido tan lejos de todo.

—¡Eooo! —llamó una voz desde lo alto, a la vez que una cabeza asomaba por una de las ventanas.

Se trataba de una joven de pelo rubio cardado en un copete altísimo sobre la cabeza. Agitaba la mano alegremente para saludarlos. Ceres miró al Leñador, que se encogió de hombros. Fuera quien fuera, él no la conocía.

—Ah, hola —respondió Ceres, devolviéndole el saludo, no sin vacilar.

—No habéis venido a rescatarme, ¿verdad? —preguntó la mujer, y Ceres se dio cuenta de que de repente tenía una ballesta en las manos.

De nuevo, miró al Leñador.

—¿Quieres que te rescaten? —voceó este.

A Ceres le pareció una estupidez de pregunta. Allí había una mujer encerrada en una torre sin puerta, con unas ventanas tan altas que incluso con una escalera enorme costaría llegar hasta ellas, mientras que cualquier intento de descender por aquel muro sin asistencia habría supuesto una muerte segura, ya que la piedra era lisa como el cristal y no había asidero alguno. Por otro lado, la mujer lo había preguntado de un modo que no equivalía precisamente a un «¡Rescatadme!», y estaba el hecho, bastante significativo, de que sujetaba una ballesta. Su respuesta resolvió el misterio.

—No, estoy bien, gracias. Solo era por asegurarme. Cualquier precaución es poca, ya me entendéis.

—Pero... estás encerrada, ¿no? —preguntó Ceres—. A no ser que construyeras tú la torre; aunque, entonces, ¿por qué no pusiste puerta?

—Ah —contestó ella tras bajar la ballesta y sentarse en el alféizar, con un pie colgando por fuera—, es una historia interesante. Verás, había una bruja, y ya sabéis cómo son: impredecibles hasta extremos preocupantes, así son ellas, y con unos modales muy desagradables cuando se enfadan. Bueno, pues mi madre y mi padre tuvieron una pequeña discrepancia con una bruja relacionada con su huerto, que estaba al lado del nuestro; no se ponían de acuerdo en si tenían derecho a llevarse sus lechugas cuando les apeteciera. A mi madre le encantaba la ensalada. No podía vivir sin ella. No comía otra cosa. Era una mujer muy delgada. Cuando se ponía de perfil, solo se le veía la nariz.

»En fin, el caso es que pasaron los años, una cosa llevó a la otra, (o una ensalada llevó a la otra, si lo preferís), y la bruja se hartó de que mis padres se "tomaran libertades", como ella decía. La verdad es que mis padres siempre negaban que fueran ellos los ladrones, pero, al cabo de un tiempo, costaba ocultarlo. Toda la casa olía a follaje y no se podía dar un paso sin pisar una lechuga. Mi madre incluso empezó a parecer un vegetal, según cómo le diera la luz. Al final, la bruja los pilló con las manos en la masa, o en la hortaliza, y me metió en esta torre para darles una lección sobre respetar la propiedad ajena. Mis padres incluso me habían puesto el nombre de Rapunzel, por el rapónchigo, que era lo que más le gustaba a mi madre poner en las ensaladas, lo que fue demasiado descarado. Eso no se lo pensaron bien.

—Qué horror —dijo Ceres.

—¡Lo sé! —exclamó Rapunzel—. ¿A qué padres se les ocurre ponerle a su hija el nombre de algo que es medio espinaca, medio rábano? Es inhumano. Debería haber una ley que lo prohibiera.

—Me refería a lo de encerrar a alguien en una torre. Aunque lo del nombre también tiene lo suyo.

—Ah, no creo que la bruja pretendiera encerrarme aquí para siempre. Seguramente era algo temporal, un año, como mucho, lo justo para asustar a mis padres. Y de repente me entero de que han vendido la casa y se han ido por ahí a plantar hortalizas para ensalada, pero no creo que tengan mucha suerte con el negocio porque mi madre se lo comerá todo como la cabra chiflada que es.

»Después, por si eso no fuera suficiente, alguien mató a la bruja. La verdad es que era un poco díscola, y que te maten por bruja es uno de los gajes del oficio, claro. Pasa mucho. No es un gran trabajo, la brujería, si te paras a pensarlo. Hay que estar muy comprometida. Supongo que es más bien una vocación. Lo haces por amor al arte.

Ceres empezaba a arrepentirse de haber iniciado la conversación. Rapunzel, al margen de sus otros problemas, era una cotorra de primera con una voz muy potente. Como no tuvieran cuidado, se les iban a caer las orejas.

—Será mejor que te dejemos con tus... —empezó a decir Ceres, hasta que la ballesta reapareció en las manos de Rapunzel y la flecha los apuntó de forma inequívoca.

—Quedaos donde estáis —les ordenó con mucha tranquilidad—. Todavía no he terminado, y es de mala educación alejarse de alguien cuando está hablando, sobre todo cuando le has pedido que te cuente una historia. Eso pone nervioso a cualquiera.

Y fue entonces cuando Ceres se fijó en que había un hombre tirado entre la maleza. Vestía una armadura ligera: peto, avambrazos y musleras, además de un casco con una visera estrecha. Eso sí, no tenía pinta de ir a levantarse en el futuro inmediato, porque el asta de una flecha de ballesta le asomaba por la visera, lo que significaba que la punta estaba clavada en algún lugar de su cabeza. Ceres le dio un codazo en la pierna al Leñador para captar su atención y después señaló con toda la discreción posible al cadáver allí presente.

No sabía si mencionarle lo del muerto a Rapunzel, pero tampoco era muy probable que no fuera consciente de su existencia, puesto que todo parecía indicar que la culpable del daño había sido una de las flechas de su ballesta. Además, no estaba precisamente oculto, sino que se había quedado allá donde había caído. De haber dado un par de pasos en la dirección equivocada, Ceres podría haber tropezado con él. Aun así, por si acaso, pensó que lo mejor era preguntar.

—Perdona que te moleste —dijo, levantando la mano, como si fuera una niña que pide permiso para hablar a la profesora—, pero sabes que hay un cadáver aquí abajo, ¿verdad?

A su lado, el Leñador alzó los ojos al cielo y suspiró como un hombre que ha acabado en compañía de alguien con tendencias suicidas.

—Ah, ese —contestó Rapunzel, sin darle mayor importancia—. No llegué a saber cómo se llamaba. Un caballero, supongo; ni idea.

—¿Le..., eeeh..., disparaste?

—No, tonta, no le disparé. Disparé hacia él. Más o menos hacia donde estaba. Es diferente. Intentaba disuadirlo, pero resulta que tengo mejor puntería de lo que pensaba... o puede que peor. Depende de quién lo mire.

Si la intención de Rapunzel había sido disuadir al caballero, rumió Ceres, el caso es que había tenido éxito: más disuasión que esa, imposible.

—Pero ¿de qué intentabas disuadirlo?

Rapunzel se enredó torpemente un mechón de pelo en el índice de la mano izquierda mientras, como advirtió Ceres, con la derecha seguía sosteniendo con fuerza la ballesta.

—Verás, llevaba aquí ya un par de años y, para serte sincera, me empezaba a aburrir. La perspectiva de dar un paseo por el bosque y sentir el tacto de la hierba bajo los pies descalzos me resultaba muy atractiva. Así que, cuando ese tipo apareció y dijo que le gustaría rescatarme, yo accedí encantada, aunque tampoco es que el hombre tuviera un plan en mente. No se había traído andamios, ni tan siquiera una escalera. Pensándolo bien, creo que no era muy listo, porque se pasó mucho rato tartamudeando, resoplando y rascándose la barbilla, sin avanzar demasiado en el tema del rescate. De hecho, se tiró tanto rato que me desanimé y empecé a cepillarme el pelo para matar el tiempo, y fue entonces cuando se dio cuenta de lo largo que lo tenía, porque llevaba años sin cortármelo, aunque sí que me encargo de las puntas abiertas, porque es lo que hay que hacer, ¿verdad? De repente, era todo entusiasmo, y gritó: «¡Rapunzel, Rapunzel, deja caer tu pelo!». «¿Estás seguro?», le respondí, porque me parecía que, como idea, dejaba mucho que desear. Ahora, al verlo, no lo dirías, pero cuando llegó cargaba con unos cuantos kilos de más, y no me refiero solo a su armadura. Era de esos hombres que nunca han probado una tarta que no les gustara.

»Así que lo repitió: "¡Rapunzel, Rapunzel, deja caer tu pelo!". Y me insistió tanto que pensé: "Vale, vamos a intentarlo". Le advertí que no estaba convencida de que fuera a funcionar y que tendría que soltarse si se lo pedía, pero no sé si, llegados a ese punto del proceso, me estaba escuchando. Por experiencia, sé que cuando a un hombre se le mete una idea en la mollera, cuesta mucho sacársela; y, cuanto peor es la idea, con más cabezonería se aferra a ella. Sería gracioso si no fuera tan trágico.

»Resumiendo, para no enrollarme: solté el pelo por la ventana, y él se agarró con las dos manos y comenzó a trepar, pero ya te imaginarás cómo acabó la cosa: un hombre grande, envuelto en piezas de metal, colgando del pelo de una mujer. Era como si me fuera a arrancar la cabeza de los hombros, y eso cuando solo había ascendido treinta centímetros. Cuando apoyó los dos pies en el muro, yo ya estaba a punto de caer por la ventana. Le dije que se dejara de tonterías, pero ni caso, así que cogí la ballesta y... —se encogió de hombros— dejó de trepar. Dejó de hacerlo todo, en realidad. Al principio me sentí mal, sobre todo cuando el viento soplaba en la dirección equivocada y empezó a oler, pero eso fue hace siglos. La verdad es que me había olvidado de él hasta ahora.

—¿Por eso ya no quieres que te rescaten? —le preguntó Ceres.

—Más o menos. Me recordó lo tontos que pueden llegar a ser los hombres, así que decidí que estaba mejor donde estoy. Hay un pozo al pie de la torre y tengo un cubo para sacar agua, aunque se tarda un rato en subirla. Tengo una letrina... Vale, tengo un agujero en la piedra con un desagüe a través de la pared, pero cumple su función. Y tengo muchos libros para leer, y comida, gracias a las ratas. Las ratas son unos animales muy sociables y saben amenizar una conversación, no como los ratones y los topillos.

Ceres estaba ya convencida de que, incidentes homicidas al margen, Rapunzel estaba bastante loca. Se la imaginaba sola, en su habitación de la torre, parloteándole a una colonia de ratas que la miraban sin entender nada mientras se arrepentían de no haber seguido su camino.

—Perdón, que paso —dijo una voz a sus pies.

Al bajar la vista, vio una enorme rata gris vestida con un chaleco verde y rojo que pasaba con cuidado entre sus piernas. Sobre la cabeza llevaba media hogaza de pan y un pedazo de beicon haciendo equilibrios sobre un libro fino y encuadernado en cuero.

Ceres se quedó mirando a la rata. La rata se quedó mirando a Ceres.

—¿Qué? —le preguntó la criatura—. ¿Llevo algo pegado? Me da mucha rabia cuando me pasa eso.

La rata se puso a examinarse el chaleco, después el pelo, el rabo y las almohadillas rosas de las patas. Una vez que comprobó, satisfecha, que no había pisado nada desagradable, volvió a concentrarse en Ceres.

—Vale —comentó, vacilante.

Otra rata pasó por debajo de la mujer, cargada con una cestita de arándanos azules. Llevaba un gorro con una pluma e hizo malabarismos con la cesta para poder saludar a Ceres levantándoselo, muy educada.

—Buenas tardes —saludó la segunda rata—. Qué buen tiempo hace, ¿verdad?

—Sí, muy bueno —contestó Ceres tras una pausa incómoda.

Siguió mirando a las ratas, boquiabierta. No habría sabido decir por qué las ratas que hablaban la sorprendían tanto, después de todo lo que había visto, pero así era. Quizá fuera porque las ratas eran algo común en su mundo, donde, sin duda, no hablaban..., o, si lo hacían, era a espaldas de la gente, una posibilidad que ahora le resultaba perturbadora.

Las dos ratas se miraron. La primera se llevó un dedo a la sien derecha e hizo la señal universal de que quizá estuvieran frente a una persona a la que le faltaba una patata para el kilo, por lo menos.

—Aaah —dijo la segunda rata, al caer en la cuenta—. De todo tiene que haber en la vida, ¿no?

—No me hagas hablar —repuso la primera rata mientras seguían su camino hacia un agujerito que había en la base de la torre—. Todas las familias tienen a uno, y si crees que no, es que eres tú.

—Pero yo no estoy loca —protestó Ceres.

Una de las ratas levantó una pata para darle la razón.

—Por supuesto que no. —Y luego añadió—: Es lo que dicen todas.

—La primera señal de locura —coincidió su compañera—. O la segunda, después de estar loca.

Ceres se rindió.

—Tenemos que irnos —le dijo a Rapunzel—. Ha sido muy interesante hablar contigo.

—Lo mismo digo —respondió esta—. ¡Ah! Y no le contéis a nadie que me habéis visto, ¿vale? No suelen molestarme, y me gustaría que siguiera siendo así. Como vengan caballeros y demás a insistir en rescatarme, es posible que me ponga, bueno, ya sabes...

—¿Nerviosa?

—Exacto —respondió Rapunzel, acariciando la ballesta con ternura—. Nerviosa.

—Si alguien nos pregunta, no te hemos visto —añadió con vehemencia el Leñador.

—Sería lo más adecuado —dijo Rapunzel.

Se despidieron. Ceres montó de nuevo y el Leñador guio al caballo para alejarlo de la torre. Acababan de llegar a los árboles cuando una flecha de ballesta se clavó en un tronco a pocos centímetros de la cabeza del Leñador.

—¡No se os olvidará, ¿verdad?! —gritó Rapunzel.

—No —respondió Ceres, que se había quedado paralizada sobre la montura—. Seguro que no.

—Solo quería asegurarme. ¡Adióóós!

Tras agitar un pañuelo blanco, Rapunzel se retiró al interior de su torre, pero ni Ceres ni el Leñador volvieron a respirar tranquilos hasta estar fuera del alcance de sus flechas.

XXII
Völva
(NÓRDICO ANTIGUO)

Quien practica la magia que se asocia a las mujeres

La torre se fue perdiendo de vista, lo que supuso un alivio para todos los implicados. El bosque clareó y dio paso a colinas y praderas, cuyos campos estaban delimitados por muretes de piedra seca, como los filamentos de una red lanzada sobre la tierra. Había varias granjas repartidas por la zona, algunas muy próximas entre sí, aunque no las suficientes como para considerarlo una aldea o un pueblo.

—A excepción del momento en que le has recordado que había cometido un asesinato, has manejado bastante bien la situación —dijo el Leñador.

—¿Quieres decir, teniendo en cuenta que tratábamos con una mujer que valora mucho, muchísimo, su intimidad?

—Sí, teniendo en cuenta eso.

—Gracias. Me he fijado en que te quedabas muy callado.

—Me ha parecido lo más adecuado, dado que el último hombre que habló con ella acabó con una flecha en la cabeza.

—No por hablar con ella —lo corrigió Ceres—, sino por no escucharla. Según mi experiencia, es un defecto común entre los hombres.

—Tampoco le dio mucho margen para rectificar.

—Si a esas alturas de la vida no había aprendido a escuchar, es poco probable que fuera a progresar en ese sentido.

—Me da la sensación de que no sientes demasiada lástima por su destino.

—No es que no sienta lástima, es que no me sorprende. Me he pasado la vida tratando con hombres que se negaban a prestarme atención cuando hablaba o que descalificaban todo lo que decía;

no todos los hombres, pero sí los suficientes para ver el patrón. En algún momento, uno de ellos habría llegado demasiado lejos. Es lo más lógico. Creo que los hombres no se dan cuenta de cuánto tiempo pasamos las mujeres enfadadas con ellos o intentando no estarlo.

Se sujetaba al Leñador solo con el brazo derecho. Le dolía el izquierdo al levantarlo, y la rigidez del cuello se le extendía hacia la espalda. Tampoco estaba acostumbrada a montar, lo que no ayudaba. No quería quejarse, pero el Leñador era demasiado perspicaz para no darse cuenta.

—¿Cómo va la herida?

Ceres no vio razón alguna para mentirle.

—Podría ir mejor —reconoció—. Soportable. Pero todo es soportable hasta que deja de serlo.

—Bébete lo que queda de la infusión. Llegaremos a nuestro destino antes de que anochezca, y entonces ya no la necesitarás.

Ceres bebió de la petaca, aunque decidió no apurarla del todo por precaución, a pesar de lo que le aseguraba el Leñador. Era algo connatural a ser madre: tu criatura y tú nunca podéis quedaros desabastecidos y siempre hay que guardar algo de reserva. El efecto del brebaje, junto con el movimiento del caballo, la dejó amodorrada, y el resto del viaje transcurrió como en un sueño. No obstante, vio (o soñó ver) una enorme bota negra con un tejado de zinc de cuya chimenea inclinada salía humo, y cuando tuvieron que cruzar un río, el puente era una gigantesca pantufla de cristal pavimentada con gruesos tablones de madera.

Por fin, cuando el sol ya se ponía, llegaron a la cima de una colina desde la que se veía una cabaña de madera. Junto a ella había dos campos sembrados, y corrales para los animales a ambos lados de la vivienda principal. Ceres divisó unas gallinas picoteando el suelo en uno, y en el otro, un par de cerdos hozando el lodo. Al lado de la pocilga había un establo por cuya media puerta asomaba la cabeza de un poni y detrás de él se extendía un prado en el que una vaca mugía quejumbrosa. Sin embargo, por lo demás, el silencio era absoluto y, a pesar de que la noche se presentaba fría, no ardía ningún fuego en la chimenea y la puerta de la casa estaba entreabierta. El Leñador clavó el talón en la yegua para que avanzara, pero no antes de sacar el hacha que llevaba a la espalda y depositarla en la silla.

—Agárrate bien a mi cinturón —dijo—. Si tenemos que huir, será rápido.

Aunque se acercaron más a la cabaña, nadie salió a recibirlos, ni siquiera cuando el Leñador anunció su presencia.

—¡Señora Blythe! —gritó—. ¡Soy el Leñador!

Cerca de ellos, un gallo se peleaba con una gallina por un grano de maíz, y Ceres no apreció más alimento que aquel por el suelo: no quedaba ni pizca. Sintió curiosidad por saber cuánto tiempo haría que no alimentaban a los animales.

El interior de la cabaña, o lo poco que se atisbaba de ella a través de la rendija de la puerta, estaba muy oscuro, y le dio la sensación de que allí dentro no había nadie. El Leñador permitió que la yegua entrara en el patio de tierra delantero antes de desmontar, hacha en mano.

—Siéntate en la silla y toma las riendas —le dijo a Ceres—. Si silbo, la yegua saldrá corriendo hacia campo abierto y no se detendrá hasta cansarse. Quédate agachada, confía en ella, y no te ocurrirá nada.

—Pero ¿y tú? No podemos abandonarte.

—Sé cuidar de mí mismo. Y confío plenamente en que esta jovencita cuidará de ti.

Propinó una palmada en la grupa a la yegua, y esta se alejó de la cabaña. Protegiéndose con la pared, el Leñador abrió la puerta de par en par.

—¿Hola? —dijo, y, al ver que no respondía nadie, entró.

En el interior no se apreciaban indicios de altercado. La mesa estaba puesta para dos, pese a que había una trona infantil entre los dos asientos para adultos. A la derecha de la puerta quedaba una alcoba con una cama doble y una cortina que podía correrse para procurarle intimidad o para atenuar la luz. Cerca de la cama descansaba una cuna vacía, lo que permitiría a la madre del bebé atenderlo enseguida por la noche. Hierbas y plantas pendían de unos ganchos en el techo secándose, y también en los estantes, en los que no había tarros con ungüentos y pociones. En la chimenea, una olla de estofado colgaba encima de unos leños fríos y ennegrecidos. A su lado, una jarra de leche de vaca. El Leñador mojó un dedo en ella y la probó: calculaba que tendría un día, tal vez más. Examinó la cama, la ropa de un baúl abierto y las pertenencias que veía esparcidas por la casa. Allí vivían dos adultos, uno mayor, uno más joven y un bebé; una niña, a juzgar por la muñeca de lana de la cuna. Pero ¿dónde estaban?

Entonces el Leñador oyó un ruido detrás de él y levantó el hacha, pero se trataba de Ceres, que se había plantado en el umbral con la espada presta.

—Creía haberte dicho que no desmontaras.

—La verdad es que no lo has dicho —respondió ella mientras observaba el cuarto—. ¿Cuántas personas viven aquí?

—Dos, la última vez que vine: la señora Blythe y Golda, su hija. Ahora Golda tiene una criatura y la señora Blythe debe de ser una anciana. Aunque no veo nada que indique que un hombre viva en la casa.

—Entonces, ¿dónde se han metido?

El Leñador señaló un bastón junto a la chimenea. A su lado había un saquito hecho con retales de cuero.

—No lo sé, pero ninguna mujer mayor abandonaría su bastón antes de embarcarse en un viaje, y a su lado está la bolsa de curandera de la señora Blythe. Siempre la lleva con ella cuando viaja. Además, el fular para cargar con el bebé está colgado junto a su cuna, hay comida en la olla y la leche lleva ahí un día, como mínimo.

—Puede que tuvieran que irse deprisa.

—O que tuvieran que hacerlo contra su voluntad.

El Leñador olisqueó el aire.

—¿Qué pasa? —preguntó Ceres—. ¿Qué hueles?

—Incienso, o algo similar.

—No me sorprende.

Ceres había empezado a escrutar los estantes, llenos de tarros de hierbas, especias, cortezas, aceites y resinas. Inspiró hondo para inhalar la mezcla de aromas. Eran ingredientes para producir remedios naturales. Algunos los identificaba a simple vista gracias a su madre: ajo, equinácea, matricaria, cardo mariano; hierba de San Juan para las dolencias de la piel, agripalma para los calambres menstruales, acebo para tratar los cólicos. Con razón el Leñador la había llevado a la casa de la señora Blythe. Por desgracia, la mujer no aparecía por ninguna parte, aunque había dejado allí un cuaderno repleto de dibujos de plantas, flores y raíces, además de listas de ingredientes. Estaba al lado de un cuenco con coprino entintado podrido, un tarro de clavos de olor y una jarra de agua; el líquido producido por la descomposición de los hongos estaba listo para mezclarse con el agua y los clavos y elaborar así la tinta para la pluma de la señora Blythe, que se encontraba sobre el lomo del cuaderno abierto.

En el pequeño espejo de las mujeres, cuya superficie estaba empañada, Ceres vio su reflejo por primera vez desde el arroyo. Primero pensó que era muy raro que una mujer adulta observase de ese modo a su versión joven, y justo en aquel momento, claro que quizá era igual de raro que su niña interior se hubiera visto envejecer año tras año.

El Leñador estaba al lado de la cuna vacía y se llevaba una de las mantas a la nariz. Cuando la devolvió a su sitio, parecía aún más inquieto que antes.

—Pasaremos aquí la noche. Dudo que la señora Blythe se hubiera negado a ofrecernos refugio en su establo, aunque tampoco nos lo tendrá en cuenta si aprovechamos el calor de su casa mientras su familia y ella están ausentes.

—¿No deberíamos ir en su busca?

—Si se marcharon a pie, costará rastrearlas a oscuras.

—Crees que les ha pasado algo malo, ¿verdad?

El Leñador fue hacia la puerta.

—No han dado de comer a las gallinas y esa vaca muge porque quiere que la ordeñen. La señora Blythe no habría abandonado a sus animales ni permitido que sufrieran o murieran de hambre. Deberíamos ocuparnos de ellos. ¿Sabes ordeñar?

Ceres negó con la cabeza. Nunca había tocado una vaca, por no hablar de ordeñarla, y había esperado llegar al fin de sus días sin tener que aprender a hacerlo.

—Entonces puedes darles el pienso a los pollos y echarles un vistazo a los cerdos. Yo meteré a la yegua en el establo, atenderé al poni y, después de eso, nos ocuparemos juntos de la vaca. No quiero dejarte sola hasta saber con certeza lo que ha pasado aquí.

Ceres lo siguió al patio y lo vio llevar la yegua al establo. Mientras él se aseguraba de que estuviera cómoda y de que ambos animales tuvieran comida y agua, Ceres se acercó al corral. De un gancho clavado en uno de los postes colgaba un cubo tapado, dentro del cual había peladuras de verduras, corazones de manzana y otros restos de la cocina, mezclados con maíz y avena. Lanzó la mitad del cubo al corral, y las gallinas y el gallo se abalanzaron sobre la comida. Después de su experiencia con las ratas, casi esperaba que le dieran las gracias, pero, al parecer, las gallinas no eran tan buenas conversadoras como los roedores.

Se acercó a la pocilga, que tenía una resistente valla de madera. Los dos animales del interior no le prestaron atención porque estaban muy ocupados llenándose la tripa. Entonces Ceres vio lo que estaban comiendo y empezó a gritar.

XXIII
Banhus
(INGLÉS ANTIGUO)

Casa de huesos; cadáver

El Leñador abrazaba a Ceres, que hundía la cara en su pecho. Había dejado de gritar, pero no de temblar, y sentía náuseas. Lo único que había evitado que el desastre fuera mayor era su falta de apetito; apenas había ingerido nada en todo el día, salvo la infusión y un puñado de nueces de las provisiones del Leñador.

Por fin recuperó la voz.

—¿Son... las tres? —susurró.

—No sabría decirlo —contestó el Leñador—. Quiero que entres en la casa y cierres bien la puerta. No la abras hasta que oigas mi voz. ¿Lo has entendido?

Pero ella se aferró a él con más fuerza. No quería que la soltara, ni tampoco apartar la cara de su ropa. Si lo hacía, quizá tuviera que mirar de nuevo hacia los cadáveres embarrados.

—¿Qué vas a hacer?

—Tengo que sacarlas de ahí.

Se soltó de ella poco a poco, y la hizo girar para ponerla de espaldas a la pocilga y frente a la entrada de la cabaña.

—Enciende el fuego —le dijo—. Esta noche hará frío y nos vendrá bien el calor.

Ceres regresó renqueante a la casa. Después de lo que había visto, hablar de fuego y calor le parecía intrascendente, incluso insensible. Antes de aquel día, solo había visto a un muerto: su padre, tumbado pacíficamente en la cama de hospital. Las enfermeras incluso lo habían peinado, una pequeña deferencia con un hombre que, en vida, siempre había procurado ir arreglado, y que habría odiado no estarlo una vez muerto. Nadie había tenido ese gesto de ternura con la señora Blythe ni con su hija, las habían tirado al barro para que se las comieran los animales. En cuanto al bebé...

Ceres no quería pensar en eso. Para distraerse, limpió la rejilla de la chimenea, y apiló madera y paja seca para encender en fuego. En un rincón de la pared de piedra encontró una cuña de pedernal y un trozo de hierro. Tras fracasar unas cuantas veces y rasparse un dedo (todo por culpa de su brazo herido), consiguió arrancar las chispas suficientes para encender una llama, y pronto la casa parecía menos vacía y helada. Esperó junto a la ventana, a pesar de que no veía al Leñador en la creciente penumbra. Sin embargo, la vaca había dejado de mugir, y Ceres ya no oía los resoplidos y gruñidos de los cerdos al comer. Rara vez comía carne, pero, aunque hubiera sido más carnívora, jamás volvería a probar ni la carne de cerdo ni el beicon.

Cuando oyó que tocaban a la puerta y el Leñador la llamaba por su nombre, ya era plena noche. Descorrió el cerrojo para dejarle entrar. El hombre cargaba con un cubo de leche y, a pesar de tener las manos limpias, llevaba la ropa manchada de sangre y tierra, así que Ceres supo qué era lo que se había limpiado de la piel. Llevaba a la espalda una de sus alforjas, en la que guardaba la comida, además de una muda de ropa para él. La dejó en el suelo y corrió la cortina que había al lado de la cama para cambiarse sin abochornar a Ceres. Cuando regresó, la ropa manchada estaba enrollada y atada con una correa. La puso a un lado y se reunió con Ceres junto al fuego.

—¿Qué has hecho con los cadáveres? —preguntó ella.

—Los he enterrado. Solo estaban la señora Blythe y su hija. No la niña.

—¿Es posible que...? Quiero decir que si los cerdos...

No era capaz de expresarlo en voz alta.

—No —respondió el Leñador—. Creo que se la llevaron después de matar a su madre y a su abuela.

—¿Quién haría algo así?

—En este mundo no escasea la crueldad, como en ningún otro.

Levantó una mano para tocarle la frente, pero Ceres se la apartó por instinto al recordar la tarea en la que había estado enfrascado hasta el momento; después se sintió avergonzada.

—Lo siento. Sigue, por favor.

Él le posó de nuevo la palma de la mano sobre la piel.

—Te ha vuelto a subir la fiebre. Enséñame la herida.

Ella se arremangó y dejó el brazo a la vista. A la luz del fuego, la infección resultaba evidente. Tenía la carne hinchada y roja, con vetas amarillas de pus que le recorrían desde la muñeca hasta el cuello, y le costaba mover los dedos.

—Mañana tendremos que reanudar el viaje y buscar ayuda en otro sitio —dijo el Leñador—. Hasta entonces, me las apañaré con lo que la señora Blythe tuviera aquí.

Bajó del estante un mortero con su mano y preparó una cataplasma con cebolla, jengibre, ajo y cúrcuma, a la que añadió eucalipto y diente de león antes de mezclarlo todo con pan y leche. Luego la aplicó sobre la picadura y Ceres sintió que la herida desprendía frescor. Al cabo de unos minutos, era capaz de volver a extender los dedos, y el rojo intenso había mutado en un rosa pálido.

—Mejor —dijo ella—. Gracias.

Juntos, el Leñador y ella rebuscaron en la despensa y encontraron patatas, nabos, zanahorias y más cebollas, y con todo ello prepararon una sopa. El Leñador tiró el estofado de la olla y la leche que había al lado, por si acaso los asesinos los habían envenenado. Se negó, incluso, a echárselo a los animales.

Comieron en silencio. La sopa, aderezada con las hierbas y especias que Ceres había añadido, estaba tan buena que la sorprendió, pero le costó tragarse la leche recién ordeñada. Era demasiado cremosa para su gusto, y estaba tan caliente que le provocó arcadas. En su frigorífico nunca había leche con más grasa que la semidesnatada, y era para Phoebe; ella prefería la desnatada. Decidió no intentar explicarle esos conceptos al Leñador, que ya iba por su tercera taza y no parecía tener intención de que aquella fuera la última. No le habría extrañado que regresara con la vaca, taza en mano, para llenarla directamente de la ubre, como quien en una taberna se sirve la cerveza del grifo en un despiste del camarero.

La puerta estaba cerrada con llave y pestillo. Ceres había localizado la enorme llave de hierro en el alféizar y, al ver aquel símbolo de domesticidad y seguridad, se le había roto el corazón por la señora Blythe y su familia. Allí, en su hogar, rodeada de sus muebles artesanales y de sus modestas pero preciadas posesiones, creía empezar a conocerlas, aunque yacieran enterradas en los campos que antes cuidaban.

—¿Y si los que han hecho esto vuelven? —le preguntó al Leñador, que acababa de dejar en la mesa el cuenco vacío y se buscaba en el bolsillo la pipa y el tabaco, como siempre.

Era en verdad un hábito muy malo, pero esta vez no se lo echó en cara, no después de lo que se había visto obligado a hacer aquella tarde.

—No volverán.

—¿Cómo puedes estar tan seguro?

—Porque no tienen ningún motivo para ello. Las mujeres están muertas y ya se han apoderado de la criatura. ¿Acaso había algo más que mereciera la pena llevarse o, peor aún, por lo que mereciera la pena regresar?

—¿Dinero? ¿Joyas?

—La señora Blythe no tenía piedras preciosas ni la necesitaba, y si los asesinos hubieran buscado oro y plata, lo habrían registrado todo antes de marcharse. Si no las hubiera conocido, habría dicho que el único propósito de los asesinos era matarlas, pero la señora Blythe no tenía enemigos, o al menos ninguno con tanto odio en su interior, y me pareció que Golda tenía el mismo carácter que su madre.

—¿Y si lo que querían era a la niña? —preguntó Ceres—. No podemos dejarla en manos de gente como esa.

—¿Quién ha dicho que fuera gente?

Ceres estuvo a punto de preguntar qué iban a ser, si no, pero sabía que la pregunta sobraba porque ya había conocido a un espíritu del agua y a una dríade, además de a un par de ratas que hablaban y a unos tejos andantes.

—Aun así, no podemos permitir que se queden con una niña humana, sean quienes sean o lo que sean.

El Leñador se sacó del bolsillo algo metálico parecido a un clavo plano y lo usó con la pipa. Introdujo la punta afilada en la caña y la restregó antes de soplar por el agujero para que se desprendieran los residuos. Después usó el extremo plano para raspar la cazoleta y eliminar los restos de ceniza y tabaco quemado. Una vez que hubo terminado, dio inicio al proceso de llenar de nuevo la pipa y aplastar el tabaco con el dedo. Ceres sintió la tentación de pensar que era mucha molestia para tan escasa recompensa, pero, al observar al Leñador, vio el consuelo que le proporcionaban todos aquellos pasos, que culminaban con fumarse la pipa. Para él era una especie de ritual, una forma de encontrar solaz a través de una rutina sencilla pero íntima. Es lo que sentía ella siempre que compartía con Phoebe algunas tareas de la casa: cuando desenvainaban guisantes (a las dos les encantaban los guisantes frescos y se los comían como si fuesen caramelos), cuando hacían pan y cuando contaban cuentos antes de dormir. Eran pequeños gestos, placeres sencillos que hacían que la vida cotidiana resultase más soportable, y muchos de ellos le había sido arrebatados desde el accidente de Phoebe.

En aquel momento, mientras el Leñador acercaba una ramita al fuego para después arrimarla al tabaco, Ceres aceptó que si quería perseverar tras lo acontecido a su familia, si deseaba vivir y no existir sin más, tendría que hallar el modo de volver a sentir la satisfacción que le habían procurado los rituales, incluido el de leer en voz alta. Cuando volviera a su mundo, intentaría insuflar nueva vida a las antiguas historias que le leía a Phoebe y también descubrir otras, para que, a través de ellas, se embarcaran juntas en un nuevo viaje. Y si Ceres se cansaba de las creaciones de los demás, inventaría unas propias. Sabía que ahora podía hacerlo. No estaba segura de cómo había sucedido, pero ya había creado dos cuentos de la nada. Era una especie de alquimia, lo de inventar historias que antes no existían; y, como con toda la magia, era mejor no examinar el proceso demasiado de cerca. Su padre lo había llamado «cortarle el cuello a la alondra para ver cómo canta»: matar justo lo que intentabas comprender.

No obstante, en primer lugar, tenía que encontrar el camino de vuelta a casa, pero ahora estaban a un día a caballo del gran bosque y, después del asesinato de la señora Blythe y su hija, lo más probable era que se vieran obligados a alejarse más aún. El Leñador le recordó de nuevo que solo podía tratar su herida, no curarla, y seguía convencido de que Ceres no lograría regresar a su mundo sin antes descubrir por qué la habían llevado hasta el de él. También estaba el detalle de la niña desaparecida. Ceres no sabía qué podía hacer, o qué podían hacer, pero sí que tenían que hacer algo.

—Deberías descansar —dijo el Leñador.

—Todavía no estoy tan cansada como para dormir. ¿Por qué no me cuentas otra historia? Esta vez, preferiría que no fuera un cuento de hadas. De hecho, ¿por qué no me cuentas una sobre ti? Sé poco, salvo tu nombre, y este suena más a profesión que a otra cosa. —Regresó a sus recuerdos de *El libro de las cosas perdidas*. Uno de los cuentos se le había quedado grabado más que los otros, el de *Caperucita Roja*. Incluso de niña, siempre había sido uno de sus favoritos—. Ya sé —dijo—. Cuéntame una historia en la que salgáis los loups y tú.

Tras una leve vacilación que apuntaba a un viejo sentimiento de culpa, el Leñador la complació.

La segunda historia del Leñador

Érase una vez, cuando yo era más joven y valiente que ahora (porque, al envejecer, nos volvemos más asustadizos y, así, nos acercamos más a los niños que fuimos), un granjero acudió a mi casa para preguntarme si podía ayudarlo a encontrar a su hija, que llevaba varios días desaparecida. Se había internado en el bosque para recoger bayas y no había regresado. El granjero y su esposa la habían buscado, aunque sin éxito. Temían que la hubieran atacado animales salvajes, pero no hallaron sangre, ni tampoco las huellas de ningún jinete que pudiera haberla secuestrado. La hija tampoco se sentía tan insatisfecha con su suerte como para haberse marchado sin despedirse. Todas sus posesiones terrenales seguían en su casa, según le contó el viejo granjero, y era tan querida como cualquier hija podía serlo.

Así que lo acompañé porque no podía darle la espalda en un momento de tanta aflicción. No hacer nada ante el infortunio ajeno no nos hace mejores que los que lo hayan provocado, y lo que nos da la medida de quiénes son realmente las mejores personas es su capacidad para ponderar de manera adecuada su propia incomodidad ante la magnitud del dolor del otro.

Fui a la aldea y hablé con los que conocían a la chica, aunque todos me confirmaron que las palabras de su padre eran ciertas: se trataba de una joven feliz, querida por todos y tan entregada a sus padres como ellos a ella. Los aldeanos también habían colaborado en la búsqueda, pero con tan poca fortuna como su padre y su madre. Además, temía que sus esfuerzos hubieran sido contraproducentes porque, en su torpeza, podrían haber malogrado las pistas sobre su destino; una rama rota por aquí, una huella en el musgo por allá... Una vida puede depender de detalles tan insignificantes como esos.

A primera hora de la mañana me adentré en el bosque y, como mi vista era más aguda que la de los aldeanos y aquella no era mi primera expedición de aquel tipo, encontré el rastro de lo que se la había llevado. Localicé una piedra suelta junto a un cauce rocoso y parte de una huella en el lodo: profunda, como dejada por algo pesado o por alguien que cargara con algo pesado. Sin embargo, estaba perplejo porque, aunque era tan larga como la huella de un hombre y se distinguía en ella un talón descalzo y una planta, también había marcas de garras junto a los dedos. Si se trataba de un hombre, era uno muy extraño, y si se trataba de un animal, había aprendido a caminar sobre dos patas y era lo bastante astuto para ocultar el rastro de su huida en el arroyo.

Pero yo ya había encontrado su rastro y no podía esconderse de mí. Llegué al punto por el que había salido del arroyo, en lo más profundo del bosque, en sus rincones más oscuros, y, gracias a un arbusto espinoso, recogí un jirón de tela: violeta, como el vestido de la niña arrebatada. Seguí adelante, a pesar de que ya caía la noche, hasta que oí a alguien llorar.

En una hondonada vi las entradas de cinco cuevas y, en el centro, a tres niñas atadas de pies y manos con enredaderas; la más pequeña llevaba un vestido violeta. De pie detrás de ellas había tres figuras que parecían mitad lobo, mitad hombre. Mientras observaba, una de ellas se inclinó para lamerle la cara a la niña del vestido violeta, y uno de los otros hombres lobo, el más grande y fuerte, lo golpeó con una zarpa y le dejó unos arañazos ensangrentados en el pecho.

—¡Es mía! —gritó, y, aunque el otro gruñó, retrocedió.

Entonces, una voz femenina habló desde la entrada de una de las cuevas y una mujer ataviada con una capa roja harapienta salió a la luz. A su lado caminaba un enorme lobo gris, cuyo pelaje ella acariciaba con ternura.

—No os peleéis, hijos míos. Tenemos una para cada uno de vosotros y todas serán unas esposas estupendas; y, si no, podrán saciar otro tipo de apetitos.

Sin embargo, en su tono se leía la advertencia de que, si seguían riñendo entre sí, tendrían que enfrentarse a ella y lo lamentarían profundamente.

Sus hijos aullaron a la luna para darle la razón.

—¿Y qué pasa conmigo, mamá?

Otra de las bestias dio un paso adelante; esta era más pequeña que las demás, y hembra.

—Tú debes esperar, hija mía —dijo la mujer—, ya que es más difícil atrapar a los hombres, aunque son más fáciles de domesticar. Tu momento llegará, te lo prometo.

Permanecí de cara al viento e intenté no moverme, ya que los sentidos de los animales son muy finos, y allí había lobos y algo peor que ellos. Conocía el caso de Blanchette, una chica con capa roja que había desaparecido en el bosque hacía años y de la que no se había encontrado ni rastro. Desde entonces llegaban rumores del sur y del este que hablaban de una figura de capa roja que corría entre los árboles con un lobo al lado, y de mujeres a las que había engatusado para unirse a ella con la promesa de los extraños placeres de los que disfrutarían en compañía de lobos. Al parecer, Blanchette se había cansado de usar palabras bonitas para conseguir una pareja para sus hijos y había recurrido al secuestro.

Cerca de allí yacía un cervatillo con el cuello desgarrado. Blanchette y los suyos se dieron un festín con aquel animal; ella, como su marido lobo y sus hijos híbridos, consumía la carne cruda y ensangrentada. Los vi reducir el cervatillo a un puñado de huesos, que después rompieron para chupar la médula. Cuando terminaron, la manada estaba tan saciada que todos se sumieron en una especie de letargo y no tardaron en dormirse. Una vez que estuve seguro de que dormían como troncos, me acerqué con sigilo a donde estaban las chicas y, tras ordenarles que guardaran silencio, corté sus ligaduras y las saqué del claro. Se movían sigilosas, pero yo avanzaba con descuido. Pisé una rama que se quebró por la mitad y al instante el gran lobo gris, la pareja de Blanchette, despertó. Coloqué una flecha en el arco y disparé, con tanto acierto que le atravesé el corazón. Murió con un leve gemido, lo que bastó para alertar a sus hijos y a Blanchette. La segunda flecha acertó en el hijo mediano, el que había lamido a la chica y recibido a cambio el zarpazo de su hermano. Se tambaleó, herido de muerte, y cayó al fuego, donde pereció entre las llamas.

La persecución dio comienzo, aunque no me vi obligado a luchar solo. La chica del vestido violeta me pidió el arco y las flechas para sumarse a mí. Se los pasé y blandí el hacha. Al ser joven, no era tan diestra con el arco como yo, pero tenía buena puntería, y la hija de Blanchette no tardó en arrepentirse de haberse puesto a tiro. La oí soltar un gañido y partir el asta de la flecha contra un árbol con la punta clavada en el brazo.

Mientras tanto, el más pequeño de los dos machos supervivientes había avanzado a grandes zancadas con la esperanza de atacarnos por la espalda, pero otra de las chicas demostró ser más hábil de lo que el lobo esperaba, ya que se sacó un pasador del pelo y se lo clavó en un ojo, lo que lo obligó a retirarse, medio ciego. Aun así, nos estábamos cansando, y yo oía aullidos por todas partes, cada vez más cerca: otros lobos que acudían a la llamada de sus primos mestizos. Pronto nos alcanzarían, las chicas volverían a sufrir el mismo destino y yo me convertiría en comida para la manada.

Entonces sonaron los cuernos. Atisbé antorchas en la oscuridad, y siluetas de hombres y mujeres. Los habitantes de la aldea me habían seguido el rastro y serían nuestra salvación. Dejé que las jóvenes corrieran a ponerse a salvo y yo permanecí firme.

Ante mí se plantaron tres figuras: un hermano lobo, su hermana loba y Blanchette. Detrás de ellos, gimiendo y caminando en círculos, estaba su hermano ciego, aunque ninguno de ellos se acercó. Sabían que habían perdido su oportunidad. Esperé a que Blanchette dijera algo (me maldijera, me amenazara o prometiera venganza), pero el que habló fue el hijo ileso. Sus palabras, a pesar de brotar vacilantes y guturales, se entendían fácilmente.

—Te conozco, Leñador. Has matado a mi padre y a nuestro hermano, pero no a nosotros, y no te olvidaremos. Por cada miembro de mi familia asesinado esta noche, reclamaré mil vidas, y tendrás las manos manchadas de sangre. Un nuevo orden está surgiendo, un orden de lobos. Nosotros lo lideraremos, mi clan y yo, y con el tiempo lo dominaremos todo, porque los hombres no serán lo bastante fuertes para hacernos frente. Mírame. Recuerda mi nombre. Me llamo Leroi, y un día seré rey.

Dicho esto, los cuatro huyeron y me dejaron solo.

Y ese fue el comienzo de los loups y de todo lo que ocurrió después.

Ceres estaba acurrucada en su sillón, junto al fuego, perdida en la historia. A pesar de ser horrible, lamentaba que hubiese terminado.

—¿Qué pasó con Blanchette? ¿Y con la hermana y el hermano ciego?

—Leroi mató a su hermana —contestó el Leñador—. Y también a su hermano.

—Pero ¿por qué?

—La hermana, se decía que alentada por su madre, Blanchette, deseaba ser reina. Su hermano debilitado se alió con ella contra Leroi y ambos lo pagaron caro. Solo existe una regla cuando te rebelas contra un rey o contra el que será rey: no falles.

—¿Y Blanchette?

El Leñador se sacó la pipa de la boca. Se le había quedado fría mientras contaba la historia, pero no la encendió de nuevo. Se levantó. Era hora de dormir.

—También murió. A manos de su hijo, aunque para entonces era la más loba de todos ellos.

XXIV
Oncýðig
(INGLÉS ANTIGUO)

Sufrir por desear algo o a alguien

Cuando al día siguiente salió el sol, apenas si trajo algo de calor. Durante la noche, más que dolor, Ceres había notado cierta molestia en el brazo, así que se despertó más descansada, pero las estrías de la piel seguían ahí, al igual que la rigidez del cuello y de la espalda. El Leñador, que había dormido junto al fuego y lo había mantenido encendido para caldear la casa, afirmó sentirse satisfecho con su trabajo, aunque con reservas, y preparó una cataplasma nueva para la herida. Sin embargo, Ceres le pidió que esperase a que se bañara, así que él le llenó de agua un barreño metálico, lo puso a calentar al fuego y, cuando empezó a humear, lo dejó en el suelo y se fue para que ella se aseara.

Ceres encontró un paño con el que lavarse, una toalla basta con la que secarse y una pastilla de lo que tomó por jabón de sebo (grasa animal mezclada con sosa cáustica). De la despensa de la señora Blythe sacó menta, lavanda y un toque de romero que añadió al agua. Después se arrodilló sobre la toalla y se lavó la cara, el pelo y el torso antes de meter los pies en el barreño y ocuparse del resto del cuerpo; solo que aquel ya no era su cuerpo, o no era el mismo de antes, igual que su mente tampoco era la de antes. Sentía transformarse por dentro y volver a ser la Ceres más joven, como si su cambio físico tuviera un reflejo psicológico. Era sorprendente ver lo cerca de la superficie que habían permanecido sus experiencias adolescentes y lo deprisa que habían vuelto a salir a la luz: la torpeza y la confusión; los súbitos arrebatos emocionales, como fuegos artificiales que estallan sin motivo, y la sensación de que su anatomía se rebelaba contra ella, de que ni siquiera podía controlar su propia corporeidad. Lo que antes era plano, se hinchaba; donde antes no había vello, ahora sí; incluso la sangre y el dolor, y el recuerdo del bochorno inicial que habían conllevado, porque la fertilidad había dado comienzo sin tan siquiera pedir permiso. No era de extrañar que en la adolescencia le hubieran atraído tanto durante un tiempo los cuentos de miedo, cuanto más horripilantes, mejor. Cuando te salían pelos en los lugares más insospechados y tu propio cuerpo estaba decidido a mutar (una mutación sangrienta, en algunos casos), ¿por qué no ibas a querer leer historias de vampiros, hombres lobo y monstruos, de criaturas capaces de transformarse y metamorfosearse? Al fin y al cabo, eran tu tribu.

Así que Ceres había dejado atrás, agradecida, aquellos años (y también los cuentos espeluznantes) y rara vez los contemplaba con afecto. Ahora, al regresar a la pubertad, recordaba no solo sus dificultades, sino también sus mejores aspectos: la pureza y la ferocidad de esos sentimientos, su intransigencia y la intensidad de las amistades que surgieron a partir de ellos; o el placer de poseer un cuerpo al que todavía no había estropeado la vida adulta, sin dolor de articulaciones, sin pliegues de grasa no deseados, sin (alabado sea el cielo) los pies planos y el suelo pélvico deteriorado tras el parto. Incluso caminaba más ligera; suponía que era comprensible, dado que ahora pesaba mucho menos que antes.

Sin embargo, mientras el cuerpo se renovaba, inexplorado, en la mente pervivía el descontento de la edad adulta: la traición de los amantes, entre los que el padre de Phoebe ocupaba un lugar destacado, aquel hombre infantil y manirroto; la tristeza tras la muerte de su padre, la imagen de su ataúd descendiendo hacia la tumba y el sonido de la tierra al caer sobre la tapa; contemplar el proceso de envejecimiento y debilitamiento de su madre, temiendo lo que estaba por llegar (otro funeral, otra tumba), y Phoebe, cuya esencia le había sido extraída del cuerpo para dejarla fuera del alcance de todos. Eran las cargas de la madurez y la habían hecho ser quien era. Debía procurar que la Ceres adolescente no le borrara todos aquellos recuerdos, ni siquiera temporalmente, porque entonces su yo más joven la dominaría por completo. Tenía lo que algunos quizá desearan, una cabeza vieja sobre unos hombros jóvenes, la sabiduría y la experiencia de la edad combinadas con la fuerza y la vitalidad de la juventud, pero no era sostenible. La tensión entre ambas era demasiado grande. Una de las dos debía vencer, y la lucha ya empezaba a ser agotadora.

Ceres salió del barreño y se secó. La ropa interior ya no le servía, al estar diseñada para una mujer madura, pero la conservó de todos modos, doblada y guardada en la mochila que le había dado el Leñador. Así que lavó el sujetador y las bragas en la palangana, y las puso a secar junto al fuego; cargar con la ropa interior sucia le resultaba tan desagradable como vestirla. Tras buscar entre las pertenencias de las mujeres muertas, eligió dos camisas que, con pequeños ajustes, podrían servirle, junto con un par de bonitos pantalones de montar confeccionados para un hombre (quizá pertenecieran al padre ausente del bebé desaparecido) y una gruesa chaqueta de cuero. De nuevo, enrolló las perneras de los pantalones, pasó un trozo de cuerda por las trabillas y vio que el resultado le quedaba bien. En una hornacina que había junto a la cama vio un peine con largos cabellos negros atrapados entre sus dientes. Ceres no los quitó; los dejó en su sitio y se desenredó los rizos con el peine. Desde el espejo, su antiguo yo, aquella desconocida tan familiar, le devolvió la mirada.

—Espejito, espejito que estás en la pared, la más bella de esta tierra, dime quién es —dijo en voz alta.

«No tú a los dieciséis», pensó; «no te habría venido mal alimentarte mejor y sonreír un poco más. También eras torpe y tímida, porque nadie te había informado de que no se puede morir de vergüenza. Y aunque lo hubieran hecho, no te lo habrías creído.»

Dejó el peine, ahora con sus cabellos en íntima compañía con los de otra mujer. Recogió sus cosas y fue en busca del Leñador. Estaba fuera, echándoles maíz a las gallinas, pero se detuvo al verla acercarse.

—Hueles... a limpio —concluyó el hombre, si bien sonaba tan vacilante que sin duda era otra la palabra que había estado buscando.

—Podrías probarlo alguna vez —dijo Ceres—. Tú hueles a caballo, grasa y sudor, con un toque especial de col hervida.

El Leñador frunció el ceño y se acercó la nariz al cuerpo. Y frunció el ceño más aún.

—No huelo a... —empezó a protestar antes de advertir la expresión de Ceres.

—Ja, ja, has caído. Aunque sí que estás sudado, a pesar del enjuague de ayer. —Se levantó la manga izquierda y le enseñó el emplasto nuevo—. Creo que me lo he aplicado correctamente. Al menos la sensación es buena, y la inflamación no ha empeorado.

El Leñador le echó un vistazo y no le encontró pegas. Ceres se bajó la manga y se puso a recoger flores silvestres en el jardín de la casa.

—¿Dónde las has enterrado?

El Leñador señaló la tumba, que estaba cerca del establo. Ceres se acercó, colocó las flores sobre la tierra removida y se quedó allí un momento con la cabeza inclinada. No era muy religiosa, al menos no en el sentido de frecuentar las iglesias, pero sí creía en la posibilidad de que existiera una fuerza o una conciencia en el universo más poderosa que la humanidad. Incluso habría dicho que creía en un mundo más allá del suyo, en una vida después de la muerte...

Levantó la cabeza. El Leñador estaba a su lado, a una distancia respetuosa para permitir que comulgara con las almas de las otras dos mujeres.

—¿Estoy muerta? —le preguntó Ceres—. ¿Es eso lo que está pasando? ¿Me golpeé la cabeza cuando salí por aquel portal y me desangré antes de que alguien pudiera ir a socorrerme?

—No pareces muerta. Todavía sientes dolor, calor, frío, ¿no?

—Todavía lo siento todo.

—Bien.

Se dio cuenta de que al Leñador le asomaba la sombra de una sonrisa a los labios al ver cómo discurría. Ceres volvió a concentrarse en la tumba. Las flores le daban un poco de color a la tierra, pero no tardarían en morir también.

—Llamaste a esto «Otra Parte».

—Algunos lo llaman así, pero tiene muchos nombres.

—No me cabe duda.

«Creo que yo también tengo uno para él. El espacio intermedio. El limbo.»

XXV
Beorg
(INGLÉS ANTIGUO)

Túmulo o sepultura

Desde una zona de hierba alta, la dríade observó a la chica cruzar el jardín de delante de la cabaña para reunirse con el Leñador junto al establo, donde un túmulo solitario marcaba el lugar en el que habían enterrado juntas a las dos mujeres. Calio habían estado merodeando por los alrededores mientras el Leñador cavaba el hoyo, llevaba hasta allí los restos de las difuntas y les daba sepultura. Había envuelto a cada una de ellas en un saco del establo y la sangre afloraba a través de él, sombras sobre sombras a la luz de la luna. Calio suponían que las mujeres no pesarían mucho, no después de que los cerdos hubiesen hecho su trabajo; el Leñador se había visto obligado a enfrentarse a los animales para recuperar lo poco que quedaba de ellas. Una vez que hubo dejado juntas a las mujeres, una al lado de la otra, las cubrió con una capa de tierra antes de añadir piedras para frustrar cualquier intento animal de desenterrar sus huesos; después, rellenó la tumba.

Calio se alegraban de que la señora Blythe estuviera muerta, y su hija con ella. La bruja conocía demasiado bien los saberes ancestrales y los había transmitido a su progenie. Por eso el Leñador había acudido a ella con la esperanza de curar a la chica, como Calio imaginaban que haría, pero llegaron demasiado tarde. Ahora solo quedaban unos pocos que supieran cómo curar a Ceres, y ellos también sucumbirían pronto. En su intento de ayudar a la chica, el Leñador acabaría mostrándoles el camino hasta su puerta, contribuyendo así, sin querer, al final del reinado humano y la restauración de un gobierno más noble, uno en el que Calio, por sus actos, alcanzarían un puesto de honor y seguridad. Después de eso, no volverían a estar tan solas.

A Calio no les gustaba el Leñador. Era demasiado capaz, sobre todo para ser un varón, y era viejo, más viejo de lo que parecía, pero no moría. Algunos susurraban que era imposible matarlo, a no ser que el mismo tiempo llegara a su fin, aunque Calio sabían de algunos que podrían estar dispuestos a poner a prueba esa teoría. Al margen de su longevidad, el Leñador necesitaba dormir, y si una criatura necesitaba descanso, no era invulnerable.

Calio dejaron al Leñador y a la chica, a sabiendas de que podrían recuperar su rastro más tarde. Siguieron avanzando agachadas. El daño causado por la chica no se podía reparar del todo, por lo que la habilidad de Calio para esconderse había quedado mermada para siempre. Todavía podían fundirse con el entorno, pero solo un rato, y el esfuerzo las dejaba exhaustas. Mejor, entonces, usar el don solo cuando fuera absolutamente necesario y ahorrar fuerzas.

Así que Calio corretearon y se escondieron, kilómetro tras kilómetro, hasta llegar a un túmulo solitario en un campo sin cultivar, con piedras verticales muy antiguas en los laterales. Rodearon el montículo hasta dar con una grieta diminuta detrás de la piedra más grande, un agujero del tamaño de su puño. Acercaron a él la boca y empezaron a cantar.

Y, desde lo más profundo del túmulo, una voz les respondió cantando.

XXVI
Feorm
(INGLÉS ANTIGUO)

Comida o suministros para un viaje

El Leñador se aseguró de ordeñar la vaca de nuevo antes de partir y de dejar los suficientes restos de comida para mantener satisfechos a cerdos y gallinas durante un par de días. Conocía algunas granjas cercanas que quizá estuvieran dispuestas a quedarse con los animales por ellos.

Ensilló el poni de las Blythe para Ceres. Era un picazo pequeñito y amistoso, y Ceres pasó un rato con él antes de montarlo; le dio de comer de su mano unos trozos de manzana y le habló para que se acostumbrara a su voz y a su presencia. Nunca había sido de las que querían un poni; de todos modos, sus padres tampoco se habían ofrecido a comprárselo, pero, fueran los que fueran los rencores adolescentes que pudiera haber albergado, que le negaran un poni no se encontraba entre ellos. Curiosamente, aquellos rencores adolescentes también estaban regresando: que su padre no fuera capaz de contestar a una pregunta sin convertir la respuesta en una conferencia y que su madre tuviera que ir de puntillas siempre que él se sumía en uno de sus momentos solitarios y melancólicos; los gustos conservadores de su padre en cuanto a la música y al cine, combinados con la falta de interés de su madre por cualquier cosa que tuviera que ver con la cultura popular, salvo los concursos de la tele y los culebrones, y la tozudez con la que ambos se negaban a ver el mundo como Ceres y a aceptar lo equivocado de muchas de sus opiniones. Ahora notaba que aquellas antiguas certezas resurgían. Incluso el Leñador empezaba a irritarla. Dios, pero qué engreído era...

—¿Te encuentras bien? —le preguntó él cuando se preparaban para partir.

—Sí —respondió ella, y percibió su tono cortante, como una trampa que se cierra sobre el cuello de un ratón—. ¿Por qué lo preguntas?

—Porque, por tu cara, se diría que acabas de lamer rocío de una ortiga y que fui yo quien te aconsejó que lo hicieras.

La avergonzaba haberse delatado de aquella manera. Ahora entendía que, hasta casi los veinte años, su padre hubiera sido capaz de adivinar sus pensamientos con tan solo mirarla. De niña había estado convencida de que tenía poderes mágicos, cuando, en realidad, solo prestaba atención; de hecho, más de la que ella había supuesto. Era curioso que hubiera tan pocas personas, ya fueran adultas o no, que se molestaran de verdad en hacerlo. Al igual que escuchar en vez de oír, prestar atención a los demás era un arte subestimado y poco habitual. De inmediato, moderó su actitud tanto hacia su difunto padre como hacia el Leñador. ¡Madre mía, las hormonas! Con la furia con la que le recorrían el cuerpo, era un milagro que hubiera llegado a la edad adulta sin declararle la guerra abierta a la mitad de las personas a las que conocía, y allí estaba, obligada a pasar por lo mismo otra vez.

—Odio volver a tener dieciséis años —dijo Ceres.

—Seguro que se pasará. O, al menos, lo espero de corazón.

—¡Oye!

Pero él ya había espoleado a su yegua, así que cualquier réplica ingeniosa que se le ocurriera habría ido dirigida a su espalda. Ceres presentó sus últimos respetos a la tumba señalada con las flores que había recogido. Se dio cuenta de que no tenía ni idea de cómo habían sido las Blythe. En su mundo, en un hogar como aquel habría encontrado fotografías e incluso retratos de sus residentes, posiblemente de adultos y de niños, pero allí no había tal cosa, solo una despensa con hierbas, especias y medicinas, un revoltijo de objetos personales y varias prendas de vestir de aspecto práctico. Ceres había tomado una muestra de cada una de aquellas cosas: los ingredientes para una cataplasma nueva, el peine que había usado, y los pantalones, la camisa y la chaqueta que lucía. Coger aquello no le había parecido robar, ni siquiera a los muertos. Más bien, era una forma de conmemorarlas, de llevarse una parte de ellas consigo en su viaje. De ese modo, no las olvidaría.

Mientras tanto, el Leñador y ella también buscarían a su niña perdida.

El picazo, aunque era más pequeño que la yegua, era más veloz, y además no iba tan cargado, así que no le costó alcanzar al Leñador. En vez de dirigirse de inmediato hacia las granjas que había mencionado, dio tres vueltas alrededor de la propiedad de las Blythe, ampliando cada vez más el radio, de modo que avanzaban en espiral. Ceres lo vio escrutar el suelo, intentando dar con el rastro de los asesinos, aunque no encontró nada y, al final, se rindió.

—Tenemos que seguir adelante. No podremos contener mucho más tiempo el efecto del veneno de la dríade y es posible que los emplastos dejen de funcionar antes de que acabe el día. No es como la picadura de una araña o de una serpiente. Ese veneno está encantado.

—Pero ¿qué será de la niña de las Blythe?

—No podemos recuperar aquello que no logramos hallar. No veo huellas de botas ni de cascos de caballos. Quienquiera que se la llevara, quizá no se desplazara a pie.

—¿Estás diciendo que volaba?

—Ya has leído los relatos de David sobre este mundo. Aquí hay criaturas aladas que cazan y matan.

Ceres pensó en el libro.

—¿Arpías?

En los mitos griegos que había leído, las arpías eran mitad mujer, mitad pájaro. Las que se había encontrado David eran en parte mujer y en parte murciélago, lo que las hacía mucho más temibles, como vampiros a los que no molestaba la luz.

—No fueron arpías lo que mató a las Blythe —respondió el Leñador—. Se habrían alimentado de los cadáveres en vez de dejárselos a los cerdos. Y si los asesinos hubieran querido matar a la pequeña, lo habrían hecho junto a su madre y su abuela. Puede que todavía nos quede algo de tiempo.

Sin embargo, Ceres no estaba tan segura. Se podía herir a una niña sin matarla, y ningún bebé debería estar con unas bestias, fueran humanas o no, capaces de asesinar a su madre. En cualquier caso, no veía que tuvieran otra opción. Solo podían proseguir, con la esperanza de dar con alguna información al respecto.

XXVII
Eotenas
(INGLÉS ANTIGUO)

Gigantes

Al cabo de dos horas, Ceres y el Leñador llegaron a una vivienda circular de muros de piedra y techo de paja que tenía adosadas unas edificaciones más pequeñas y de forma similar, como burbujas adheridas a la piel de una de mayor tamaño.

—No reconozco este lugar —comentó el Leñador.

Ceres sí había visto antes estructuras similares, aunque solo en forma de recreaciones o maquetas expuestas en las excavaciones arqueológicas que le gustaba visitar a su padre, y en las que participaba cuando lo invitaban: se trataba de un fuerte circular. La edificación más grande era la original y, a medida que la familia o las necesidades de almacenamiento o ganado habían aumentado, se habían añadido otras a la primera.

Un anciano enorme, de unos tres metros de altura y la mitad de ancho, salió de la vivienda principal. Era tan alto que tenía que agacharse para no darse en la cabeza con la jamba de la puerta y tan ancho que tenía que ponerse de lado para poder pasar. Ceres vio que un corte horizontal a medio curar le cruzaba la frente; estaba claro que no siempre se acordaba de agacharse al entrar y salir. Una larga barba gris le colgaba hasta el ombligo y la barriga le llegaba hasta las rodillas. No parecía capaz de correr ni mucho ni muy deprisa, aunque los músculos de los brazos eran para el Leñador lo que los del Leñador para Ceres, y sus manos lo bastante grandes como para abarcar toda su cabeza. No habría afirmado que su mirada era amable, si bien tampoco le parecía cruel. Aquel era un individuo duro pero justo.

Levantó la mano derecha, y solo entonces se fijó Ceres en dos gigantes más jóvenes y una giganta más pequeña, los tres adolescentes, que salían de sus escondrijos junto a los arbustos y los muros. Todos medían más de dos metros, aunque eran más esbeltos que el anciano, comparativamente hablando. A pesar de su tamaño, se habían ocultado tan bien, ayudados por el color de las capas, que hasta Calio habrían quedado impresionadas. Iban armados con un enorme arco de caza y lo bajaron cuando se les ordenó, pero dejaron las flechas preparadas y las cuerdas a medio tensar.

—¿Quiénes sois y a qué habéis venido? —preguntó el gigante anciano con una voz tan profunda que a Ceres le vibraron las entrañas.

—Somos viajeros, vamos de camino a una aldea que hay al otro lado de la sima —respondió el Leñador—. Yo soy leñador y esta es mi hija.

No obstante, Ceres se fijó en que, en el intervalo que tardaron en acercarse a la casa, había sacado de nuevo el hacha para dejarla sobre la silla.

—Vas bien armado para ser un leñador —comentó el gigante—. Y ya que pretendes mentir sobre los orígenes de una niña, tendrás que hacer algo más que bañarla en hierbas y vestirla con ropa prestada. La he olido incluso antes de verla y sé que no es de estas tierras. —Señaló el hacha del Leñador con un dedo tan grueso y largo como un pepino—. En cuanto a ese juguete, si quisiéramos mataros, ya estaríais muertos, y si decidimos mataros después, eso no te servirá de nada.

El Leñador, aceptando la lógica de su argumento, devolvió el hacha al arnés.

—Es cierto que soy leñador, pero a la niña solo la protejo —dijo—. Se llama Ceres.

—Y yo soy Gogmagog —respondió el gigante—. Estáis en mi territorio.

A Ceres se le escapó un gritito de alegría: Gogmagog, el gran gigante de la antigua Albión, perteneciente a la raza de titanes que, según la leyenda, fueron los primeros en asentarse en Britania. En las historias que le contaba su padre, Bruto y sus compañeros guerreros, tras huir de la guerra de Troya, habían acabado en Albión y habían luchado contra los gigantes para quedarse con el reino. Se decía que a Gogmagog, el último titán, lo había matado el paladín troyano, Corineo, lanzándolo por un barranco, aunque algunas versiones contaban que lo habían llevado encadenado hasta Londres, donde serviría de guardián de la ciudad. Y ahora tenía ante ella un gigante de verdad con el mismo nombre; no solo eso, sino que Ceres estaba convencida de que se trataba del mismo Gogmagog, ya que si Rapunzel podía habitar una torre en el bosque, ¿por qué no iba Gogmagog a representar un papel en la narrativa que se estaba desarrollando?

—¿Me conoces, niña? —preguntó Gogmagog al percatarse de su reacción.

—He oído hablar de ti —respondió Ceres—. En el lugar de donde vengo tu nombre es legendario.

Gogmagog se hinchó como un pavo real.

—¿Veis, hijos míos? —le dijo a su progenie—. Ya os advertí que era famoso.

Sin embargo, ellos, siguiendo la norma universal de los hijos con un padre del que se avergüenzan, no parecieron impresionados.

—¿Cuánto tiempo lleváis viviendo aquí? —preguntó el Leñador.

—Tanto como me alcanza la memoria —contestó el gigante, aunque, por un instante, un atisbo de desconcierto le cruzó el rostro—. Tanto como nos alcanza la memoria a todos —añadió, y la expresión de los gigantes más jóvenes fue el fiel reflejo de la suya. En aquel momento apareció otra criatura en el umbral, detrás de él: una esposa giganta con un bebé casi tan grande como Ceres—. Esta es mi consorte. Se llama Ingeborg, y Goram el que lleva en brazos, y estos otros son mis hijos Blundabore y Cormoran, y mi hija Gryla. El resto de mi descendencia está en el bosque, recogiendo leña.

Como a modo de respuesta, un árbol cayó al suelo en un bosquecillo situado al oeste de allí, y las copas de sus vecinos temblaron de miedo. Ingeborg, mientras tanto, dedicó una amplia sonrisa de bienvenida a Ceres, que dejó a la vista unos dientes tan grandes y cuadrados como azulejos de baño.

—¿Qué sabéis de la señora Blythe? —preguntó el Leñador.

—Ha sido muy amable con nosotros —respondió Gogmagog—. Ayudó a mi mujer en el parto de nuestro nuevo hijo, que fue difícil. A cambio, hemos procurado ser buenos vecinos.

Ceres comprendía a Ingeborg. Dar a luz a Phoebe ya había sido lo bastante duro. No quería ni pensar en lo doloroso que debía de ser dar a luz a un bebé gigante. Ceres percibió que el Leñador, junto a ella, se relajaba un poco, pero de la tensión pasó a la tristeza; lo apenaba tener que dar malas noticias.

—La señora Blythe ha muerto, al igual que su hija. Y la niña que estaba con ellas ha desaparecido.

—¿Han muerto? —se sorprendió Gogmagog—. Pero ¿cómo?

A Ceres le quedó claro que su conmoción era real, al igual que la de los demás miembros de su familia; los hijos relajaron los arcos por completo.

—Asesinadas —respondió el Leñador—. Después tiraron sus cuerpos a los cerdos. Enterré sus restos y ahora busco a la niña, pero los que se la llevaron no dejaron ningún rastro.

La esposa de Gogmagog le tocó el brazo y ambos se miraron largamente. El gigante asintió.

—Mi esposa tiene mejor olfato que yo y el mío es mejor que el de cualquier sabueso. Puede que tengamos más éxito que tú con ese rastro. Iremos a la granja y veremos lo que podemos averiguar.

—Habría que encargarse de sus animales —dijo el Leñador—. Quizá podáis quedároslos.

—Podemos, sí.

Entonces, Ingeborg habló por primera vez, con una voz casi tan profunda como la de su marido, para preguntarles si necesitaban algo para el viaje, pero ellos ya habían tomado de la despensa de las Blythe todo lo que necesitaban.

—Tened cuidado después de cruzar la sima —dijo la giganta—. Al otro lado reina la discordia, o eso nos han contado.

—Los nobles están en pugna —explicó Gogmagog—. Hemos oído rumores de territorios usurpados y tierras saqueadas. Así es el proceder de los hombres, porque solo ellos ansían más de lo que les corresponde. —Señaló los árboles, de entre los que habían salido dos enormes hijos más, el primero con un tronco cargado al hombro y el otro con un hacha que hacía que la del Leñador pareciese una delicada miniatura—. Nosotros solo cogemos un roble, pero un hombre codiciaría el bosque entero. Es algo egoísta e irrespetuoso.

—E incluso después de quedarse con el bosque, le echaría el ojo al de su hermano, lo necesitara o no, por el mero hecho de que no es suyo —dijo Ingeborg.

—Y por eso a veces nos comemos a los irrespetuosos —concluyó Gogmagog.

Ceres no sabía bien cuál era la réplica más adecuada a semejante afirmación, así que, sabiamente, decidió no decir nada, y se alegró mucho de que no hubieran sido maleducados con los gigantes.

—Ceres —dijo el Leñador—, espero que me perdones, pero me gustaría conversar en privado un momento con Gogmagog.

Ella asintió. No le veía sentido a montar una escena y ya descubriría lo que necesitara a su debido tiempo. No obstante, dudaba que el Leñador hubiera hecho lo mismo con un hombre o si hubiera tenido el aspecto de la mujer que era, y no el de la muchacha que había sido. Sin duda, no se habría atrevido a hacerlo con Rapunzel. Antes de terminar la frase, habría estado esquivando flechas de ballesta.

La conversación no se prolongó demasiado y, al terminar, la ira de Gogmagog resultaba evidente. Sin embargo, no iba dirigida ni a Ceres ni al Leñador, al menos que ella viera, lo que significaba que, fuera cual fuera la causa de su enfado, no eran ellos. El Leñador regresó con ella, y ambos les dieron las gracias a Gogmagog y a su familia por su ayuda antes de proseguir su camino.

—Así que el gigante no te era desconocido —le dijo el Leñador a Ceres cuando ya no los oían.

—Solo lo conocía de nombre. Allí de donde provengo hay una leyenda que habla de un gigante muy famoso llamado Gogmagog.

—Entonces era él. No lo has traído tú, pero está aquí por ti. Como te he dicho, tu presencia ha remodelado este mundo, que se ha estado preparando para tu llegada. Hasta Gogmagog lo sabía, porque creo que sus recuerdos le parecían falsos, como prestados. Quizá lleve mucho tiempo en esta versión de Otra Parte sin saber bien por qué. Sospecho que, después de conocerte, su desconcierto se mitigará.

—¿Y qué hay de tus recuerdos? —preguntó Ceres—. ¿No podrían ser también prestados?

—No, son míos.

—¿Por qué estás tan seguro?

—Porque recuerdo todas mis despedidas.

XXVIII
Weem
(ESCOCÉS)

Cueva o mina habitada

Cabalgaron de manera ininterrumpida, y solo se detuvieron para comer y descansar en una posada en la que habían llamado demasiado la atención para desear quedarse mucho rato, sobre todo porque gran parte de aquella atención procedía de la clase de hombres que no traían nada bueno a nadie, ni siquiera a sí mismos, y que solían acabar ahorcados por las autoridades o apuñalados por alguien más peligroso que ellos cuando, ineludiblemente, se les acababa la suerte. En un claro, cerca de la posada, se toparon con un hombre que excavaba en busca de mandrágora con una pala de hierro y una vara de marfil, ayudado por su hijo sordo, que tiraba de la raíz cuando la encontraban, dado que los gritos de la mandrágora al arrancarla del suelo eran capaces de matar a cualquier ser vivo que los oyera. Después pasaron junto a un círculo de menhires, aunque Ceres procuró no contarlos, ni siquiera cuando una voz en el viento la invitó a hacerlo.

—Tú también la oyes, ¿verdad? —le preguntó el Leñador.

—Sí, pero sé que no debo escucharla.

Su padre le había dicho que no se deben contar los menhires, puesto que se resistían a dejarse contar con exactitud y quien lo intentaba podía enloquecer en el proceso o, si se entretenía demasiado contando una y otra vez, al llegar la mañana se habría añadido una piedra más al círculo.

Por la tarde llegaron a la sima. Era ancha y profunda, y la base se perdía entre la niebla. Ceres oyó un grito ronco que brotaba de abajo cuando un ser alado alzó el vuelo y atrapó a una paloma temeraria.

—Arpías, ¿verdad? —preguntó Ceres.

—Pareces emocionada —contestó el Leñador—, contenta, incluso. No te alegrarás tanto de conocerlas si la Camada intenta comerte.

Siguieron por el borde del cañón, en dirección sur, durante un rato, y el hueco entre los dos lados se fue estrechando hasta que llegaron a un puente. Era de madera y metal, sus puntales se introducían en la roca de ambos márgenes y lo cubría una malla de hierro para proteger a los viandantes de los ataques. Había un gran arco sobre la entrada y de él colgaba boca abajo el cadáver disecado de una arpía. Le habían atravesado el cuerpo con un arpón cuya punta todavía le sobresalía del pecho.

—Una advertencia —comentó el Leñador.

—¿Para quién?

—Para otras arpías, me imagino. Los troles las cazaban con arpones, aunque parece que han desaparecido. Aun así, está claro que alguien prestaba atención a sus métodos.

A la arpía le habían colgado un cartel del cuello. Decía: POR ORDEN DE BALWAIN, LORD PROTECTOR.

—Conque lord, ¿eh? —dijo el Leñador—. ¿Quién le habrá metido esas ínfulas en la cabeza?

—¿Lo conoces?

—Conocí a un Balwain en una ocasión, pero no era lord, ni protector ni de ningún otro tipo.

A su izquierda, Ceres atisbó lo que parecían un par de montículos rocosos. Guio a su poni hacia ellos y descubrió que eran dos feas estatuas tiradas en el suelo. A los rostros, ya de por sí grotescos y desfigurados, les habían tallado un rictus adicional de agonía. Curiosamente, tenían los brazos y las piernas encadenados a unas estacas bien clavadas en el suelo.

—¿Qué se supone que representan? —preguntó cuando el Leñador se unió a ella.

—Son troles de los puentes. O lo eran. Al menos, ahora sabemos lo que les ha pasado.

—¿Quieres decir que antes eran criaturas vivas?

—Muy vivas, aunque parece que no les fue mucho mejor que a esa arpía bajo el nuevo mando de Balwain. Debió de ordenar que los encadenaran al suelo porque sabía que la luz del sol se encargaría del resto. Los troles soportan un poquito de sol, pero no una exposición constante. Por eso se han convertido en piedra.

—Qué horror —dijo Ceres.

—Si te sirve de consuelo, Balwain perdería a hombres en el intento. No es fácil someter a un trol.

—Seguro que él no se manchó las manos.

—Si es el mismo hombre, dudo que ni tan siquiera se molestara en mirar. Para él, habría sido un asunto meramente práctico, un problema que debía resolver de la manera más rápida y eficiente posible.

Dejaron atrás a los troles petrificados y empezaron a cruzar el puente, que gruñía de forma alarmante bajo el peso de los caballos, y Ceres tuvo una visión de los tablones hundiéndose y de sus cuerpos precipitándose hacia el vacío; pero no morirían al llegar al fondo, ya que las arpías los capturarían mucho antes de que eso sucediera, lo que no resultaba en absoluto un consuelo. Intentó mantener la vista fija en el frente, concentrada en el arco a juego del otro lado, que, por lo que veía, también habían adornado con una arpía muerta. Decidió que no le caía bien lord Balwain. Por muy peligrosas que fueran las arpías, tanto ellas como los troles eran criaturas inteligentes. Colgar los cadáveres de dos de ellas de un puente le parecía cruel... y poco sabio, dado que el miedo era primo hermano del odio.

No tardó en tener la oportunidad de ver a una arpía viva de cerca, ya que una de ellas ascendió para echarles un vistazo a los viajeros. Tenía alas de murciélago y escamas de reptil en el cuerpo, pero sus rasgos eran de mujer, aunque una mujer con ojos y colmillos de serpiente. Sus manos y sus pies acababan en garras negras, y con ellas se aferró a la estructura del puente cuando aterrizó y se puso a seguir a Ceres, con el pelo largo y plateado ondeando con la brisa. Olía como una jaula para pájaros que llevara años sin limpiarse.

—¿Qué hace? —preguntó Ceres.

—Intenta asustarte como preludio a comerte.

—Bueno, está teniendo éxito con la primera parte y no pienso permitirle que pase a la segunda, así que a lo mejor podrías decirle que se ocupe de sus asuntos.

—Creo que será preferible no hacerle caso.

Algo fácil de decir para el Leñador, puesto que no era él quien tenía a una arpía fulminándolo con la mirada a través de una malla de hierro que ya no le parecía tan segura como antes. Y no era solo que la criatura estuviera hambrienta, es que además era malvada: emanaba odio puro. De nuevo, a Ceres le habría gustado debatir con lord Balwain sobre la prudencia de tratar con tanta brutalidad a las arpías, porque aquella no parecía haber aprendido ninguna lección tras la suerte que habían corrido sus hermanas, salvo que se contara la venganza.

Delante de ellos se divisaba el arco del otro lado, y una vez que lo dejaran atrás, carecerían de protección. Sin embargo, cuando se acercaban al final del puente, la perseguidora de Ceres alzó el vuelo y regresó con sus hermanas a la pared rocosa. La vio meterse a toda prisa por una abertura y oyó que la recibían con chillidos de curiosidad.

—¿Por qué no nos ha atacado cuando hemos salido del puente? —le preguntó al Leñador.

—El cañón es suyo, pero no lo que hay más allá. Ese es el hechizo que las somete. Antaño había que pagar un peaje para cruzar el puente, normalmente en forma de comida, dependiendo del tamaño del grupo. Cuando los troles se hicieron con el control, el permiso para cruzar requería responder a un acertijo y quien no acertaba se arriesgaba a ser presa de la Camada. Ahora, «lord» Balwain ha decidido fortificar el puente en vez de permitir a las arpías recibir lo que les corresponde.

Se detuvo para volver la vista atrás.

—Mira.

Una docena de arpías macilentas planeaban junto al borde de la sima, sostenidas por las corrientes de aire. La que sobrevolaba más alto que sus hermanas era la que había acechado a Ceres, la del pelo plateado. Arañaba el aire como un animal atrapado que comprueba la resistencia de su jaula.

—Balwain ha roto el antiguo pacto —dijo el Leñador—, lo que significa que también podría haber debilitado el hechizo que

confina a las arpías en el cañón. Puede que su hambre termine el trabajo.

Esta vez, cuando azuzó a la yegua para que avanzara, el animal salió al galope y al pequeño poni de Ceres le costó bastante seguirla.

XXIX
Venery
(INGLÉS MEDIO)

Búsqueda o persecución del deseo sexual

Ceres y el Leñador procuraban no salirse del camino que se alejaba de la sima y evitaban acercarse al bosque para exponerse lo menos posible a los depredadores. De vez en cuando veían algún rastro de vida, como cuando, a través de un claro entre los árboles, Ceres distinguió siete figuras bajitas trepando por una colina lejana, cada una de ellas con una pala o un pico a la espalda. La última se detuvo en la cima y miró hacia ellos. Levantó una mano para saludar y Ceres imitó el gesto. Después, el hombrecillo desapareció, y ella, sin saber por qué, se sintió muy triste.

Sabía que David había viajado por aquel mismo camino, primero solo y después con Roland, el caballero errante. Aquella certeza se vio confirmada cuando, al caer la noche, vio un tanque abandonado en un campo. David, en su narración, describía que había encontrado un tanque de la Primera Guerra Mundial, aunque este era más moderno y tenía pintada una letra zeta, lo que lo identificaba como ruso. Ceres solo tardó unos segundos en averiguar por qué: las dos guerras mundiales eran conflictos de David, ya que una había acabado una década antes de su nacimiento y la otra formaba parte de su niñez. La de Ceres era otra guerra.

—Una cosa más de mi mundo —informó al Leñador.

—¿Quieres echarle un vistazo más de cerca?

—No, todo lo contrario.

Un pájaro alzó el vuelo entre los árboles y trazó unos círculos antes de volver a posarse al alcance de su vista. Ceres casi esperaba que se tratase del grajo tuerto, pero, en la rama de un haya, lo que vio fue un búho con cabeza de niño. De nuevo, gracias a *El libro de las cosas perdidas,* sabía que aquellos bosques habían sido el hogar de la Cazadora, que creaba nuevas presas fusionando cuerpos de niños y animales; tras la intervención de David, habían sido esas mismas creaciones las que la mataron. O el niño búho era muy viejo o los supervivientes de los experimentos de la Cazadora habían engendrado descendencia.

El niño búho abandonó su rama para planear hacia Ceres y le quitó las riendas de las manos en un intento por sacar a su poni del camino. Ella las recuperó de un tirón, lo que provocó un breve tira y afloja hasta que el niño búho se rindió y regresó al lugar de partida, donde se dedicó a ulularle, quejumbroso.

—Quiere que vayamos con él —le dijo Ceres al Leñador mientras su poni, que estaba ahora con las patas traseras en el camino y las delanteras fuera de él, ponía esa cara de resignación que solo los ponis encallados saben poner.

El Leñador no tenía ninguna prisa por ceder a sus deseos.

—Puede que la Cazadora esté muerta —dijo—, pero el recuerdo de su maldad persiste..., y me temo que algo más que el recuerdo.

—¿Crees que su fantasma sigue en el bosque?

—No lo sé, pero un mal acecha. Preferiría seguir por el camino, y tú no puedes ir a donde yo no vaya.

Ceres pensó que quizá tuviera razón con lo del mal, aunque no con lo otro. Los troncos y las ramas de aquella parte del bosque eran tan oscuros que parecían casi negros, como si el fuego los hubiera purgado, y sus hojas, de un verde intenso con reflejos rojos. Le recordaron a la hiedra que había empezado a invadir su casa, lo que a su vez le recordó el rostro que vio en la del desván. Eso le advirtió, como si le hiciera falta, que allí entraban en juego fuerzas desconocidas, fuerzas a las que seguramente les gustaría separarla de su protector.

Sin embargo, también era consciente de un nuevo arrebato de irritación contra el Leñador. «¿Que no puedo ir a donde él no vaya? ¿En serio?» Como la vez anterior, dudaba que hubiera sido tan paternalista y tan sobreprotector con ella si hubiese sido un chico. Cierto, una joven era vulnerable por motivos distintos, pero hacía tiempo que Ceres se había negado a que eso le dictara cómo vivir su vida. Lo siguiente sería que el Leñador le dijera que montara a la amazona o que se asegurara de no enseñar las piernas por encima del tobillo cuando hubiera varones delante.

El niño búho ya no estaba solo, pues otras criaturas habían salido de su escondrijo: niñas con cabeza de conejo y un niño con cuerpo de lobo; un oso con la cara de un anciano y, a su lado, una mujer tejón, cuyo cabello presentaba la misma mezcla de negro y blanco que su pelaje, y un cuerpo de lince rojo con la cabeza de una joven de la edad aproximada de Ceres, aunque tenía las mejillas marcadas por unas zarpas, recuerdo de una antigua batalla. Todos habían perdido la capacidad de hablar, si es que alguna vez la habían poseído, pero el hombre oso levantó una de sus enormes zarpas y llamó a Ceres con un gesto inconfundible. Ninguna de aquellas criaturas le resultó hostil, solo parecían afligidas.

—No creo que quieran hacernos daño —dijo.

—No son ellas las que me preocupan.

—¿Y si necesitan nuestra ayuda? Tú mismo me lo dijiste: no hacer nada ante el infortunio ajeno no nos hace mejores que los que lo hayan provocado. Si les damos la espalda, difícilmente podremos afirmar que somos buenas personas.

—Pero ¿cómo encontrar el equilibrio entre nuestro deber con los demás y el riesgo para nuestras vidas?

—Puede que no debamos encontrarlo —respondió ella tras reflexionar un instante.

—Sin embargo, a veces debemos hacerlo. No hay una respuesta fácil y, posiblemente, tampoco una correcta. Pero tienes razón: si podemos ayudar, debemos hacerlo.

Así que abandonaron el camino para acompañar a las bestias, con el hombre oso liderando la marcha y buscando la ruta más sencilla para los caballos. Ceres era consciente del silencio del bosque. Vislumbró pájaros entre el follaje, pero permanecían inmóviles, como si temieran llamar la atención; y aunque algunos mamíferos de pequeño tamaño asomaban la cabeza por madrigueras y arbustos, ni huían ni los seguían, sino que contemplaban el desfile con sobria curiosidad, como viandantes que de repente se encuentran con el funeral de un desconocido.

Llegaron a un valle estrecho delimitado por unos tupidos zarzales. En su extremo más alejado había un ciervo de pelaje rojizo y pla-

teado y astas de veinticinco o treinta puntas: un monarca. El viejo venado yacía muerto sobre un espeso charco de sangre, pese a que a su alrededor no revoloteaban moscas ni se había acercado ningún carroñero. Tenía unas heridas circulares en los cuartos traseros, pero también le habían cortado los tendones para impedirle huir. Ceres calculaba que había tardado mucho en desangrarse y que aquel era un final muy despiadado para un animal tan venerable.

Desmontó y le tocó el cuello. Las bestias se reunieron en torno al animal, tanto las criaturas corrientes como las híbridas. Aquello era lo que querían que vieran Ceres y el Leñador. El hombre bajó del caballo, aunque no se acercó de inmediato al ciervo, sino que investigó los márgenes del claro, examinando el suelo y tocando la hierba aplastada, los tocones podridos y una mora medio mordida.

—Se sentó aquí para verlo morir —dijo.

—Pero igual fueron varias horas —repuso Ceres—. ¿Quién permitiría que un animal sufriera de ese modo?

—Quería que sufriera. Ese era su propósito.

El Leñador se unió a los demás junto al cadáver y se arrodilló para examinar las incisiones en los tendones, y los orificios de los cuartos traseros y el lomo.

—Ningún cazador, o ningún cazador de verdad, apuntaría a esta parte del animal. Si cazara para conseguir comida, o incluso una cabeza de trofeo, procuraría derribarlo de la forma más limpia y eficiente posible. Apuntaría al corazón y a los pulmones para que fuera una muerte rápida.

»Pero todo esto —añadió, señalando el cuerpo— está pensado para infligir tormento. Quien lo hizo no necesitaba comida, puesto que no ha tocado el cuerpo; y la cabeza sigue intacta, así que no buscaba un trofeo.

Posó un dedo en una de las heridas para calcular el diámetro y el tamaño de la flecha que la había abierto antes de compararlo con la herida de punción de al lado. Incluso Ceres, que nunca había visto el daño que una punta de flecha grande podía causar en la carne, se percató de que eran distintas.

—Mira entre los arbustos —le dijo el Leñador a Ceres—. Puede que los asesinos dejaran caer algo que nos ayude a identificarlos. Pero no te alejes mucho.

Ceres hizo lo que le pedía, aunque estaba segura de que la aguda vista del Leñador ya habría descubierto cualquier objeto durante su inspección. Examinó el lugar por encima, sin perder de vista a su protector, y lo vio meter el cuchillo en uno de los agujeros de flecha. Al final, introdujo los dedos de la mano derecha, que salieron ensangrentados y con un fragmento de algo, que se guardó en el bolsillo, tras lo cual se limpió la mano en la hierba.

Ceres se abrió paso entre un matorral y dejó atrás el claro. El hedor de la sangre, la amalgama de olores de los animales, tanto muertos como vivos, e incluso el dulce aroma de las moras se mezclaban entre sí provocándole ganas de vomitar. Necesitaba aire fresco y un momento a solas. Ahora sabía que el Leñador intentaba ocultarle información. No la había dejado presenciar cómo examinaba al ciervo, ni ver qué sacaba del cuerpo, igual que no le había permitido escuchar su conversación con Gogmagog. No era que desconfiara de él (de lo contrario, no estaría viajando a su lado ni habría dormido en la misma casa), pero le molestaba que él no confiara en ella, o no lo bastante para serle completamente sincero.

Ceres se detuvo. Oía una voz. A pesar de que era muy débil, estaba segura de que lloraba de angustia. Su primer impulso fue preguntarle al Leñador si él también la oía, pero, al volver la vista atrás, ya no veía los arbustos que rodeaban el claro ni a ninguno de los animales que los habían conducido hasta él. Debían de estar cerca, porque sabía que no se había alejado tanto. De nuevo oyó la voz, esta vez más fuerte. Sonaba como una mujer y estaba claro que pedía ayuda.

Caminó hasta llegar a una casa muy vieja. Tenía los muros cubiertos de una espesa enredadera y las ventanas tapadas con zarzas, y su estado general evidenciaba años de abandono, visible incluso en la puerta, que colgaba de una única bisagra. La mujer, quienquiera que fuera, estaba dentro, aunque la voz era débil, como si llevara demasiado tiempo suplicando inútilmente.

Ceres avanzó despacio y sacó la espada corta mientras lo hacía. Seguía sin creerse capaz de usarla si alguien la atacaba, y la idea de hundir el metal afilado en la carne agravó sus náuseas. Acababa de verse expuesta a los destrozos que las flechas y las armas blancas provocaban en tejidos y huesos. No deseaba infligir heridas similares ni a animales ni a humanos.

Ya había llegado a la puerta de la casa. Un olor acre, como a medicina, brotaba del interior, lo que le hizo pensar en los días y las noches pasados junto a la cama de hospital de Phoebe, lo que a su vez le recordó lo desesperada que estaba por reunirse con su hija. Allí, en aquel lugar, ya no era una madre, y si no era una madre, ¿qué era? Sus antiguos miedos regresaron de golpe. Si le quitaban lo poco de Phoebe que le quedaba, ¿qué pasaría? ¿Existía un nombre para alguien que antes tenía una hija, que una vez fue madre?

«¿Qué sería sin ella? Nada, nada en absoluto.»

—Ayúda...me.

La voz era tan débil que costaba creer que Ceres la hubiera oído mientras caminaba por el bosque. Era casi como si la conexión fuera más psíquica que auditiva, como si la conciencia de una mujer afligida hubiera dado con la de otra.

Y de este modo Ceres salió del bosque en penumbra y entró en una pesadilla.

XXX
Droxy
(COTSWOLDS)

Madera podrida

Junto al puente, la dríade conversaba con las arpías, quienes, en esencia, eran sus hermanas. Por encima de la cabeza de Calio se balanceaba uno de los cadáveres colgados de los arcos por orden de lord Balwain. Calio levantaron con ternura una mano para acariciar el pelo de la arpía muerta. Los primeros rayos de luna se reflejaron en los mechones y su resplandor insufló vida en aquel rostro inanimado.

—Un hombre te hizo esto porque no te doblegaste a su voluntad —dijeron Calio, hablándole como habrían hecho con una criatura viva—. Haremos que se arrepienta.

Ante ella, la arpía de pelo plateado, la mayor de la Camada, se aferraba a la malla del puente. Quedaban muy pocas, estaban demacradas y débiles, y sus cuerpos ya ni siquiera eran capaces de producir huevos que garantizaran la supervivencia de su especie. Las arpías se reproducían por partenogénesis (es decir, sin necesidad de que un macho fertilizara los huevos), pero para ello debían disfrutar de buena salud. Balwain, incapaz de atacarlas en sus cuevas, y tras haber agotado la eficacia de los arpones, había decidido matarlas de hambre, de modo que ahora su especie se enfrentaba a la extinción.

La arpía reconoció a Calio como alguien de su misma sangre, aunque solo a través de una antigua memoria de raza, dado que muchas generaciones de la Camada habían vivido y fallecido desde que la última dríade visitara la sima. Había seguido a Calio mientras cruzaban, igual que habían hecho con Ceres horas antes, pero no con la esperanza de encontrar un punto débil en el puente por el que poder asaltarlas. Lo había hecho por la canción que entonaban. Era una que también formaba parte de los antiguos recuerdos de la Camada, cuando el mundo era ya viejo, pero los hombres todavía jóvenes. Llevaba mucho tiempo sin escucharla, desde que los que la cantaban habían huido de la humanidad.

—¿Cuántas sois? —preguntó la arpía.

—Somos todas las que son y fueron —contestaron Calio.

De haber estado Ceres presente, incluso ella se habría compadecido de la dríade, tan desconsolada y desamparada parecía.

—Te lo oigo en la voz —dijo la arpía—. Están dentro de ti, como un coro o un eco.

—Cuando una moría, su esencia venía a nosotras —explicaron Calio—. Guardamos dentro sus recuerdos. Así que somos todas, pero, aun así, estamos solas. Cuando desaparezcamos, no habrá más dríades.

—¿Cómo murieron?

—Por enfermedad. Por decadencia. A algunas las cazaron y quemaron. Al resto, no lo sabemos, porque no fuimos testigos de su final.

—Queréis venganza —dedujo la arpía.

—Sí. Los Que Regresan nos ayudarán y nos acogerán después.

—Nosotras también queremos venganza.

—Pues buscadla —dijeron Calio.

—Estamos encerradas en este lugar.

—Romped el hechizo. Lo único que os retiene es el miedo.

—Nos creíamos abandonadas, olvidadas.

—Ni abandonadas ni olvidadas, nunca —dijeron Calio—. Pero no era el momento oportuno.

—¿Y qué ha cambiado para que ahora lo sea?

—La forastera que cruzó antes que nosotras, la que viaja con el Leñador. Forma parte de ello.

—Una niña —repuso la arpía, desdeñosa.

—No es la primera vez que un niño altera este mundo.

La arpía señaló el cadáver.

—¿Y fue para bien?

—El trabajo no se concluyó. Pasamos de un mal gobierno al

desgobierno. Hay que solucionarlo. La forastera es la clave. Quiere que esté aquí, la necesita.

—¿Quién?

—El Hombre Torcido.

La arpía siseó para dejar claro el desagrado que le produjo la mención de ese nombre. Como todos los seres vivos, ella también había sufrido a manos del Hombre Torcido. La noticia de su muerte no había sido recibida con pesar por la Camada.

—Ya no existe —dijo la arpía—. Murió.

—No, no del todo —respondieron Calio.

XXXI
Chaffer
(INGLÉS MEDIO)

Negociar los términos de un acuerdo

A pesar de que la puerta colgante permitía el paso de la luz de la luna, el interior de la casa estaba envuelto en una penumbra que se tornaba en negrura al llegar a los rincones y los aleros. Habría sido un lugar oscuro incluso sin el estorbo de la naturaleza, de tan pequeñas como eran las ventanas, y la luz moribunda del día solo acrecentaba la sensación de deterioro. Ceres vio una cama cubierta de telarañas, una chimenea que hacía tiempo que no se utilizaba, y un escritorio y una silla, esta última caída de lado y con el respaldo roto.

En el centro de la estancia había dos mesas enormes manchadas de sangre seca, que se había vuelto marrón mate con el paso de los años, y en la madera de cada una de ellas se veía una cuchilla engastada, como el borde cortante de una guillotina. Al lado de las mesas había un expositor de cuchillos e instrumentos quirúrgicos, algunos de los cuales estaban tirados por el suelo, también marrones por el óxido y la sangre, junto con una colección de frascos y tubos, todos cubiertos de polvo. Del techo colgaba un sistema de cuerdas y poleas. Los estantes, por su parte, estaban llenos de tarros de cristal y botellas de conservante amarillento en cuyo interior se veían partes del cuerpo: un tarro con orejas por aquí, una lata de ojos por allá. En un tercer recipiente, un corazón solitario.

Y en las paredes colgaban cabezas de niños y de animales, las víctimas de la Cazadora, la que en otro tiempo llamara «hogar» a aquella morada de la muerte. Aunque los ojos eran de cristal, a Ceres le daba la impresión de que todavía conservaban algún recuerdo de sus últimos momentos, atormentados por todo lo que fue y todo lo que podría haber sido.

—Ayúda...me —dijo de nuevo la voz—. Por favor.

Procedía de la pared que estaba encima de la chimenea. Una de las cabezas, colocada en un tablón separado del resto, le estaba hablando. Ceres cruzó la habitación para ponerse debajo de ella. No se trataba ni de un niño ni de un animal, sino de una mujer adulta con el pelo largo, negro, blanco y gris; y sus ojos no eran réplicas de cristal, sino reales. Le habían cortado limpiamente la cabeza por la base del cuello y la carne expuesta brillaba, húmeda y roja.

—¿Qué quieres de mí? —le preguntó Ceres.

—Agua. Dame agua.

Ceres vio un cubo medio lleno junto a la chimenea. Probó una gota con el dedo y le pareció algo salada, pero potable. Se subió a lo que quedaba de la silla, acercó el cucharón a los labios de la mujer y lo inclinó. La mujer se tragó el agua y, aunque solo sirvió para que se le derramara por el extremo cercenado del esófago, al menos se humedeció la boca seca y pudo hablar mejor.

—Eres la Cazadora, ¿verdad? —preguntó Ceres al bajarse de la silla.

—Era la Cazadora. Ahora no soy nada, como tú.

«Me ha oído», pensó Ceres. «Ha captado mis pensamientos. Debo ir con cuidado.»

—Teniendo en cuenta que acabo de darte agua, no deberías ser tan descortés.

—¿Y qué te ha costado? —contestó la Cazadora—. Un momento de tu tiempo. Pero tienes razón: no te he hablado con educación y lo siento.

—¿Quién te hizo esto?

—¿Tú qué crees? Esas bestias de ahí fuera: mis hijos y sus hijos. —Volvió la vista hacia la izquierda, donde, sobre la repisa de piedra de la chimenea, había una botella de ungüento transparente—. Qué listos resultaron ser, y qué crueles. Me cortaron la cabeza a mí, que les había dado la vida para que se convirtieran en lo mejor del mundo humano y animal, y me aplicaron el ungüento en la herida, que es lo que me mantiene viva. Una maldición debe de haber caído sobre mí, porque la botella no se vacía nunca y no puedo morir, a no ser que ellos lo permitan. Y han decidido no hacerlo.

—Si son crueles, lo aprendieron de ti.

—Puede que sea cierto. Al fin y al cabo, si uno crea monstruos, no debería sorprenderse de que actúen como tales. Sin embargo, nunca les he guardado tanto rencor como ellos me guardan a mí, y esta existencia deja mucho que desear. Su sufrimiento era breve, y cuando yo mataba, lo hacía en un instante. Pero mi persecución ha sido larga y no tiene visos de acabar. A no ser, claro, que tú decidas ayudarme.

—¿Y por qué iba a hacerlo?

La Cazadora sonrió.

—Porque, como cualquier buena cazadora, hace tiempo que aprendí a estar al tanto de lo que ocurre en mi coto de caza, a oler, oír y percibir sus cambios. Los cimientos de esta casa son profundos y antiguos. Los soportes que mantienen mi cabeza en su sitio están empotrados en sus paredes, y las paredes, a su vez, empotradas en la tierra. Sé cosas que otros no saben y he oído tu nombre. Ceres, ¿verdad?

Ceres no lo negó.

—¿Quién lo va diciendo? ¿El que me trajo aquí?

—Ah, tengo la información que quieres, pero ¿qué me ofreces a cambio?

—No voy a negociar contigo. No eres de fiar.

—Pero deseas volver a casa, ¿no? Deseas volver a ver a tu hija. Ah, sí, también sé de su existencia. Cuanto más tiempo pases aquí, más deprisa se apagará. Tu voz ha dejado de leerle, de susurrarle palabras de amor, de suplicarle que regrese contigo. Cree que estás harta de ella, que es una molestia de la que preferirías prescindir.

—¡Eso es mentira!

—Te creo —dijo la Cazadora—, aunque puede que otros no estén tan dispuestos a hacerlo. Pero ¿quién le va a decir a tu hija, que está atrapada en un cuerpo inmóvil, que sus miedos no son reales? Ahora que no estás, ¿quién la va a querer como la quieres tú? ¿Y quién te va a querer a ti como te quería ella? En tu mundo, eres una madre y ella es tu hija. Aquí, no eres nada. Puede que sea duro oírlo, pero es cierto.

Todas y cada una de las palabras de la Cazadora cortaban como cuchillas. Si no hubiera habido algo de verdad en ellas, no le habrían dolido.

—Entonces, te lo pregunto de nuevo —dijo Ceres—: ¿qué quieres de mí?

—Que me des la misma oportunidad que les di yo a mis hijos del bosque. Que me unas al cuerpo de un animal y me liberes. Aceptaré el riesgo de convertirme en presa, de morir desgarrada por dientes y zarpas o atravesada por flechas o lanzas, pero deseo que este sufrimiento llegue a su fin.

Ceres oyó un ruido tras ella; era el Leñador, que entraba en la casa. Lo acompañaban el hombre oso y la mujer tejón. Sin embargo, mientras que el Leñador parecía aliviado de encontrarla sana y salva, los híbridos gruñeron por la intrusión de Ceres y, sobre todo, por verla hablar con la mujer que los había transformado en lo que eran.

—Te he pedido que no te alejaras —dijo el Leñador.

—No me he alejado. Solo he seguido una voz. Su voz. —Señaló la cabeza sin cuerpo de la Cazadora, que ahora guardaba silencio y esperaba a ver lo que sucedía y cómo utilizarlo en su beneficio.

El Leñador examinó las paredes de la habitación, con su multitud de trofeos.

—¿No te parece un castigo adecuado? —preguntó, alzando una mano hacia la galería ciega de los perdidos—. Observa el sufrimiento que provocó, todo en nombre de la caza.

Con quien habló Ceres a continuación no fue con él, sino con el hombre oso y la mujer tejón, y, por medio de ellos, con el resto. Se dirigió a ellos con respeto y con sumo tacto, pero sin vacilar.

—Lo que os hizo esta mujer fue repugnante, y vuestro calvario continúa. Os lo veo en los ojos porque lo veo en los míos cada vez que me miro en un espejo. Un hombre me hizo algo horrible. En un momento de estupidez y egoísmo, me privó de mi hija y le arrebató la vida que debía haber llevado. No consigo perdonarlo por ello, pero, a pesar de todo el mal que ha hecho y la desgracia que ha causado, no querría que sufriera como sufrimos mi hija y yo. No se lo desearía a nadie. Si lo hiciera, ¿qué clase de persona sería?

»Mientras mantengáis a la Cazadora en estas condiciones, mientras prolonguéis su agonía, seguiréis siendo sus prisioneros. Todos los días os veis obligados a oír sus lamentos y todos los días le aplicáis el ungüento para perpetuar su dolor. Pero al torturarla de ese modo, os torturáis vosotros. Lo que hacéis, por justificado que parezca, no es muy distinto a lo que ella les hizo a los animales y a los niños que trajo aquí, a los que se vieron obligados a sentir el frío de su hoja y la punzada de su flecha. Pero vosotros no sois ella. Sois mejores. No permitáis que su perversión os haga olvidarlo.

El hombre oso guardó silencio, igual que la mujer tejón. Ceres temió haberse excedido y, al instante, se arrepintió de haber abierto la boca. ¿Qué derecho tenía ella a decirles que lo que hacían estaba mal? Sí, sabía lo que era sufrir, pero no podía compararse. Se trataba de una de las maldiciones de la desgracia: todo ser vivo estaba destinado a sufrir porque el sufrimiento formaba parte de la vida, y nadie podrá nunca comprender del todo el sufrimiento de otro, puesto que cada uno sufre de un modo distinto. Sin embargo, no por eso debemos dejar de intentar consolar a los demás, aunque fracasemos.

—Hemos oído el final de vuestra conversación —dijo el Leñador—. Se ha ofrecido a ayudarte, pero solo si tú la ayudas a ella.

Ceres dejó caer los hombros. Estaba cansada, pero era un cansancio que iba más allá de lo físico: un agotamiento del alma. Lamentaba que hubieran oído parte de su charla con la Cazadora, pero solo porque ella ya había pasado página.

—No me importan sus promesas de ayudarme. Me reitero en lo dicho, aun a riesgo de que ella no vuelva a hablarme. Esto tiene que acabar. Está mal.

—¿Qué quieres que hagan, entonces? —preguntó el Leñador—. ¿Que la conviertan en una criatura como ellos y le den caza? ¿Que sacrifiquen a un animal para forjar una nueva encarnación de la Cazadora?

—No, pero sí les pediría que destruyeran la botella de ungüento. Al margen del bien que hiciera en su momento, su poder para curar o sanar está mancillado para siempre por lo que sucedió aquí. Sin el ungüento, la Cazadora morirá y esto habrá terminado; no se olvidará, ni debería olvidarse, pero terminará por fin.

El hombre oso apartó al Leñador para ponerse de pie sobre las patas traseras frente a Ceres, y ella vio que tenía unos dientes enormes (para morderte mejor) y unas zarpas enormes (para desgarrarte mejor). El Leñador cogió el hacha porque incluso él tenía sus dudas sobre lo que estaba a punto de pasar. Ceres retrocedió, pero el hombre oso la dejó atrás y, de un zarpazo, tiró la botella de ungüento al suelo, donde se hizo añicos. Desde la pared, la Cazadora dejó escapar un largo suspiro. Al instante, la herida del cuello se secó, la piel se le empezó a arrugar y la carne a pudrir. Sus ojos se tornaron albuminosos y el pelo se le volvió blanco por completo y a desprendérsele de la cabeza.

—El Hombre Torcido —dijo antes de que la lengua se le paralizara para siempre—. Ha regresado.

XXXII
Galstar
(ALTO ALEMÁN ANTIGUO)

Canción o encantamiento

La muerte de la Cazadora liberó de su embrujo a las criaturas a las que había dado vida. Con la ayuda de Ceres y el Leñador, descolgaron con mucho respeto las cabezas de las paredes de la casa y, a la luz de las antorchas, las enterraron en una tumba recién cavada bajo un sauce. Junto a ellas colocaron el cadáver del viejo ciervo, pues de aquel modo podría velar por ellas, y ellas por él. En una segunda tumba enterraron los órganos y las extremidades de la colección de la Cazadora, porque también eran partes de personas y animales. La cabeza de la Cazadora, reducida ya a una calavera, acabó tirada en un erial situado detrás de la casa, un lugar destinado a permanecer ignoto y que acabaría cubierto por la hierba y las zarzas. A su lado se inhumaron sus instrumentos de tortura: hojas, sierras y escalpelos. Para terminar, el hacha del Leñador hizo pedazos sus mesas de operaciones, y los restos, junto con los muebles de la casa y todo lo que contenían, ardieron en una fogata. Quitaron el techo de la vivienda y trasplantaron una hiedra que crecía muy deprisa, de tal modo que el bosque la reclamara y la ocultara para siempre.

Ceres y el Leñador tuvieron que trabajar en todo ello hasta bien entrada la noche, lo que les dejó poco tiempo para hablar. Cuando por fin lo hicieron, fue a solas, junto al calor de un fuego, lejos de la hoguera en la que habían quemado las posesiones de la Cazadora. Aquella otra pira apestaba y a Ceres le había parecido divisar fantasmas entre las llamas.

—¿Cómo puede estar vivo el Hombre Torcido? —le preguntó Ceres al Leñador—. David lo vio autodestruirse.

—Puede que la Cazadora mintiera.

—No tenía motivos para hacerlo.

El Leñador no discrepó, aunque le habría gustado hacerlo. No le hacía ninguna gracia contemplar la posibilidad de que el Hombre Torcido siguiera con vida.

—Pero ¿qué puede querer de ti? —preguntó el Leñador—. No te veo aceptando ser reina, si ese es su plan.

—La reina Ceres. No suena tan mal, ahora que lo dices. —El Leñador arqueó una ceja—. Era broma. Pertenecer a la realeza siempre me ha parecido un trabajo duro, cuando no simplemente aburrido.

Mordisqueó una fresa silvestre. Las criaturas del bosque les habían llevado frutos secos y fruta, y el hombre oso había pescado una trucha en el río que discurría en dirección sur. A su alrededor, animales híbridos dormían a la luz del fuego. Solo el hombre oso permanecía despierto y las llamas se reflejaban en sus ojos oscuros, aunque el Leñador le había asegurado a Ceres que las criaturas nocturnas estaban alerta y se movían entre los árboles, dirigidas por la mujer tejón. Se encontraban bien protegidos.

—Todavía no me has dicho qué mató al viejo ciervo —dijo Ceres.

—Porque no estoy seguro.

Pero no la miraba a los ojos.

—¿Y los otros no vieron lo que pasó?

—Por lo que he podido entender, descubrieron el cadáver al despertar.

—Pero es imposible que durmieran durante la agonía del ciervo. Tú mismo has dicho que aquí hay criaturas nocturnas. Seguro que estaban despiertas, aunque ocurriera de noche.

—Y, sin embargo, se durmieron. Lo que torturó al monarca hasta matarlo no deseaba que lo molestaran.

—¿Un hechizo?

—Algo más que un hechizo, o uno poco corriente.

—Hechizo o no, ¿podría ser obra del Hombre Torcido?

—Sería muy capaz de ello —fue la neutra respuesta del Leñador, y Ceres lanzó el resto de la fresa al fuego, donde se disolvió con un chisporroteo.

—¿Por qué me mientes? —Intentaba controlar la voz para no perturbar el sueño de los que dormían, pero le costaba—. ¿Por qué no puedes ser sincero sin más?

—No te miento —respondió él sin variar el tono—. Tengo mis sospechas, pero no quiero compartirlas hasta estar seguro. Y para estarlo, debo consultar a alguien más sabio sobre lo que nos hemos encontrado hasta ahora: las muertes de la señora Blythe y su hija, la desaparición de la niña, el asesinato del ciervo... y la herida de tu brazo, porque eso también forma parte de lo que está sucediendo.

Ceres se la tocó y sintió presión, aunque poco dolor. Se había aplicado el emplasto y, por el momento, funcionaba. Entonces recordó el discurso que les había soltado al hombre oso y a la mujer tejón. Se sentía hipócrita, porque, de presentársele la oportunidad, ella no tendría ningún reparo en colgar la cabeza de Calio en una pared y dejar que se pudriera.

Se tumbó, usó una alforja a modo de almohada y le dio la espalda al Leñador.

—De acuerdo. Como tú quieras. Guárdate tus estúpidos secretos.

No recordaba la última vez que se había mostrado tan infantil.

XXXIII
Sefa
(INGLÉS ANTIGUO)

Mente, corazón; comprensión

Ceres y el Leñador se despidieron de los habitantes del bosque. El hombre oso la abrazó contra su pecho y la mujer tejón le restregó el hocico. El niño búho se posó en su hombro y ululó un dulce adiós, mientras que una niña perezoso se acurrucó a sus pies y al instante se quedó dormida, de modo que sus compañeros tuvieron que despertarla y llevársela en brazos, después de lo cual se amodorró de nuevo. Una comitiva de animales los acompañó hasta el camino, donde reanudaron su viaje. Ceres había conseguido dormir unas cuantas horas, aunque se había despertado antes del alba, muy incómoda, con la cataplasma completamente seca, y ahora volvía a sentir dolor y un poco de fiebre.

—No tardaremos en llegar a nuestro destino —dijo el Leñador.

Apenas habían intercambiado un par de palabras desde su partida, si bien Ceres, una vez más, había dejado de estar enfadada con él. De nada servía estarlo. A aquel hombre, la ira de los demás le resbalaba. Era como discutir con un retrato al óleo. No obstante, también guardaba silencio porque cuando hablaba le dolía la garganta y el estómago se le estaba rebelando. El veneno de Calio parecía estar atacando su organismo con energía renovada para castigarla por la temeridad de intentar luchar contra él. Ceres se tambaleaba en su montura y no protestó cuando el Leñador la bajó del poni y la llevó a su yegua, donde la sentó de lado delante de él. Una vez convencido de que estaba segura, tiró de las riendas del poni y las ató al borrén delantero de su silla para que trotara junto a ellos.

—Duele —susurró Ceres—. Duele mucho.

Parpadeó y el Leñador vio que perdía las fuerzas.

—Lo sé.

Pero ella no se refería a la picadura de la dríade.

—Quiero recuperarla —dijo—. Quiero que vuelva a estar conmigo.

El Leñador la acercó más a su cuerpo, aunque no contestó, ya que nada que dijera la haría sentir mejor. De pronto, ella se agarró a su camisa, con cara de pánico.

—Se supone que está muerto. ¡Lo decía el libro!

«Entonces puede que el libro se equivoque», pensó el Leñador.

Ceres se relajó, apoyada contra él, y sus ojos no vieron nada.

—¡Sujétala!

—Lo intento.

Ceres recuperaba el conocimiento y volvía a perderlo. Una mujer preciosa y de piel muy oscura la miraba con cara de estar haciendo un gran esfuerzo. El dolor del brazo se intensificó de inmediato. Ceres intentó localizar la causa y vio que le habían abierto el antebrazo para dejar a la vista la carne roja del interior. La mujer de piel oscura tenía allí metidas unas pinzas, con las que tiraba de un hilo oscuro que se retorcía como un gusano entre las puntas de metal.

—Para. Para, por favor —le suplicó Ceres.

—Está despierta.

Era la voz del Leñador.

—Entonces, vuelve a dormirla —ordenó la mujer.

—¿Estás segura?

—¡Hazlo!

—Si nos pasamos, la perderemos —dijo otra voz más vieja, de hombre.

—Si nos quedamos cortos, la cirugía la matará —replicó la mujer.

Le pusieron un trapo húmedo sobre la boca y la nariz. Olía agrio, y Ceres se resistió porque tenía la sensación de estar asfixiándose.

—Respira —le pidió el Leñador—. Tú respira.

Ceres lo hizo, y desapareció.

Luz, aunque vacilante: titilante, tenue, luchando contra las sombras.

Luchando y fracasando.

Muriendo.

Ceres estaba en un túnel muy profundo, bajo tierra. La luz procedía de una gruta situada un poco más adelante. De pronto le llegó ruido: el llanto de un niño diminuto, y el niño era la luz. Las formas se movían a su alrededor, distorsionadas por el brillo. Cantaban, se cantaban entre ellas, cantaban para calmar al bebé del que se alimentaban. Eran muy bellas, bellas como arañas, bellas como tiburones.

Bellas como la Misma Muerte.

Calio también estaban allí, aunque algo alejadas, observando sin participar, y Ceres era consciente de que la dríade se sentía herida y rechazada. Había sucedido algo, algo que había dejado a Calio desoladas, pero también presas de una ira intensa y feroz.

Los cánticos cesaron. Todo cambió. Los succionadores estaban alerta; eran conscientes de la presencia de una intrusa e intentaban localizarla; Calio también trataban de ubicar a alguien invisible, a quien apenas percibían, mientras el bebé perdía la vida. La muerte de la criaturita significaba también el final de la luz; sin embargo, antes del descenso a la oscuridad absoluta, Ceres captó desacuerdo, ira, odio.

Aquellos seres eran vengativos. Y se acercaban.

—Ceres. Ceres, despierta.

—No se mueve.

—Pero respira. Me conformo con eso.

—Te advertí de que la dosis era demasiado alta. Es una niña.

—No, es más que eso. ¡Ceres! ¡Ceres!

Ceres estaba sentada en la rama de un árbol. A su lado, un martinete común, y en el suelo, Calio, surcando la penumbra. Ceres le veía la herida de la cabeza: era una depresión cóncava en el cráneo, marcada por una raja abierta que todavía estaba húmeda de savia. Calio se detuvieron junto al árbol y al alzar la vista vieron el martinete, pero no a Ceres.

«Ah, yo te veo, pero vosotras no podéis verme. Vuestra intuición es fuerte, pero no tanto como para hacer visible lo invisible; al menos, todavía.»

El martinete alzó el vuelo.

«Muy sabio por tu parte. Te habrían matado de haber tenido la oportunidad. Te habrían matado para verte morir y después se habrían alimentado de ti mientras te succionaban la vida, igual que los otros hicieron con el bebé y con el viejo ciervo; porque aquello fue obra suya, ¿verdad?»

Calio negaron con la cabeza, como para librarse de un zumbido molesto, y siguieron su camino.

«Salvo que no son como vosotras, ¿no es así, Calio? Por eso os han rechazado. Por eso estáis tan amargadas. Son distintos, superiores, y han decidido recordároslo. Pero lo cierto es que no son mejores que vosotras; distintos, puede, pero no mejores. No, son mucho mucho peores.»

—Ceres —dijo el Leñador—. Ceres, tienes que volver con nosotros.

«Un momento. Esto me gusta.»

Un laberinto y una biblioteca. Una maraña de libros, de historias contadas y esperando ser contadas. Enormes estanterías repletas de ellas que se alzaban hacia la oscuridad y que no paraban de recibir nuevas aportaciones, porque la vida de todas y cada una de las personas se compone de historias: unas historias tras otras y tras otras. No somos solo criaturas de carne y hueso, igual que un libro no es solo tinta, papel y cartón. Somos seres de cuentos y fábulas. Estamos hechos de narraciones. Así comprendemos el mundo y así es como deben comprendernos.

A través del laberinto (no uno pensado para perderse entre sus caminos posibles, sino uno creado con una única ruta que seguir hasta su centro) se movía un espíritu. Carecía de forma o, al menos, de forma permanente, la había perdido, pero aun así persistía. Era tan real como el laberinto, que era un reflejo de su mente, y los libros, la encarnación de sus recuerdos.

Se puede destruir un libro. Se puede quemar o hacer pedazos y desperdigar sus restos a los cuatro vientos; se puede mojar hasta convertirlo en pulpa y dejar el agua negra con su tinta; sin embargo, no se puede destruir su contenido, no mientras existan personas a las que les importe, personas que recuerden...

Personas que lean.

Y tampoco se pueden destruir las historias, a no ser que destruyas a las personas, cosa que algunos han intentado.

Un laberinto de historias: historias contadas, historias que suceden en estos momentos, historias a punto de nacer.

«Ahora lo veo», pensó Ceres.

—Y yo te veo a ti —respondió el Hombre Torcido.

Al abrir los ojos, Ceres vio al Leñador, que sonrió y le apretó con fuerza la mano derecha, agradecido por su regreso. El brazo izquierdo de Ceres, que descansaba sobre las sábanas de la cama en la que la habían tumbado, estaba envuelto en lino blanco hasta el codo. Le palpitaba, aunque era soportable. Junto al Leñador vio a la mujer de piel oscura. Parecía casi tan cansada como Ceres. Sostenía entre las manos un cuenco, tapado con un trapo manchado de rojo y negro.

—Bienvenida otra vez —le dijo el Leñador a Ceres.

Ella pidió agua. El Leñador la ayudó a beber de una taza de arcilla y después secó la que había derramado.

—Los he visto —dijo Ceres después de beberse toda la taza—. Bajo tierra. También he visto a un bebé y he oído sus gritos. Se han alimentado de él y le han succionado la vida hasta dejarlo seco y matarlo. ¿Qué son?

El Leñador perdió la sonrisa y miró a la mujer.

—Descansa un poco más —le contestó a Ceres—. Después hablaremos, te lo prometo.

Intentó soltarle la mano, pero ella la retuvo.

—Descansaré, pero primero responde: ¿qué son esas cosas?

Era un tono que no admitía discusión.

—Son criaturas feéricas —contestó—. El Pueblo Oculto ha regresado a este mundo.

XXXIV
Dökkálfar
(NÓRDICO ANTIGUO)

Elfos oscuros

Ceres, de pequeña, sentada en el regazo de su padre mientras el fuego ardía ante ellos, él con una pipa en la boca, satisfecho, dejando escapar volutas de humo. Cuando era niña, Ceres disfrutaba del olor de su tabaco, le encantaba que se propagara por la habitación y le impregnara la ropa, para sentirse acompañada por él dondequiera que fuera. Su padre era una persona segura de sí misma, se sentía igual de cómodo en el exterior que entre los estantes de una biblioteca, y su aroma le aportaba parte de esa fuerza y seguridad.

Solo más adelante, cuando la enfermedad se apoderó de él, empezó a sentir cierta ambivalencia sobre el humo del tabaco. Las pipas (fumaba seis o siete al día, más si estaba trabajando en algún proyecto que le exigiera especial concentración) le provocaron un cáncer de boca y faringe que primero le robó la voz a aquel hombre al que tanto le gustaba contar historias para a continuación, poco a poco e inexorablemente, robarle todo lo demás. Después de su muerte, aunque parte de ella todavía asociaba a él un leve olor a tabaco y siempre lo haría, los recuerdos se mezclaron con la rabia y la pena. Era curioso que aquellas emociones le contaminaran la vida durante tanto tiempo. Curioso, aunque no tenía ninguna gracia.

Sin embargo, ahora volvía a tener cinco o seis años y estaba con él, y él se encontraba en su mejor momento, vestido con sus pantalones y su jersey favoritos; este último, más que una prenda de ropa, era una serie de agujeros unidos por cuatro hilos mal contados, como la idea que podría tener una araña de lo que es un jersey; y los primeros, de muletón, eran un milagro del arte de la sastrería o, lo que es más probable, una clara muestra de la habilidad de su madre, porque, por muy sucios o enlodados que su padre los dejara durante sus excursiones, en un par de días volvían a sus manos tan impolutos como el primer día; y él entonces comentaba que ya no se hacían pantalones como los de antes, y les recordaba a Ceres y a su madre que quería que lo enterraran con ellos puestos, y también con el jersey, porque no se le ocurría vestimenta mejor para comenzar su estudio del otro mundo. Ah, y que debían asegurarse de embutirlo en el último par de botas que hubiera estado llevando, ya que no deseaba pasarse la eternidad con un calzado incómodo. Y que tampoco le vendría mal que incluyeran además su vieja mochila de cuero, junto con un cuaderno sin usar y un par de cajas de portaminas. Llegados a ese punto, la madre de Ceres solía sugerir que, al paso que iba, no quedaría sitio para él en el ataúd, así que tendrían que enterrarlo con el féretro atado a la espalda. No obstante, al final encontraron hueco para todo y para él, puesto que la enfermedad y la muerte lo habían empequeñecido mucho.

«Deja de arrastrarme hacia esa época. Quiero quedarme con él tal y como era antes, aunque solo sea un momento.»

La chimenea. La pipa. Sus pantuflas en los pies y la cabeza del perro apoyada en ellas. Se trata de *Coco,* que tardó un año o más en aprender a ladrar y, una vez que le pilló el tranquillo, se entregaba a ello a la menor oportunidad, siempre asombrada de que sus modestos pulmones tuvieran la capacidad de producir un sonido tan espectacular, sonido por el que su cariñoso dueño siempre la felicitaba, ya que, para él, el animal no podía hacer nada malo. Ninguno de sus perros podía hacerlo, ni tampoco el perro de otra persona, porque la culpa siempre era del dueño, no del animal. Para su padre, no existían los perros malos, y era capaz de citar una lista de chuchos por los que sentía un gran afecto para demostrar su teoría. Si, en su poema favorito, J. Alfred Prufrock medía su vida en cucharitas de café, su padre la medía en perros. Cuando uno fallecía, lloraba su pérdida de corazón, sin vergüenza, durante un día entero (y lo recordaba durante toda la vida), para, a la mañana siguiente, ir a adoptar otro; y siempre volvía con el correcto... o con el correcto para él, en todo caso, y Ceres y su madre se veían obligadas a adaptarse a las manías y peculiaridades del perrete vagabundo, abandonado o rechazado al que su padre había decidido hacer un hueco en su casa y en su corazón.

«No hay que amar a un solo perro, sino a todos los perros», le explicaba a Ceres. «Porque solo los tienes a tu lado durante un corto lapso de tiempo. Para ellos, es una vida entera, mientras que para ti nunca es suficiente. Así que los amas a todos por lo que son, porque no hay dos iguales. Sin embargo, también amas su *perrunidad*, el hecho de que existan en tu vida y en el mundo, así que se convierten en capítulos independientes de un libro que abarca todos tus días, y a ese libro lo titulas *Perro*.» Los perros también eran una historia para él, y esa historia había que registrarla y recordarla, aunque tuviera que verlos envejecer demasiado deprisa.

«Como el Pueblo Oculto que nos observa, maravillado por lo rápido que nos hacemos viejos.»

—Háblame de las hadas —pide Ceres.

—Te he hablado de ellas cientos de veces —contesta él, pero no es cierto. Han sido miles de veces, e incluso más, pero ella nunca se cansa de escucharlo porque consigue que para ella resulten reales. Y lo consigue porque para él también lo son.

—Se me ha olvidado —dice Ceres, y finge poner cara de horror por su desliz.

—¡Pero no debes olvidarlo! —exclama su padre, que se la acerca más y baja la voz, como temiendo que alguien lo oiga—. No debes olvidarlo nunca ni dudar de su existencia porque, si lo haces, ¡vendrán a por ti! —La agarra con fuerza, de repente, y ella chilla de susto y de placer. Aunque enseguida se pone serio de nuevo—. Pero no las llamamos «hadas». No les gusta y, si no les gusta algo, es mejor prestar atención y hacerles caso para no provocarlas. No seas uno de esos niños tontos que oyen la palabra *hada* y dibujan criaturas diminutas con alas de libélula: seres traviesos por naturaleza pero benignos, incluso serviciales si así lo desean, que agitan una varita mágica para hacer aparecer unos zapatos de cristal o le conceden a Pinocho el deseo de ser un niño de verdad, pero inofensivas. Qué va, ninguna de ellas es así ni desearía ser así. No son como nosotros, no piensan como nosotros y no les gustamos ni pizca. Por eso nos matan siempre que pueden.

»No hay que llamarlas "hadas", y tampoco hay que distinguir entre elfos, duendes, trasgos o lo que sea, puesto que todos son lo mismo, todos son variantes de la misma raza, o eso creo yo. Los que quieren congraciarse con ellos los llaman el Pueblo Bueno o el Pueblo Amable, como si usar esos apelativos hiciera de ellos algo que no son o pudiera aplacarlos y volverlos benévolos. Yo siempre he preferido Pueblo Oculto o, mejor aún, "criaturas feéricas". Sin embargo, lo mejor es no nombrarlos nunca ni tener motivo para hacerlo. No queremos que lo interpreten como una llamada ni tener que enfrentarnos a las consecuencias. —La pipa refulge, el humo asciende. Está con ella y, a la vez, muy lejos, recorriendo los senderos de la Comunidad Secreta—. Algunos eruditos creen que son seres elementales hechos de agua y aire, fuego y tierra, pero, si lo son, también hay sangre en su interior, aunque sea fría y azul. Otros dicen que son antiguos dioses, dioses de la naturaleza, pero ningún dios del mundo natural sería tan cruel con los seres vivos. Y hay quien los considera espíritus de los primeros hombres y mujeres muertos, fantasmas tan consumidos por la envidia a los vivos y por la furia ante su destino que, convertidos en una sombra que jamás ha tocado a otra, se niegan a aceptar su destino y conspiran para rebelarse contra él. Yo matizaría un poco más y añadiría que las criaturas feéricas son anteriores a los hombres, pero, por lo demás, acepto que el espíritu mismo de la muerte reside en ellos. Los muertos y los habitantes del inframundo, y las criaturas feéricas, en su propio Hades, están medio enamorados de la muerte, y quizá por eso les gusta tanto la oscuridad... y por eso cuesta tanto librarse de ellos, salvo con fuego y acero.

—¿Por qué fuego y acero? —pregunta ella.

—Fuego, porque todos los seres vivos lo temen; y acero, porque está hecho por el hombre, no pertenece al mundo natural. Las criaturas feéricas cazan con armas de bronce y plata, pedernal y gemas. Jamás morirá nadie abatido por un arma más bella que las de estas criaturas, si acaso eso sirve de consuelo mientras la vida te abandona en un reguero de sangre. —La perra se agita, corriendo en sueños, persiguiendo o perseguida—. ¿Alguna vez te he contado la historia del caballero y la Pálida Dama Muerte?

Ceres niega con la cabeza. Conoce todas sus historias, o eso cree, incluso las que solo ha escuchado una vez. Sin embargo, esta le pilla de nuevas.

Su padre vuelve la vista atrás, pero su madre está enfrascada en una conversación telefónica. A la madre de Ceres le preocupan algunas de las historias que le cuenta su padre. Cree que podrían provocarle pesadillas, aunque las pesadillas de Ceres tienen más que ver con el colegio o con perder a sus padres. Los terrores del mundo real, potenciales o reales, son mucho peores que cualquier cuento que su padre decidiera contarle.

—Bueno —dice él—, ya eres lo bastante mayor para escucharlo. Si las criaturas feéricas fueron los primeros seres con conciencia de sí mismos que murieron, puede que la muerte se formara a su imagen y semejanza. Eso es lo que la gente no entiende: para nosotros, las criaturas feéricas son la muerte, pero la Muerte también es una criatura feérica.

Y así da inicio a su cuento.

La historia del padre

Érase una vez un caballero que regresaba a su tierra después de haber pasado muchos años luchando en el extranjero. Había viajado lejos para alcanzar el honor y la gloria en el campo de batalla, pero, como muchos otros antes que él, aprendió que había poco de lo primero y nada de lo segundo, puesto que el honor y la gloria son mitos que los viejos venden a los jóvenes para que luchen sus guerras por ellos. El caballero había derramado sangre en el campo (tanto la suya como la de otros), y no solo había dejado allí el cadáver de su escudero, sino también parte de su alma, ya que ahora era menos hombre que antes y el mundo le resultaba espectral.

Tras muchos meses de marcha, llegó a un lago con hielo en las orillas y vio a una mujer que, sentada en una roca, se peinaba la larga melena roja con un peine de hueso amarillo. Al principio le pareció joven, sin duda más que él, pero tenía ojos de anciana, como alguien que ha visto mucho demasiado pronto, y el caballero sospechó que en aquel rasgo se parecía a ella. La mujer llevaba un vestido azul con una capa verde encima, y el caballero distinguió su reflejo en la calma superficie del lago; el vestido y la capa imitaban los tonos de las aguas y las algas, de tal modo que bien podría haber sido una criatura de aquel lugar estigio y escarchado, creada a partir de lo que hubiera podido extraer o rescatar de sus profundidades.

Era preciosa, aunque estaba muy pálida. De no haber presenciado el movimiento del peine por el pelo, podría haberla tomado por un cuerpo sacado del lago y abandonado para que se pudriera y regresara así a la naturaleza. No lucía adornos, aparte de la ropa: ni anillos en los dedos, ni colgantes al cuello, ni joyas en el cabello. Cuanto más la miraba, más consciente era el caballero de que no le hacían falta. No habrían acentuado su belleza, puesto que no lo necesitaba, ni tampoco deseaba ella añadir a su riqueza los tesoros de este mundo, puesto que no pertenecía a él. Se le antojó al caballero que aquella era una criatura feérica, parte del Pueblo Oculto.

El peine se detuvo y los ojos de la joven lo encontraron. Él vio que no eran de un color fijo, sino que cambiaban constantemente y que el tono se aclaraba u oscurecía a intervalos, como el mar cuando responde al juego de la luz solar. El caballero había oído hablar a los poetas de ahogarse en los ojos de una mujer y había creído que se trataba de una figura retórica, pero allí, en aquel lugar, comprendió por primera vez su verdadero significado: llegó hasta él un sonido como el de las olas al romper en la orilla y, oculto en su interior, estaba el susurro de la Muerte.

Ella movió los labios y habló al caballero; sin embargo, la forma en que se abrían y cerraban los labios no coincidía con las palabras que él oía, lo que alteraba su percepción, y la voz de la joven le recordaba al tintineo de campanas lejanas, así que no había distinción alguna entre voz y melodía. Aquel era el encanto del que advertían los viejos cuentos, el hechizo del habla tejido por las criaturas feéricas para plegar a los hombres a su voluntad, fuerte y pegajoso como una telaraña.

—No temas —dijo ella, y en su cabeza una voz advirtió al caballero: «Teme».

—No temo —contestó él, y ella oyó: «Temo».

La mujer le pidió que se acercara, tirando para ello de los hilos invisibles que empezaban a rodearlo, y él lo hizo.

—Me gustaría que me regalaras algo —añadió ella—, y yo te regalaré algo a cambio.

—No tengo nada que ofrecer, dado que acabo de volver de la guerra. Cuento con mi caballo y con una bolsita de monedas de oro. También con mi espada y mi fuerte brazo. ¿Son la clase de regalos que buscas?

—No, los regalos que busco son otros. Solo pido una guirnalda de espinas para mi cabeza, una gargantilla de enredaderas para mi cuello y una pulsera de capullos de flor para mi muñeca.

—¿Y qué me darás a cambio? —preguntó el caballero.

—Dos regalos. El primero será mi amor durante una única noche; el segundo, la forma de escapar de este mundo, ya que veo que te ha provocado una gran angustia y deseas abandonarlo, igual que él te ha abandonado a ti.

El caballero no podía negarlo. Había dejado lo mejor de sí mismo enterrado en la suciedad de unos campos extraños y nunca lo recuperaría. ¿Cómo iba a seguir viviendo así?

—Te traeré los regalos que deseas a cambio de los tuyos.

Así que el caballero recogió las espinas, las enredaderas y los capullos, y trabajó con ellos hasta que empezó a ponerse el sol y tuvo una guirnalda para su cabeza, una gargantilla para su cuello y una pulsera para su muñeca. Se las colocó y, aunque la piel de la mujer era fría al tacto, se entibió al ponerle la guirnalda, atarle la gargantilla y asegurarle la pulsera, de modo que las mejillas adquirieron un brillo rosáceo y el caballero notó un pulso bajo el pulgar, donde antes no lo había.

La dama atrajo al caballero hacia sí y lo besó.

—Aquí está mi primer regalo —dijo mientras la noche los envolvía a ambos y la nube ocultaba las estrellas.

Cuando el caballero despertó, estaba de pie sobre una colina inhóspita, pero no solo. Ante él se alzaban unas hileras tupidas de reyes y príncipes pálidos con labios hambrientos y ojos turbados, y a su lado se hallaba su amante, transformada, ya sin color, calor, ni vida: la soberana despiadada que los gobernaba a todos, la Pálida Dama Muerte.

—Y aquí está mi segundo regalo —le dijo al caballero.

Y el caballero dio un paso adelante para ocupar su lugar entre los condenados.

XXXV
Cumfeorm
(INGLÉS ANTIGUO)

Hospitalidad que se le ofrece a un desconocido

Habían preparado una mesa con comida: verduras asadas, arroz de grano largo salteado con cebollas a la parrilla, ensaladas de hojas verdes y moradas, y, en el centro, una olla con el plato estrella de aquel festín: un estofado espeso que olía a carne de carnero o cabrito. Ceres estaba sentada a un extremo de la mesa, al lado del Leñador, mientras que el resto de las sillas y bancos los ocupaban los miembros de la familia y otros invitados. En la posición de autoridad se encontraba la mujer de piel oscura que había tratado la herida de Ceres, que ahora sabía que se llamaba Saada. Era la jefa de la aldea, aunque lo único que había visto Ceres del lugar era el interior de la casa en la que se recuperaba.

Gracias al Leñador, se había enterado de que la aldea constaba de unos cuatrocientos habitantes. A juzgar por los presentes, casi todos eran negros, si bien había miembros de otras razas, y todos obedecían a Saada, incluso su marido, Thabasi, que había supervisado la preparación y la disposición de la comida, ayudado por sus hijos, un chico llamado Baako y una chica más joven llamada Ime. Thabasi apenas tocaba la comida; más bien se dedicaba a vigilar de cerca a su mujer para proporcionarle todo lo que necesitara en cuanto ella intentara alcanzarlo, o incluso antes, con lo que parecía ser una comprensión casi telepática de sus necesidades. Si Saada movía ligeramente la mano izquierda, una rebanada de pan aparecía en su plato, y si inclinaba un ápice la cabeza, su copa se llenaba de agua.

Sin embargo, Ceres se fijó en que ni los actos ni la actitud de Thabasi eran solícitos ni serviles, sino los de un hombre que sabe que su mujer tiene cosas más importantes en las que pensar que una copa vacía o la ubicación del pan. Si el poder de la aldea residía en Saada, Thabasi era el que le permitía concentrar todos sus esfuerzos en ella.

La conversación fluyó durante toda la comida, conducida o filtrada en todo momento por Saada, pero casi siempre en un idioma que Ceres no comprendía. Aparte de preguntarle si la comida era de su agrado, Saada los dejó tranquilos, tanto al Leñador como a ella, para que comieran y bebieran, aunque, por las frecuentes miradas que les dirigían, Ceres sospechó que eran el centro de las charlas entre los invitados.

—¿Entiendes algo de lo que dicen? —susurró Ceres.

—Todo —contestó el Leñador—, y lo saben, pero sería de mala educación, además de tedioso para ambos, empezar a traducírtelo todo. De todos modos, ya te puedes imaginar el tema principal: nosotros y por qué estamos aquí. Los detalles nos quedarán más claros después de la comida.

Ceres deseaba que todos se apresuraran y terminaran de comer de una vez, en lugar de seguir con la cháchara. No dejaba de pensar en las criaturas feéricas y en la hija robada de las Blythe. Cuanto más tardaran, menos posibilidades de sobrevivir tendría la niña, si es que no había muerto ya, porque no podía estar segura de que no fuera el mismo bebé de su visión. De nuevo recordó a las figuras penumbrosas sorbiendo los tentáculos de luz que brotaban de la forma envuelta en tela. Como si adivinara en qué pensaba, el Leñador le tocó el brazo izquierdo.

—Paciencia —dijo—. Se están haciendo avances, y más deprisa de lo que crees.

Ceres notó que había posado deliberadamente los dedos justo sobre la venda de la picadura de Calio, pero ella apenas se inmutó. La hinchazón y las vetas habían desaparecido con la ayuda de un ungüento preparado por Saada, y por fin volvía a tener la mente despejada. Aún no había vuelto del todo a ser ella misma (persistía una vaga sensación de intrusión y contaminación, junto con un leve dolor alrededor de la herida), pero se encontraba mucho mejor.

Mientras que Thabasi dedicaba toda su atención a su mujer, su hijo concentraba su escrutinio en Ceres. De hecho, Baako estaba tan desarmado por su presencia que, en más de una ocasión, no atinó a acertar con la cuchara en la boca y, como consecuencia, se manchó la camisa de estofado.

—Creo que tienes un admirador —dijo el Leñador, y señaló al chico con la cuchara.

Baako, al darse cuenta de que lo habían visto, descubrió algo muy interesante, aunque huidizo, que examinar en el fondo de su cuenco.

—Puaj —repuso ella—. Si no tendrá más de catorce años...

Pero el oído de Baako era tan fino como su vista.

—Tengo quince, casi dieciséis.

Ceres se las ingenió para asimilar aquella información a la vez que obviaba a su emisor, una habilidad de la adolescencia que, al parecer, había permanecido latente hasta encontrar el momento perfecto para volver a prestar servicio.

—Puaj —repitió sin levantar la vista de la mesa, alejada del joven—, eso es aún peor.

—Puede que le gusten las mujeres mayores —susurró el Leñador.

—Qué asco me das. Hasta me avergüenzo de estar sentada a tu lado.

Sin embargo, no logró reprimir la sonrisa. Le habría costado explicarle al chico por qué era poco probable que le correspondiera, pero tampoco quería que le hiciera ojitos durante toda su estancia allí, por corta que (esperaba que) fuera. Si insistía, quizá podría decir algo a su madre, de mujer a mujer, y dejar que Saada se ocupara de las explicaciones, dado que el Leñador le había contado el aprieto de Ceres. Por consiguiente, Saada podría aclarárselo a su hijo. Aunque, claro, ¿y si eso solo servía para avivar las llamas? No quería ni pensar en cómo debía de ser por dentro la cabeza de un varón quinceañero típico (quizá *mugrienta* fuera la palabra más adecuada), pero entraba dentro de lo posible que la idea de una mujer madura atrapada en el cuerpo de una chica de más o menos su edad lo atrajera como un imán.

En cuanto todos terminaron de comer, Thabasi y los dos niños despejaron la mesa, la limpiaron con agua caliente y la secaron con trapos. Cuando terminaron, sustituyeron el agua por jarras de una bebida alcohólica suave y algo espumosa que, según le explicó el Leñador a Ceres, se hacía con leche de yegua fermentada. Saada ordenó a Baako y a Ime que se fueran después de servir las bebidas, y Ceres se dio cuenta de que el primero estaba molesto por verse excluido del debate que se avecinaba; Ime tampoco parecía muy contenta. Seguramente, a los hermanos les irritaba que a Ceres (quien, a sus ojos, apenas era algo mayor que ellos) le permitieran quedarse y a ellos no. Baako incluso abrió la boca para protestar hasta que una mirada fulminante de su madre se la cerró.

«Mala suerte, amigo», pensó Ceres. «Háblalo después con la jefa. Te deseo buena suerte.»

Una vez cerrada la puerta, Saada y el resto de los invitados se volvieron hacia el Leñador.

—A algunos de nosotros —dijo la jefa, señalando a los hombres y mujeres reunidos en torno a la mesa— nos cuesta creer que las criaturas feéricas hayan regresado. Una cosa es encontrar una dríade, una especie que considerábamos extinta, aunque la prueba de la picadura es irrefutable, pero el Pueblo Oculto desapareció hace más de mil años. Tiempo atrás, en ocasiones se los veía moverse entre las colinas al inicio de cada estación, ya que se decía que eran seres inquietos. Ya no. La mayoría cree que se extinguieron; se supone que murieron en sus madrigueras porque temían demasiado a los hombres para exponerse y estaban demasiado débiles para enfrentarse a ellos.

Tanto el tono como el semblante de Saada daban a entender que no se encontraba entre los incrédulos, o que estaba más preparada para aceptarlo que las demás personas sentadas en torno a la mesa. Eso llevó a Ceres a especular sobre la historia que el Leñador compartía con aquella mujer. Entre ellos había intimidad y respeto, incluso afecto, aunque no del que pudiera despertar celos en el marido de Saada o, al menos, no unos celos que Thabasi estuviese dispuesto a reconocer en público.

—Las criaturas feéricas nunca temieron a la humanidad —repuso el Leñador—, o no más de lo que dictaba la prudencia. La odiaban y no deseaban compartir el mundo con ella, pero no la temían. Su retirada no fue una rendición ni una señal de debilidad, sino una estrategia deliberada; y si antes estaban inquietas, quizá ya no lo estén. La suya es una estrategia a largo plazo; siempre lo ha sido.

—Pero ha pasado demasiado tiempo —dijo uno de los hombres de la mesa, sonriente—. La estrategia ha fallado.

Tenía el pelo blanco y las cataratas casi lo cegaban, si bien todavía veía lo suficiente para coger su copa de leche fermentada y beber de ella sin derramar ni una gota. Con él había debatido Saada durante gran parte de la comida. Si había un líder de la oposición, ese era él.

—Estás pensando como un hombre, Abansi —dijo el Leñador—, no como las criaturas feéricas. Tienes ochenta años y en este lugar eres un anciano respetado, mientras que ellas no te consideran más que como un niño recién salido del vientre. El tiempo se mueve despacio para ellas y son muy pacientes. Diez, incluso veinte generaciones de hombres apenas bastan para que una de esas criaturas pase de la infancia al inicio de la madurez.

—Incluso en el caso de que eso fuera cierto —repuso Abansi—, quizá sea exagerado deducir el resurgimiento de una antigua amenaza a partir de unas cuantas muertes y un hechizo del bosque.

A modo de respuesta, el Leñador abrió el puño derecho y dejó sobre la mesa lo que tenía en él. El objeto reflejó la luz de las antorchas y roció la madera de destellos tiñéndola de verde: una punta de flecha de jade, toscamente tallada y pulida. Ceres no tenía ni idea de cuánto costaría aquello en Inglaterra, ni tampoco allí. Solo sabía que nunca, en toda su vida, había visto una gema tan grande.

—La encontré clavada en la cadera del viejo ciervo —dijo el Leñador—. No cabe duda de que es de procedencia feérica.

El Leñador le pasó la flecha al marido de Saada para que le llegara a esta. Saada la examinó, procurando evitar los filos y la punta, antes de colocarla en la mesa y deslizarla hacia Abansi. El anciano la tomó y se la acercó al ojo derecho, como un joyero haciendo una tasación.

—Es obra del Pueblo Oculto —reconoció Abansi a regañadientes—. Contiene su frialdad.

Dejó en la mesa la punta de flecha y la apartó de él, reacio a tenerla demasiado cerca.

—Puede que un humano la utilizara para matar al monarca —opinó una joven sentada al lado de Abansi.

—¿En serio? —preguntó el Leñador—. ¿Desde cuándo los cazadores son tan ricos como para emplear armas de jade y después abandonarlas en la presa? En cuanto a hechizos, una cosa es embrujar a un solo animal o a un solo hombre, o incluso a una familia entera, y otra lanzar un hechizo que abarque todo un bosque, con muchas criaturas distintas, cada una con sus propias habilidades; requiere una magia muy poderosa.

Sacó una segunda punta de flecha, esta vez de pedernal, como las que su padre a veces desenterraba en sus excavaciones para añadirlas a su colección privada.

—Esto también estaba dentro del viejo ciervo. Sus asesinos no distinguían entre una piedra y otra. Para ellos, todas tienen un valor similar; es decir, que ninguna vale nada. Algo inconcebible para una persona.

Deslizó la segunda punta de flecha directamente hacia Abansi, que la dejó junto a la otra. Ceres vio como la seguridad del anciano se tambaleaba.

—¿Mataron las criaturas feéricas a la señora Blythe y a su hija? —preguntó Saada.

—Y lo más probable es que también se llevaran a la niña —contestó el Leñador.

¿Desde cuándo lo sabía?, se preguntó Ceres. Como mínimo, desde el momento en que había sacado la punta de flecha del viejo ciervo, aunque ya debía de haber sospechado algo antes de eso. Recordó la historia que le había contado la primera noche, en su casa, la de Morgiana y el señor de las hadas. Quizá el Leñador temiera lo que auguraba la presencia de Calio desde que supo de esta.

—A una mujer de una aldea a un día de viaje de aquí le robaron el hijo hace un mes —dijo Abansi—. No encontramos ni rastro de él.

—Colgaron a dos hombres por el crimen —repuso Saada—. Vagabundos. Puede que fueran inocentes.

Abansi se encogió de hombros.

—Eran unos zascandiles. Si no se llevaron al niño, seguro que hicieron algo igual de malo en el pasado. Estuve presente cuando los colgaron y no me cabe duda de que tenían las manos manchadas de sangre. Se merecían la horca.

Se oyó un murmullo de aprobación generalizado. Ceres, que era miembro de Amnistía Internacional y escribía cartas a los periódicos protestando por la pena de muerte, se obligó a morderse la lengua. Allí no iba a conseguir que nadie cambiara de opinión.

—Si las criaturas feéricas han regresado —le dijo Saada al Leñador—, ¿por qué ahora? ¿Qué ha cambiado? No regresarían si no les resultara ventajoso.

Abansi señaló con la barbilla a Ceres.

—Ella —contestó—. Ella es lo que ha cambiado.

No sonaba como si le resultara grato.

El Leñador puso una mano en el hombro de Ceres, dejando patente a todos la elocuencia del gesto: Ceres estaba bajo su protección.

—Puede que forme parte de lo que está sucediendo, pero no es la causante. Su llegada ha sido repentina. Dudo que las criaturas feéricas la anticipasen.

—A no ser que la hayan traído las criaturas feéricas, o que estén aliadas con quien lo hiciera.

Era Thabasi el que había hablado esta vez. Hasta aquel momento se había limitado a asentir y sonreír, dejando las intervenciones para su mujer. Tenía una voz suave, aunque no se trataba de la típica suavidad con la que costaba atraer la atención, sino de una delicadeza muy estudiada que conduciría a cualquier oyente astuto a acercarse más para no perderse lo que se decía. El Leñador no demostró sorpresa ni decepción ante sus palabras, y tampoco Saada, si bien Ceres creyó detectar en ella cierto regocijo. Ella, que se había pasado gran parte de su vida adulta con parejas y sabía reconocer sus dinámicas, reconoció también aquella como algo esencial en la relación entre Thabasi y Saada: él a veces decía en voz alta lo que ella, por precaución o diplomacia, no podía decir; y era así porque Thabasi sabía perfectamente cómo razonaba Saada.

—¿Cuál ha sido el acontecimiento más importante en este reino desde la última vez que os visité? —preguntó el Leñador.

—El final del Hombre Torcido —respondió Saada sin vacilar, ante lo que el resto asintió.

—Ni siquiera las criaturas feéricas se atrevían a atacarlo —añadió Abansi—. Era el único que las superaba en inteligencia y crueldad.

—Así que se retiraron tanto por el Hombre Torcido como por la humanidad —dijo el Leñador—, dos enemigos a los que no deseaban retar, o no a la vez. Sin embargo, una vez desaparecido el Hombre Torcido, quizá hayan percibido un cambio a su favor, suficiente para arriesgarse a salir y evaluar si una campaña mayor tendría éxito.

—Y por eso se han llevado a los niños —intervino Saada—. En estado latente, en la oscuridad, no necesitarían mucho sustento. En cambio, al salir a la intemperie, tienen que alimentarse.

—Eso está claro —replicó el Leñador—, pero puede que o ellas o nosotros estemos equivocados en algo muy importante.

—¿En qué?

—El Hombre Torcido sigue vivo.

Aquellas cinco palabras provocaron tal alboroto en la mesa que a Saada le costó calmarlo. Al final se vio obligada a estampar el puño contra la mesa para restaurar el orden.

—El Hombre Torcido está muerto —dijo—, él mismo se hizo pedazos. El niño, David, fue testigo, y nosotros lo vimos con nuestros propios ojos: el castillo derruido, los túneles derrumbados y los espíritus liberados de su cautividad para encontrar la paz. Además, nadie volvió a verlo. Si siguiera vivo, habría intentado recuperar el poder y empezar de nuevo, pero no ha causado problemas en este mundo desde que yo era una jovencita.

A Ceres le parecía que Saada tenía treinta y muchos años; no obstante, habían pasado ocho décadas desde los acontecimientos que David relataba en su libro. Tal vez Saada fuera mayor de lo que aparentaba, o tal vez las criaturas feéricas no fueran las únicas por las que el tiempo transcurría de un modo distinto.

—¿Qué pruebas tienes de que el Hombre Torcido está vivo? —preguntó Thabasi.

—Dejaré que os lo cuente Ceres —respondió el Leñador, y le hizo un gesto para que participara—. Por favor, descríbenos cómo llegaste hasta aquí.

Ella lo hizo. Les habló de Phoebe, de la vieja casa y del rostro en la hiedra. Les repitió las últimas palabras de la Cazadora y describió el laberinto de libros que había visto bajo los efectos del narcótico de Saada, y la voz que allí le había hablado. Cuando terminó, los reunidos sopesaron su testimonio y Ceres se sintió como si esperase el veredicto de un jurado hostil.

—Puede que la Cazadora mintiera —dijo Abansi, que fue el primero en romper el silencio.

—¿Para qué? —preguntó Ceres—. Mentir no la beneficiaba en nada.

—¿Porque era mala? —sugirió Saada.

—Sí que lo era —respondió Ceres—. Vi las pruebas. Pero creo que para ella fue un alivio morir al fin.

—Coincido con Ceres —terció el Leñador—. No hubo engaño alguno en los últimos momentos de la Cazadora.

—Pero ¿qué podría querer el Hombre Torcido de ella..., de ti? —se corrigió Saada, redirigiendo la pregunta a Ceres.

—No lo sé —reconoció ella—, pero estoy convencida de que me crucé en su camino mientras mi mente vagaba. Él podía verme, aunque yo a él no, y la voz era la misma que oí en la casa.

—Si eso es cierto —dijo Abansi—, quizá desee subir a una nueva reina a un trono distinto y volver a gobernar a través de su marioneta.

—Creo que este mundo ha avanzado demasiado para eso —repuso Saada—. Puede que el Hombre Torcido sea tan antiguo como esta tierra, pero todo lo que construyó durante su existencia se hizo trizas cuando David lo desafió. Si pretende convertir a Ceres en reina, será monarca de la nada, ¿y de qué le serviría eso?

A Ceres no le atraía la idea de ser un peón de conspiración alguna, sobre todo cuando nadie era capaz de adivinar las posibles implicaciones de aquella conspiración.

—Es un ser taimado —opinó Abansi—. O lo era, porque todavía no me hago a la idea de que vuelva a merodear por estas tierras.

—Aun así, debemos suponer que, de algún modo, vive —replicó el Leñador—, y tenemos que permanecer alerta. Si nos equivocamos, y espero que así sea, solo habremos invertido nuestras energías en ser cautelosos, pero si acertamos, estaremos mejor preparados para lo que esté planeando... Y, además, también nos servirá contra las criaturas feéricas.

—Suponiendo que estés en lo cierto —dijo Abansi—, puede que se trate tan solo de una partida de carroñeros feéricos cansados del inframundo y con ganas de causar revuelo.

No obstante, Ceres se fijó en que el hombre mantenía su deteriorada vista apartada de las puntas de flecha que tenía ante él, en la mesa. Llegó a la conclusión de que, si no veía, se debía tanto a problemas físicos como a su voluntad de no hacerlo.

—Matar a mujeres y secuestrar a niños, aunque no sean muchos, es algo más que causar revuelo —repuso Saada.

—No pretendía parecer tan desdeñoso, pero no es lo mismo una incursión que una amenaza existencial.

—Lo primero puede convertirse rápidamente en lo segundo si no se ataja a tiempo —dijo el Leñador.

—¿Qué propones que hagamos? —preguntó Saada.

—Todos tenemos una misión. Ceres y yo debemos avisar del peligro a Balwain. Si aspira a liderar y su protectorado va más allá de masacrar a unas cuantas arpías raquíticas, le ofreceremos la oportunidad de demostrarlo. En cuanto a este lugar, la prioridad eres tú, Saada.

—¿Por qué lo dices?

—Creo que las criaturas feéricas mataron a la señora Blythe y a su hija porque eran de las últimas adeptas a la antigua medicina, capaces de contrarrestar el efecto de los venenos y los hechizos de esos seres. Tú también lo eres, como has demostrado con Ceres, lo que significa que las criaturas feéricas estarán más seguras si se deshacen de ti. Advertí de lo mismo al gigante Gogmagog y a su familia, porque se sabe desde hace tiempo que el acero forjado por los gigantes tiene un poder especial, y a las hadas les encantaría que sus forjas se enfriaran, igual que su cuerpo.

—¿Cuánto tiempo tenemos para prepararnos? —quiso saber Thabasi—. ¿Días, semanas?

El Leñador negó con la cabeza.

—Horas.

XXXVI
Frumbyrdling
(INGLÉS ANTIGUO)

Muchacho que empieza a dejarse crecer su primera barba

Los habitantes de la aldea de Saada llamaban a su hogar Salaama, «el lugar seguro». Por el norte la resguardaba una ladera escarpada y rocosa cubierta de un pedregal con el que había que tener cuidado al andar y que alertaba a los locales si alguien se acercaba por aquella dirección; y por el sur, el este y el oeste la protegía un río profundo y veloz que incluso a los caballos más recios les costaba cruzar sin acabar arrastrados por la corriente. Un puente con el ancho justo para que pasara un carro franqueaba el río y estaba vigilado en ambas orillas. Un camino conducía desde el puente hasta la verja principal de la aldea, rodeada de un muro de picas y espinas. Sus puertas se cerraban por la noche, cuando los guardias del puente se retiraban al interior de la muralla.

Sin embargo, nadie había atacado Salaama desde los tiempos de los loups, y la aldea mantenía buenas relaciones con sus vecinos. Por lo tanto, sus residentes se habían relajado hasta el punto de volverse imprudentes, y los vigías a menudo se dormían en sus puestos.

Era cuestión de tiempo que alguien vulnerase las defensas de la fortaleza de Salaama.

Ceres disfrutaba del aire nocturno mientras el debate sobre la mejor forma de enfrentarse a las criaturas feéricas proseguía sin ella. Si bien Saada era la jefa de la aldea, Abansi, medio ciego o no, era responsable de dirigir gran parte de su día a día, lo que incluía el mantenimiento, los suministros y la seguridad. En otras palabras, contaba con poder e influencia, por más que Saada tuviera la última palabra en todo. Si había que hacer algo, se necesitaba la cooperación de Abansi; sin esta, todo salía mal, o ni siquiera salía. Si no lograban convencerlo sobre los feéricos (y, claro está, sobre el Hombre Torcido), socavaría cualquier esfuerzo que pretendiera realizarse para hacer frente a la amenaza.

El aire olía al fuego de las antorchas que iluminaban la aldea y al de las chimeneas que calentaban sus edificaciones circulares, que no se diferenciaban mucho del fuerte circular de Gogmagog. Construidas con piedra o postes de madera, unidas con paneles de cañizo y barro (o, en algunos casos, con paredes de pacas de paja y láminas de madera), y cubiertas con tejados cónicos de carrizo, se parecían a las casas en las que se refugiaba el pueblo britano hasta la Edad del Hierro. Ceres recordaba las tardes lluviosas de fin de semana que pasaba con su padre visitando reproducciones de moradas primitivas en páramos barridos por el viento mientras su madre se quedaba acurrucada en el coche escuchando Radio 4 o, si la ubicación lo permitía, se refugiaba en la taberna más cercana. Cuánto habría disfrutado su padre de Salaama, del humo que se filtraba entre los huecos de la paja del tejado y de las piedrecitas de su camino de grava, que reflejaban la luz de la luna como si fueran esquirlas de estrellas caídas. De adolescente, a menudo pensaba lo triste que era que su padre pasara tanto tiempo enfrascado en épocas pretéritas, siempre intentando imaginar y recrear lo que ya no existía. Temía que eso lo abocara a perderse todo lo bueno del presente. Después, al hacerse adulta y ver que la mayor parte de su vida quedaba atrás, reconoció la importancia de reconciliarse con el pasado: sabía que llegaría el momento en que lo más valioso que poseyera fueran sus recuerdos. Al final, ¿no era ya lo único que le quedaba de Phoebe y, quizá, lo único que le quedaría?

Un ruido la sobresaltó y vio que Ime, la hija de Saada, la observaba con aire reflexivo.

—Hola —la saludó Ceres. Aquella era la primera palabra que dirigía a la niña.

—Hola. ¿Qué haces aquí, sola?

—Pensar.

—¿En qué?
—En mi hogar, en mi padre, en mi hija.
Ime arrugó la nariz, desconcertada.
—Eres demasiado joven para tener una hija.
—Soy mayor de lo que parezco.
—¿Y cuántos años tiene tu hija?
—No muchos menos que tú.
—No, eso no puede ser verdad.
—Lo es. No te mentiría sobre algo tan importante.
Ime se acercó más.
—¿Cómo se llama tu hija?
—Phoebe.
—Es un nombre bonito. ¿Qué significa?
—Significa «brillante», como una luz.
—¿Y quién cuida de ella mientras tú no estás? ¿Su padre?
—Ya no vivo con su padre. Estamos las dos solas.
—¿Y tus padres? ¿Están cuidando de ella?
—Mi padre murió y mi madre vive en otro país.
A Ime, que formaba parte de una comunidad en la que la práctica totalidad de los miembros de la familia y todos los amigos estaban a tiro de piedra, le costaba imaginarse una situación así. Suspiró, exasperada.
—Entonces, ¿quién cuida de tu hija?
—Phoebe está enferma —respondió Ceres—. Está en un hospital, que es un lugar en el que personas como tu madre cuidan de los niños. La cuidan por mí.
—¿Y cuándo se pondrá buena?
—No lo sé. —A Ceres se le quebró la voz.
Ime, no obstante, estaba centrada en otro asunto más urgente.
—Le gustas a mi hermano —dijo.
—¿En serio? Tengo malas noticias para él.
Pero Ime no se desanimaba fácilmente.
—Quiere casarse contigo. Está pensando en hablar mañana con el Leñador para empezar con los preparativos.
—¿Qué?
—Aunque hay que resolver algunos detalles antes de alcanzar un acuerdo, mi hermano está seguro de que no le llevará

mucho tiempo. Cree que el Leñador te tasará en ocho vacas, pero no quiere pagar más de seis. —Ime se mordisqueó una uña—. Seis vacas es mucho, la verdad. Creo que debería ofrecer cuatro.

Ceres se sintió ofendida.

—Valgo algo más que seis vacas —dijo.

Ime se encogió de hombros para darle a entender que, por lo que a ella concernía, Ceres se sobrevaloraba con creces en la escala ganadera.

—Me va a gustar ser tu hermana —siguió diciendo—. Cuando tengáis vuestra primera hija, puedes ponerle mi nombre.

Ceres decidió que aquella conversación había dado un giro muy preocupante y que había que frenarla.

—Eso no va a pasar —le dijo a Ime.

—¿Por qué no? Ime es un nombre bonito.

—Es un nombre precioso, pero no voy a casarme con tu hermano, así que no surgirá la oportunidad. ¿Sabes lo que es el patriarcado?

—Creo que no.

—Bueno, pues permíteme que te diga que está muy vivo en la mente de tu hermano. El Leñador no puede ofrecerme como esposa, ni por todas las vacas de la cristiandad, así que Baako tendrá que buscar su felicidad marital en otra parte. Y cuando decida que la ha encontrado, le recomendaría encarecidamente que se dirija a la joven en cuestión para averiguar si ella siente lo mismo por él antes de empezar a regatear con vacas a sus espaldas.

—Eso no funcionaría —opinó Ime—. Sería hacerlo todo al revés.

—¿Qué me dices de tu madre? Seguro que no estaría dispuesta a permitir semejante tontería.

—En cuestiones de matrimonio, es muy tradicional. Además, sabe apreciar el valor de una vaca.

El «no como tú» iba implícito.

—Santo cielo, que viváis en casas de la Edad del Bronce no significa que tengáis que vivir en la Edad del Bronce —concluyó Ceres, enfadada; aunque, la verdad, sin mucha convicción.

—¿Qué es la Edad del Bronce?

—Bueno, la verdad es que...

Y entonces fue cuando se apagaron todas las antorchas y se quedaron a oscuras.

XXXVII
Wæl
(INGLÉS ANTIGUO)

Matanza, carnicería

Más tarde, cuando la matanza concluyó, Ceres tendría que obligarse a ensamblar las piezas de los acontecimientos, tan extraños y sangrientos habían sido. Por el momento, en la penumbra, sintió una ráfaga de frío viento que apagó de golpe la antorcha más cercana, como si alguien hubiera soplado una vela en una tarta de cumpleaños. El viento llevaba consigo un aroma a clavo, incienso y —sí, estaba segura— azafrán, aunque por encima de todo aquello prevalecía un efluvio más desagradable, el hedor de la putrefacción, como si intentaran disimular carne podrida cubriéndola de especias antes de servirla a un invitado al que se le tiene poco aprecio. También pensó que había estado en lo cierto al relacionar la pérdida de la luz con un aliento, puesto que oía inhalaciones y exhalaciones cercanas, moviéndose de izquierda a derecha, mientras quien fuera o lo que fuera que las emitiera rodeaba a las dos jóvenes.

Ceres tiró de Ime hacia ella y desenvainó la espada. Esperaba que algún aldeano se hubiera percatado de que las antorchas se habían apagado y saliera a investigar; sin embargo, no veía a nadie. Estaban todos a salvo en la casa, calentándose junto al fuego. Ceres escudriñó las sombras para intentar identificar lo que acechaba en ellas, pero la noche se enturbiaba por momentos, tornándose más lóbrega de lo que debería haber sido, incluso sin las antorchas. Unas volutas de sombras recorrían la penumbra y se intensificaban al acercarse, y a ella le recordaron a la tinta en el agua: alteraban, nublaban, colonizaban. Percibía que aquello era la verdadera oscuridad, la que no había sido tocada por el sol, por la luna ni por las estrellas; la oscuridad del pozo, de la tumba.

Aunque Ceres abrió la boca para gritar una advertencia, las palabras no salían por mucho que se esforzara. Era una pesadilla recurrente de su infancia hecha realidad, una en la que se despertaba y encontraba a un intruso en su cuarto, un espíritu que no se podía ver ni tocar, pero que estaba presente y deseaba hacerle daño. Sin embargo, cuando intentaba pedir ayuda a sus padres, no lograba emitir ni un susurro, y el ente seguía acercándose, un ser sin forma porque representaba todo lo que temía, terrores con y sin nombre: el dolor de la vida y de las pérdidas todavía por llegar.

Ime se aferraba a ella. Ceres se arriesgó a bajar la vista y vio que la niña tenía la boca abierta en un chillido silencioso. Quien las observaba por fin se dejó ver.

Era un hombre, o al menos lo parecía: muy alto, con el pelo negro recogido en un moño que dejaba patente la ausencia de orejas. Sus rasgados ojos de gato, en vez de mirar al frente, se encontraban situados más cerca de los laterales del rostro, lo que le confería un aspecto halconado, como un depredador que integraba los rasgos de distintas bestias. Vestía una túnica verde bosque, pantalones de color tierra y musgo, y botas de cuero sin tacón. No llevaba adornos, y en su ropa no había ni botones ni hebillas metálicas, nada que pudiera alertar a su presa mediante un ruido súbito o un reflejo. Hasta la larga espada que blandía era de un gris mate, con la empuñadura envuelta en negro. Los dedos que la sujetaban estaban ocultos bajo unos guantes que dejaban las puntas al descubierto. Cuando avanzó, Ceres entendió por qué: las uñas eran largas, negras y muy afiladas, armas en sí mismas.

No obstante, a primera vista, también era bello, aunque con un toque peligroso, y sus movimientos revestían una elegancia letal. Entonces, al percibir de nuevo su aliento, impregnado de especias y putrefacción, y tenerlo cerca, Ceres contempló con claridad el origen de su podredumbre. Tenía el rostro surcado de fisuras y arrugas diminutas, como el viejo retrato al óleo de un joven que, con los años y la sequedad del barniz, se ha agrietado y combado, dando origen así a un curioso híbrido entre belleza y fealdad. Distinguió que le amarilleaba la esclerótica, que se le retraían las encías de los dientes y que se le veían partes del cráneo por la raleza del pelo. Parecía el cadáver animado de alguien muerto en la plenitud de la vida, un ser extinto que luchaba contra su inevitable descomposición. Acudieron a ella las palabras de su padre («Están medio enamorados de la muerte») y supo que se encontraba en presencia de una criatura feérica.

Ceres seguía sin poder gritar ni moverse. La espada, que le pesaba en la mano, estaba paralizada. Solo lograba parpadear y respirar..., y, si aquel ser se salía con la suya, también eso cesaría pronto. Lo oyó hablar, si bien sus palabras le resultaron incomprensibles, y pensó que quizá llevara oyéndolo desde que se habían apagado las antorchas y su hechizo había descendido sobre Ime y ella. Los susurros fluían como melodías, y sus labios rojo oscuro (curiosamente carnosos, como sanguijuelas recién alimentadas) emitían sonidos en una lengua exótica y cautivadora, incluso después de que Ceres comprendiera su propósito: hipnotizarla para matarla con mayor facilidad.

No obstante, la criatura no fue a por ella, sino a por Ime. Agarró a la niña por el pelo para atraerla hacia él y levantó la espada con intención de asestarle un golpe fatal en el cuello. Después tomó aire para bajar con fuerza la espada, pero una lengua extraña salió de su boca; no era un órgano de músculo y sangre, sino de cedro y acero. La flecha había penetrado en la cabeza de la criatura con tal fuerza que la punta le sobresalía unos quince centímetros de los labios, chorreando sangre negra azulada. La criatura feérica se mantuvo erguida un instante, con expresión de perplejidad, antes de caer de rodillas y darse de bruces contra el suelo; las plumas de la flecha vibraban por el impacto, como embrujadas por un último y fugaz recuerdo del pájaro del que alguna vez habían formado parte.

Con la muerte del ser, el hechizo se desvaneció, y el grito de advertencia que había estado sellado en la garganta de Ceres se liberó al fin.

—¡Están aquí! ¡Los feéricos están aquí!

Solo cuando Ime añadió una segunda voz a la suya, se percató Ceres de quién era el arquero que las había salvado. Estaba preparando otra flecha, buscando un nuevo objetivo. Parecía más joven que en sus últimas fotografías, aunque lo reconoció al instante.

—¿David?

—Ahora no —contestó él—. ¿Sabes usar esa espada?

—No lo sé. Todavía no lo he intentado.

—Bueno, pues será mejor que aprendas deprisa.

Antes de que Ceres pudiera decir algo más, David echó a correr. A su alrededor, los aldeanos salían de sus casas con las armas que más a mano tenían, mientras que otros los seguían con antorchas para iluminar la oscuridad. El Leñador acudió, seguido de cerca por Saada, Thabasi y Abansi. Llevaba el hacha y los demás blandían lanzas con puntas de acero de treinta centímetros de largo. Detrás de ellos aparecieron más hombres y mujeres, todos armados.

El Leñador corrió hacia Ceres e Ime, con Saada y Thabasi pisándole los talones.

—¿Estáis heridas? —preguntó.

Ambas negaron con la cabeza. Thabasi le dio la vuelta al intruso y la flecha se partió.

—Una criatura feérica, sin duda —dijo—. Aunque esta flecha no es de las nuestras.

—Lo ha matado David —le informó Ceres al Leñador.

—¿David está aquí?

Ceres no tuvo oportunidad de dar más detalles porque en aquel preciso momento Abansi empezó a ascender dejando escapar un grito ahogado. Sus pies se despegaron del suelo mientras la cuerda que le rodeaba el cuello tiraba de él hacia el tejado, donde una figura encorvada y greñuda se acuclillaba, apenas visible en la oscuridad feérica. Algunos hombres intentaron agarrarlo por las piernas, pero ya estaba fuera de su alcance, y la parte superior de su cuerpo desapareció por encima del borde del tejado. Cuando alguien disparó una flecha a la penumbra, Saada les pidió que pararan por miedo a herir a Abansi..., hasta que su cuerpo decapitado volvió a tierra y aquello dejó de ser un problema. Ya sin el peligro de herirlo más, lanzaron una andanada de lanzas y flechas, aunque lo que había matado a Abansi volvía a estar en movimiento.

El Leñador agarró a Saada.

—Tenemos que llevarte adentro. Hay que mantenerte a salvo.

—Pero esta es mi gente. No puedo esconderme mientras ellos luchan y mueren.

—Las criaturas feéricas han venido a matarte. Si lo consiguen, no será tu gente la única que sufra en tu ausencia.

—Tiene razón —dijo Thabasi—. Sin ti, todos perdemos... y yo estaré perdido.

Saada, reconociendo la sabiduría del primer argumento y la profundidad del segundo, asintió. Al instante, una falange de guerreros las rodeó a Ime y a ella, lanzas y espadas en mano, y ambas se retiraron a la seguridad de la casa principal.

—Deberías ir con ellas —le aconsejó el Leñador a Ceres.

—No, me quedo aquí contigo —respondió ella, y probó a dar un mandoble al aire con la espada—. Si no, esto solo habrá servido de adorno.

El Leñador no se molestó en discutir, no había tiempo. Los aldeanos estaban muriendo a manos de las criaturas feéricas.

—No podemos luchar a oscuras —le dijo el Leñador a Thabasi—. Necesitamos más luz.

—¡Traed antorchas! —ordenó el otro—. Todas las que encontréis.

En cuestión de minutos, nuevas llamas prendían a su alrededor y la oscuridad feérica huía de ellas como una criatura que temiera arder.

—Formad grupos pequeños —ordenó el Leñador—. Recordad: estas antorchas nos sirven tanto como el acero. El fuego es un arma, y su luz, una ventaja.

Depositaron una pila de antorchas apagadas junto a Ceres. Ella cogió una y la encendió en un brasero. A su alrededor oía gritos de confusión y pánico cuyo origen se perdía en la lobreguez feérica. De algún punto situado a su derecha llegó un chillido, seguido de una voz de mujer que lloraba diciendo: «¡No, no!». Sonaba muy cerca. Ceres miró al Leñador y, junto con Thabasi y otro hombre detrás, fueron en su ayuda. La oscuridad correosa se retiraba ante ellos y, en un par de ocasiones, Ceres oyó un siseo inconfundible: el de un zarcillo que no había reaccionado con la suficiente celeridad y acababa achicharrado por las llamas; el olor que despedía era como el de la pólvora quemada.

Había un anciano tirado en el suelo, con la mitad del cuerpo fuera del umbral de una choza. Sobre él se alzaba una de las criaturas feéricas, más pequeña y de color más claro que la que había atacado a Ceres, con atributos tanto femeninos como masculinos en el rostro y el cuerpo. Con la mano derecha sostenía por una pierna a un bebé cuyo rostro empezaba a amoratarse por la sangre que se le acumulaba en la cabeza. La criatura feérica intentaba zafarse de una mujer, seguramente la madre del niño, que le había lanzado una red de pesca sobre el costado izquierdo, haciendo que quedara atrapada en la malla desde el hombro hasta la pierna, lo que dificultaba el manejo del arma. A su vez, la mujer trataba de sujetarle el brazo de la espada con la mano izquierda, mientras que, con un pequeño cuchillo, asestaba navajazos a la armadura de cuero. Sin embargo, la criatura logró girar la hoja y cortar la red para, a continuación, zafarse de ella y hacer un movimiento amplio con el acero por debajo del hombro con la intención de destripar a su torturadora...

Ceres cogió su espada con ambas manos, arremetió con todas sus fuerzas y cortó el brazo del feérico a la altura de la muñeca. El ser dejó escapar un aullido de dolor, como una orquesta de violines desafinados intentando tocar la misma nota, pero el ruido quedó silenciado por el sonido breve y seco del hacha del Leñador al cortar el aire, y así vengaron como es debido la muerte de Abansi dejando otro cadáver sin cabeza. Al morir, la criatura feérica soltó al bebé, y su madre, que ahora estaba tumbada en el suelo bajo ella, lo atrapó al vuelo. Ceres echó un vistazo al anciano del umbral, pero su sufrimiento casi había tocado a su fin y la tierra pronto lo acogería. La mujer, con el bebé bien pegado al cuerpo, acudió a su lado.

—Yo me quedaré con él —dijo—. Vete. Los demás te necesitan.

Ceres se unió al resto, cuya atención estaba puesta ya en un grupo de mujeres que habían arrinconado a uno de los invasores junto al borde escarpado de la ladera, donde lo contenían con palos, picas y horcas. El Leñador se abrió paso entre la multitud, y Ceres vio que las aldeanas habían atrapado a una bestia peluda y rechoncha, más o menos del tamaño de un gorila de montaña, con un pelaje marrón desgreñado, un cráneo pálido y calvo, y rasgos deformados por unos bultos tumorales.

—Es un cabeza pelada —le dijo el Leñador a Ceres—. Un trasgo.

Los ojos del trasgo eran amarillos, lo que les aportaba una curiosa malicia inexpresiva, pero, por si hubiera cabido alguna duda al respecto, sujetaba con una pata la cabeza cortada de Abansi, un trofeo que estaba poco dispuesto a entregar, a pesar de verse rodeado de mujeres hostiles. Ceres entendía por qué: la armadura del trasgo llevaba calaveras humanas ennegrecidas a modo de charreteras, y el cuero, tachonado de lo que a primera vista parecían perlas, de cerca resultó estar adornado con dientes humanos. Sobre los hombros conservaba el fino cordel con el que había atrapado a Abansi, mientras que en la mano derecha sostenía una maza de madera con clavos dentados de cuarzo y jade.

Cuando el Leñador se le aproximó, el trasgo le enseñó los colmillos, pues reconoció en él a un enemigo nuevo y más peligroso, aunque en realidad el acercamiento no era más que una maniobra de distracción. En cuanto la bestia se volvió hacia él y alzó la maza, dejó expuesta la vulnerable zona de la axila. Thabasi salió de entre la muchedumbre y le atravesó el costado con una lanza; clavó el arma hasta que el acero encontró el corazón, y el trasgo se estremeció y murió.

—¡Se marchan! —gritó alguien a lo lejos, y Ceres vio que la noche ganaba luminosidad y la oscuridad se disipaba.

Las criaturas feéricas huían.

—¡Mantened la verja cerrada! —gritó otra persona—. ¡Se han llevado a niños!

Ceres se convirtió en parte de la marea de aldeanos que acudió a los muros, pero la advertencia había llegado demasiado tarde y el daño ya estaba hecho: vio las puertas abiertas. Los aldeanos se quedaron contemplando la noche, con los rostros iluminados por el puente al que las criaturas feéricas habían prendido fuego para cubrir su retirada y que ahora ardía con unas llamas azules y frías.

Pero de las criaturas y de los niños que habían robado no quedaba ni rastro.

XXXVIII
Wæl-Mist
(INGLÉS ANTIGUO)

Niebla que cubre un campo de batalla y los cadáveres de los caídos

En Salaama reinaba la confusión. Siete muertos y el doble de heridos, además de dos bebés desaparecidos, un niño y una niña. Algunos aldeanos ya estaban preparando barcas para cruzar el río y perseguir a los feéricos, aunque el Leñador intentaba disuadirlos.

—No se puede cazar a las criaturas feéricas a oscuras. Ya cuesta bastante seguirles la pista a la luz del día y, si se trata de las mismas que mataron a la señora Blythe y a su hija, quizá no dejen rastro alguno. Además, tienen el oído y la vista más agudos que vosotros, así que seréis blanco fácil.

Sin embargo, nadie lo escuchaba, y menos aún las familias de los niños robados. Ceres no podía culparlas. Se trataba de las madres y los padres a los que les habían arrebatado un hijo. Para ellos, resultaba impensable no hacer nada más que retorcerse las manos esperando a que amaneciera y sabiendo que, mientras tanto, las hadas y sus cautivos se perdían en la distancia. Ni siquiera Saada pudo convencerlos de que aguardar era lo más sensato.

—Déjalos ir —le dijo con tristeza al Leñador—. No podemos obligarlos a quedarse.

—Tú sí puedes —la corrigió él—. Puedes ordenarles que permanezcan aquí hasta el alba.

—¿Y crees que me perdonarán alguna vez si, a causa de eso, pierden a sus hijos?

—Los niños no corren un peligro inminente. Los feéricos querrán mantenerlos con vida para alimentarse de su luz poco a poco. Se están aprovisionando para poder seguir en acción.

—Pero ¿y si deciden atiborrarse? ¿Qué pasaría entonces?

—No lo harán. No ha sido fácil llevarse a los niños, han perdido a varios de los suyos. El ataque también ha fracasado en su objetivo de matarte, y han sacrificado el factor sorpresa.

—Aun así, no impediré que las familias vayan a buscarlos de inmediato.

Así que no hicieron nada mientras tres embarcaciones llenas de mujeres y hombres armados cruzaban el río y atracaban en la orilla opuesta. Los aldeanos bajaron de las barcas, subieron el talud y la noche se los tragó. Saada y los demás se retiraron intramuros para atender a los heridos y enterrar a los muertos, dejando al Leñador solo con su frustración.

—No lo entiendes, tú no eres padre —dijo Ceres en voz baja.

—¡Qué sabrás tú! —contestó él con una rabia que la pilló por sorpresa.

Estuvo a punto de añadir algo más, pero consiguió morderse la lengua antes de alejarse a grandes zancadas en dirección a la verja; su actitud dejaba claro que no quería que lo siguieran.

Entonces habló otra voz.

—Te equivocas. Todos son hijos suyos.

Era David. Ceres no había hablado con él desde la muerte de la primera criatura feérica, aunque lo había visto intercambiar unas palabras con el Leñador. En aquel momento estaba sentado en la orilla del río, vendándose una pequeña herida en la mano izquierda. Ceres se sentó a su lado.

—¿Qué quieres decir con eso?

—Es el protector de este lugar... De todos estos lugares, porque creo que este no es más que uno entre muchos mundos o, para ser más exactos, una variante del mismo mundo. Siente cada pérdida como suya.

—Pero eso no es lo mismo que ser madre o padre.

—¿No? —David anudó la venda y comprobó su resistencia abriendo y cerrando el puño—. Puede que tengas razón. Puede que lo suyo sea aún peor.

—¿Por qué?

—Bueno, solo estoy pensando en voz alta. ¿Conoces el versículo de la Biblia que dice: «El amor más grande que alguien puede demostrar es dar la vida por sus amigos»? Siempre me ha parecido incorrecto. El amor más grande que se puede demostrar es dar la vida por una persona a la que no conoces. Amamos a nuestros hijos porque son nuestros hijos. Aunque lamentamos el sufrimiento de los hijos de los demás, el sentimiento es distinto, no es tan profundo. No puede serlo. Sin embargo, el Leñador no es así, ni como nosotros. Para él, todos son iguales.

—Salvo los feéricos.

—Si pudiera elegir, también preferiría no hacerles daño, pero no puede quedarse de brazos cruzados mientras los fuertes persiguen a los débiles.

David sacó una petaca de su mochila y se la ofreció.

—¿Qué es?

—Una especie de brandi. Lo hacemos en casa. No está mal. Quema un poco al principio, pero después no te das cuenta.

—No me gusta el brandi.

—Bebe de todos modos. Te has mantenido en pie gracias a la adrenalina y dentro de nada el cuerpo te castigará por ello. El brandi ayuda.

Ceres aceptó la petaca y le dio un traguito. David no mentía. El licor sabía a cereza, que no le gustaba, y le quemó la garganta al bajar, pero tenía que reconocer que se sentía reconfortada y más tranquila; sin embargo, habría preferido una taza de té dulce y fuerte. También a Phoebe le gustaba el té.

—Me llamo Ceres, por cierto.

—Eso he oído. ¿Cuántos años tienes, dieciséis?

—Treinta y dos. Tengo una hija de ocho.

David se rio, aunque no por incredulidad.

—¿Cambiaste al entrar? —preguntó—. Te quedarías patidifusa, ¿no?

—Odio volver a tener dieciséis años. Creo que fue el peor año de mi adolescencia. —Tomó otro sorbo de brandi y esta vez consiguió tragárselo sin espurrear—. Llevas en este lugar mucho más tiempo que yo. ¿Dónde se encuentra, exactamente?

—¿Exactamente? Este lugar desafía esa clase de certezas. Cuando vi de nuevo a mi mujer y a mi hijo, creí que estaba en el cielo, pero si alberga a asesinos como las hadas, no puede serlo. Aun así, creo que quizá sea donde algunos de nosotros, si hemos sufrido mucho y soñamos con la suficiente intensidad, llegamos a experimentar la vida que se nos negó. O puede que este sea el sueño, el chispazo final de todas esas pequeñas neuronas de nuestro cerebro cuando la muerte se aproxima, claro que eso es algo mucho menos divertido de imaginar, ¿no? Vamos, que no creo que estés deseando aceptar que podrías estar muriendo, ¿verdad?

—Pues no, pero me lo he preguntado.

—Lo mismo hice yo hace tiempo. Pero no, esto no es la muerte, aunque está muy cerca de ella, más que la vida ordinaria, y si das un paso en falso, descubrirás rápidamente lo que es morir. Y tampoco es eterno. Aquí envejezco, igual que mi mujer y mi hijo. Llegará un día en que tengamos que abandonar este lugar y pasar a lo que venga después. Quizá podamos decidir nosotros el día, o quizá no, pero, en cualquier caso, llegará, y espero que sea rápido e indoloro. Eso sí, no me arrepentiré de nada. En mi antigua vida me lamentaba y sufría, pero no en esta. He disfrutado de cada momento que he pasado aquí.

—¿Dónde están tu mujer y tu hijo?

—Mi mujer está en casa, a salvo. El bosque se asegurará de ello. Mi hijo ha comenzado su propia historia con una mujer que lo quiere y una criatura que está en camino. Los dejé a todos cuando el mundo cambió. Lo vi titilar y percibí tu llegada, así que vine a ver.

—¿Por qué?

—Curiosidad e inquietud. En las últimas semanas he sentido una sombra sobre mí que no logro identificar ni explicar. Llámalo presentimiento, y no es solo que note que mis días tocan a su fin. Creo que las criaturas feéricas tienen que ver con ello, pero no están solas. Hay algo más.

Ceres reflexionó sobre lo extraña que se había vuelto su vida, tanto que estaba hablando con un hombre que, según toda lógica, debería estar muerto, y quizá lo estuviera, al margen de sus teorías que defendían lo contrario. Y ahora ella estaba a punto de devolverlo a una experiencia traumática de su infancia. Por otro lado, ¿no había dejado escrita David una gran verdad al principio de su libro? Llevamos nuestra infancia con nosotros, lo bueno y lo malo, hasta la edad adulta. De ese modo, nunca nos alejamos demasiado de los niños que fuimos.

—Creo que sé lo que es —dijo Ceres—: el Hombre Torcido.

XXXIX
Choss

(INGLÉS, MONTAÑISMO)

Fragmentos de roca sueltos, peligrosos para la escalada

El Leñador intentaba llenar de tabaco su pipa, sin éxito, lo que era una señal clara de su inquietud.

Aquel mundo, como cualquier otro, estaba compuesto por una cantidad casi insondable de conciencias individuales, cada una de ellas obligada a enfrentarse a las consecuencias no solo de su libre albedrío, sino también del de los demás, tanto conocidos como desconocidos. Pocos deseaban hacerle daño a sus vecinos deliberadamente, pero a veces, ya fuera por amor, miedo, celos, ira (justa o no) o vergüenza (cualquier emoción que gobernara brevemente sus actos), acababan provocándoles dolor. Era imposible vivir una vida plena e interactuar con otros sin herir o ser herido de vez en cuando. Los corazones son tiernos y se magullan con facilidad, aunque se recuperan más deprisa de lo que algunos quieren hacernos creer.

No obstante, rara vez se encontraba uno con una malevolencia activa y premeditada: hacer el mal por el mero gusto de hacerlo. Era algo que existía, pero se trataba de la excepción, no de la regla. El Leñador sabía que ni siquiera los seres feéricos eran malvados por naturaleza, a pesar de que fueran capaces de cometer actos malvados. Creían que el mundo era suyo por derecho propio y que eran mejores gobernándolo que los humanos; ¿y quién podía decir que no fuera cierto? Saada le había contado más sobre los bosques que lord Balwain había dejado pelados en el este, de los pozos que había excavado para extraer combustible para sus fraguas y oro para sus arcas, y de la porquería que vertía en ríos y arroyos. El Leñador en persona había visto a las arpías que Balwain había asesinado y que se contaban entre las últimas de una raza al menos tan antigua como la humana, masacrada porque un noble advenedizo se había negado a comprometerse con un pacto venerable que no se adecuaba a sus propósitos. Sí, las criaturas feéricas se llevaban a niños y se alimentaban de ellos, pero veían a la humanidad como una especie inferior, igual que los seres humanos no se lo pensaban dos veces antes de matar y comer animales.

Ahora, tanto hombres como feéricos habían iniciado un camino que solamente podía conducir a más derramamiento de sangre, a no ser que se alcanzara una tregua, aunque el Leñador dudaba que eso fuera posible. Las criaturas feéricas eran demasiado ancestrales para ceder, su sentimiento de superioridad estaba demasiado enraizado, formaba parte del concepto que tenían de sí mismas; por otro lado, los hombres, pese a ser más recientes, no se diferenciaban mucho de ellas en aquel aspecto. Además, superaban en número a los feéricos y seguían expandiéndose a diario. La época de las hadas había pasado. Es lo que dictaba la lógica y la razón, y, sin embargo, algo las había convencido de que quizá no fuera el caso.

¿Por qué habían cejado tan fácilmente en su asalto a la aldea? Era algo que lo preocupaba. Sí, se habían llevado prisioneros (y habría que recuperar a esos niños; no se podía permitir que su luz muriera solo para alimentar a los feéricos), pero su principal objetivo tenía que ser eliminar a Saada y a su hija, igual que había ocurrido con las Blythe. Y ahí habían fracasado. De hecho, tampoco es que hubieran puesto demasiado empeño...

El Leñador dejó de prensar el tabaco. Vio a Saada, y a Thabasi a su lado. Ambos buscaban desesperadamente entre la multitud un rostro que no conseguían localizar y examinaban a los muertos temiendo hallarlo. Oyó que decían el nombre de su hijo. Baako había desaparecido.

El Leñador se estremeció. El peligro estaba cerca. Sobre él descollaba la pendiente que se alzaba tras la aldea, y se puso a examinar su escarpada superficie de pedregal, desde la base hacia arriba, hasta que su mirada topó con una oscuridad antinatural que ocultaba la cima. Detectó una cadencia en su interior, como un tambor, y entonces supo por qué las hadas habían concluido su incursión antes de lograr su objetivo: porque, en lo que respectaba a Saada, ellos no eran la fuerza principal.

—¡Saada! —gritó—. ¡Entra!

Tres figuras salieron de la oscuridad del monte, raudas como flechas. Dos se separaron para atraer a los guerreros que rodeaban a Saada y dejarla aislada, y la tercera, la vieja arpía de pelo gris que se había enfrentado a Ceres y al Leñador en el puente, fue a por Saada, cayendo en picado sobre ella como un halcón a una velocidad asombrosa. Sus patas impactaron con una fuerza capaz de romper hueso y sus garras se clavaron a fondo en la carne de la mujer, tras lo cual la arpía alzó de nuevo el vuelo, sin apenas acusar el peso de la moribunda, mientras las tinieblas descendían para envolverlas. El resto de las arpías se retiraron detrás de su hermana; las sombras también las acogieron a ellas y las ocultaron en su ascenso a la cima, donde la penumbra se deshizo en zarcillos antes de fundirse con el cielo nocturno.

XL
Aelfscyne
(INGLÉS ANTIGUO)

Belleza digna de las hadas

Baako paseaba, solitario y sumido en sus pensamientos, cuando llegaron las criaturas feéricas. Estaba pensando en la chica, Ceres, que con tanta premura lo había rechazado durante la cena. A pesar de su enfado, todavía no estaba dispuesto a perder la esperanza. Los matrimonios concertados eran habituales entre los suyos, y él conocía a muchas parejas que, aunque de entrada parecieran incompatibles, con el paso de los años habían acabado encontrando intereses comunes; o uniones en las que uno de los miembros al principio había ofrecido resistencia, pero después había llegado a amar (o, al menos, a tolerar) a su cónyuge. Por supuesto, también conocía matrimonios en los que ambas partes eran desgraciadas sin remedio y cuya desdicha crecía con cada día que pasaban juntos, pero era mejor ver el lado positivo: aquellos casos eran minoritarios, así que lo más probable era que la unión entre Ceres y él fuera feliz.

Cabe señalar que Baako había pasado demasiado tiempo en compañía del inminente difunto (para ser más exactos, del inminente decapitado) Abansi, un hombre convencido de saber más que las mujeres (certeza que compartía con la mayoría de los de su sexo, por no decir todos) y de que, entre las atribuciones masculinas, se contaba la de dirigir a las hembras en la dirección adecuada, incluso cuando estas se obstinaban en tomar otro rumbo. Según el consejo de Abansi, en cuanto las mujeres se percataban de su error y de que los hombres las habían orientado correctamente, solían alcanzar un estado de plácida satisfacción y con frecuencia se mostraban menos rebeldes cuando con posterioridad se presentaban situaciones similares.

Abansi era viudo y vivía solo. Su esposa había fallecido hacía muchos años y ninguna otra mujer había estado dispuesta a ocupar su lugar, a pesar de la riqueza y el estatus del interesado. Además, todos conocían el rencor que le guardaba a Saada y lo poco que respetaba a su marido, al que consideraba un gusano que se retorcía bajo el pulgar de su esposa. Baako se encontraba en esa edad complicada en la que algunos jóvenes están molestos con sus padres y, por tanto, era susceptible a la influencia de aquel anciano tan hábil, sin darse cuenta de que lo estaba manipulando con la intención de socavar la autoridad de Saada.

No obstante, por el momento, Baako estaba concentrado en conseguir como esposa a aquella extraña chica proveniente de otro mundo. Si lograba convencer al Leñador de que le cediera a Ceres, sabía que sus grandes cualidades (y estaba convencido de que las tenía de sobra) le resultarían evidentes de inmediato. Sus reflexiones lo llevaron hasta más allá de la verja de la aldea y de los guardias medio dormidos. Cruzó el puente, atraído por el aroma de las flores nocturnas de la otra orilla. Se le ocurrió recoger algunas de las más bellas para Ceres y dejárselas en la puerta. Si se le presentaba la oportunidad, quizá incluso se las entregara en persona, aunque, para su desgracia, sabía por experiencia propia que, en aquella aldea, en cuanto uno intentaba hacer algo mínimamente íntimo, todos los habitantes que se encontraran en las inmediaciones aparecían por allí. Las comunidades pequeñas, reflexionó, tenían una capacidad infinita para el escarnio y una memoria igual de implacable.

Baako caminó por la orilla recogiendo damas de noche y jazmines, silenes y onagras. Una vez que hubo reunido suficientes flores para componer un ramillete apropiado, se sentó junto al agua y empezó a disponerlas de forma que le resultara más sencillo transportarlas sin dañarlas por el camino. Después de pensar un momento en lo que sucedería si los guardias despertaban justo a tiempo para verlo cargado con un ramo, se quitó la capa y empezó a ocultar las flores entre sus pliegues.

En aquel momento, una sombra se movió por el agua y Baako percibió un olor que combinaba incienso y podredumbre. Un primitivo instinto de supervivencia le advirtió de que permaneciera muy quieto y, no por primera vez, agradeció el color de su piel, que le ayudaba a ocultarse de noche. Agachado entre la hierba alta, con la corriente del río y el efecto de la luz de la luna sobre su superficie como distracciones añadidas, únicamente alguien con la vista muy aguda lograría localizarlo, y eso solo si se movía. Hasta su olor corporal estaba enmascarado: había pasado tanto tiempo en el comedor de la casa de su madre que olía levemente a leña quemada, y el aire que rodeaba la aldea siempre estaba cargado del mismo aroma a aquella hora de la noche. Sin moverse, intentó divisar qué era lo que había perturbado las aguas.

Baako, como toda su generación y muchas anteriores, nunca había visto a una criatura feérica. No obstante, su infancia había estado repleta de relatos sobre ellas, que se contaban tanto para evitar conductas inadecuadas como para emocionar o entretener. No saques comida de la despensa después de que oscurezca si no quieres que las hadas (que se alimentan de noche) la huelan, y a ti con ella. No cuentes mentiras a tus padres si no quieres que las hadas te corten la punta de la lengua. No dejes tus tareas sin hacer si no quieres que las hadas (que detestan lo incompleto) las terminen por ti, y después se te lleven y te conviertan en su esclavo para darte una larga y dura lección sobre la pereza. No hagas esto, no hagas aquello: si había que creer a sus padres, las hadas pasaban tanto tiempo castigando a los niños maleducados que era un milagro que tuvieran tiempo para hacer otra cosa.

Al crecer, Baako había empezado a cuestionar la existencia de aquellos seres, aunque incluso los jóvenes más escépticos y atrevidos de la aldea evitaban meterse en un círculo de hongos o tocar los antiguos túmulos bajo los que se decía que dormían las criaturas feéricas. Pero, gracias a las historias, todos conocían el supuesto aspecto que tenían, con sus ojos ubicados en los costados de la cara y la ausencia de orejas. La cabeza del que estaba viendo en aquel momento estaba completamente calva, aunque adornada con intrincados tatuajes de rostros deformados. El guerrero feérico se encontraba tan cerca que Baako distinguió los detalles de los dibujos a la luz de la luna. Una ilusión óptica animaba las caras, de modo que los ojos se ponían en blanco y las bocas se abrían y cerraban. El ser feérico, con un arco largo y negro en las manos y una flecha de punta de piedra preparada, se detuvo junto a un sauce. Y no estaba solo. Levantó una mano del arco e hizo una señal con los dedos, tras lo cual otros dos seres aparecieron y se dirigieron al puente. Junto a ellos corrían un par de figuras encorvadas con cráneos contrahechos, y sobre las cuales Baako también había oído historias: eran cabezas peladas, trasgos, coleccionistas de huesos humanos.

Baako sabía que tenía que avisar a la aldea. Si gritaba lo bastante fuerte, quizá despertara a los guardias e incluso lo oyera alguien que hubiera salido a tomar el aire al otro lado de la muralla. Sin embargo, había dos problemas. El primero era que, como estaba tan asustado, no sabía si sería capaz de reunir la fuerza suficiente para emitir algo más potente que un graznido; y el segundo, que, en cuanto hiciera ruido, los feéricos caerían sobre él. Sus opciones eran guardar silencio y seguir con vida, aunque sacrificando a todos y todo lo que amaba, o gritar y sacrificarse él.

Tras una brevísima vacilación, Baako eligió. Esperó a que el feérico calvo estuviera un poco más alejado y se movió para aliviar la presión de los pulmones y poder tomar el aire que necesitaba para avisar a voces a los del otro lado del río. Tomó todo aquel aire, pero, antes de poder liberarlo, oyó una única nota aguda y discordante. Delante de él, el ser feérico se detuvo en seco: uno de los rostros que llevaba tatuados en la nuca había cantado una advertencia y miraba directamente a Baako. El ser feérico pivotó sobre sus talones y, con el mismo movimiento, lanzó una flecha, pero la orilla era tan resbaladiza que la flecha erró el blanco por un par de centímetros y se clavó en el suelo, cerca del pie izquierdo de Baako. Mientras el feérico sacaba otra flecha del carcaj, el chico aprovechó la oportunidad que se le presentaba.

—¡Los...!

Un susurro, apenas una sílaba. El resto quedó ahogado por una mano helada que le tapó la boca y un brazo fuerte que lo abrazó desde atrás.

—Chist, niño —dijo una voz de mujer. Baako jamás había oído un sonido tan horrible, puesto que contenía en sí los ecos de todos los gritos de los moribundos desde el albor de la humanidad.

El frío se le propagó por la cara y el cuello, y al instante por los hombros y el pecho, apoderándose de su trofeo.

—Cierra los ojos —ordenó la mujer—. No me mires.

Baako dejó caer los párpados, tanto para obedecerla como por voluntad propia.

«He fracasado», pensó; «en el momento crucial, he fracasado.»

La mujer pareció leerle la mente.

—Sí, pequeño, lo has hecho —dijo.

Entonces, un fuego frío y virulento se adueñó del corazón de Baako, ralentizó su latido y lo sumió en la inconsciencia.

Casi le hizo un favor.

XLI
Uht
(INGLÉS ANTIGUO)

Momento inmediatamente previo al alba

Thabasi tenía la espada en la mano, aunque de poco le servía. A su alrededor se habían reunido hombres y mujeres preparados para actuar, pero no apartaban la vista de la montaña, cuyo pico era como una incisión en el cielo. Una de las mujeres se acercó a Ceres y al Leñador, transida de pena. Llevaba el frontal del vestido manchado de sangre, pero no era suya.

—Habéis sido vosotros —dijo—. Vosotros habéis traído a esas criaturas. Os han perseguido hasta aquí y ahora tenemos que enterrar a nuestros muertos por vuestra culpa.

El Leñador no respondió. Era demasiado sabio y compasivo para hacerlo. Dejó aquella tarea en manos de Thabasi, que también se enfrentaba a su propia tristeza.

—No, Rehema. Solo han venido para advertirnos. No podemos responsabilizarlos de lo que ha sucedido después.

La mujer llamada Rehema parecía dispuesta a discutírselo, pero se resignó, ya fuera por considerarlo fútil o por reconocer la verdad intrínseca en las palabras de Thabasi. En cualquier caso, su rostro perdió toda expresión al abandonar la furia su cuerpo. Fue un cambio tan repentino que estuvo a punto de desmayarse, y solo la intervención de Ceres evitó que se cayera. Rehema se recuperó y se quedó mirando la mano derecha de la joven sobre su antebrazo, consternada ante el atrevimiento de aquella muchacha a la que, unos segundos antes, había culpado de su pena.

—Lo siento —dijo Ceres, y retiró la mano.

A Rehema la rodeó de inmediato un grupo de mujeres cuyas

capas la envolvieron como los pétalos de una flor para protegerla de más sufrimiento.

—Tenemos que recuperar a Saada —dijo Thabasi, aunque Ceres notó en su voz una fragilidad nacida de la desesperación.

—Saada está muerta —repuso el Leñador con toda la delicadeza posible.

—No lo sabemos.

Pero, en realidad, sí que lo sabía. Todos habían visto cómo se le apagaba la luz de los ojos cuando la arpía la había levantado del suelo y le había succionado hasta la última gota de vida. A Ceres incluso le parecía haber oído que la espalda se le partía con un crujido sordo, aunque no estaba segura del todo, o al menos eso se decía a sí misma.

—Thabasi —insistió el Leñador—, mírame. —El hombre, afligido, se volvió hacia él—. Se ha ido. Y lo que he dicho antes sigue vigente: aventurarse en la noche con los feéricos y las arpías merodeando por ahí solo nos traerá más muerte.

—Te entiendo, Leñador, pero tengo que asegurarme —contestó Thabasi—. Si Saada está muerta, hay que recuperar su cadáver para darle un entierro digno. No permitiré que lancen sus huesos al abismo. Aun así, esperaré al alba.

Ceres no tenía ni idea de cómo pretendía Thabasi rescatar los restos de su mujer de las cuevas de la Camada. Incluso con cuerdas, el descenso sería arduo, y eso sin contar con que las arpías habían empezado a defender su territorio. No obstante, Thabasi tenía que intentarlo, aunque solo lograra recuperar algunos fragmentos. Era horrible, simplemente horrible.

—Vamos a recobrar fuerzas —dijo el Leñador—. No creo que regresen, pero sería aconsejable que montemos guardia.

No era necesario añadir que, gracias al ataque de las arpías, las criaturas feéricas habían logrado, en parte, su propósito, ni siquiera mencionar a las propias arpías; ellas tampoco tenían necesidad de volver a la aldea, pues no tenían un cadáver del que ocuparse.

—¿Y Baako? —preguntó Thabasi. Miró en vano a su alrededor buscando a su hijo entre los presentes—. ¿Todavía no lo han encontrado?

Todo el mundo negó con la cabeza.

—A él también lo buscaremos cuando amanezca —dijo el Leñador.

—Quiero matarlos. Quiero matarlos a todos —repuso Thabasi.

El Leñador no respondió, pero a Ceres no le costó mucho leerle el pensamiento: «Entonces, las criaturas feéricas y tú tenéis mucho en común».

Cerca de ellos estaba David. ¿Cómo podía amar aquel lugar tan peligroso y repleto de desgracias? Entonces, Ceres recordó su vida en..., iba a llamarlo el mundo «real», pero ¿quién sabía ya lo que era real y lo que no lo era? Lo llamaría el «mundo antiguo», pues era el de su antigua vida. En aquel mundo tampoco escaseaba la tristeza: Phoebe era la prueba de ello. Algunas personas no la soportaban, y la misma Ceres había estado a punto de sentirse así. Lo que la había ayudado a seguir adelante era su amor por su hija y el deber de no abandonarla, aunque también aquellos momentos de paz y belleza que todo el mundo experimentaba, los instantes de alegría que, si bien fugaces, lograban que la vida resultara soportable y nos ayudaban a resistir. David había aprendido a aceptar los horrores de aquella tierra, de esa Otra Parte, porque le permitían estar de nuevo con su mujer y su hijo. Si uno se concentraba solo en los peores aspectos de la existencia, estos se convertían en lo único que veía, a pesar de que había mucho más, incluso cuando todo se volvía negro.

Mientras Thabasi se lamentaba, consternado, Ime llegó llorando por su madre perdida. El hombre abrazó a la niña y la angustia de ambos se fundió en una. Ceres se alejó para concederles algo de intimidad en su desgracia, pero sin dejarlos por completo a solas.

«Seguimos adelante», pensó. «No es lo único que se puede hacer, pero sí lo mejor.»

Ceres arrastraba los pies camino del dormitorio que le había preparado Saada, con la intención de robarle siquiera un par de horas al sueño, cuando oyó que, fuera, alguien gritaba.

—¡Baako! ¡Es Baako!

Así que se unió al gentío que, liderado por Thabasi y el Leñador, avanzaba hacia el río. Allí, junto a las ruinas del puente quemado, estaba Baako. Una barca tripulada por cuatro aldeanos (dos a los remos y dos vigías) cruzaba ya las aguas para rescatarlo. Subieron rápidamente al joven a la embarcación y lo llevaron de vuelta. Su padre fue el primero en recibirlo cuando la proa tocó la orilla; se metió en el agua para abrazar a su hijo, pero Baako apenas reaccionó ante sus muestras de emoción y dejó los brazos colgando a los costados. A Ceres le parecía que estaba conmocionado pero ileso. Sacaron una manta para que entrara en calor y, ayudado por su padre, el joven recorrió el camino de vuelta a casa, inexpresivo y seguido por los demás. Cuando llegaron a la casa principal, Ime los esperaba. Llamó a su hermano por su nombre, pero él no respondió.

—Está trastornado —le explicó un anciano a Ime. Ceres supuso que eran familia porque había oído a la niña llamarlo «tío» durante la comida, aunque el Leñador le había contado que en la aldea palabras como *tío* o *tía* se usaban a modo de apelativos cariñosos de los jóvenes a los mayores, incluso entre quienes no mantenían vínculo de parentesco—. Necesita descansar y sentirse seguro en casa. Con eso, se recuperará pronto.

Sin embargo, Ime no parecía convencida, ni tampoco el Leñador, que observaba con aprensión a Baako, incluso con cierta suspicacia. Cuando Ceres, que apenas lograba mantener los ojos abiertos, se preparaba para intentar de nuevo irse a la cama, el Leñador la sujetó por el codo y la condujo a un rincón para hablar con ella sin que los oyeran.

—¿Tiene tranca tu puerta? —le preguntó.

—Creo que sí.

—Pues colócala cuando cierres.

XLII
Utlendisc
(INGLÉS ANTIGUO)

Extraño

Todavía era de noche cuando unos arañazos en la puerta despertaron a Ceres. No sabía cuánto tiempo llevaba dormida, pero le daba la impresión de haber apoyado la cabeza en la almohada hacía tan solo un minuto. Tal como le había indicado el Leñador, había atrancado la puerta antes de irse a la cama, así que solo entraba aire en la habitación por la ventanita.

—Déjame entrar —dijo una voz de niña. Parecía Ime—. Por favor, Ceres, déjame entrar.

Ceres le dijo que ya iba, no sin antes desenvainar la espada para llevarla consigo. Desencajó la barra para abrir, aunque apoyó la rodilla y el pie derechos contra la puerta para que a quienquiera que estuviera al otro lado le costara un poco más forzar su entrada. Sin embargo, al mirar por la rendija solo vio a Ime. Tiró de la chica para meterla en la habitación y volvió a atrancar la puerta.

—¿Qué ocurre, Ime?

—Se trata de Baako. No es él.

Ceres se arrodilló frente a ella.

—No sabemos qué le ha pasado en el río ni qué ha visto allí. Baako no es el mismo, pero se recuperará.

—No lo entiendes. No es Baako.

Ceres la miró, desconcertada.

—¿Qué quieres decir con eso? Aunque está conmocionado, eso no significa que no se vaya a curar si le damos tiempo.

—Que no lo entiendes. Baako es zurdo. Lo hace todo con la mano izquierda. Pero este Baako usa la derecha. Lo he visto cuando estaba rebuscando entre las cosas de su habitación. Las levantaba con la mano derecha y las miraba boquiabierto, como si no las hubiera visto nunca.

Ceres no era del todo ajena al concepto del trauma debido a las horas que había pasado debatiendo con médicos y terapeutas sobre los cuidados de Phoebe. A veces, después de sufrir una lesión en la cabeza, las personas desarrollan nuevas habilidades, y ella suponía que, en ciertos casos, eso podría conllevar un cambio en la forma de usar las manos. No obstante, al menos en apariencia, Baako no había recibido ningún daño, y no era de extrañar que a Ime también le hubiera afectado todo lo sucedido. No había presenciado el secuestro de su madre, pero eso no suponía un gran consuelo. La niña estaba traumatizada.

—Lo hablaremos con el Leñador, pero necesito dormir un poco más. Si no, me voy a desmoronar. ¿Te sentirías más segura durmiendo conmigo?

Ime asintió. La cama era lo bastante grande para las dos, apretujándose un poco, porque Ime era tirando a pequeña. Se abrazó a Ceres, apoyó la cabeza en su pecho y no tardó en dormirse. Ceres permaneció despierta, aunque no a causa de lo que Ime le había contado de Baako, por muy perturbador que fuera. Quería disfrutar de la sensación de aquel cuerpecito junto al suyo porque le recordaba a Phoebe, a la que también le gustaba compartir cama con ella y quedarse dormida con la cabeza contra el pecho de su madre, arrullada por los latidos de un corazón que había empezado a conocer en el útero.

Así que Ceres se imaginó que aquella era Phoebe, que estaba de nuevo con ella. Tarareó para la niña dormida un estribillo de creación propia, una melodía sin palabras que hablaba de amor y pérdida, y su propia voz le sonó más dulce y aguda de lo que recordaba. Siempre había cantado bastante mal y solía desafinar, pero en aquel momento hacía bien ambas cosas. Eso le hizo recordar el encanto de las criaturas feéricas.

Junto a la cama estaba la espada corta. Pensó en volver a enfundarla, como el Leñador le había enseñado («Desenvaina la espada solo si pretendes usarla. Si no, mantén escondido el acero»), pero se le apareció una imagen de Baako con la mirada perdida, en su dormitorio, recogiendo objetos que debería haber reconocido y examinándolos como si fueran nuevos, todo con la mano equivocada.

«No es el mismo... No es Baako.»

Ceres dejó la espada sin envainar e intentó descansar.

XLIII
Cræft
(INGLÉS ANTIGUO)

Habilidad

Ceres se vio dentro de la cama, con Ime a su lado. Se había desprendido de su forma dormida, de modo que era tanto la observadora como la observada, y caminaba por sus sueños como una observadora imparcial.

Bueno, sueños no; eran demasiado reales para ser sueños. De nuevo se encontraba en una visión, como le había ocurrido durante la cirugía para extraerle del cuerpo el veneno de Calio: flotaba, espiaba, descubría. Divisó a Baako, abajo, en las profundidades, acompañado de Calio y de otros feéricos, aunque la atención de todos, también la de Baako, estaba puesta en otra parte: una figura que Ceres no distinguía porque la oscurecía una niebla que, incluso dormida, le ponía la piel de gallina, le nublaba el aliento y le azulaba los labios. Todas las criaturas feéricas se arrodillaban ante ella. Como Baako fue demasiado lento en imitarlas, un golpe lo obligó a hacerlo.

Sin embargo, Baako no podía estar bajo tierra, puesto que estaba allí, en la aldea.

En su visión, Calio fruncieron el ceño. Sus astutos ojos recorrieron las sombras, y Ceres creyó ver que los labios de la dríade susurraban su nombre.

XLIV
Hamfaru
(INGLÉS ANTIGUO)

Atacar al enemigo en su propia casa

Santo cielo, ¡Ceres había olvidado lo que era compartir cama con un niño! Ime se revolvía, se daba la vuelta y pataleaba, lanzando puños y pies al aire que golpeaban a Ceres en la cara y el cuerpo. Aquello parecía más un ring de boxeo que una cama. Su anterior anhelo de cercanía le habría hecho gracia de no haber estado tan cansada. Al final tuvo que reconocer que no dormiría nada si seguía junto a Ime, de manera que cogió una almohada e intentó ponerse lo más cómoda posible en el suelo; en otras palabras: no especialmente cómoda, solo lo justo para que, sumado al agotamiento, pudiera dormir.

Lo que la despertó no fue un ruido, puesto que reinaba el silencio, y tampoco el estímulo de los demás sentidos o, al menos, de ninguno que supiera nombrar. No obstante, en cuanto abrió los ojos, supo que el peligro estaba cerca. Ceres se había colocado entre la cama y la pared más cercana, con los pies apuntando a la puerta. Cuando despertó, se encontraba de cara a la cama, cubierta con una manta de la cabeza a los pies para resguardarse del frío, de modo que, incluso de cerca, podría haberse confundido con un montón de sábanas sucias.

Más allá de la cama, en lo alto de la pared, estaba la ventana de la habitación, de apenas cuarenta y cinco centímetros de alto por treinta de ancho. Sin embargo, a pesar de la estrechez del hueco, un hombre estaba intentando entrar por ella. Un par de manos se agarraron a la pared, seguidas de una cabeza y unos hombros. A Ceres le parecía imposible que fuera capaz de conseguirlo sin romperse ni dislocarse los huesos, pero no oyó fractura alguna, ni tampoco gruñidos de esfuerzo o incomodidad. Más bien era como si su cuerpo careciera de huesos, igual que un gusano, o como si estos fueran blandos y flexibles, igual que los de algunos peces. Aunque el marco de la ventana lo comprimía, en cuanto se liberó de él su cuerpo se expandió de nuevo. Ahora, su torso desnudo era visible y caía hacia delante al tiempo que los músculos seguían alargándose y contrayéndose, introduciendo poco a poco el resto de él en la habitación. Era liso del ombligo para abajo, así que su rostro y su torso constituían las únicas pistas para adivinar su sexo.

No obstante, no se dejó caer, ni siquiera cuando la gravedad debería haberlo ayudado a hacerlo, sino que su cuerpo se pegó al barro pintado de la pared y ahí permaneció, cabeza abajo. Miró hacia la cama, pero para entonces Ceres ya lo había reconocido; lo había identificado en cuanto había visto aquellos largos dedos agarrados al marco de la ventana: el Baako que no era Baako. Tenía los ojos de un negro verdoso, como la superficie de un estanque contaminado, y se le habían desplazado hacia los lados de la cara. La boca se le había ensanchado, de modo que las comisuras le subían hasta la mitad de las mejillas, y los dientes que estas dejaban a la vista eran largos y amarillos, con las encías retraídas hasta dejar las raíces también expuestas. No mostró ninguna sorpresa al ver a Ime sola en la cama. Si acaso, la sonrisa se le ensanchó aún más, y se concentró tan solo en la niña mientras se deslizaba en silencio por el suelo antes de subir a su lado, con los dedos de la mano derecha extendidos, y sacar las uñas para agarrar y perforar.

En aquel momento, Ceres echó la manta a un lado y levantó la espada con la mano derecha. Baako, o la entidad que había adoptado su aspecto, detuvo el ataque y, por primera vez, dejó escapar un ruido, una especie de siseo de serpiente, mezcla de advertencia y consternación al que al instante se le sumó un segundo silbido: el producido por la espada de Ceres al cortar el aire pocos centímetros por encima de la cara de Ime y cercenar aquellos largos dedos de estilete a la altura de los nudillos. El siseo de Baako se transformó en un aullido de horror que despertó a Ime. Al instante, la niña se apartó a rastras de él, cayó de la cama y aterrizó en el suelo, al lado de Ceres.

La extremidad mutilada de Baako chorreaba sangre de color negro azulado, y los muñones de los dedos burbujeaban y humeaban. Atacó a Ceres con la mano ilesa, pero fue un movimiento defensivo, pensado para mantenerlas a ella y a su espada a raya, ya que a la vez retrocedía en busca de una vía de escape. El brazo izquierdo empezó a crecerle y se alargó hasta doblar su longitud original para agarrarse con él al marco de la ventana y levantarse, pero Ceres saltó a la cama y se lo cortó justo por debajo del codo. De nuevo, Baako aulló mientras alguien aporreaba la puerta del dormitorio con los puños; aunque doblemente herido, seguía siendo peligroso. Tras aceptar que no podía huir, decidió que si iba a morir, no lo haría solo. Se abalanzó sobre Ceres con la boca abierta, dispuesto a destrozarle la cara a dentelladas. Fue veloz, tanto que en un abrir y cerrar de ojos tenía las mandíbulas a un par de centímetros de ella y Ceres notó su aliento húmedo en la piel.

Pero no pudo acercarse más a ella y aquel aliento fue el último. La espada de Ceres se le había clavado en el corazón hasta la empuñadura. Al morir, todo vestigio de Baako se desprendió de él como una serpiente al mudar de piel, dejando a la vista a la criatura feérica que se escondía debajo. Una luz pálida destelló un instante en sus ojos rapaces. Al principio, Ceres creyó estar viendo sus propios rasgos reflejados en ellos; no obstante, aquel rostro, a pesar de ser femenino, no era el suyo. Era más viejo, más astuto, más mortífero: otra presencia se adueñó brevemente de aquel feérico condenado a ver a su asesina. Entonces, tan deprisa como se había manifestado, la imagen desapareció, y las últimas fuerzas del ser se fueron con ella. Ceres soltó la espada y el feérico se derrumbó sobre las sábanas, dando con la cabeza en la almohada.

La puerta del dormitorio estalló hacia dentro y el Leñador entró por ella, con Thabasi y sus guerreros justo detrás. Ime corrió hacia su padre, que la confió al cuidado de dos de sus hombres, todavía receloso del ser que yacía en la cama.

—No pasa nada, está muerto —dijo el Leñador, y miró a Ceres.

—Estoy bien.

Sin embargo, no miraba al Leñador, sino a la criatura feérica muerta. Aquello era obra suya.

«Y lo volvería a hacer, por Ime, por cualquier otro niño.»

El Leñador levantó con la punta del hacha una membrana de color negro grisáceo en la que todavía quedaban algunos rastros del chico perdido.

—Tenía el mismo aspecto que Baako y lo mantuvo hasta el final —dijo Ceres.

—Las hadas se han llevado a Baako y lo han cambiado por uno de los suyos para que asesinara a Ime —dijo el Leñador. Thabasi examinó los residuos adheridos a la hoja del Leñador—. Ahora sabemos que tienen a Baako y que está vivo. Si no, el impostor no podría haber adoptado su forma. Los feéricos no pueden imitar a los muertos.

—Pero ¿lo mantendrán con vida después de esto? —preguntó Thabasi.

—Les resulta más útil vivo. Para bien o para mal, aún es joven, mitad niño mitad adulto.

—Entonces, ¿se alimentarán de mi hijo?

—Es fuerte, como su madre y su padre. Sobrevivirá a sus depredadores.

—Pero ¿durante cuánto tiempo?

—Con suerte, hasta que lo encontremos.

XLV
Skyn

(NÓRDICO ANTIGUO)

Percepción

La actividad en Salaama era frenética en algunas zonas y más pausada en otras. La partida que intentaría recuperar el cuerpo de Saada estaba reuniendo comida e instrumental mientras que otros aldeanos preparaban los cadáveres de las víctimas para su entierro.

Ceres lo observaba todo. Thabasi se estaba asegurando de que Kaya, la mujer elegida para sustituir a Abansi como consejera mayor, mantuviera alerta a los vigías y asignara a personal de confianza la protección de Ime durante su ausencia. Los guardias que se habían quedado dormidos en sus puestos la noche anterior, permitiendo así la entrada de los intrusos, habían caído víctimas de las espadas de los feéricos, así que su castigo había sido completo y absoluto. De haber sobrevivido, Thabasi no habría sido demasiado duro con ellos; Saada, Abansi y él eran tan responsables como cualquiera de haber dejado que las defensas se hubieran relajado a lo largo de los años. Su mujer y él habían salido del pueblo muchas noches, sin que los centinelas dormidos los vieran, para pasear por el río. Algunas veces habían reprendido levemente a los vigías a su regreso o se lo habían contado a Abansi a la mañana siguiente, pero hasta ahí habían llegado las represalias. La complacencia se había instalado en la aldea, y las criaturas feéricas, ayudadas por las arpías, se lo habían hecho pagar caro.

Iba a ser necesario tomar una decisión sobre quién sustituiría a Saada como cabecilla una vez que confirmaran su muerte. Thabasi no tenía derecho a suceder a su mujer, ni siquiera por matrimonio, dado que la comunidad funcionaba como un matriarcado. Le parecía probable que los vecinos eligieran a Kaya, y se trataba de una buena elección; sin embargo, por el momento, la consejera delegaba las órdenes en Thabasi.

El explorador que el pueblo había enviado durante la noche para rastrear a los feéricos acababa de regresar. Aunque podían viajar a pie sin que los detectaran, las pisadas de un humano como Baako eran más contundentes. Había descubierto sus huellas cerca del río y, tras seguirlas durante unas cuantas horas, había llegado a la conclusión de que se dirigían a la sima. Aquello dio esperanzas a Thabasi y a los demás, Ceres y el Leñador incluidos, de que el rescate todavía era posible, así que la partida de búsqueda salió de la aldea con energía renovada y la intención de reunirse con el primer grupo, que los estaba esperando, y enfrentarse a las arpías y a los feéricos juntos.

David decidió no unirse a ellos. Había estado muy callado desde que Ceres le había hablado del Hombre Torcido y había decidido seguir su propio camino. Le dio unas palmaditas al poni de Ceres, en el que ella ya estaba montada, con el Leñador al lado. A su suministro de provisiones y armas, el Leñador había añadido una bolsa de tela con un único objeto dentro, más o menos del tamaño de un melón. Llevaba la bolsa atada a la silla y Ceres hacía todo lo posible por no tocarla.

—¿Adónde irás? —le preguntó ella a David.

—A donde terminó. O a donde creía que había terminado. Vuelvo al castillo. Vuelvo a donde vi morir al Hombre Torcido.

Y el Leñador no intentó disuadirlo.

En cuestión de pocas horas, las dos partidas de aldeanos se reunieron, y ambas fuerzas combinadas sumaban un total de unas cuarenta personas. Se convocó un consejo porque, en el sitio en el que se habían reunido, las criaturas feéricas parecían haberse escindido en dos grupos, uno que se dirigía al noreste y otro (con Baako) que continuaba en dirección a la sima, si bien el primer conjunto de huellas desaparecía al cabo de solo un kilómetro.

—Seguiremos hacia el oeste —le dijo Thabasi a los suyos.

—¿Y los dos niños de tu aldea? —preguntó el Leñador—. No sabemos si van con los feéricos que se dirigen a la sima.

—Dividiría nuestras fuerzas si hubiera otro rastro que seguir, pero no lo hay.

Algo que parecía indiscutible, aunque solo fuera porque, como había indicado Thabasi, no tenían otras opciones para distraerlos.

—Entonces, ¿adónde ha ido el resto? —le preguntó Ceres al Leñador.

—Puede que las arpías los hayan ayudado. O...

Negó con la cabeza, reacio a terminar la frase, así que Ceres lo hizo por él.

—O solo nos han dejado el rastro que querían que siguiéramos.

—Puede que les estemos atribuyendo más astucia de la que deberíamos —repuso él.

—¿Acaso es eso posible cuando hablamos de las criaturas feéricas?

Los aldeanos ya estaban de nuevo en marcha. El Leñador hincó el talón en la yegua.

—Para todo hay una primera vez.

Se mantuvieron por detrás de los rastreadores, por si estos perdían la pista de Baako y tenían que volver sobre sus pasos; si no se desviaban del camino que ellos marcaban, no corrían el riesgo de borrar ninguna huella. Solo Ceres y el Leñador iban a caballo. Los demás avanzaban a pie, aunque corrían sin cesar y, a pesar del transcurso de las horas y de que el sol ya había dejado atrás su cénit, no se cansaban. El paisaje era montañoso y sin árboles, pero la hierba estaba alta y el terreno a veces se embarraba, por lo que las huellas de Baako eran tan claras que hasta Ceres se creía capaz de seguirlas. Apenas notaba ya el dolor de la operación practicada por Saada en la picadura; no obstante, ahora sentía otro, uno sobre el que había estado reflexionando desde que había comenzado aquella misión, de la misma manera que había estado dándoles vueltas a las imágenes de sus sueños.

Por encima de ellos, en lo alto, un pájaro volaba solo, demasiado lejos para distinguir a qué especie pertenecía. Fuera cual fuera su propósito o su destino, él también se dirigía al oeste. Justo cuando Ceres iba a bajar de nuevo la mirada, un ave de mayor tamaño, quizá algún tipo de halcón, empezó a descender usando el sol para camuflarse al tiempo que fijaba su objetivo. Bajó tan deprisa que a Ceres le costó seguir su trayectoria; había pegado las alas al cuerpo para contrarrestar mejor la resistencia del aire. Solo cuando estaba a punto de atacar alteró su pose y extendió alas y garras para arremeter contra su presa...

Sin embargo, su blanco, el primer pájaro, ya no estaba donde antes. Se había apartado a toda prisa en el último momento y no solo había evitado la muerte, sino que ahora planeaba por encima del depredador. Este, debilitado por su intento fallido, se había convertido en la presa. El grupo entero se detuvo para ver cómo acababa el enfrentamiento. El pájaro más pequeño cayó sobre el grande y comenzó una breve refriega que concluyó con el depredador precipitándose en picado a tierra, no lejos de donde se encontraban. Ceres guio al poni para examinar el cuerpo del ave. Le habían agujereado repetidamente el pecho con un pico afilado, tenía el cuello roto y había perdido ambos ojos. Por encima de Ceres, el vencedor volaba en círculos, pero seguía estando demasiado lejos para distinguirlo bien.

—Es un cuervo o un grajo —dijo Thabasi al alcanzarla—. Aunque nunca había visto a uno vencer a un halcón, al menos en solitario. Incluso cuando son muchos, solo consiguen ahuyentarlo, no matarlo.

Ceres no respondió y se limitó a contemplar al pájaro de las alturas mientras Thabasi y ella regresaban con el grupo. No dijo palabra hasta quedarse a solas con el Leñador.

—Parece que mi amigo espía ha vuelto.

—¿Crees que trabaja para alguien?

—¿Tú no?

El Leñador miró al cielo.

—Prefiero no suponer nada sobre una criatura tan tenaz.

A primera hora de la tarde, las huellas de Baako se interrumpieron, y por mucho que los rastreadores las buscaron, no lograron encontrar ninguna más. Mientras los demás descansaban y comían, el Leñador y Thabasi, junto con el jefe de los exploradores, Mosi, se reunieron para analizar la situación, y Ceres se sentó con ellos.

—Huelo a arpías —dijo Mosi—. Es un olor sutil, pero tienen un aroma muy particular.

—Eso explicaría la desaparición de las huellas —repuso el Leñador—. Y también por qué nos han llevado hacia la sima.

Thabasi estaba disgustado, como cabía esperar. Ya había perdido a su esposa por culpa de la Camada y podría estar a punto de perder también a un hijo.

—Entonces, doblaremos el ritmo —decidió—. Sabemos a dónde se han llevado a Baako, así que no hace falta que avancemos despacio.

—No creo que las arpías tengan a Baako —intervino Ceres.

Aunque Mosi sonrió con indulgencia, resultaba evidente que su afirmación lo ofendía.

—Las arpías han estado aquí, no me equivoco —dijo.

—Eso no lo dudo, ni tampoco pretendo menospreciar tus habilidades. Te he visto localizar los rastros y las pistas que nos han llevado hasta aquí que para mí eran invisibles. Me maravilla tu destreza.

El Leñador reprimió una sonrisa de aprobación ante la diplomacia de Ceres. No era buena idea enemistarse con el rastreador, y Ceres había conseguido calmarlo.

—Entonces, ¿por qué dices que no seguimos el camino correcto? —preguntó Thabasi.

Ceres se tomó un instante para reflexionar antes de seguir hablando.

—En primer lugar, sabemos que los feéricos son capaces de imitar a Baako. Lo han hecho una vez y pueden haber repetido la estratagema para que creamos que seguimos sus pasos. Sin embargo, desde la picadura de Calio he tenido visiones de las criaturas feéricas. Aunque la más fuerte llegó cuando Saada me extraía el veneno del cuerpo, he tenido otras desde entonces, como anoche. Vi a Baako; se encontraba bajo tierra, y los demás niños robados estaban con él. —Esperó a que Mosi y Thabasi le dijeran que era una estupidez, pero la escuchaban con atención—. Creo que cuando Calio me picaron, dejaron parte de sí mismas dentro de mí y que ahora existe una conexión entre nosotras.

—Clarividencia —dijo Mosi—. No es infrecuente en aquellos que se enfrentan a los feéricos y seres afines y viven para contarlo.

—Si es así, Calio también la poseen. Sé que me perciben cuando estoy cerca, pero o bien no entienden del todo lo que pasa, o no saben qué hacer al respecto. En cualquier caso, es posible que Calio no quieran reconocerlo ante los feéricos. La dríade cometió un error cuando me envenenó y fracasó en su intento de secuestro, y me da la sensación de que le preocupa que las hadas la castiguen si se enteran. Así que Calio quieren mantenerlo en secreto, lo que nos da cierta ventaja.

Ceres hizo una pausa. El mero hecho de hablar sobre Calio hacía que le palpitara el sitio donde le habían picado, y se preguntó si la dríade, allá donde estuviera, experimentaría su propia versión de aquel dolor cada vez que pronunciara el nombre de Ceres.

—Hay un juego al que me gustaba..., al que me gusta jugar con mi hija. Se llama Frío o Caliente. Escondes algo y la otra persona tiene que encontrarlo, pero la única pista que le puedes dar es decirle «frío» cuando se aleja del objetivo y «caliente» cuando se acerca. Desde que dejamos la aldea, noto que voy alejándome de Calio; enfriándome, por así decirlo. Vamos en dirección contraria y, estén donde estén, Baako y los niños van con ellas. Puede que las arpías y la sima se encuentren al oeste, pero estoy segura de que Calio y los prisioneros están en otra parte.

—¿Crees que podrías localizar así a la dríade, como en el juego? —preguntó el Leñador.

—Sí, estoy segura.

Thabasi miró a Mosi para pedirle consejo.

—Tomes la decisión que tomes, todas implican un riesgo —dijo Mosi—. Si abandonamos nuestra carrera hacia la sima, es posible que estemos abandonando también a Baako y a los niños a merced de las arpías; si decidimos seguir adelante, necesitaremos a todos los guerreros posibles. Y ya vamos muy justos para contener a la Camada mientras tratamos de rescatar a los niños.

—Mosi está en lo cierto —intervino el Leñador—. Siendo francos, Thabasi: aunque Saada esté muerta, tienes la obligación de recuperar su cuerpo; y si Baako está con ella, tal vez todavía consigas traerlo con vida. Si cambias de planes por lo que ha dicho Ceres, tendrás dudas, y harás bien en tenerlas. Por tanto, Ceres y yo viajaremos solos e intentaremos encontrar a Calio juntos.

—Y después ¿qué? —preguntó Thabasi—. Solo dos personas contra todas las criaturas feéricas. ¿Qué probabilidades tenéis?

—Encontraremos ayuda si la necesitamos.

—Pareces muy seguro de eso.

—Lo justo atrae la justicia, siempre ha sido así. ¿Qué es la esperanza sino creer en el triunfo de lo justo?

La despedida fue corta pero sentida. Ceres y el Leñador regresaron al este, y Thabasi y los suyos retomaron su viaje al oeste, si bien más deprisa, de modo que desaparecieron en la lejanía en cuestión de minutos.

—¿Vamos en la dirección correcta? —preguntó entonces el Leñador—. Cualquier desviación, por pequeña que sea, nos puede costar un tiempo muy valioso.

—Lo sabré —repuso Ceres.

Lo más curioso era que, aunque la separación de Calio había mitigado el dolor físico, también le provocaba una especie de incomodidad emocional. Le recordaba a lo que sentía cuando Phoebe pasaba más de una noche lejos de ella. Una noche en casa de una amiga, una única ausencia, era el máximo que soportaba antes de empezar a echarla de menos; sobre todo, añoraba el sonido de su voz. Aquel silencio era la razón por la que le habían resultado tan difíciles los meses posteriores al accidente.

Y Ceres sabía algo más. Si un árbol hubiera aparecido ante ella en aquel mismo instante y la corteza se le hubiera abierto para mostrarle un umbral de vuelta a su mundo y a Phoebe, no habría entrado, todavía no. Quizá no fuera capaz de recuperar a su hija por más que lo intentara, lo deseara o rezara por ello, pero tal vez pudiera hacer algo para rescatar a los hijos de otros y evitar que sus padres no sufrieran como sufría ella.

Con la puesta de sol de fondo, Ceres y el Leñador siguieron su camino.

XLVI
Attercope
(INGLÉS ANTIGUO)

Cabeza venenosa; araña

Viajaron hasta que el día empezó a hacer equilibrios sobre el filo de la noche, aunque Ceres no necesitaba luz para seguir el rastro de Calio. Ahora que comprendía el origen de sus visiones y el flujo y reflujo de las palpitaciones que notaba en la herida y en el corazón, sentía una seguridad que llevaba mucho tiempo sin experimentar. El accidente de su hija, que Ceres consideraba un fracaso en su deber como protectora, había cambiado la forma en que se veía a sí misma, y no precisamente a mejor. Ahora tenía un objetivo, una misión. Quizá por eso la habían convocado a aquel lugar: para recuperar a niños perdidos. Y para que supiera que podía hacerlo, que tenía la capacidad de rescatar, de devolverlos a...

No, se estaba dejando llevar. Si bien parte de eso era cierto, no había llegado allí por decisión propia. Si tenía que creer las palabras de la Cazadora, se encontraba allí por obra del Hombre Torcido. Sin embargo, a medida que pasaban los días y la amenaza física, inminente, de las criaturas feéricas pasaba a primer plano, la del Hombre Torcido se disipaba. ¿De verdad rondaba por ahí, en alguna parte? De ser así, ¿por qué no se había presentado ante ella? Suponiendo que siguiera con vida, debía de querer algo de Ceres; de lo contrario, no la habría perseguido desde su propio mundo hasta aquel. De hecho, si el Leñador estaba en lo cierto, no la habría obligado a huir de un mundo al otro.

Las primeras gotas de lluvia, frías y compactas, le cayeron en la cara. El Leñador y ella habían dejado atrás las llanuras y se hallaban de nuevo en el bosque.

—Deberíamos buscar refugio —dijo el Leñador.

—No estoy cansada y puedo localizar a Calio a oscuras.

—Quizá seas capaz de seguir el rastro de la dríade, pero de noche ambos estamos ciegos ante otros peligros, mientras que es posible que ellos no lo estén tanto ante nosotros.

Detuvo la yegua en un claro que parecía resguardado y desmontó. Ceres lo imitó, y ambos ataron las monturas a un árbol antes de manearles las patas delanteras. Aunque ninguno de los dos temía que los caballos se marcharan, era una precaución por si se asustaban durante la noche y huían. Un pájaro invisible alzó el vuelo en la penumbra. Ceres siguió el sonido e intentó divisar su origen, sin lograrlo. Recordó al halcón y al grajo que lo había vencido. Las nubes de lluvia habían empezado a acumularse aproximadamente una hora después de que el Leñador y ella se hubieran separado del grupo, pero le daba la impresión de que el pájaro los había acompañado desde entonces, por más que el cielo, cada vez más borrascoso, se lo ocultara a la vista.

—Será mejor que no nos sobresaltemos por cualquier cosa, un batir de alas incluido —dijo el Leñador.

—El sonido de esas alas en concreto empieza a ser demasiado frecuente para mi gusto —repuso Ceres—. Preguntaría si es habitual que te persiga un grajo, pero en estos momentos estamos siguiendo el rastro de unas hadas asesinas en una tierra en la que Rapunzel nos disparó con una ballesta, así que poco raro me parece.

—Se sabe que los grajos, como los cuervos, buscan presas para los lobos a cambio de una parte del trofeo —le contó el Leñador—. Los loups los usaban en su momento, y sé de hombres que los adiestraban con el mismo objetivo. Incluso conocí a un posadero que afirmaba haber enseñado a un cuervo a jugar a las cartas... y a hacer trampas, ya puestos. Alguien lo mató por eso.

—¿Al cuervo?

—Al posadero. El cuervo salió volando, como pájaro sabio que era.

—Bueno, de nuevo, si tienes tu arco a mano y surge la oportunidad, de verdad que creo que deberías derribarlo —dijo Ceres—, pienses lo que pienses sobre su inteligencia.

—Pero ¿cómo voy a saber si es el mismo pájaro?

—Porque solo tiene un ojo.

En un lugar antiguo, profundo y oscuro, a través de cavernas inconmensurables para el hombre, el ente esperaba. Acechaba aquellas grutas y galerías, aquellos túneles subterráneos sellados que lo separaban del mundo exterior, a pesar de que conocía los puntos en los que los muros estaban agrietados, en los que los escombros se acumulaban de tal manera que permitían las idas y venidas de criaturitas escurridizas, en los que la capa superficial era lo bastante fina para que la rompieran los tenaces arañazos de un ratón, de una comadreja...

De un grajo.

Allí abajo no debería haber habido luz, ya que la red de pozos y huecos era demasiado enrevesada para permitir su paso desde la superficie, y, sin embargo, había luz, aunque mortecina: un regalo al ente de parte de las criaturas feéricas, una forma de reconocer su pacto. Por tanto, si un explorador intrépido hubiera encontrado el modo de llegar hasta aquellos parajes subterráneos, a aquel lugar de mil estancias, cada una de ellas con sus propios relatos, quizá habría podido ser testigo de la historia oculta de aquel reino, escrita por el Hombre Torcido. Pero allí no había ningún viajero, sino solo un grajo tuerto que seguía el camino de siempre.

El grajo voló por una cripta llena de vitrinas de cristal, todas llenas de conservantes turbios y amarillentos, y de cadáveres apenas discernibles en la penumbra. Los productos químicos habían empezado a perder su eficacia años antes, así que los cadáveres se descomponían, aunque los rostros aún eran visibles y claramente humanos, por mucho que su identidad se hubiera borrado del recuerdo tiempo atrás.

Cerca había una cueva repleta de telarañas polvorientas y, en el suelo, los restos resecos de los arácnidos que las habían tejido; si es que eran de verdad restos, porque con las arañas nunca se sabe. Al norte de su guarida, un pozo conducía a un vestidor con una silla en la que reposaba un abarrocado peine de hueso fabricado con el fémur de un niño y un par de esferas de espejo del tamaño justo para encajar en las cuencas oculares de un cráneo. La silla, junto con las baldosas de debajo, estaba cubierta de una capa de polvo y ceniza, que era lo único que quedaba de la mujer a la que aquellos orbes habían servido de ojos. Todavía conservaban algo de poder, y si uno se miraba en ellos, veía su propio reflejo en el instante de la muerte, y de este modo se conocía el momento y la forma en que se produciría, una sombra que se proyectaría sobre los años, meses, días y minutos que quedaran. Entonces, ¿era consciente la mujer de cuándo y cómo moriría? ¿Quién sabría decirlo? Ella no, en cualquier caso, ya que el Hombre Torcido no solo la había privado de los ojos, sino también de la lengua. Quizá fuera un alivio para ella quedar por fin reducida a polvo, aunque se dice que sonreía cuando el Hombre Torcido obligaba a sus víctimas a mirarla, así que posiblemente no.

En la estancia de al lado había incluso menos adornos, tan solo un espejo que ahora estaba hecho añicos sobre las piedras. Este desvelaba mentiras y engaños, no de quienes se miraban en él, sino de sus seres queridos y, en consecuencia, el amor que se les profesaba quedaba envenenado. Al Hombre Torcido siempre le habían gustado los materiales reflectantes, ya fuera cristal o aguas tranquilas. Entendía que un reflejo podía ser un mundo en sí mismo, y que la superficie de un espejo o de un estanque podía servir tanto de ventana como de puerta. Por eso en uno de sus salones favoritos solo había estanques, y cada uno de ellos reflejaba una parte distinta del reino, de modo que, al sumergirse en uno, el Hombre Torcido podía aparecer en él. Sin embargo, ahora no eran más que agua estancada y espesa por culpa del verdín.

El grajo se acercaba al corazón de las catacumbas. No obstante, se detuvo en una cámara ornamentada con las pequeñas calaveras de los niños perdidos, cada una con su nombre grabado, porque incluso al Hombre Torcido le costaba distinguirlas y era importante que las recordara. El tormento de sus víctimas era como un néctar para él, pero el de los niños era el más dulce de todos. El grajo se posó sobre una de las calaveras y, no por primera vez, sus afiladas uñas dejaron un grafiti de finos arañazos en el hueso. ¿Por qué aquel cráneo, entre todos los demás? No era porque constituyese un punto de observación especialmente útil, estando oculto en un estante bajo. El nombre grabado en el hueso frontal (Peter) no era poco común, y el mismo Hombre Torcido quizá no consiguiera recordar algo excepcional sobre aquel niño y su fallecimiento.

Pero el grajo sí recordaba: amabilidad, camaradería; palabras enseñadas, palabras pronunciadas. El grajo era muy viejo. Había sobrevivido a sus padres, a sus hijos, a los hijos de sus hijos, a los hijos de estos, etcétera: ocho vidas o más, y seguía negándose a morir, o tal vez aquel mundo había decidido no permitir su muerte, por el momento. A lo largo de todos aquellos años, no había olvidado al niño que lo había criado desde que era un polluelo herido: eso no significaba nada para el Hombre Torcido, pero para el grajo lo significaba todo.

El pájaro dejó atrás tanto la calavera como las reflexiones y siguió hacia el salón ocupado por el enorme reloj de arena que antes marcara los días de la vida del Hombre Torcido. La parte inferior estaba destrozada, y los cráneos que servían de granos de arena se habían desparramado por el suelo y acabado con el poder del reloj. Aun sustituyendo el cristal, no serviría nada más que de monumento en honor al pasado. Aquel era un lugar de cosas muertas.

En su mayoría.

El grajo aterrizó en una pila de huesos amarillentos. Ante él había un muro de hiedra cuyo follaje era más rojo que verde. La hiedra no debería haber sido capaz de crecer allí abajo, sin luz solar, pero lo había hecho, alimentada por el mismo brillo que prestaba iluminación a las paredes de las cuevas.

Las ramas se agitaron y retorcieron para formar un rostro con las hojas.

—Habla —crujieron, y el grajo graznó su informe.

XLVII
Draumur
(NÓRDICO ANTIGUO)

Sueño

El Leñador había encendido una fogata y asaba un conejo sobre las llamas. A Ceres le había afectado la muerte del animalito, que había recibido la flecha en pleno salto, de modo que todavía estaba vivo al despegar del suelo, pero muerto al caer. Sufrió un único espasmo y el hocico se agitó un instante, como para oler el mundo por última vez antes de abandonarlo para siempre. Aunque tenía hambre y el aroma de la carne le hacía la boca agua, Ceres se limitó a comer fruta, parte del pan y los huevos cocidos de los que se habían aprovisionado antes de salir de la aldea. El conejo no había sufrido mucho; aun así, su muerte le pesaba porque había visto demasiada en los últimos días.

De lo más profundo del bosque le llegó el clamor de zorros apareándose. Se asemejaba al llanto de un niño, y Ceres, en un instante, volvió a ser una joven madre que cuidaba sola de Phoebe y deseaba y suplicaba que el bebé SE CALLARA DE UNA VEZ. Qué cansada había estado durante aquel primer año o más de la maternidad, qué difícil le había resultado conectar con aquel ser diminuto y escuálido al que había dado a luz. Algunas noches, si un desconocido, ya fuera con buenas o malas intenciones, se hubiera materializado en la puerta de Ceres y se hubiera ofrecido a llevarse al bebé para que la madre descansara, habría aceptado sin pestañear. Entendía por qué los prisioneros encerrados en celdas y privados de sueño durante varios días eran capaces de firmar confesiones falsas de asesinato. Habría permitido que le atribuyeran cualquier declaración, la que fuera, con tal de poder cerrar los ojos.

Sin embargo, en ese momento habría dado cualquier cosa por volver a oír llorar a Phoebe. Lo que fuera.

A veces, Ceres temía que el mero hecho de imaginar algo así (entregar a su hija a otra persona a cambio de dormir bien una noche entera) hubiera sembrado la semilla de lo que vino después: el accidente y la pérdida de la niña en un sueño sin fin, como la Bella Durmiente del cuento, con la cama rodeada de espinas. ¿Existía una fuerza en el universo que escuchaba nuestros deseos más oscuros y que después nos los concedía con un toque añadido de malicia? «¿No querías que tu hija se callara? Pues, toma, aquí tienes tu silencio.» ¿No era esa otra convención del cuento de hadas? Sé prudente con lo que deseas y exprésalo con claridad, como cuando un abogado redacta un documento procurando que no incurra en ningún vacío legal peligroso, ni ninguna cláusula cuyo significado quede abierto a interpretación o pueda usarse en contra del interesado. En otras palabras: cuidado con los tratos con las criaturas feéricas.

Aunque seguro que eso solo pasaba en los cuentos. Un deseo, tomara la forma que tomara, no constituía un contrato, y eran nuestros momentos de duda lo que nos hacía más humanos. No había justicia alguna en lo que les había pasado a Phoebe y a ella, pero tampoco injusticia. Clamar contra ello o desesperarse no cambiaba nada. El pasado no nos aprisiona. Quizá nos ofrezcamos voluntarios como prisioneros suyos, pero, de igual modo, podemos decidir abrir la puerta y salir a la libertad. Y si está cerrada, la llave andará cerca porque la llevamos siempre encima. Es solo cuestión de encontrar el bolsillo adecuado.

—Pareces estar en otro mundo —dijo el Leñador, rompiendo el hechizo del recuerdo.

—¿Se supone que es un chiste? —Le salió más brusco de lo que pretendía—. Lo siento, pero es que estoy en otro mundo, ¿no? Y...

Se calló.

—Sigue.

—Creo que me estoy perdiendo poco a poco. Que estoy perdiendo a mi antiguo yo, quiero decir. Cuanto más tiempo paso aquí, más lejano me parece, aunque ya no me da miedo perderlo, si es que eso tiene sentido. Mi antiguo yo estaba a punto de rendirse. Visitaba a Phoebe cada vez con menos frecuencia. Me bebía un par de copas de vino y lo usaba de excusa para no conducir hasta el hospital. A veces, cuando me encontraba muy mal, me imaginaba una existencia sin ella, una vida en la que podría llorar su pérdida, pero en la que ninguna de las dos seguiría atrapada por el destino. Ahora he atisbado una versión de cómo sería esa existencia, y no la quiero. Aunque no vuelva a oír la voz de mi hija, tengo que creer que ella oye la mía. No quiero que esté sola, ni tampoco quiero estar sin ella.

»Así que cuando vuelva (si vuelvo), sé lo que tengo que hacer. Puede que esto te suene extraño: creo que, gracias a este lugar, he encontrado una especie de paz. Algunos lo llamarían resignación; en realidad es más que eso. Ya no estoy enfadada ni amargada. Sigo triste, y eso está bien. Sería extraño no estarlo, y puedo vivir con la tristeza. Pero ¿con la rabia, con la amargura, con el arrepentimiento? Creo que habrían acabado por destruirme, y mi hija habría sufrido por ello.

La luz del fuego titilaba sobre el rostro del Leñador. Tras cocinar el conejo a su gusto, se había retirado a comer sobre un cómodo lecho de musgo. La distancia que lo separaba de Ceres, junto con el parpadeo de las llamas, lo sumía en la penumbra, de modo que sus rasgos parecían distintos, y en ellos Ceres volvió a atisbar los de alguien muy querido en otra vida.

—En este mundo, como en cualquier otro —dijo el Leñador mientras se limpiaba la grasa de la boca—, las lecciones más difíciles de aprender suelen ser las más valiosas. ¿Seguro que no quieres un poco de carne? Está muy sabrosa.

—Acabo de abrirte mi corazón ¿y tú me ofreces conejo?

—Un conejo muy rico.

—Por eso no tienes amigos.

—Eso ha dolido —repuso el Leñador, aunque estaba claro que no era así.

Ceres le lanzó una nuez, que no acertó en su blanco. No solo no acertó, sino que parecía que la propia nuez hubiera alterado su trayectoria para evitar golpearlo, porque Ceres habría jurado que iba directa hacia su cabeza. Para culminar el truco, el Leñador abrió el puño izquierdo para enseñarle que tenía dentro una nuez; Ceres estaba bastante segura de que se trataba de la misma.

—¿Cómo lo has hecho?

—Ah, ¿quién sabe? —Le lanzó la nuez de vuelta y dejó a un lado el hueso pelado de un muslo de conejo—. ¿Qué pasa con Calio?

Ceres levantó la mano y apuntó al este.

—Están por allí, en alguna parte, a juzgar por lo mucho que me palpita el brazo desde que dimos media vuelta. Diría que a un día de distancia, no más, o eso espero, porque esta maldita picadura ya me ha fastidiado más que de sobra.

—Ten cuidado cuando sueñes con ellas.

—No puedo controlar mis sueños.

—En este caso, creo que puedes y debes. Si ahora llevas parte de Calio dentro, también hay parte de ti en Calio, como bien dijiste. Tu sangre se ha mezclado con la suya, y cuando se te revelan, tú también te revelas a ellas. Lo usarán contra ti, si pueden.

Ceres albergaba sentimientos encontrados respecto a su conexión con Calio. Las visiones eran tan vívidas que resultaban incómodas, y ver a los bebés perder toda su esencia vital le despertaba la misma rabia justificada que cuando veía vídeos de niños famélicos o refugiados que huían de zonas de guerra. Por otro lado, gracias a aquella conexión, tenía la posibilidad de intervenir. Era cuestión de encontrar a Calio y a los feéricos a tiempo de salvar a los cautivos, Baako incluido.

—¿Me tomarías por idiota si te dijera que Calio me da pena? —le preguntó al Leñador.

—Haría falta mucho más que eso para que te considerara idiota.

—Siento su soledad y empiezo a entender por qué hablan de sí mismas en plural, no en singular. Calio contiene multitudes, o el recuerdo de ellas, como quien lleva consigo fantasmas. Todas las dríades muertas están dentro de Calio, pero sus espíritus no pueden hablar, así que tampoco pueden explicar lo que les sucedió. Son como burbujitas de dolor, todas dentro de un mismo cuerpo, y esas burbujas han ido teniendo fugas con el tiempo, y ese dolor ha infectado a su anfitriona. Creo que eso ha enloquecido a Calio.

—No dejes que la compasión te ciegue ante el peligro que representan. Calio se han aliado con los feéricos, y los feéricos solo quieren hacer daño.

—No, Calio ya no son sus aliadas. Calio también están furiosas con ellos. Están furiosas con todos y con todo.

—Entonces no son capaces de razonar, lo que las vuelve más letales.

—¿Y el Hombre Torcido? —preguntó Ceres—. ¿Por qué no lo hemos visto todavía?

—Es cierto que en el pasado se habría mostrado antes. Es lo que te diría David, de estar aquí. Sin embargo, si tienes razón con respecto al grajo, puede que el Hombre Torcido haya estado vigilándonos desde el principio, a la espera.

—¿A la espera de qué?

—Del momento adecuado, cuando estés más débil, más enfadada o más asustada. Esos son los momentos en los que alguien se puede aprovechar de nosotros y doblegarnos a su voluntad. Creo que por eso dejaste tu mundo como adulta, pero entraste en este como joven. El Hombre Torcido te quiere desconcertada, a medio formar, con tu identidad en pleno cambio, y por eso es tan importante que te aferres a lo mejor de ti. Aun así, recuerda: si te encuentras en su presencia, ocultará una única mentira entre un montón de verdades, porque eso es lo que hacen los mentirosos más astutos.

—¿Y si me ofrece la forma de volver a casa?

—Tendrá un precio. Quedará en tus manos decidir si deseas pagarlo. Yo no podré hacerlo por ti.

Mientras Ceres reflexionaba sobre lo que acababa de oír, el Leñador sacó del espeto lo que quedaba del conejo, llenó un cuenco metálico abollado con el agua de la cantimplora de cuero que llevaba en la silla y lo puso a hervir al fuego. Cuando el agua empezó a borbotear, vertió en ella un polvo oscuro y la agitó con una varilla. Una vez seguro de que la mezcla se había disuelto, pidió a Ceres su taza y compartió con ella la mitad del brebaje. Ceres lo olió con suspicacia antes de beber, y después suspiró de placer: olía a chocolate caliente y su sabor era tan parecido a él que no suponía diferencia alguna. Estaba amargo y no le habría ido nada mal algo de azúcar (tampoco habría rechazado unas cuantas nubes de malvavisco y un poquito de nata montada), pero le sirvió para entrar en calor y le recordó aquellas noches tan bonitas de la adolescencia, en casa, porque había sido entonces cuando le había cogido el gusto al chocolate caliente. Y de repente volvía a ser adolescente y estaba sentada frente a un fuego distinto, recordando una época en la que era como en ese momento. Todo el asunto resultaba tan complejo que la cabeza le daba vueltas.

Se terminó la bebida, dejó la taza y se tumbó. El suelo estaba duro, y una silla de montar y una manta doblada no eran lo mismo que una almohada. Además, temía sus sueños y lo que vería en ellos, así que no tenía muchas esperanzas de descansar.

«Con suerte, puede que me adormile», pensó. «Sería mejor que no dormir nada.»

Y, al instante, se quedó dormida.

Ceres vio a Calio mirando a cinco bebés. Uno de los niños, cuyo sexo era imposible de determinar, parecía ya un anciano de lo arrugada y ajada que tenía la cara, como una fruta a la que le han exprimido todo el jugo. Se le desprendían escamas de piel de la frente y las mejillas, y respiraba con dificultad. Lo rodeaba un halo de luz entre las sombras, aunque era muy débil. Ceres supuso que se trataba de la nieta de la señora Blythe o de uno de los bebés robados en la otra aldea, la que estaba cerca de la de Saada y Thabasi; el robo por el que habían colgado a dos hombres inocentes. El resto de los pequeños prisioneros parecía más sano y su brillo, casi intacto, si bien era cuestión de tiempo que acabaran pareciéndose al primero. Las criaturas feéricas se paseaban entre ellos y a veces se detenían a tomar algo: inhalaban gusanos de luz que salían de los niños, apagando un poco más a sus presas con cada aliento.

Calio se alejaban, y Ceres las siguió por los túneles subterráneos hasta llegar a un pasillo iluminado por antorchas y decorado con tapices y cuadros. Oyó voces y vio que Calio se escondían en un rincón para que no las detectaran. Aparecieron tres criados que hablaban entre sí, cargados con jarras y cuencos en bandejas de plata. Calio esperaron a que pasaran los criados para seguir su camino y Ceres compartió con ellas su sensación de alivio. «Aunque han tenido problemas para ocultarse desde que les hice daño, empiezan a recuperarse.» La dríade no parecía ser consciente de su presencia, quizá porque estaba demasiado distraída con su objetivo. «No, perciben que estoy cerca, pero fingen que no lo saben. Es como si quisieran que viera esto.»

Calio pasaron junto a un hueco en el que había un retrato a tamaño real de un hombre. Lucía ropa de montar negra y dorada, y lo habían pintado sobre un fondo de cortinas rojo sangre. Entre las cortinas se vislumbraba una ventana abierta a la noche. Mientras Ceres lo miraba, un par de manos aparecieron en el alféizar de la ventana, seguidas de una cabeza con ojos oscuros en los costados. La feérica (una hembra tan fina y peligrosa como la hoja de un estilete) entró en la habitación por detrás del hombre del retrato, pasó junto a él, avanzó hasta el borde del marco y salió al pasillo. Entonces, Calio volvieron la vista atrás y parecieron mirar directamente a Ceres.

La dríade chasqueó los dedos y la visión terminó.

Junto al árbol, el Leñador también dormía, aunque no soñaba. Su sueño no era profundo, y estaba listo para despertar ante cualquier sonido que no fuera el relinchar de los caballos o la suave respiración de Ceres. Por otro lado, no era probable que lo despabilara el movimiento del follaje, a no ser que fuera acompañado de pasos, o del batir de las alas de una arpía, así que no vio que en la hiedra que cubría el árbol bajo el que yacía se formaba un rostro, ni tampoco que sus frondosos ojos miraban hacia la forma inmóvil de la chica.

El ente, usando parte de su preciada reserva de fuerza, había acudido para confirmar por sí mismo la llegada de la niña-mujer.

XLVIII
Leawfinger
(INGLÉS ANTIGUO)

Índice o dedo delator

Hay algo que resulta esencial saber para comprender a las personas y los motivos de sus actos: en las historias, como en la vida, no existen los personajes secundarios. Cada uno de nosotros es el centro de nuestro propio universo, y los demás son los planetas y lunas que orbitan a nuestro alrededor, los cuerpos celestiales que se ven repelidos o atraídos por nuestra fuerza gravitacional y, de vez en cuando, las estrellas brillantes que se convierten en nuestras gemelas, ya sea de forma temporal o permanente.

Si cambias el enfoque de un cuento (de este, por ejemplo), de repente tratará sobre otra persona: el gigante Gogmagog, la hija de la difunta Saada, el benigno y atento Espíritu del Arroyo o, incluso, la Cazadora. Para ellos, el Leñador y Ceres eran figuras sin importancia que pasaban por sus vidas, presencias fortuitas en un drama en el que solo ellos representaban el papel protagonista. Es un error dar por sentado que los que nos rodean no son tan importantes como nosotros, o que sus miedos, aspiraciones y deseos no son tan merecedores de atención como los nuestros. Así es como se socavan los mejores planes, ya que se basan en una premisa que es falsa desde el principio: yo soy importante y el resto de las personas es menos importante que yo, y todos los involucrados aceptan esta versión de los hechos.

Así que vamos a alejarnos de la dormida Ceres y el adormilado Leñador, e incluso de la presencia de la enredadera, para atravesar la noche, como nuestro espíritu afín, el grajo tuerto, hasta llegar a una mazmorra situada bajo un castillo. La mazmorra ya no se usaba. El suelo era inestable, y los muros y los techos estaban agrietados. Pertenecía a una vieja encarnación de la fortaleza, construida por una reina muerta hacía tanto tiempo que nada quedaba de ella, ni siquiera su nombre. La mazmorra fue utilizada por su sucesora hasta que (gracias a David, el héroe de su propia historia) el linaje de reyes y reinas llegó a su fin, el Hombre Torcido cayó y la gran fortaleza a la que cada una de sus marionetas había añadido algo durante su reinado por fin se hizo pedazos.

Pero la mazmorra, situada a mucha profundidad, sobrevivió, junto con algunas de sus cámaras adyacentes, y se selló, pero de manera imperfecta; una puerta con candado y tranca, abandonada por los que allí la instalaron, puede volver a abrirla, con algo de ingenio y diligencia, otros que no deberían acceder a ella. El truco, claro, era asegurarse de que nadie más sabía que, casualmente, tenías una llave.

Una de las losas de aquella mazmorra escondía la entrada a un túnel, aunque hasta al más desesperado de los prisioneros le habría costado encontrarla cuando se usaba la celda y, después de hacerlo, no habría podido abrirla, de tan intrincados como eran sus mecanismos. Era obra del Hombre Torcido, como casi todo en aquellas honduras. Cuando este desapareció, el conocimiento de la existencia del túnel debería haberlo hecho con él, pero los daños sufridos por la estructura durante la destrucción del viejo castillo habían levantado un par de centímetros la losa secreta. Décadas más tarde, eso permitió que unos dedos tenaces exploraran la parte inferior, descubrieran el funcionamiento de sus mecanismos y los desactivaran, de manera que resultara muy sencillo acceder al túnel... y que quedara de nuevo oculto una vez que la losa volvió a encajar en su sitio.

En la mazmorra, iluminada tan solo por una vela, estaban ahora las venerables Calio, las últimas de su especie, repudiadas por sus parientes más cercanas, las criaturas feéricas, después de que estas últimas le hubieran dado la espalda al mundo y se hubieran retirado a la seguridad de sus túmulos. Allí se refugiaron, entre el sueño y la vigilia, aventurándose a salir de vez en cuando para robar a un niño, porque una de ellas siempre montaba guardia y estaba pendiente del paso descuidado de los más jóvenes por los campos de arriba o de los llantos de un bebé al que una madre distraída había desatendido un segundo. Sin embargo, lo mejor de todo eran los recién nacidos abandonados por los padres que no podían permitirse alimentarlos o por las madres adolescentes que habían ocultado el embarazo a su familia. Temiendo la deshonra o el exilio, daban a luz solas entre los árboles y las piedras, con un palo entre los dientes para ahogar el dolor del parto, y dejaban a los bebés allí, a la intemperie. Aquellos expósitos eran presa fácil para las hadas. De vez en cuando, si todavía eran jóvenes y estaban lo bastante cansadas, también lo eran las madres.

Calio habían robado a niños, aunque solo para que les hicieran compañía. No los consumían, como los feéricos, porque no les gustaba alimentarse de la humanidad. No les parecía correcto. Bebían la leche de las vacas y las yeguas de cría cuando les flaqueaban las fuerzas, calmando a los animales con su cántico, y, en los momentos de desesperación o enfermedad, le succionaban la vida a una rata o un ratón de campo, pero sus actividades depredadoras no iban más lejos.

Cuando se llevaban a un niño, Calio intentaban cubrir sus necesidades y proporcionarle comida y agua, como se haría con una planta o una flor, un organismo delicado que requería cuidados para florecer. Pese a ello, los primeros de ellos murieron, a pesar de que les daban de comer, por lo que Calio concluyeron que los niños humanos eran más difíciles de criar que los arbustos. Sus muertes las entristecieron, así que, después de eso, se limitaron a quedarse a los niños durante un tiempo antes de dejarlos donde alguien de su propia especie pudiera encontrarlos.

No obstante, al final incluso aquellos préstamos a corto plazo resultaban demasiado peligrosos. Calio no querían que los hombres las capturasen. Era mejor que las dríades, como los feéricos, desaparecieran de la memoria humana, por si los hombres decidían darles caza. Cualquiera que estuviese relacionado con las hadas despertaba el miedo y la rabia en los corazones humanos, y entre los peores recuerdos de Calio estaba el observar desde un escondite a los aldeanos que habían quemado viva con antorchas a una de sus hermanas. Calio estaban demasiado aterradas para intervenir, ya que sabían que habría significado ser también pasto de las llamas. Los humanos se habían reído mientras la dríade ardía, y después, al cabo de demasiado tiempo, otro espíritu se había sumado a la pesada carga de las almas de Calio. Puede que aquel fuera el momento en que se habían vuelto locas... Y, de ser así, ¿quién podría culparlas?

Aun a riesgo de repetirme (porque lo importante hay que repetirlo), aquí va un recordatorio de otra lección que merece la pena recordar: pocos seres (ya sean humanos, dríades, faunos o hadas) son del todo malos. Puede que cometan actos terribles, algunos incluso imperdonables, pero no es lo mismo lo que se hace que lo que se es. Al fin y al cabo, si a todos nos juzgaran solo por lo peor que hemos hecho, muchos acabaríamos entre rejas y el resto no tendría amigos.

Esto resulta esencial para comprender a Calio. La dríade llevaba sola demasiado tiempo. Había sido testigo de la erradicación gradual de su raza, tanto directamente, a manos de los humanos, como indirectamente, a través de la profanación de su entorno, del que las dríades formaban parte. Las criaturas feéricas, que deberían haber sido aliadas de Calio, las habían rechazado porque las veían como seres inferiores, así que se habían visto obligadas a sobrevivir de la mejor forma posible en un mundo en el que estaban rodeadas de enemigos. Había mucho bien dentro de Calio (ternura por el mundo natural, cariño por los espíritus que albergaba dentro), pero la tristeza, la soledad, el terror, la amargura y el miedo habían envenenado a la última dríade, volviendo agrio lo que antes fuera dulce y viciado lo que antes fuera justo.

En la mazmorra, Calio contaban sus enemigos con los dedos de la mano. Primero estaban los seres humanos, aunque eran demasiado numerosos, así que un dedo tendría que bastar para todos ellos, salvo para los que se merecían un dedo de odio aparte para ellos solos. Eso las llevaba al número dos, y a Ceres, que les había hecho tanto daño, cuando lo único que pretendían era pasar tiempo con ella bajo tierra porque pensaban que la chica quizá sobreviviera más tiempo que un bebé. Con razón o sin ella, desde entonces, Calio habían llegado a la conclusión de que Ceres se parecía a una de las jóvenes que habían prendido fuego a su hermana mientras gritaba, convirtiéndola en una figura de calor y luz. Para Calio, todos los humanos eran iguales y, por tanto, todos tenían la misma culpa del daño que habían infligido a las dríades. Si Calio no podían castigar a la chica que había ayudado a matar a sus hermanas, Ceres, que se parecía a ella, sería una buena sustituta.

Las siguientes en su mano de enemigos eran las criaturas feéricas. Para Calio, apenas eran mejores que los seres humanos. Puede que los hombres destrozaran la tierra que Calio amaban (cortando y quemando árboles, abriendo enormes agujeros para buscar riquezas, convirtiendo ríos y arroyos en zonas muertas con su porquería), pero los feéricos lo habían permitido al optar por desaparecer de la vista, en vez de enfrentarse a ellos. Quizá el Pueblo Oculto se hubiera convencido de que esperaban el momento oportuno; aun así, Calio pensaban que lo habían demorado demasiado para su gusto y que el destrozo provocado por su vacilación no se arreglaría fácilmente. Sospechaba que ya era demasiado tarde y que los hombres estaban empeñados en arruinar el mundo. El mundo se recuperaría, pero solo después de haberse vuelto contra los humanos para borrarlos para siempre de los anales de la historia.

Y tal vez lo más importante (si bien Calio eran reacias a reconocerlo, incluso en el silencio de su corazón), las criaturas feéricas las habían abandonado y, al regresar, siguieron considerando a Calio una criatura insignificante a la que podían usar y desechar según exigieran las circunstancias. Sin embargo, lo que los feéricos no sabían era que Calio se morían y que eran muy conscientes de ello incluso antes de que Ceres se cruzara en su camino. El golpe con la piedra no solo las había herido, sino que también había acelerado su final, así que, si querían vengarse por lo que les habían hecho a ellas y a toda su especie, debían hacerlo pronto.

Un ser feérico pasó junto a Calio, una criatura tan decrépita que la piel del rostro se le había descolgado del cráneo y dejaba al aire el hueso cubierto de líquenes verduscos. Ni siquiera se dignó en fijarse en ellas, aunque sabía de su presencia. Aquel desprecio las enfureció. Calio habían ayudado a los seres feéricos a llegar hasta donde estaban, Calio habían susurrado al oído humano, Calio habían preparado el camino. Pese a ello, lo único que les importaba a los feéricos eran el asesinato y la destrucción.

Y así Calio llegaron al último dedo y, con él, al último enemigo: el Hombre Torcido. Como todas las criaturas con algún instinto de conservación, Calio habían intentado evitarlo mientras dominaba aquella tierra. Su maldad no tenía límites. Vivía solo para crear historias y manipulaba a los demás como conviniera a su narrativa, pero todos los cuentos estaban huecos por dentro y acababan mal. Calio sabían que los demás lo creían muerto; la dríade, en cambio, gracias a sus raíces en el mundo natural, había identificado una perturbación recurrente, como un movimiento lejano de placas tectónicas, y anomalías en el comportamiento de los animalitos más pequeños y las acumulaciones de hiedra, como si, durante unos pocos segundos, dieran muestras de una inquietante conciencia de sí mismos. Calio no hablaron de dichos cambios con nadie, sino que se los guardaron en la memoria, pero en los cambios detectaron un eco del Hombre Torcido. Ahora, allí, en aquella mazmorra, la presencia de aquel ser era tan inmanente que, de haberse encontrado con él nada más despertarse, no se habrían sorprendido.

Calio no sabían qué quería el Hombre Torcido de Ceres. Fueran cuales fueran sus razones, a los feéricos les convenía asegurarse de que se hiciera con la chica, y por eso habían dado orden de que no sufriera ningún daño durante el ataque a la aldea. Sin embargo, Calio pretendían fastidiarlos a todos: a la humanidad, a las hadas... y al Hombre Torcido, una vez que descubrieran qué deseaba y por qué.

Lo mejor de todo era que Calio también tenían planes para Ceres. Tras alcanzar todos sus objetivos, la dríade regresaría a su cueva a morir, pero no lo haría sola. Tendría compañía mientras se apagaba y regresaba a la tierra. Ceres estaría con Calio, y Calio esperarían a que la chica muriera antes de cerrar los ojos por última vez, dejando el dolor atrás para siempre.

XLIX
Herrlof
(NÓRDICO ANTIGUO)

Trofeo de guerra

Ceres y el Leñador se levantaron temprano, comieron a toda prisa y siguieron buscando a Calio. Ceres le había contado al Leñador lo que había visto durante la noche. No se quitaba de la cabeza la imagen del ser feérico saliendo del cuadro. Le daba la impresión de que nunca volvería a sentirse cómoda en una galería de arte, y en cuanto a los cuadros que tenía colgados en casa, quizá también se deshiciera de ellos.

—Pero no estoy segura de que de verdad saliera del cuadro —concluyó—. Era como si me enseñaran algo que no estaba sucediendo en realidad, aunque tenía algo de cierto: una especie de metáfora.

—¿Y Calio querían que lo vieras?

—Han descubierto que soy yo quien las sigue.

—Y, aun así, no intentan ocultarse ni detenerte.

—No, que yo sepa. Puede que Calio quieran que las encuentre.

—En ese caso, podría ser una trampa.

—No tenemos más alternativa que seguir adelante —dijo Ceres—. Calio me enseñaron a los niños. Se mueren...

Poco antes del mediodía, vieron acercarse a un jinete. Incluso antes de verle la cara, Ceres supo que era David, aunque solo fuera por *Scylla,* el precioso caballo blanco que montaba. Según *El libro de las cosas perdidas, Scylla* había pertenecido a un caballero llamado Roland, un hombre con el corazón roto que por fin encontró la paz, después de lo cual *Scylla* pasó a ser la montura de David. Ceres y el Leñador se alegraron de verlo y se detuvieron a estirar las piernas e intercambiar noticias.

—No había nada más que hacer en la aldea —dijo David—. Hemos enterrado a los fallecidos, se ha doblado la guardia e Ime está bien protegida, con pan esparcido alrededor de su cama por las noches y una gargantilla protectora de acero en el cuello. Iba de camino al antiguo castillo cuando os he visto a lo lejos. Os creía con Thabasi y los demás, pero aquí estáis, cabalgando en dirección contraria a la sima.

—Ceres cree que todo ha sido una maniobra de distracción —repuso el Leñador— y que Baako todavía está con los feéricos, junto con el resto de los niños robados. Y que puede conducirnos hasta ellos.

—¿Y cómo lo harás? —le preguntó David a Ceres.

—Atendiendo a la picadura de Calio. Me duele más cuanto más me acerco a ellas. Y las veo en sueños, aunque no son simples sueños. Camino con Calio. Veo lo que ellas ven.

—No es lo más raro que he oído —dijo David.

Ceres no lo dudaba. Por todo lo que se contaba en *El libro de las cosas perdidas,* suponía que un vínculo telepático con un espíritu de los árboles apenas era digno de mención.

—El problema es que quizá Calio también sean conscientes de la presencia de Ceres —apuntó el Leñador—. Están jugando a algo, pero al menos lo sabemos. Hay una diferencia entre jugar y que te la jueguen.

Ceres no estaba segura al respecto. Era difícil jugar a algo si no te sabías las reglas, si bien, en lo que concernía a Calio, a Ceres le daba la impresión de que no había reglas.

—Calio me odian —dijo—. Irradian hostilidad, y no porque les hiciera daño. Es como una vieja enemistad; tanto da que no nos conociéramos hasta ahora.

—Representas a la humanidad —explicó el Leñador—. El antagonismo entre la humanidad y el Pueblo Oculto viene de muy lejos, y Calio son parientes de las criaturas feéricas.

—Pero la enemistad de Calio parece específica, no general. Me odian a mí, no a lo que represento, o no solamente.

El debate se acabó sin que llegaran a ninguna conclusión. Era el momento de seguir adelante, y ahora eran tres. El Leñador abría la marcha, dejando a Ceres y a David atrás para que se conocieran mejor. Ceres trató de explicarle a David cómo había cambiado el mundo en su ausencia; no obstante, él apenas mostraba interés. Aquel era su mundo ahora, a pesar de seguir convencido de que pronto lo abandonaría.

—El Leñador me contó una vez que la mayoría de la gente regresa aquí cuando se acerca el final —dijo—. Tardé mucho tiempo en comprenderlo. No me dijo que vinieran, sino que volvían. Regresaban. Puede que todos procedamos de este lugar, pero ni siquiera pretendo saber cómo.

—¿Has intentado preguntárselo?

—Sí, claro.

—¿Y qué te respondió?

—Que la vida sería muy aburrida si conociéramos la respuesta a todas las preguntas. Puede ser muy gnómico cuando quiere. No es una de sus mejores cualidades.

Ceres no estaba segura de lo que significaba *gnómico,* aunque, a juzgar por lo que David acababa de contarle, tenía que ver con dar una respuesta sesgada a una pregunta directa, algo a lo que se había acostumbrado de sobra desde su llegada a aquel lugar.

—¿Quiere decir eso que hay otros como tú, como nosotros, vagando por este mundo?

—No necesariamente por este, pero sí por mundos que no se diferencian demasiado de él. Una vez, poco después de mi regreso, salí a explorar con mi esposa y mi hijo para conocer mejor lo que nos rodeaba. La primera noche acampamos junto a un lago. Mientras ellos dormían, me quedé en la orilla, contemplando la luna. Sin embargo, cuando me arrodillé para beber, no vi mi rostro reflejado en el agua, sino el de otras dos personas: dos mujeres jóvenes, de veintimuchos, diría. Se daban la mano como hacen los amantes y lloraban, pero de alegría, y supuse que acababan de reunirse en su interpretación de Otra Parte, la versión a la que ellas habían dado vida al soñarla; supuse que una de las dos había muerto joven y que ahora les habían sido devueltos sus años perdidos, igual que a mí los míos.

»Todos habíamos llegado a un lugar en el que la pared que separaba los mundos era tan fina que resultaba transparente, aunque solo fuera por un breve instante. Me miraron, las miré y nos sonreímos, porque éramos similares y lo sabíamos. Todo el dolor sufrido, toda la pena, se perdía en el olvido, y habíamos recuperado los días que deberían haber sido nuestros. Nos despedimos con la mano y no he vuelto a verlas.

»Creo que así funciona esto. Se encuentra lo perdido y los años de tristeza dan marcha atrás. Algunos, como mi familia y yo, reciben décadas; otros, solo una hora o unos instantes, pero siempre lo suficiente para deshacer lo hecho o decir lo que se quedó sin decir.

—¿Y después?

David extendió las manos para dar a entender su ignorancia.

Ceres lo miró. En el poco tiempo que habían pasado separados, el pelo se le había vuelto más ralo y blanco, y las finas arrugas alrededor de los ojos y la boca eran más profundas que antes. Los últimos granos de arena caían en su reloj, aunque no parecía asustado. Se había reunido de nuevo con su mujer y habían visto crecer a su hijo. Pronto se marcharían juntos y dejarían la pérdida atrás. No obstante, primero David haría todo lo posible por asegurarse de que aquel mundo extraño y siempre cambiante siguiera estando, si no a salvo, sí al menos resguardado. Los seres feéricos y lo que representaban con su lado malo (depredación, el dominio de los fuertes sobre los débiles y la creencia en que una raza puede ser superior a otra por su color o su sangre) no podían prevalecer.

El paisaje cambió. Llegaron a un camino ancho en el que se convirtieron en tres personas más entre una multitud apenas distinguible de carros, jinetes, y hombres y mujeres a pie. El humo flotaba sobre campos sin cultivar o llenos de maleza, y había tramos enteros de bosque pelado, con los tocones de los troncos podridos. Un olor desagradable, que a Ceres le recordó al de las ciudades de su infancia, con el aire contaminado por el humo de carbón y las chimeneas de las fábricas, dominaba por encima de todo lo demás, y se fijó en que el arroyo que corría junto al camino ya no era claro, sino que lo cubría una espuma de color amarillo sucio. Dudaba que nada pudiera vivir en aquellas aguas, y pensó de nuevo en la primera criatura que conoció allí, el alegre Espíritu del Arroyo. Aquella contaminación lo habría destrozado.

Llegaron a lo alto de una colina. Debajo, al sur, había una ciudadela con un torreón alto que se parecía al centro de una diana, rodeado de una serie de anillos concéntricos amurallados, cada uno de ellos con sus propios jardines, establos, hogares y negocios; cuanto más se alejaban del castillo, más abarrotadas estaban aquellas regiones satélite. Al norte había una mina enorme, con hornos y chimeneas de las que brotaban humo y gases, y canales y estanques abiertos en la tierra para recoger la inmundicia resultante de la actividad que allí se desarrollaba. Las instalaciones quedaban ocultas a los residentes del castillo gracias a los árboles y las colinas del terreno. El Leñador estaba horrorizado, aunque a Ceres le dio la impresión de que era más por la existencia de la ciudadela que por la mina, a pesar de que a ella la construcción le parecía bastante bonita. David también se había quedado de piedra.

—Por supuesto —comentó el Leñador—. Muy propio de Balwain.

Ceres le preguntó qué quería decir, pero fue David quien respondió.

—Balwain ha construido su ciudad en el emplazamiento del viejo castillo, desde el que antes gobernaba en secreto el Hombre Torcido. Cuando lo vimos por última vez, el castillo estaba en ruinas, y ahora una nueva fortaleza ha ocupado su lugar.

—¿Por qué desperdiciar piedras buenas? —dijo el Leñador, antes de añadir—: O malas.

Detrás de ellos sonaron trompetas y unas voces ordenaron que se despejara el camino. Dos compañías de jinetes avanzaban por él, cada una con una insignia diferente, pero ambas igual de impacientes y violentas con los demás viajeros, ya que, para echar a un lado a los carros, azotaban a los caballos recalcitrantes y apartaban a golpes de montura a mujeres y a niños. Los seguían dos carruajes blindados con las cortinillas cerradas para ocultar a sus ocupantes de las miradas envidiosas de la gente común, además de para protegerlos de la visión de las masas... y, seguramente, también de su olor, porque incluso Ceres tenía que reconocer que algunos de los que la rodeaban olían bastante a rancio. Por otro lado, ella llevaba ya casi dos días viajando a caballo, así que cabría pensar que los miembros de la sociedad educada tampoco la habrían aceptado sin reservas, al menos hasta que se hubiera dado un baño y cambiado de ropa.

Ceres, David y el Leñador dejaron pasar los carruajes que iban seguidos de más soldados, antes de reanudar la marcha. Al descender, vieron otros jinetes y carruajes dirigiéndose al castillo desde el norte y el este.

—Ese Balwain parece muy popular —comentó David.

—Parece que ha convocado una reunión de los oligarcas locales —dedujo el Leñador.

—¿A propósito de los feéricos? —preguntó Ceres.

—Un señor que permite a sus viejos enemigos robar a niños no durará mucho tiempo en el cargo, a no ser que haga algo al respecto. Eso es bueno para nosotros, ya que significa que no tendremos que perder energía convenciendo a Balwain y a sus aliados de que actúen.

Una pequeña tropa de mineros sucios, con la ropa y la piel ennegrecidas por el polvo de carbón, subían la colina arrastrando los pies. Al margen de algunos hombres, la mayoría eran enanos, y las dos especies se mezclaban sin jerarquía ni división, aunque nadie silbaba marcha alguna. Estaban demasiado cansados. Ceres vio que David examinaba el rostro de los enanos con la esperanza, o no, de encontrar entre ellos a los que había conocido en el pasado, pero ninguno le resultaba familiar y todos reaccionaban de manera hostil a su atención.

—¿Qué miras? —preguntó uno. Llevaba un cascabel en la punta del sombrero, si bien estaba abollado y no tintineaba.

—Estaba buscando a mis amigos —contestó David.

—Aquí no vas a encontrar a ningún amigo. Hermanos sí, si tienes suficiente polvo de carbón en los pulmones, pero no amigos.

—Claro que, si buscas trabajo —intervino otro enano—, siempre hay sitio para uno más en el pozo. Hoy ya llevamos tres muertos, así que, si os apuntáis, compensaríais esas bajas.

—Aunque no os lo recomiendo —dijo el primer enano, que se ablandó un poco al ver a Ceres—. Si ponéis vuestra marca en el contrato, ya no habrá manera de borrarlo. Es una vida muy dura que lleva a una muerte aún peor.

—Entonces, ¿por qué lo hacéis? —le preguntó ella.

El enano miró a su alrededor para asegurarse de que no lo oían, pero, justo cuando iba a seguir hablando, uno de los hombres le apoyó una mano en la espalda a modo de advertencia y preguntó:

—De camino a ver a su señoría, ¿verdad?

—Así es —respondió el Leñador.

—¿Conocidos suyos?

—Todavía no hemos tenido el placer.

—Bueno, cuando lo tengáis, dadle recuerdos. Decidle que aquí solo hay trabajadores contentos.

No obstante, el tono de su voz y el cansancio de su rostro transmitían un mensaje muy distinto. Le dio una palmada en la espalda a su compañero enano, y los mineros prosiguieron su camino... hacia la comida y el descanso.

—¿Mano de obra esclava? —preguntó David al Leñador cuando se fueron.

—Reacia, a lo sumo.

En aquel momento, ya estaban atrapados entre la muchedumbre que intentaba entrar en la ciudad, hombres y mujeres que transportaban sus pertenencias en carros, burros y caballos o, en ausencia de los anteriores, a la espalda. Muchos llevaban niños con ellos o conducían ganado, además de perros atados con trozos de cuerda. Ceres oyó a algunos hablar de las criaturas feéricas. Se trataba de un éxodo de gente asustada, todos en busca de la protección de unos muros bien altos. Los guardias los interrogaban uno a uno antes de permitirles la entrada o aconsejarles que probaran suerte en otra parte. La principal razón para el rechazo era no tener un lugar en el que alojarse. Aquellos a los que se les negaba el permiso de entrada se unían a una comunidad cada vez más grande que acampaba en el exterior de los muros, algunos de cuyos miembros ya habían encendido fogatas para cocinar o calentarse.

Ceres se sorprendió rascándose la herida del brazo con la suficiente fuerza como para hacerse sangre.

—¿Calio? —preguntó el Leñador.

—Me pica y escuece una barbaridad, lo que significa que tienen que estar muy cerca. Si empeora mucho, no descarto cortarme el brazo.

—Esperemos que no llegue a eso —repuso el Leñador—. Te queda ungüento, por si las molestias te resultan insoportables, pero úsalo con cautela. Si mitigas demasiado el dolor, no tendremos forma de seguir a la dríade.

—Están en algún lugar de la ciudad —dijo Ceres—. Tienen que estarlo, aunque te confieso que no sé cómo habrá entrado. Está tan bien sellada que hasta a una rata le costaría atravesar sus murallas.

Más adelante, los guardias ordenaban desmontar a todos los jinetes. Ceres y los demás se bajaron de los caballos y los llevaron sujetos por el puente levadizo.

—A no ser que Calio no se hayan molestado en atravesarlas —comentó David cuando llegaban al otro lado del foso.

—¿A qué te refieres?

David dio un pisotón en la tierra. Conocía mejor que nadie la topografía del terreno, de aquel lugar hueco.

—Puede que la dríade entrara por debajo.

Cuando llegaron a las puertas, se encontraron el paso bloqueado por una barrera de madera tachonada de remaches; la habían bajado para sellar la entrada a la ciudadela. Ocho guardias estaban de servicio, supervisados por el mariscal del castillo, al cargo de sus soldados.

—Se acabó por hoy —anunció—. Dad media vuelta y regresad mañana.

—Hemos venido a ver a lord Balwain —dijo el Leñador.

—Vosotros y todos los demás —contestó el mariscal con hastío pero sin pretender ser grosero—. Id a buscar un sitio en el que descansar y preguntad de nuevo cuando amanezca. De todos modos, ya puedo ir diciéndoos que no honraréis a lord Balwain con vuestra compañía, aunque os dejemos entrar. Y si intentáis molestarlo, volveréis al otro lado de la muralla antes de lo que se tarda en pronunciar su nombre.

—Yo creo que sí querrá vernos —repuso el Leñador.

—¿Y eso por qué?

—Tenemos algo que enseñarle.

—Podéis enseñármelo primero a mí y yo decidiré si merece o no el tiempo de su señoría.

El Leñador desató el saco que llevaba colgado de la silla desde su partida de Salaama y extrajo de su interior la cabeza cortada del feérico que durante un tiempo había adoptado la forma de Baako. Todavía estaba algo perfumada y no se había corrompido en absoluto.

—Bueno, ¿crees ahora que lord Balwain querrá vernos? —preguntó el Leñador.

El mariscal observó el espeluznante trofeo. Ceres supuso que se trataba de la primera prueba física de la existencia de los feéricos que le presentaban. La examinó de cerca, tan fascinado como asqueado. Hizo amago de tocarla, pero se lo pensó mejor, como si, incluso separada del cuerpo, la cabeza todavía poseyera la capacidad de hacer daño.

—Visto así, supongo que será mejor que entréis —respondió.

L
Wyrmgeard
(INGLÉS ANTIGUO)

Morada de serpientes

Cruzaron la ciudad escoltados por un cuarteto de guardias liderado por el mariscal, que se presentó como Denham. Era un viejo soldado, con cicatrices que daban buena muestra de ello, y caminaba como alguien cuyas heridas se habían curado mal, lo que le recordaba su mortalidad con cada paso que daba.

Aunque había cierta actividad dentro de las murallas, Ceres no vio que se estuvieran preparando para repeler un ataque, si bien la cantidad de tropas aumentaba conforme se acercaban al castillo en sí. Les tomaron los caballos y se los llevaron a un establo, donde les proporcionarían heno y agua, mientras que a ellos los guiaron hasta una antecámara del salón principal. La comida llegó unos minutos después: fiambres, uvas, pan, dulces y un decantador de vino. Además, colocaron junto a la ventana tres palanganas con agua caliente y una única pastilla de jabón para que se lavaran antes de presentarse ante lord Balwain. Los hombres se desnudaron de cintura para arriba, pero Ceres no pensaba imitarlos, por mucho tiempo que hubiera pasado con ellos o por muy cómoda que se sintiera en su compañía. Se bañó detrás de una cortina y se puso su última muda de ropa limpia; no quería volver a llevar la sucia ahora que se sentía más humana. También se aplicó una fina capa de ungüento en la herida, lo justo para reducir un poco el dolor y la irritación.

Cuando terminó, el Leñador y ella comieron, pero David no. Ambos lo siguieron con la mirada mientras él se paseaba por la cámara y tamborileaba con aire distraído en las paredes. Finalmente, regresó junto a la ventana, pero la dejó sin abrir. En realidad, miraba dentro de sí, no el paisaje. Ceres dejó a un lado su plato para acercársele.

—¿Estás bien?

—Este era mi dormitorio cuando llegué aquí por primera vez, hace mucho tiempo —contestó él—. O, mejor dicho, lo era la habitación sobre la que ahora se encuentra esta. Quién sabe, quizá algunas de las piedras de las paredes sean las mismas. Las ventanas ojivales son parecidas. Es incluso posible que sobrevivieran al derrumbe. —Miró más allá de Ceres, hacia el Leñador, que los escuchaba—. Creo que no deberíamos quedarnos aquí.

—No pensaba establecerme en este sitio —repuso el otro—. Tenemos que localizar a Calio y convencer a Balwain de que nos ayude a recuperar a los niños. Cuando terminemos con eso, nos vamos.

—Ni siquiera estoy seguro de querer quedarme tanto. ¿No lo notas?

El Leñador lo observó con atención.

—¿El qué?

—Tenías razón. No deberían haber reutilizado estas piedras. Deberían haber permanecido donde cayeron, y la naturaleza se habría ocupado del resto. En vez de eso, han permitido que la maldad que antes las imbuía vuelva a florecer. La huelo y noto el sabor en la lengua, porque recuerdo su olor y su sabor. ¿Cuánto tiempo lleva este castillo en pie?

—Décadas, a juzgar por el tamaño de la ciudadela.

—Y durante todo ese tiempo, los habitantes han respirado su aire, han rozado con la piel sus muros, y su veneno se les ha metido por los poros. Incluso suponiendo que el Hombre Torcido muriera de verdad, no querría vivir en un lugar construido sobre la que fue su guarida. Pero el hecho de que parte de él quizá todavía perviva hace que me preocupe aún más.

Alguien llamó a la puerta y tras ella apareció un criado en el pasillo, con dos guardias a su lado. Estos últimos estaban tensos y apoyaban una mano en la empuñadura de la espada. El criado, por su parte, era un hombre delgado y gris con ojos legañosos que parecía no comer lo suficiente o, si lo hacía, no disfrutar con ello. Su ropa era apagada, lo que hacía más incongruente todavía la recargada cadena de su cargo que llevaba al cuello, e incluso esta parecía pesarle demasiado, ya que caminaba notablemente encorvado. No se molestó en presentarse, bien porque no era lo bastante importante, o bien porque se consideraba demasiado importante. Esto último era lo más probable. Lo que allí primaba eran su título y su puesto en la jerarquía de la casa, no las formalidades.

—Soy el mayordomo de lord Balwain. Ha aceptado verlos ahora. Deberían traer con ustedes... —hizo una pausa y, con la mano derecha y el índice extendido, hizo un gesto como para conjurar las palabras correctas antes de decidirse a terminar la frase—: los restos.

El Leñador recogió la bolsa de la cabeza y se la ofreció.

—¿Quiere llevarla usted? —le preguntó.

—Seguro que es usted más que capaz de hacerlo solo —respondió el mayordomo, que miraba con asco la bolsa, aunque no solo la bolsa.

Ceres percibió en él una evidente actitud de desconfianza que no había notado en el mariscal de las puertas, e intuyó, con una certeza nacida de varias décadas tratando con hombres y de verse obligada a vivir en un mundo en el que siempre llevaban las de ganar, que el mayordomo ocultaba algo.

Sin mediar más palabras, Ceres y los demás acompañaron al mayordomo, con un guardia delante de ellos y otro detrás, hasta el corazón del castillo. A medida que caminaban, el entorno le fue resultando cada vez más familiar, hasta el color de las piedras de las paredes, las formas de las ventanas y los soportes de las antorchas. Sabía que seguía los pasos de Calio, y que el castillo y todos los que residían en él estaban a merced de las criaturas feéricas. Como para confirmarlo, la herida empezó a latirle con una insistencia que le recordaba al dolor del momento en que había recibido la picadura. La dríade estaba cerca.

—Este es el lugar —le susurró al Leñador—. Estos son los pasillos por los que vi caminar a Calio.

Él asintió brevemente y Ceres se fijó en que el mayordomo ladeaba la cabeza hacia ellos para intentar escucharlos. «No te preocupes», pensó Ceres, «pronto lo descubrirás.»

Llegaron a una puerta flanqueada por otros dos guardias, que la abrieron para dejarles entrar en el salón de audiencias de lord Balwain, donde, en uno de los extremos, había una mesa larga de reuniones, presidida por un elegante trono tallado. Una zona menos formal, con sofás y sillones cubiertos de mantas, rodeaba una enorme chimenea junto a la que dormitaban tres sabuesos, disfrutando de su calor. La iluminación la aportaban, sobre todo, las antorchas de las paredes y las velas de la repisa de la chimenea y de las mesas. Como la habitación se encontraba en la base del castillo, recibía poca luz, así que las ventanas eran más decorativas que funcionales. A Ceres le resultó extraño. De haberse encontrado en la posición de lord Balwain, habría preferido una cámara más alta desde la que contemplar sus tierras. Puede que, de hecho, existiera una estancia de ese tipo a mayor altura, y que aquella fuera una ubicación temporal y secundaria que se usaba debido a la amenaza feérica. Sería más difícil huir de los niveles superiores sin que lo vieran o lo capturaran, y Ceres supuso que habría otra puerta oculta en las paredes con su correspondiente ruta de huida.

Junto a la ventana más grande había un hombre de espaldas a los visitantes. Era imponente (alto y ancho), con una larga cabellera negra que le caía sobre los hombros. Vestía túnica y pantalones de terciopelo, sobre los que colgaba un sobreveste corto de color escarlata, mientras que las botas gastadas de cuero negro le llegaban a las rodillas. Tenía los brazos a la espalda, con los dedos entrelazados. No se volvió hasta que los anunciaron y, cuando lo hizo, se tomó su tiempo, como si le costara renunciar a su paisaje de piedras. Ceres se percató enseguida de que era el hombre del retrato, a pesar de la crudeza de la representación. Casi esperaba ver a un guerrero feérico entrar trepando por la ventana que tenía detrás, pero seguía cerrada y solo dejaba pasar un hilito de luz difuminada a través del cristal deslustrado.

Lord Balwain tenía cuarenta y muchos años, alguna cana en los rizos oscuros y la barba bien recortada. Era guapo, sin duda, aunque daba la impresión, incluso a primera vista, de sentirse demasiado satisfecho al respecto y, aunque los ojos le brillaban, no eran especialmente cálidos. En el mundo de Ceres, podría haber sido un líder de la industria, el presidente de una compañía multinacional capaz de despedir a miles de personas con un golpe de bolígrafo o con tan solo pulsar un botón, todo por añadir unos cuantos peniques más al precio de sus acciones.

Era la primera vez que Ceres se encontraba en presencia de un lord y no estaba versada en protocolo. ¿Debía inclinarse, arrodillarse, darle la mano? Decidió imitar al Leñador, pero este estaba examinando con aire escéptico a Balwain, como si le hubieran ofrecido venderle un caballo del que sospechaba que se vendría abajo en cuanto perdiera de vista al comerciante. A Ceres no le pareció adecuado seguir su ejemplo y mirar con tanto descaro a alguien de la nobleza, así que aprovechó la oportunidad para observar la decoración de la sala. La atrajo una enorme talla de madera que ocupaba la pared de la izquierda y se fijó en que a David también le interesaba. En la talla se veía la derrota de los loups y sus aliados lobunos en una batalla que había tenido lugar en aquel mismo lugar cuando David era niño. Sin embargo, resultaba llamativa la ausencia de este último, mientras que el jinete que conducía a su ejército y fustigaba al enemigo guardaba un parecido extraordinario con un Balwain más joven. A menudo se decía que la historia la escribían los vencedores, pero también la escribían los que contaban con la riqueza y el poder suficientes para crear su propia versión de ella, en la que la verdad era un daño colateral.

Balwain habló y a Ceres se le apareció la imagen de alguien que vierte miel sobre un cuchillo afilado.

—El Leñador regresa —dijo con un deje de burla y más que un deje de disgusto—. Siempre es señal de problemas. Cabría concluir que los traes contigo, por el modo en que tu presencia los confirma.

—Has llegado muy lejos, lord Balwain. La última vez que te vi no tenías título alguno y lo que te rodeaba era mucho más modesto. Aunque siempre has sido ambicioso, así que no me sorprende tu ascenso. ¿Elegiste tú mismo el título?

Balwain no estaba acostumbrado a que lo pillaran con el pie cambiado tan rápidamente, ni a que le recordaran sus raíces humildes, y quedó patente que no le había gustado que el Leñador lo hiciera. De haberse tratado de un hombre con una piel menos fina, habría hecho caso omiso de la pulla, pero Balwain, a pesar de

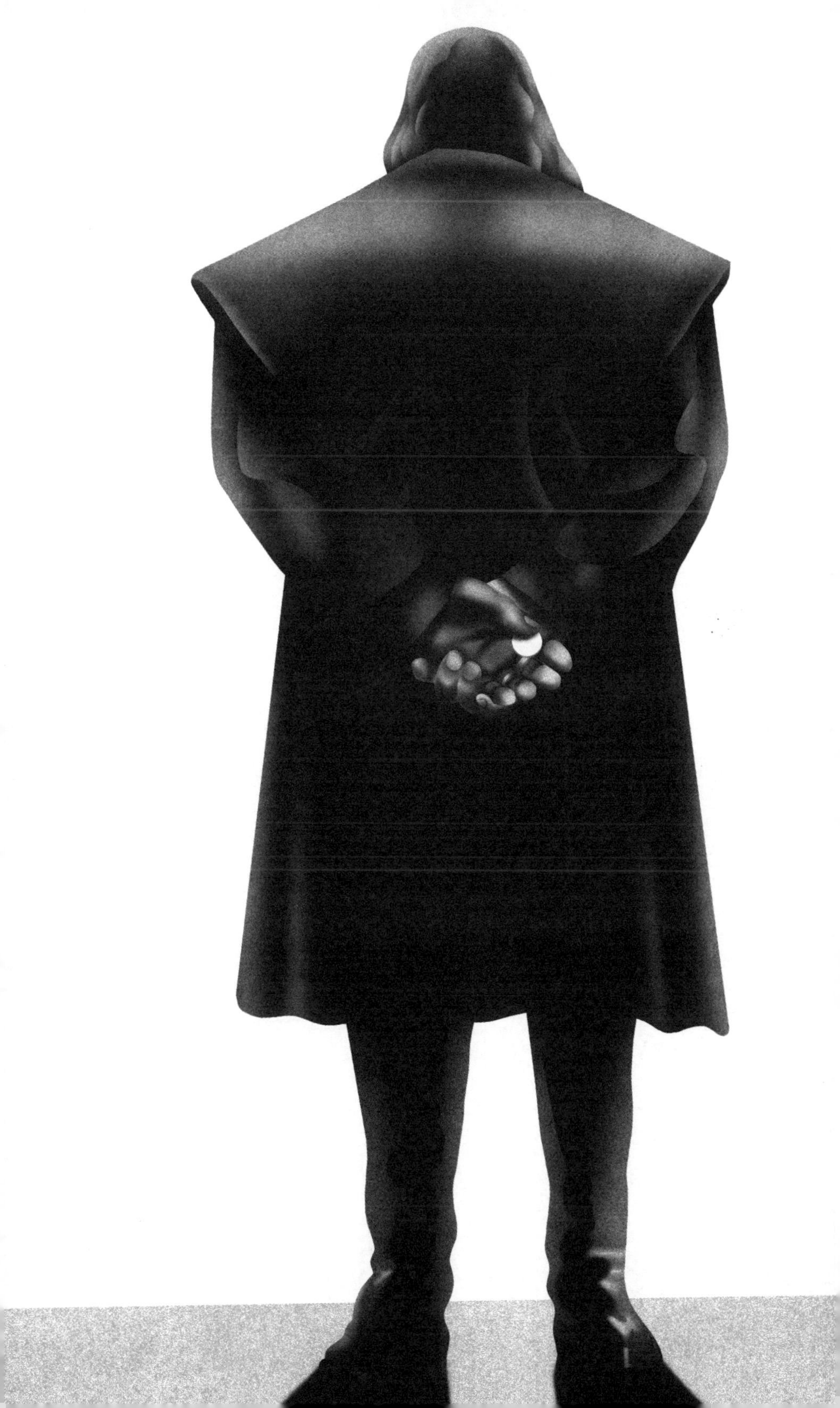

todo su poder, era demasiado orgulloso e inseguro para pasar por alto un insulto, ya fuera real o percibido.

—Mis pares nobles acordaron concederme ese título. Era necesaria una nueva jerarquía después de la caída del último rey.

—¿Y tuvieron algo que decir en la formación de tan distinguida casta los que trabajan en la mina? —preguntó el Leñador—. Porque doy por sentado que ese asqueroso agujero en el suelo es obra tuya.

—La mina Pandemonio es propiedad compartida de los seis nobles —respondió Balwain—, cada uno con una participación acorde a su poder y a la inversión realizada en el proyecto. En cuanto a los trabajadores, se les paga por su esfuerzo. Aquí no hay esclavos.

—Pero ¿se les paga bien?

—Se les paga lo suficiente —respondió Balwain, lo que Ceres interpretó como que se les pagaba lo suficiente para su gusto y el de sus socios.

Lo que los trabajadores en sí pensaban sobre la situación les había quedado claro tras su breve encuentro con los agotados mineros.

—¿Y de qué es la mina? —preguntó.

Si a Balwain le disgustaba que el Leñador lo cuestionara tan directamente y sin las formalidades de rigor, aún más le irritaba que una joven lo interrogara, aunque Ceres sospechaba que, de haberse presentado allí como la mujer de treinta y tantos que era, su señoría la habría tratado con la misma arrogancia. Posiblemente había sentido la tentación de ignorarla por completo, pero estaba en compañía del Leñador y, a pesar de sus reservas, quienquiera que estuviera junto al Leñador se veía investido de cierta autoridad por asociación.

—Oro, hierro y cobre —contestó, antes de añadir, tras una pausa—: El pozo abierto que habéis visto no es más que una parte de nuestras actuaciones. A poco distancia de aquí hay varias minas secundarias de las que hemos empezado a extraer carbón y diamantes. Sin embargo, a no ser que pretendáis hacerme una propuesta de inversión o comprar algo, creo que es irrelevante dar más detalles. —Balwain se volvió hacia David, que todavía no había hablado—. Tú antes eras David, el niño que venció al Hombre Torcido. Ahora eres mayor, pero aquel muchacho todavía sigue ahí dentro.

—Me gusta la talla. Es muy espectacular, aunque no recuerdo que participaras en los acontecimientos de ese día.

Balwain, algo rígido, se acercó a la pared de la talla y se colocó de modo que David no la viera, lo que, en opinión de Ceres, era algo fútil al tratarse de una obra tan grande.

—¿Habrías preferido verte representado como un héroe? —preguntó Balwain.

—Solo en aras de la precisión. Para serte sincero, he tratado de olvidar lo que sucedió aquí. Si este fuera mi castillo, no me gustaría que me recordaran su historia.

Balwain señaló los sillones situados junto al fuego, invitándolos a sentarse. Ceres se fijó en que aquello, además, los obligaba a darle la espalda a la talla. Aunque intentó localizar qué era lo que Balwain tenía tanto empeño en esconder, no lo logró; a no ser, por supuesto, que simplemente se avergonzara de que le hubieran pillado en una mentira.

—Pero no es tu castillo, ¿verdad? —repuso el lord mientras se sentaban—. Y nosotros nos vimos obligados a terminar lo que tú empezaste. Después de la caída de los loups, matamos a todos y cada uno de los lobos que encontramos para castigarlos por su insurgencia. Solo sobrevivieron unas cuantas manadas que se retiraron a los viejos bosques. Aun así, tarde o temprano los encontraremos y colgaremos sus pieles de las paredes.

—¿Igual que colgaste a las arpías de los puentes y empalaste a los troles para petrificarlos? —comentó el Leñador.

—No se puede razonar con los troles: es matar o que te maten. En cuanto a las arpías, son una amenaza para todos los que intentan cruzar la sima. Hasta que logremos erradicarlas, hay que mantenerlas a raya.

—Fue un acto innecesario y provocador, la ruptura de un acuerdo, y eso ha liberado a la Camada del abismo. Las arpías solo atacaban a los que no pagaban el peaje a los troles por pasar, y eso ocurría muy pocas veces. Ahora quieren venganza. Formaban parte del orden de este mundo, un orden que pretendes usurpar, y habrá consecuencias.

—Del antiguo orden del mundo —lo corrigió Balwain mientras chasqueaba los dedos para llamar a un criado que cargaba con una bandeja de vino y dulces—. Como bien dices, un nuevo orden está ocupando su lugar.

—Si no recuerdo mal, establecer un nuevo orden era también el objetivo de Leroi, el rey de los loups. Podría decirse que una manada de lobos ha reemplazado a otra.

Esta vez, Balwain no se sintió ofendido. Si acaso, la comparación lo halagó.

—Admiraba la ambición de Leroi. Él también se había cansado de la antigua distribución de poder..., de la que tú, Leñador, eres un vestigio. —Balwain cogió una copa de vino de la bandeja, pero fue el único—. ¿No tenéis sed?

—Preferimos mantener la cabeza despejada —contestó el Leñador.

—Hablando de cabezas... —dijo Balwain, sonriente por su propio chiste mientras señalaba la bolsa que estaba a los pies del Leñador—. Creo que tienes algo que enseñarme.

Con la punta de la bota, el Leñador empujó la cabeza hacia Balwain, que no la recogió, sino que esperó a que un criado lo hiciera por él.

—Sácala —le ordenó— y muéstramela.

El criado hizo lo que se le pedía, aunque sin entusiasmo alguno, y palideció al desvelar la cabeza. El lord, por el contrario, la contempló largo y tendido, como si se le hubiera ofrecido una anécdota sobre la que merecía la pena reflexionar.

—¿Obra tuya? —le preguntó al Leñador.

—Habría preferido prenderle fuego con el resto del cuerpo, pero pensé que quizá fuera necesario convencerte de que el resurgimiento de los feéricos era una realidad.

—Ya era consciente de su regreso y se están tomando medidas para ocuparnos de ellos. He convocado una reunión de nobles que tendrá lugar esta noche. Para cuando termine la sesión, estoy convencido de que habremos elaborado una estrategia para proceder.

De nuevo, a Ceres le recordó a los detestables hombres de negocios que había conocido. Lo único que le faltaba a Balwain era un BMW y un juego de palos de golf. Por su parte, al Leñador seguía sin convencerle demasiado su bravata.

—Dudo que las criaturas feéricas respeten demasiado las estrategias humanas —dijo.

—Entonces, peor para ellas. Esta tierra ha cambiado mucho en su ausencia. Ahora contiene más acero y más hombres de lo que hubieran podido imaginar.

—No han estado ausentes —repuso el Leñador—. Han estado aquí todo este tiempo.

—Dormitando en sus túmulos —replicó Balwain, desdeñoso—, a tan solo un paso de la muerte.

—Escuchando desde sus túmulos —lo corrigió el otro—, porque su sueño no es como el nuestro. Incluso así, se turnaban para despertarse y observar. Que permanecieran ocultas a nuestra vista no significa que no fueran conscientes ni que no estuvieran preparados. Y los feéricos no son el único peligro que nos acecha —añadió—. El Hombre Torcido ha regresado.

Balwain se rio a carcajadas.

—Te has hecho viejo, Leñador, y, como los feéricos, temo que hayas pasado demasiado tiempo dormido. ¿El Hombre Torcido? El Hombre Torcido ya no existe. Tu compañero, aquí presente, lo atestiguará. Al fin y al cabo, fue él quien condujo a ese embustero a su autodestrucción.

Balwain esperó a que David lo confirmara, pero no lo hizo. En vez de eso, dijo:

—Es posible que fuera más difícil librarse de él de lo que pensábamos.

El lord negó con la cabeza.

—No, no me distraeré con fantasmas y cuentos de viejas, no cuando tenemos a los feéricos a las puertas. ¿Ocurre algo?

Ceres tardó un momento en darse cuenta de que Balwain se dirigía a ella, del mismo modo que no se había percatado de que no dejaba de restregarse el brazo dolorido.

—Una herida reciente. Todavía me molesta.

—Puedo pedirle a mi médico que la examine, si quieres.

—No, gracias. Se está curando, aunque despacio.

—¿Cómo sucedió?

Sin embargo, fue el Leñador el que respondió, tras una mirada de advertencia a Ceres para que lo dejara hablar a él.

—La atacó una dríade —dijo.

—¿Una dríade? —preguntó Balwain—. Qué curioso, creía que estaban todas muertas.

—Esta está muy viva.

—Puede que no le gustaran los extranjeros —elucubró Balwain, que miraba a Ceres por encima del borde de su copa—. Porque eres una extranjera, ¿verdad? ¿De dónde vienes?

—De lejos —contestó el Leñador.

—La chica tiene lengua —lo cortó Balwain.

—Vengo de lejos —dijo Ceres—, como ha dicho el Leñador.

Una pausa incómoda siguió a sus palabras, una pausa en la que Ceres se vio, en otras circunstancias, empujada a una de las celdas de Balwain para enseñarle modales.

—Entonces te aconsejaría que regresaras allí y que te lo llevaras contigo —dijo el lord, señalando a David—. Los extranjeros me ponéis nervioso. En cuanto a ti, Leñador, ya has dicho lo que tenías que decir. Lo demás está en mis manos. Deja la cabeza aquí. Me aseguraré de que se deshagan de ella. Aunque me siento tentado a devolveros al camino y cerrar las puertas, pronto se hará de noche y las criaturas feéricas andan sueltas. El mayordomo os preparará camas y seréis mis invitados esta noche.

Dejó la copa en la bandeja y se levantó, y David y Ceres lo imitaron al instante. Su audiencia con lord Balwain había tocado a su fin.

—Una cosa más —dijo el Leñador, que seguía sentado.

—¿Qué?

—Los feéricos han robado a algunos niños. Hay que rescatarlos.

—No puedo desperdiciar a hombres en una búsqueda, no es el momento.

—Puede que no tengas que hacerlo o, al menos, no a muchos. Sabemos con certeza que los niños están cerca.

Balwain recibió la noticia sin que le cambiara la expresión. Lo mismo podrían haberle dicho que los árboles tienen hojas.

—¿Qué te hace pensar eso?

—¿Dudas de mis habilidades?

—No en lo que respecta a cazar humanos o animales, pero los feéricos son distintos. No dejan rastro, a no ser que decidan hacerlo, y solo un idiota lo seguiría. ¿Eres idiota, Leñador?

—A veces sí, como todos los hombres, pero no en esta ocasión. Deberías estar preocupado, Balwain. Si los feéricos andan sueltos, tú, que representas al poder en esta parte del mundo, estarás muy presente en sus pensamientos. Y me atrevería a decir que este es un sitio peligroso donde estar.

—No les tengo miedo. Toda la información que hemos recabado nos indica que tratamos con un pequeño grupo de alborotadores. No se trata de un ejército ni de una invasión, sino de los últimos coletazos de una raza moribunda.

—Se están alimentando de niños.

—Siempre se han alimentado de niños. Eso es lo único que son: ladrones de niños. Atacan a los más vulnerables porque ni son suficientes ni tienen el valor necesario para enfrentarse a los hombres. Sin embargo, un puñado de niños no bastará para sustentarlos mucho tiempo, y cuantos más feéricos se expongan, más fácil será matarlos. En cuanto a los críos, lo más probable es que ya estén muertos. Y aunque no fuera así, suponiendo que lográramos localizarlos, los feéricos los matarían solo para fastidiarnos, y no nos dejarían más que la piel y los huesos.

Mente y habla funcionaron al unísono, y las palabras brotaron de los labios de Ceres antes de poder contenerse.

—Si fueran tus hijos, estarías más dispuesto a salvarlos.

—Pero no lo son, ¿verdad? —Al instante, Balwain pareció mucho mayor de lo que era—. Mis hijas están muertas, al igual que mi mujer. Unos bandidos atacaron la caravana en la que viajaban. Mi familia consiguió huir al bosque, pero entonces llegaron los lobos, conducidos por una hembra alfa a la que todavía le quedaban dentro algunos retazos de loup. Creo que había estado siguiendo la caravana desde el principio, esperando su oportunidad. Al fin y al cabo, yo había matado a su pareja y a sus cachorros, y ella estaba decidida a hacer lo mismo con las mías. Sigue ahí fuera, y yo acabaré con ella antes de morir. —Ceres vio que la ira y la pena se mezclaban en sus rasgos, revelando al hombre que era y al que podría haber sido. Lo que vio no hizo que le cayera mejor, aunque sí la ayudó a comprenderlo un poco—. ¿Creías conocerme? No eres más que una niña. ¿Qué vas a saber tú de la tristeza adulta?

—Más de lo que crees. Y siento mucho lo de tu familia, lo digo de veras. Encontraremos sin tu ayuda a esos niños desaparecidos, pero creo que tu mujer y tus hijas se avergonzarían de ti.

Balwain levantó la mano derecha y Ceres se preparó para el golpe. El Leñador se colocó entre ellos y Balwain retrocedió.

—Salid de aquí —dijo el lord—. Y espero no volver a veros nunca.

El mayordomo corrió a llevarlos hasta la puerta, que se abrió con un mero bufido suyo. Antes de que se cerrara, Ceres se arriesgó a echar un último vistazo a Balwain, pero el lord estaba mirando la talla de la pared, sumido en su sueño de masacrar a los lobos.

LI
Ofermod
(INGLÉS ANTIGUO)

Orgullo, arrogancia

Los visitantes no volvieron a hablar hasta que estuvieron a salvo en sus aposentos, adonde vieron que habían llevado tres camas sencillas, cada una con un colchón duro, una almohada aún más dura y una única manta, que debía de dar tan poco calor que bien podría haber estado hecha de papel. Una vez a solas, el Leñador se llevó un dedo a los labios, señaló las paredes de la habitación y después se llevó el mismo dedo a la oreja derecha. Se acercó a una de las ventanas y la abrió para que entrara el ruido del patio de abajo. Cuando habló, lo hizo en un susurro, y Ceres y David respondieron igual.

—En ciertos aspectos, Balwain ha cambiado mucho —dijo el Leñador—. Por desgracia, los cambios han sido a peor. Estas tierras tienen a un mal custodio.

—Estaba escondiendo algo, igual que el mayordomo —dijo Ceres.

—Lo de ocultar más de lo que revela forma parte de su naturaleza, aunque eso difícilmente lo hace único. Como mínimo, intentará encontrar el modo de aprovechar en beneficio propio el peligro que representan los seres feéricos. Contamos con una noche bajo su techo para descubrir todo lo que podamos, y espero que, mientras tanto, puedas conducirnos hasta Calio y esos niños.

Ceres flexionó el brazo.

—Me duele menos desde que nos hemos alejado de Balwain. Por un momento, cuando estábamos allí dentro, tuve que morderme el labio para no gritar.

—Nos encontrábamos a nivel del suelo —dijo David—. De haber bajado, estaríamos en los sótanos y las mazmorras... o algo peor.

Y Ceres supo que estaba recordando de nuevo las horas durante las que había corrido por los pasadizos del Hombre Torcido.

—Si Ceres era más sensible a Calio allí, eso parece confirmar que la dríade ha descubierto el modo de moverse por debajo del castillo —dijo el Leñador—. Y si Calio están ahí abajo, también lo están los feéricos... o parte de ellos, al menos.

—No tengo ni idea de lo profundos que eran los túneles del Hombre Torcido ni de lo grande que era la red —intervino David—, pero debía de haber miles de ellos, y eso solo bajo el castillo. Aunque imagino que algunos se derrumbarían cuando se destruyó, puede que muchos otros hayan quedado intactos.

—Entonces tenemos que descubrir cómo acceder a ellos y después dejar que Ceres haga el resto.

—Pero ¿por qué venir aquí? —preguntó Ceres—. Seguro que hay lugares más seguros a los que llevar a los niños. Este castillo está lleno de guardias y soldados, todos armados con acero. Tiene que ser el sitio más peligroso para las criaturas feéricas.

—Porque, si logran matar a Balwain, sembrarán el terror y el caos —respondió David—. Los otros nobles correrán a hacerse con el poder y se pelearán entre ellos. Un enemigo dividido es más fácil de conquistar.

—Seguro que Balwain ha tenido en cuenta esa posibilidad —dijo el Leñador—; sin embargo, no parecía preocupado. Puede que el poder y la codicia le nublen el juicio.

—A mí me ha parecido que tenía el juicio bastante despejado —repuso Ceres—, salvo por el empeño en matar a los lobos. ¿Por qué no le has mencionado que estábamos usando a Calio para seguir a los feéricos?

—¿Por qué no lo has mencionado tú?

—Porque no confío en él. Para ser más exactos, no me cae bien y, por tanto, no quería confiar en él. Pero eso está mal, ¿no? No tiene que caerte bien alguien para confiar en sus habilidades. Existe todo tipo de gente desagradable a la que se le da muy bien lo que hace, aunque lo mejor que sepa hacer sea ser desagradable.

—Entonces, si aceptamos que Balwain es listo, desagradable y poco fiable, la pregunta sigue en pie —dijo David—: ¿a qué está jugando, exactamente?

LII
Screncan
(INGLÉS ANTIGUO)

Desestabilizar, engañar

Balwain se encontraba solo en el salón de audiencias. Su mayordomo y su personal doméstico estaban ocupados en otra parte, asegurándose de que los últimos preparativos para la reunión de los nobles seguían su curso. Se dispondrían seis sillas en la mesa del Gran Salón, con Balwain presidiéndola. Sin guardias ni consejeros presentes. Lo que allí aconteciera sería de la única incumbencia de aquellos con la más azul de las sangres.

—Mostraos —dijo Balwain, y se produjo un movimiento en la talla.

El cuerpo del lobo de mayor tamaño se hinchó como un animal a punto de dar a luz hasta que, finalmente, una parte de la madera cayó al suelo con una forma vagamente humana. Entonces se produjo un centelleo, y allí estaban: Calio.

Durante unos segundos, la dríade siguió hecha un ovillo a los pies de Balwain. El esfuerzo de pasar tanto tiempo escondida le había costado caro: una savia ensangrentada le brotaba de la nariz y de la boca, y también le goteaba de las raíces de las uñas de manos y pies. Al final, cuando empezaron a recuperar las fuerzas, Calio se pusieron de rodillas, aunque no pudieron seguir levantándose, de manera que se quedaron ante Balwain como si le suplicaran.

—¿Y bien? —preguntó el lord.

Calio decidieron mentir. A diferencia de sus parientes feéricos, se les daba bien hacerlo.

—Debe de ser tal como dice el Leñador: mis primos iban con demasiadas prisas y dejaron un rastro que él ha podido seguir.

Calio no pensaban contarle la verdad a Balwain (aquella criatura de vida breve, efímera): que habían sido ellas las que habían atraído a Ceres hasta allí, y al Leñador y a David con ella. Tampoco podían permitir que los feéricos se enterasen. Si alguno sospechaba, sería el fin de Calio.

—Eso ha sido negligente por su parte —repuso Balwain.

—Si deseas expresarles tu descontento en persona, puedo organizar una audiencia. Seguro que la Pálida Dama es una oyente comprensiva.

Balwain lo dudaba, pero no le gustaba que se burlara de él un espíritu de los árboles, otro vestigio de una era obsoleta. A pesar de que las criaturas feéricas eran más merecedoras de respeto, aquel ser no pintaba nada fuera de una hoguera. Cuando terminara sus tratos con los feéricos, quizá Balwain sellara el pacto con una ofrenda de sacrificio, y Calio encajarían ahí perfectamente. Le resultaría muy satisfactorio extinguir de una vez a aquella especie, y, poco después, a la aniquilación de las dríades se uniría la de los lobos, las arpías y, al final, la de los feéricos. Era el inicio de una nueva era, la Era de los Hombres, y no se podía seguir permitiendo la coexistencia con otras razas.

—Vosotras aseguraos de que vuestros parientes estén listos y de que su puntería sea certera —dijo Balwain—. No quiero más caos entre manos.

Calio se fijaron en que Balwain no mencionaba nada sobre su conciencia. Su lista de víctimas podía ser corta y selecta o larga y exhaustiva, según exigiera su ambición, pero se encargaría de cada una de ellas de una forma rápida, limpia y silenciosa. No quería que nadie sufriera y no deseaba convertir el asesinato en espectáculo público. No era un hombre cruel, sino práctico. Además, había niños entre los condenados.

—La Pálida Dama espera —dijeron Calio—. Debo irme.

Balwain señaló el saco en el que estaba guardada la cabeza del ser feérico.

—Podéis llevaros eso. Enterradla como es debido o lo que sea que hagan los feéricos con sus muertos.

—Descansan entre ellos —respondieron Calio.

Calio habían estado dentro de los túmulos feéricos y habían contemplado en persona los grandes mausoleos de huesos.

—¿Para qué? —preguntó Balwain.

Calio se encogieron de hombros.

—Para que, cuando mueran, no les resulte tan extraño.

Balwain arrugó la nariz, asqueado.

—Eso explica por qué, por debajo de su perfume especiado, apestan como un osario. Y podéis contarle a la Pálida Dama lo que acabo de decir, aunque no creo que la comparación la ofenda.

—Los feéricos también creen que vosotros oléis a muerte, todos vosotros. Sois transitorios, apenas habéis nacido cuando ya os toca morir. Una vida humana entera es para ellos como un día. Parpadean y ya habéis desaparecido.

—Pero caminamos bajo el sol, y ellos se esconden bajo la tierra.

—Ya no se esconden.

—Aun así —reconoció Balwain—, esta tierra no volverá a ser suya. Pueden quedarse con sus túmulos y les permitiré yacer con sus antepasados sin molestarlos, ni tampoco tocaré sus criptas hasta que el sueño se convierta en muerte. Si quieren alimentarse, podrán limitarse a los débiles. Aunque no será gran cosa, sí será mejor que nada.

—La Pálida Dama entiende las cláusulas del contrato —repusieron Calio—. Paz para los feéricos, sin la intromisión humana, mientras que...

—...yo me quedo Pandemonio para mí solo —terminó Balwain por ellas—. Y la Pálida Dama me entrega a la loba que mató a mi familia.

—La Pálida Dama ya tiene preparada para ti a la loba alfa. La he visto enjaulada.

Calio tocaron una piedra de la pared. La piedra se retiró con la presión de su mano, un armario se movió y tras él apareció un umbral. Cuando la dríade se disponía a marcharse, Balwain le hizo una última pregunta.

—¿Hay algo de cierto en lo que ha dicho el Leñador sobre el Hombre Torcido?

Calio negaron con la cabeza. La mentira acudió fácilmente a sus labios.

—Nada —contestaron—. Nada en absoluto.

LIII
Heortece
(INGLÉS ANTIGUO)

Aflicción

Ceres estaba agotada, pero el Leñador le aconsejó que no se tumbara todavía.

—Aunque duermas y veas a Calio, no nos servirá de nada. Hay demasiadas personas por aquí y atraeremos la atención si intentamos movernos con urgencia. Sería mejor esperar a que esté a punto de empezar el consejo de nobles, porque así todo el interés estará centrado en su lugar de reunión. Puedes cerrar los ojos justo antes y esperar a ver qué se te revela. Tengo la esperanza de que, si Calio están cerca, consigas dar con ellas y así dar inicio a nuestro plan. Por el momento, sugiero que exploremos todas las zonas del castillo que nos dejen ver. Tal vez encuentres lugares que después veas en sueños.

Al otro lado de la puerta, algo más allá, holgazaneaban un par de guardias. El Leñador los llamó.

—Mi joven compañera, como expósita que es, nunca ha visitado un gran castillo —explicó mientras le daba unas palmadas en la cabeza a Ceres que a punto estuvieron de valerle una patada en la espinilla—. ¿Podríamos estirar las piernas..., escoltados, por supuesto, y echar un vistazo?

Los guardias lo discutieron un momento y después el mayor de ellos indicó al más joven que acompañara a sus «invitados», pero sin interferir, a no ser que intentaran entrar en alguna cámara privada. Así, Ceres, David y el Leñador gozaron de cierta libertad de movimiento, lo que ayudó a Ceres a despejarse un poco. El guardia mantenía una distancia discreta y parecía bastante satisfecho paseando en vez de aguantando varias horas de pie en un pasillo sin ventanas viendo flotar las motas de polvo.

Empezaron con un circuito por el exterior del castillo, aunque el aire no era precisamente fresco, impregnado como estaba del olor a caballos y soldados, puesto que las escoltas de los nobles habían montado campamentos informales en los patios. Hombres y mujeres armados descansaban, sesteaban o se sentaban en grupitos alrededor de hogueras en los que comían y fumaban, pero no bebían nada más fuerte que agua o cerveza liviana, y solo hablaban de los feéricos. Los diferentes campamentos no se mezclaban, eso sí, y la actitud entre ellos iba del desinterés relajado a una hostilidad apenas reprimida. Si aquello era un reflejo de los sentimientos de sus lores y damas, el inminente consejo iba a ser bastante movidito. En más de una ocasión, Ceres vio que los soldados la miraban sin vergüenza, desnudándola con los ojos a pesar de su aparente juventud. Se preguntó cuántos de ellos tendrían esposa, hermanas e hijas propias, y cuánta crueldad habrían infligido a las esposas, hermanas e hijas de otros hombres.

Procuró esquivar una zona de madreselva, ya que el Leñador le había contado que aquel arbusto solía usarse para enmascarar el olor de las letrinas compartidas. La planta también estaba presente en los aseos del interior del castillo, donde hacía algo de efecto, pero los retretes del exterior los usaban tantas personas que ni con bosques enteros de madreselva se habría ocultado el olor. Si ver los arbustos no hubiera bastado para animarla a guardar las distancias, junto con la ráfaga de aire fétido que le llegaba cuando el viento cambiaba temporalmente de dirección, también estaba el insistente zumbido de las moscas para advertirla. Ceres no habría entrado en aquellos baños ni por una bolsa de oro, por mucha necesidad que tuviera de hacerlo. La verdad era que preferiría estallar.

Desde el baluarte vio otras fogatas arder más allá de la muralla principal. Allí era donde los que no habían logrado alcanzar la seguridad del interior hacían lo que podían por compensarlo con fuego y superioridad numérica. Sabía que aquella escena, o una versión menor, se reproducía por todas partes: aldeanos que buscaban refugio tras vallas, muros y portones, con las puertas y las ventanas trancadas, y prohibiendo a los niños salir por miedo a las criaturas feéricas. Sin embargo, quizá incluso la casucha peor defendida fuera más segura que la gran fortaleza de Balwain, construida como estaba sobre un falso suelo a través del que, si las sospechas de David eran ciertas, acechaba el enemigo.

Sin que ella se percatara, oculta por las sombras del sol poniente, la enredadera de los muros del castillo se movió. Un rostro brotó entre el follaje y sus ojos huecos miraron a Ceres antes de dirigirse a David. Al verlo, la boca se le abrió, lista para engullirlo si se acercaba lo bastante como para atraparlo. Entonces, el rostro desapareció y de nuevo todo volvió a ser como era.

Empezó a llover, así que el trío y su escolta se vieron obligados a regresar al interior. Allí se dedicaron a observar todo lo que pudieron, sin que el guardia se interesara por sus actividades, puesto que no habían hecho nada indebido hasta el momento y procuraban pedir permiso antes de abrir puertas cerradas o aventurarse por pasillos interesantes. Llegaron a las cocinas; en la del lord se preparaba un banquete (potaje, asados, pasteles salados y dulces, y tartas) para los nobles, mientras que en la común borboteaban grandes calderos de carne para sus séquitos. Ceres se fijó en que todos los trabajadores eran hombres, salvo las camareras, y en que, por debajo del olor de la comida, se detectaba el de la levadura fermentada, el vinagre de los encurtidos y la sangre.

No se quedaron mucho porque, allá donde se detenían, conseguían interponerse en el camino de un cocinero o un pinche. Antes de marcharse, una de las camareras, recién llegada de llevar levadura a los panaderos, les dio unos bollitos calientes, lo que relajó incluso más al guardia que los acompañaba. Ceres todavía estaba masticando alegremente cuando dobló una esquina y se detuvo en seco, y el pan se le hizo una bola de polvo y grava en la boca. Ante ella estaba el retrato de Balwain con un libro en la mano y una espada en la otra, y la ventana abierta tras él.

—Es ese —susurró al Leñador—. Ese es el cuadro que salía en mi visión.

Se colocó frente a él y alargó una mano para tocarlo, casi esperando que la escena le subsumiera los dedos, pero el lienzo permaneció rígido.

—No hagas eso —dijo el guardia. Eran sus primeras palabras desde que se encontraran, puesto que antes se había limitado a expresar su aprobación o desaprobación mediante gestos con la cabeza.

—Lo siento, me he dejado llevar por la curiosidad.

—Es la posesión más preciada de su señoría, aunque últimamente no soporta mirarla.

—¿Por qué?

—Porque lo pintó su difunta esposa.

De modo que así era como su mujer lo veía, pensó Ceres: atractivo pero austero, incluso amenazador. Su determinación era evidente en la tensión de la mandíbula y el acero de los ojos, mientras que el libro abierto bajo su mano contenía líneas de números: cuentas, no poesía. Resultaba curioso que no mirase al espectador del cuadro, sino hacia abajo y a un lado, lo que implicaba que la artista (es decir, su esposa) le resultaba menos interesante que las cifras de su libro de contabilidad. Aquello era la historia de un matrimonio, y no precisamente feliz.

Detrás de la figura de Balwain estaba la ventana abierta a la oscuridad: la noche de la que había surgido el guerrero feérico. Sin embargo, los feéricos no podían salir de verdad de un cuadro, ¿no? Por otro lado, si uno de ellos había sido capaz de adoptar la forma de un adolescente y escurrirse como una serpiente a través de un estrecho hueco para matar a una niña, a saber si la manipulación de obras de arte entraba dentro de sus habilidades.

—Deberíais regresar a vuestros aposentos —dijo el guardia—. El consejo está a punto de empezar.

Los alejó de las cocinas y los condujo por las escaleras traseras y los pasillos más tranquilos y menos frecuentados. Ceres sospechaba que se arrepentía de haber tenido tanta manga ancha, y vio que no ocultaba su alivio cuando llegaron sin más incidentes a su cuarto, aunque, aun así, ella procuró darle encarecidamente las gracias por su ayuda. La puerta se cerró y, de nuevo, se acercaron a la ventana para hablar.

—Bueno —dijo el Leñador—, ha sido muy útil, sobre todo el camino de vuelta. Hay formas de moverse por el castillo sin que te vean.

—Primero tendremos que salir de aquí —observó David.

—En breve, todo el personal del castillo estará ocupado con el consejo. También permanecerán alerta por si aparecen los feéricos, por lo que mirarán hacia el exterior de los muros, no dentro de ellos. Pero, si me equivoco, soy más que capaz de crear una distracción. —El Leñador se volvió hacia Ceres—. Ha llegado el momento de dormir. De dormir y de soñar.

LIV
Hel

(NÓRDICO ANTIGUO)

Diosa de la muerte

Ceres, tumbada en una de las camas, dormitando, se obligó a dar con Calio y los niños perdidos. Invocó los pasillos por los que habían caminado antes y los interiores de las cámaras atisbadas a través de las puertas abiertas, creando en su mente un mapa del castillo. Sin embargo, cuando por fin empezó a soñar, las visiones no la llevaron por pasillos de piedra ni túneles de tierra, sino a un dormitorio en Lantern House con las cortinas cerradas ante el ocaso del día. Phoebe yacía inmóvil, salvo por el pecho, que le subía y bajaba levemente. La lámpara de la mesilla de noche estaba encendida, la que Ceres usaba para leerle por la noche. Era lo único que iluminaba la habitación, por lo que el resto estaba en penumbra.

Y, en aquella oscuridad, una figura acechaba: una mujer solo visible como silueta, una sombra compuesta de otras sombras, de pedazos de negrura obligados a prestar servicio, compactados para darle sustancia a un ser que no debía estar allí. La parte superior de la cabeza de la mujer estaba deformada, de tal modo que parecía que unos fragmentos de cristal o astillas de madera le perforaban el cráneo. Ceres tardó un momento en identificarlo como una corona dentada que le crecía del hueso.

—¿Me conoces? —preguntó la mujer al tiempo que la habitación se enfriaba—. Porque yo te conozco, y a tu hija. No eres la única capaz de viajar entre mundos.

—No te acerques a ella —repuso Ceres.

Al igual que la mujer, una parte de ella estaba en la habitación, como el espíritu de alguien que no ha fallecido aún, así que sabía que podía intervenir en aquel plano. Por desgracia, lo mismo podía decirse de aquella depredadora.

—¿Por qué? Está más muerta que viva y, por consiguiente, es más mía que tuya, tanto que la distancia entre nosotras no es más que un paso... o un aliento. Le queda tan poca vida dentro que apenas merece la pena el esfuerzo de arrebatársela.

—Entonces déjala en paz.

—¿Me lo suplicas?

—No, te lo ordeno. No te acerques a ella.

La risa de la mujer sonó como el hielo al romperse.

—¿Y qué vas a hacerme? ¿Qué puedes hacerme tú, cuando he perdido la cuenta de los muchos que lo han intentado y fracasado? ¿Eres consciente de cuántas personas han suplicado o bramado al llegar su fin..., al llegar yo? Al menos, tu hija expirará en silencio.

—Lucharé por ella.

—Pero me has invocado. Me has traído aquí. Deseabas verla muerta... y morir tú misma. Has sido presa de la desesperación, y yo soy la coda inevitable de esa melodía.

—No es cierto. Solo quería que acabara este sufrimiento, y fue en un momento de debilidad, cuando me creía incapaz de seguir adelante.

—Menuda falsedad. Aun así, te oí y respondí. Ahora, di mi nombre. Reconoce mi presencia.

—No.

—Porque temes lo que sucedería si lo dijeras en voz alta.

—Sí.

—No temas. Solo sentirá un pinchazo, como tú, y lo que sucederá a continuación será un alivio para ambas. Siempre soy compasiva, aunque solo sea al final.

—No veo compasión en ti, solo hambre.

—Tu miedo te ciega ante lo primero y exagera lo segundo. Pero no negaré que mi apetito es mi aflicción. Nunca se sacia, ni tampoco deseo que lo haga. Soy lo que llega a todas las cosas porque debe llegar. Estoy en su interior y soy suya desde el momento en que nacen. Camino a su lado durante toda su vida y mi rostro es el último que ven.

—Disfrutas de la muerte.

—No, soy la Muerte.

La mujer dio un paso adelante y se fue desprendiendo de la oscuridad al avanzar; la negrura caía de ella como hojas achicharradas al acercarse a la cama: la Pálida Dama Muerte se reveló en toda su gloria. Entreabrió los labios al inclinarse para besar a Phoebe.

—¡No! —gritó Ceres—. ¡No lo permitiré!

Y se abalanzó sobre la Muerte.

En el catre, con el Leñador y David observándola, Ceres gritó de angustia. David se inclinó hacia ella para despertarla, pero el Leñador lo detuvo.

—No.

—Está sufriendo.

—Ya sufría cuando llegó y mucho antes de eso, igual que sufrías tú la primera vez que viniste. Eras un niño en busca de su madre perdida. Ella es una madre en busca de su hija perdida.

David retrocedió a regañadientes. Ceres tenía los dientes apretados y los tendones del cuello le sobresalían mientras su cuerpo se retorcía con el tormento que soportaba. En su brazo izquierdo, al aire, la picadura de Calio se había enrojecido de nuevo. El bulto aumentó de tamaño ante sus ojos hasta formarse en él una punta blancuzca infectada.

—Pero podría estar muriéndose —temió David.

—Hubo un momento en que quizá se hubiera alegrado de morir. Ahora creo que quiere vivir, a pesar del suplicio que eso implica.

Posó una mano en la frente de Ceres y ella emitió un grito que era tanto de agonía como de alivio, como el último esfuerzo del parto, el último empujón desesperado con el que había traído a su hija al mundo. La masa de tejido inflamado del brazo estalló y exudó un olor a leche agria y un río de pus seguido de un chorro de sangre rojo brillante. El cuerpo de Ceres se relajó y dejó escapar un único suspiro. Pasó un minuto y, después, habló.

—Balwain —dijo.

Ceres estaba de nuevo de pie ante el retrato del señor del castillo, oculto junto a las cocinas. Recordaba poco de lo sucedido después de interponerse entre Phoebe y la Pálida Dama, pero ya no estaba tan preocupada por el futuro inmediato de su hija. Había mantenido a la muerte a raya, al menos de momento.

Oyó movimiento sobre ella y, al levantar la vista, encontró a Calio agarradas al techo, concentradas en el pasillo que tenía delante, por el que avanzaban los guerreros feéricos armados con largos arcos. Calio se arrastraron tras ellos, dejando a Ceres a solas.

A veces, en la vida, como en los sueños, el mundo intenta comunicarnos una verdad, pero de una forma tan sutil que tardamos un tiempo en descifrarla.

«El retrato», pensó. «Salieron del retrato. Ahora lo entiendo.»

Cuando Ceres abrió los ojos, vio al Leñador y a David. Tenía el brazo vendado con un jirón de sábana manchado de rojo y se sentía limpia.

—Sé cómo llegar hasta los niños —dijo—, pero primero tenéis que avisar a Balwain. Los feéricos están en el castillo.

LV
Swicere
(INGLÉS ANTIGUO)

Traidor

Los nobles se habían reunido en el gran salón del castillo, que era bastante más modesto de lo que el nombre daba a entender. Tenía espacio para unos cincuenta comensales más o menos cómodos, pero no era testigo de celebraciones semejantes desde la muerte de la esposa de lord Balwain. Ahora solo se usaba para cuestiones de gobierno: reuniones, tribunales y la resolución civilizada de disputas; o, si la disputa se había resuelto de un modo en absoluto civilizado (con una espada, una daga o un hacha), para imponer un castigo, de ser requerido o reclamado. Así, el gran salón había sido escenario de más de una condena a muerte, aunque solo de aquellos sin riqueza ni poder. Puede que la justicia sea ciega, pero sus túnicas tienen bolsillos ocultos en los que guardar mucho dinero. Los pobres y los vulnerables, por otro lado, tenían que contentarse con la ley, por dura e inflexible que fuera.

En aquellos momentos, el gran salón contenía tan solo una mesa rodeada por seis sillas. Se habían encendido dos candelabros, además de las antorchas en sus soportes de la pared, y también la chimenea de piedra, que era tan alta que en ella cabía un hombre adulto de pie sin que su cabeza se perdiera tras el dintel. Aquella iluminación implicaba que un anillo de oscuridad rodease la mesa central, y la galería de los juglares, en la que la música llevaba años sin oírse, quedaba en sombras.

En la mesa solo había dos jarras de vino tinto y unas copas sencillas de las que beber. Casi todo era sencillo en el castillo de Balwain. Al lord le gustaba ser rico porque la riqueza significaba poder y el poder significaba supervivencia, pero desconfiaba de las muestras vulgares de ostentación. Comunicaban inseguridad, dado que únicamente los que en secreto se sentían vulnerables necesitaban presumir de lo que poseían. Además, en un mundo a menudo violento, las personas con anillos caros en los dedos pedían a gritos que se los arrancaran, y los dedos con ellos.

Sentados a la mesa, esperando a que Balwain hiciera su entrada, estaban los cinco nobles que gobernaban aquella parte del mundo con distintos grados de fidelidad, envidia y resentimiento reprimido hacia su señor, dependiendo de su ambición. La más competente y, por tanto, la más peligrosa era la condesa Christiana, de la que se decía que había envenenado a su marido, el conde Hans, que también era su sobrino, un enlace complicado que no contentaba a nadie y menos a la condesa, razón por la cual había decidido deshacerse de él. A su izquierda se encontraba el barón Wilhelm y, junto a él, su hermano menor, Jacob: hombres codiciosos y holgazanes, pero fáciles de manipular, aunque últimamente habían expresado su descontento con su porcentaje de los beneficios de la mina Pandemonio y pretendían renegociar su contrato con Balwain. Ambos estaban casados con mujeres tan codiciosas y holgazanas como ellos, y habían empezado a engendrar niños que no daban muestras de diferir en algo de sus padres.

Frente a Jacob se sentaba Charles, el duque de Perrault, hermanastro del difunto y poco llorado conde Hans, que consideraba a Christiana una asesina, pero prefería guardarse para sí esa opinión porque no deseaba acabar también envenenado, así que empleaba a un equipo de catadores para que probaran su comida antes de sentarse a la mesa. Por último, junto a Charles, estaba la marquesa Dortchen, la cuñada de Balwain y, en teoría, la noble más unida a él por lazos de sangre y lealtad, si bien ninguna de las dos cosas contaba mucho en lo que concernía a la nobleza, ya que la sangre solo era algo que se derramaba en caso necesario, mientras que la lealtad se consideraba un recurso con el que se negociaba a conveniencia.

—Llega tarde —dijo Christiana—. La puntualidad es la cortesía de los reyes, ¿es que no lo sabe?

—Balwain no es un rey —la corrigió Wilhelm—, ni en sueños.

A su lado, su hermano resopló.

—Al último rey se lo comieron los lobos —apuntó Jacob—; Balwain echó a su familia a los lobos para que se la comieran. Puede que confundiera lo que se le requería a la nobleza.

—Ese chiste es lamentable y de mal gusto —repuso la marquesa Dortchen.

Jacob dejó de reírse por lo bajo, aunque no temía que Dortchen presentara un informe desfavorable a su cuñado, ya que esta lo detestaba tanto como todos los demás. La marquesa había esperado heredar una parte mayor de la mina tras la muerte de su hermana, dado que la esposa de Balwain había recibido un porcentaje de ella como regalo de bodas y en su testamento se estipulaba que, en caso de defunción, toda su riqueza debía pasar a Dortchen, que sería la albacea hasta la mayoría de edad de su descendencia. Cuando los lobos devoraron a esa misma descendencia, junto con su madre, Balwain y sus abogados decidieron que las cláusulas del testamento ya no tenían validez y privaron a la marquesa de aquella cuota adicional. Así que, a pesar de que Dortchen seguía apoyando a Balwain, lo hacía porque la alternativa (es decir, una alianza con uno o más de los otros nobles) no le resultaba atractiva, al menos de momento.

Solo el duque Charles guardaba silencio. Era el que poseía una porción menor de la mina, y habría preferido no tener ninguna, pero era mejor estar al tanto y participar en su gestión que perder toda influencia. En privado, Charles veía la mina como una maldición para aquellas tierras, sobre todo porque sus dominios se encontraban en la zona baja y los vertidos del funcionamiento de la mina envenenaban lentamente sus ríos y los bosques y campos que los rodeaban. Sus arrendatarios habían empezado a quejarse porque la contaminación afectaba a la cosecha, y lo que afectaba a sus ingresos condicionaba la renta que Charles les podía cobrar. Sin embargo, hasta el momento, sus peticiones a Balwain para que hiciera algo al respecto de la situación habían caído en saco roto.

Y ahora debían tener en cuenta a las criaturas feéricas. Charles suponía que no verían con buenos ojos la existencia de la mina. Los feéricos eran muy sensibles a los cambios en el entorno y consideraban que protegerlo era su deber, sobre todo porque su pureza les resultaba esencial para sobrevivir. Se contaban historias de los viejos tiempos en los que los feéricos torturaban hasta matar a los granjeros que no trataban a la naturaleza con el debido respeto y ahogaban a los terratenientes que permitían la contaminación de sus arroyos. En la seguridad de su propio hogar y en la intimidad de su mente, Charles especulaba que era probable que la mina en sí fuera lo que había sacado de sus túmulos y madrigueras a los feéricos. Si tal era el caso, estaba más que preparado para defender su cierre, en vez de arriesgarse a que se produjera un recrudecimiento de las hostilidades, pero dudaba que sus socios en general y Balwain en particular estuvieran tan dispuestos como él a darle la espalda a tanta riqueza sin explotar.

—¿Dónde estará ese condenado? —se quejó Wilhelm.

Y fue entonces cuando Balwain apareció en la galería de los juglares con una única vela en la mano. La galería ocupaba tres laterales del gran salón, y Balwain estaba situado en el centro, mirando a sus invitados desde arriba no con gratitud ni afecto, sino más bien con desdén.

—Estoy aquí —respondió— y llevo aquí un buen rato.

Si alguno de los que habían hablado de forma inapropiada se sentía avergonzado o preocupado, lo disimuló bien. Con el regreso de las criaturas feéricas, Balwain los necesitaba tanto como ellos a él. Si decidía ofenderse, era problema suyo. Todos tenían asuntos más importantes de los que ocuparse.

—No me importa que tu asiento sea más grande que el de los demás, hermano —dijo la marquesa Dortchen—, pero tener que levantar la cabeza para mirarte durante toda la reunión pronto resultará agotador.

—No te preocupes por eso, hermana —respondió Balwain—. Las deliberaciones no durarán mucho. De hecho, podría decirse que concluyeron antes de vuestra llegada.

Dortchen frunció el ceño. Jacob y Wilhelm se rieron entre dientes, puesto que es lo que hacían en momentos de tensión o incertidumbre. Christiana parecía estar pensándose volver al negocio de los venenos. Solo el duque Charles, cuyo instinto de supervivencia estaba muy desarrollado, reaccionó con rapidez y decisión. Ya estaba en pie, corriendo hacia la puerta y la promesa de seguridad, cuando una flecha con punta de piedra le acertó en la región lumbar. El impacto lo impulsó a dar unos cuantos pasos tambaleantes antes de desplomarse, momento en el que una segunda flecha lo libró de su suplicio.

Para cuando exhaló su último aliento, la mayor parte de sus pares también moría.

LVI
Dern
(INGLÉS MEDIO)

Oculto, secreto

El joven guardia que los había escoltado durante su visita al castillo era el único centinela presente cuando Ceres, David y el Leñador salieron de su habitación. Estaba apoyado contra la pared, sentado, con los brazos y las piernas cruzados, puesto que no había nadie por allí para reprenderlo y el suelo de piedra, combinado con la curvatura de las paredes, le permitiría detectar de oído si se acercaba algún superior mucho antes de verlo. Aun así, la aparición repentina de los huéspedes a su cargo lo sorprendió lo suficiente para levantarse y coger la pica.

—Debéis permanecer en vuestros aposentos —dijo—. Lord Balwain ha ordenado que se asegure el castillo mientras el consejo esté reunido.

—El castillo no es seguro porque los feéricos ya están dentro —repuso Ceres.

—Eso no es posible.

—Lo es, lo he visto.

Aquello captó su atención, aunque Ceres decidió no añadir que lo había visto en sueños, lo que seguro que socavaba su credibilidad como testigo.

—Dice la verdad —terció el Leñador—. Están usando los viejos túneles subterráneos del castillo y una entrada oculta que hay junto a las cocinas.

El guardia escuchó al Leñador con menos dudas que las dirigidas a Ceres. «El patriarcado sigue avanzando a paso firme», pensó ella. Si alguna vez lograba regresar a su mundo, jamás volvería a votar a un político varón.

—¿Qué hay de malo en comprobarlo? —preguntó David—. Solo tardaremos unos minutos. No vamos armados, así que no representamos ninguna amenaza.

—Y si usamos esas escaleras traseras —dijo Ceres—, nadie se enterará.

—Se supone que no debo abandonar mi puesto —insistió el guardia—. Me denunciarán.

—Si los feéricos llegan hasta Balwain, no habrá nadie ante quien denunciarte —replicó el Leñador—. En cambio, si más adelante se descubre que, por culpa de tus actos, no evitaste que sufriera algún daño...

El guardia coincidió rápidamente en que no había nada malo en comprobarlo, aunque se empeñó en registrarlos en busca de armas ocultas... Bueno, registró al Leñador y a David, pero se contentó con hacer una inspección visual de Ceres porque la expresión de la chica le dejó claro que no sería buena idea ponerle una mano encima. Cuando quedó todo lo satisfecho que era posible quedar, dadas las circunstancias, indicó que ellos debían encabezar la marcha y que él la cerraría, pica en mano. Bajaron por la misma escalera y los mismos pasillos polvorientos que habían explorado antes, evitando a todos los criados menos a unos pocos que estaban demasiado ocupados con sus tareas para que su paso les despertara curiosidad, así que llegaron sin trabas hasta el retrato de Balwain.

—Bien, ¿dónde está la entrada oculta? —preguntó el guardia.

Ceres tanteó el marco e introdujo sus finos dedos tras el recubrimiento dorado, empujando y palpando la ornamentación.

—Ya te dije que no se puede tocar —la regañó el guardia.

—Solo toco el marco. No es que esté arrancando el lienzo. —Lanzó una mirada asesina a los tres hombres—. No os quedéis ahí parados. Tiene que haber algún tipo de mecanismo. Buscadlo.

El Leñador y David empezaron a examinar las paredes, presionando piedras y soportes, e incluso aplicando más presión a las baldosas del suelo. El guardia se quedó a un lado hasta que tuvo que aceptar que no se trataba de una treta y se sintió obligado a ayudar, aunque sin éxito. El retrato siguió en su sitio y no se les desveló entrada secreta alguna. Al final, Ceres tuvo que reconocer su derrota.

—Estaba segura... Estaba completamente segura...

Y entonces fue cuando oyeron un chasquido muy claro. Detrás de Ceres, el retrato de Balwain se apartó de la pared como una puerta sobre sus bisagras. Retrocedieron para que el cuadro los escondiera de quien saliera por él.

A la guerrera feérica, que estaba cubierta de cicatrices, le faltaba el ojo derecho, así que, durante unos segundos cruciales, no vio ni a Ceres ni a los otros. Bastó para que el guardia preparara la pica, pero no para que la usara, porque la feérica reaccionó en cuanto oyó el roce de la madera contra la piedra. Una forma fina y letal le salió disparada de la mano derecha: una daga con la hoja de hierro fundido y una empuñadura tallada en hueso amarillo con bordes de plata. Ceres pudo echarle un buen vistazo porque se clavó hasta la guarda en el cuello del centinela. Al hombre se le cayó la pica al suelo y él fue detrás, tirando consigo de Ceres mientras la feérica desenvainaba una espada, lista para enfrentarse a la siguiente amenaza. Calculó que la más inminente era el Leñador, por ser el más grande y fuerte del trío, y el que tenía más cerca.

Sin embargo, la feérica se equivocaba. Al igual que el guardia, había subestimado a Ceres, que había salido de su dormitorio con la espada corta metida en la cinturilla de los pantalones, oculta por los pliegues de la parte posterior de la camisa. Cuando la feérica se volvió para enfrentarse al Leñador, Ceres sacó la espada y se la clavó de tal modo en el muslo derecho que la punta sobresalió por el otro lado. La feérica chilló, la carne le crepitó al contacto con el acero y la pierna le cedió, incapaz de soportar su peso. Intentó apuñalar a su agresora, pero Ceres fue demasiado rápida y la espada solo arrancó chispas del suelo. Detrás de la feérica, el Leñador levantó la pica y atravesó a la guerrera con la punta de lanza del extremo, matándola al instante.

Ceres se puso en pie, apoyó la suela de la bota en el cuerpo de la feérica y extrajo la espada. Al morir, los ojos de la guerrera se habían vuelto grises, y Ceres vio que su reflejo en ellos se desvanecía poco a poco, como una luna tapada por las nubes.

—Sus hermanos y hermanas habrán oído el grito —dijo el Leñador—. Vendrán a investigar.

Ante ellos estaba el hueco que el retrato había dejado al descubierto. La abertura no era de construcción reciente, así que no era probable que fuera obra feérica. Más bien daba la impresión de que el cuadro se había elaborado para encajar en sus dimensiones, o viceversa: otra vía de escape para Balwain si algún día los acontecimientos conspiraban contra él.

—Es extraño que hayan entrado por aquí —dijo David—. A través de un cuadro de Balwain, quiero decir.

—O no solo a través de su retrato —observó el Leñador—. Pocas personas conocerán esta puerta y Balwain es una de ellas, sin duda. ¿Y si fue él quien los invitó a entrar?

—¿Por qué iba a hacerlo?

—Porque le ofrecían lo que deseaba, siempre que él prometiera algo a cambio. Con ellas, todo es una transacción.

Al otro lado de la abertura se veían unos escalones iluminados por la luminiscencia rosa que irradiaban las paredes de roca: hackmanita o similar, supuso Ceres, un mineral que brillaba en las sombras, pero que parecía normal a la luz del día. De nuevo, notaba el cosquilleo en el brazo. Calio estaban en los túneles y era probable que también lo estuvieran los niños secuestrados..., y alguien más, porque lo que quedara del Hombre Torcido se encontraría por aquellos lares, junto con la razón por la que la había llevado allí.

Ceres vaciló. Nunca le había gustado pasar demasiado tiempo bajo tierra, ni siquiera en el metro de Londres. No era claustrofobia (no sentía miedo ni pánico, solo incomodidad), aunque bastaba para considerarlo una aversión. El Leñador le dio la mano. Parecía triste, y ella supo lo que le iba a decir antes de que las palabras brotaran de sus labios.

—No puedo ir contigo. Sea lo que sea a lo que tengas que enfrentarte ahí, debes hacerlo sola.

—Lo entiendo.

Y lo entendía. Eso no significaba que no estuviera asustada, pero ahora era más fuerte; aquel viaje la había cambiado para siempre. La Ceres que había llegado allí no habría sido capaz de franquear aquel umbral... o, para ser más exactos, no se habría creído capaz de hacerlo, lo que no era lo mismo. La Ceres anterior estaba perdida y le pesaba la melancolía, pero había olvidado por un momento que en eso consistía la condición humana: en estar a menudo perdidos, desconcertados o ansiosos, para al final comprender que, en los momentos cruciales, nos sentiremos perdidos justo donde tenemos que estar; que hay poco que aprender de lo conocido (que puede procurar comodidad, no conocimiento), y mucho de lo extraño y nuevo, y que, precisamente por ser desconocido, al principio sentimos miedo de todo aquello que merece la pena experimentar o aceptar.

—Yo puedo ir con ella —dijo David—. Al fin y al cabo, una vez me encontré ante un portal no muy distinto a este.

—Aunque puedes quedarte a su lado parte del camino —repuso el Leñador—, el final deberá escribirlo ella. Mientras estéis fuera, haré lo que pueda aquí arriba. Quizá todavía no sea tarde para evitar que Balwain cometa un grave error... Y lo mismo digo de los feéricos.

El Leñador le dio un tierno beso en la cabeza a Ceres.

—Volveremos a vernos, pase lo que pase —le dijo.

Y, así, Ceres, ayudada por David, se internó en lo desconocido.

LVII
Selfæta
(INGLÉS ANTIGUO)

Aquel que se come a sí mismo, caníbal;
el que se alimenta de su propia especie

En el gran salón, seis arqueros feéricos estaban alineados a ambos lados de la galería de los juglares, colocando nuevas fechas en los arcos por si fueran necesarias. Christiana yacía boca abajo sobre la mesa con una flecha en el cuello; atrás quedaban sus días de envenenadora. Los hermanos, Jacob y Wilhelm, habían recibido sendos flechazos en el pecho. Curiosamente, Wilhelm todavía reía, como si la flecha le hubiera hecho cosquillas en vez de haberle infligido una herida mortal en el corazón. Su hermano estaba muerto; habían tensado tanto el arco que la cabeza de la flecha le había atravesado el torso y lo había clavado a la silla.

Solo Dortchen, la cuñada de Balwain, seguía ilesa, de momento. Mientras la sangre se derramaba por la mesa, levantó la copa de vino y movió su silla para evitar que se le manchara el vestido. Lo hizo todo con una calma sorprendente, y solo el temblor de la mano daba alguna pista sobre su verdadero estado de ánimo.

—Bueno —dijo—, parece que el equilibrio de poder de estas tierras ha cambiado de manera definitiva.

Balwain se quedó quieto, mirándola, flanqueado por los feéricos. Apenas había parpadeado durante la matanza.

—Muchos decían que debería haberme casado contigo —dijo entonces—, aunque mi difunta esposa no se contaba entre ellos. Ella respetaba tu determinación y tu astucia, pero no te quería.

—Ni yo a ella. Era demasiado amable, demasiado complaciente. De haber estado yo en su lugar, acorralada por los lobos y con mis bebés en brazos, creo que todavía seguirías siendo esposo y padre.

—Hay verdad en lo que dices. Pocas probabilidades habrían tenido los lobos contra ti, por no decir muchos hombres. Naciste con el cuerpo equivocado. Tu alma estaba destinada a un recipiente muy distinto.

—Es lo que sospecho desde hace tiempo —convino Dortchen—. Puede que por eso nunca tomara un marido, y había demasiados ojos pendientes de mí para tomar una esposa, aunque ninguna de las dos cosas habría bastado para hacerme feliz. Estaba mejor sola.

Bebió un trago de vino. El temblor de la copa hizo que parte del líquido le goteara por la barbilla. Se lo limpió, se miró los dedos rojos y de nuevo observó el baño de sangre que la rodeaba. A pesar del miedo que sentía, estaba calculando, buscando la forma de sobrevivir.

—Después de esta carnicería, habrá inestabilidad —dijo—. Yo puedo proporcionar una influencia tranquilizadora, una voz de la razón. Muchos se enfurecerán contigo por esto. Necesitarás aliados.

Balwain extendió los brazos para señalar a los feéricos que tenía a ambos lados.

—Los tengo —repuso.

—Me refiero a aliados humanos.

—Los tendré. Pienso organizar una transición ordenada, y los que se opongan a la persuasión tendrán que aceptar las consecuencias.

—¿De mano de tus chivos expiatorios, los feéricos?

—Desde luego, de la mía no.

—No directamente, aunque dudo que lo que se haga en tu nombre te quite el sueño. ¿Qué te han prometido las criaturas feéricas a cambio de conspirar en esta traición a los de tu propia especie?

—¿Tú qué crees? Consolidar mi autoridad y acabar con las alianzas de conveniencia con mujeres traicioneras y hombres indolentes. Una riqueza que no tendré que compartir con los que la gastarían en perifollos. Y venganza: los feéricos han capturado a la loba alfa que atacó a mi familia. Pienso dedicar largo tiempo a matarla. Creo que seré capaz de prolongar ese placer durante años, si me lo propongo.

—¿Y qué les has garantizado a cambio?

—La santidad de sus túmulos. Un límite a las intrusiones de los hombres. Paz.

—¿Paz? —Dortchen estuvo a punto de reírse—. ¿De verdad crees que podrá haber paz después de esto, ya sea para ti o para ellos? Aunque se llegara a algún acuerdo, ¿tan iluso eres para creer que se atendrán a su parte del trato? —Y, observando el rostro impasible de los feéricos, añadió—: ¿O son ellos tan inocentes para creer que tú te atendrás a la tuya?

—Los feéricos no pueden mentir. Tienen que cumplir lo que prometen. Y yo soy un hombre de honor.

—¿De honor? ¿A esto lo llamas honor? En cuanto a los feéricos, nada de lo que prometen es jamás lo que parece.

—Por eso nuestro acuerdo es simple: Pandemonio será solo mía y me entregarán a la loba. Tienen poco margen de maniobra, como tú.

Balwain hablaba como si no estuviera rodeado de criaturas feéricas o como si estas fueran sordas a sus palabras. En cierto modo, lo eran, dado que el contrato se había firmado con la Pálida Dama Muerte. La dríade, Calio, había hecho de intermediaria, ya que a Balwain no se le permitía mirar a la cara a la Muerte, y tampoco es que él estuviera deseando disfrutar de esa experiencia. Su hora llegaría, como la de todos los hombres, pero no había necesidad alguna de acelerarla.

A Dortchen, tras agotar sus intentos de alcanzar un compromiso, solo le quedaba una súplica.

—¿Existe alguna posibilidad de llegar a un acuerdo entre nosotros, aunque solo sea por aquella a la que ambos perdimos?

Sin embargo, mientras hablaba, ya conocía la respuesta, la leía en el rostro de Balwain. Algunas formas de locura son fácilmente identificables. Pueden tener que ver con la elección de la vestimenta, el abandono de toda pretensión de higiene, y la pérdida de la racionalidad y la razón. No obstante, hay otros tipos de locura tan próximos a la cordura que apenas se distinguen de esta, sobre todo en las personas que han dejado a un lado la moralidad y la compasión. Tal era la demencia que sufría Balwain, y, como todos los locos, él no se daba cuenta de ello... O quizá lo hiciera, hasta cierto punto, lo que implicaría que sus actos fueran aún más imperdonables.

—Casi me siento tentado a dejarte vivir —dijo—, pero eres demasiado astuta para confiar en ti y demasiado despiadada para darte la espalda. Así que, hermana, me temo que ha llegado el momento de separarnos. Entraste a ciegas en esta trampa, y me parece adecuado que entres en el siguiente mundo de la misma forma. Adiós.

Hizo el mismo gesto con la mano que habría hecho para despachar a un cortesano molesto que le había dado una noticia algo decepcionante. Seis flechas atravesaron a Dortchen: una en el vientre, otra en el corazón, otra en el cuello, otra en la frente y una por cada ojo. A Balwain, la puntería de los feéricos le pareció asombrosa, sobre todo porque Dortchen se había estremecido a ojos vista con cada impacto. De no haber sido por su desafortunada vulnerabilidad al fuego y al acero, las criaturas feéricas podrían haber consolidado ellas mismas su poder en aquellas tierras. Lo tomó por otra señal de que eran los hombres y no los feéricos los que siempre habían estado destinados a gobernar.

Y por «hombres» se refería a sí mismo.

LVIII
Beáh-Hroden
(INGLÉS ANTIGUO)

Quien luce una corona

Los arqueros feéricos bajaron los arcos cuando, de un umbral oculto tras la chimenea, salió el mayordomo de Balwain acompañado por cuatro mercenarios de aspecto rudo, hombres que no tenían reparos en deshacerse de cadáveres o, si la ocasión lo requería, en generar cadáveres de los que deshacerse. A la señal del mayordomo, los mercenarios empezaron a llevarse los cuerpos: primero las mujeres, después los hombres. Con Jacob tardaron un poco más que con el resto, ya que primero había que romper la flecha que lo clavaba al asiento, y las armas feéricas eran muy pero que muy resistentes. Balwain supervisó toda la operación desde la galería, incluso la limpieza de las manchas de sangre más evidentes de la mesa. Cuando estuvo satisfecho con el resultado, se reunió con el mayordomo en la parte inferior.

Lo que venía a continuación debía llevarse a cabo con mucha delicadeza. La intención de Balwain era desvelar tan solo que los nobles habían desaparecido misteriosamente antes de reunir al consejo y que, en una búsqueda posterior, se habían encontrado los cadáveres atravesados por las flechas feéricas. Después anunciaría la anexión de las tierras de sus antiguos aliados y nombraría a supervisores leales a él para gestionarlas mientras el reino unido se enfrentaba a la amenaza común que representaban las criaturas feéricas, todo bajo el estandarte de Balwain.

—Habrá que seguir vigilando a los séquitos de los cinco nobles —indicó el lord al mayordomo—, pero no hagáis nada contra ellos. Cuando llegue el momento, se les ofrecerá la opción de servirme y de jurarme lealtad. Enviaremos a los calabozos a los que se nieguen para que tengan la oportunidad de recapacitar sobre ello. Ahora me gustaría quedarme a solas con mi pena. Acabo de perder a mi cuñada y a varias personas a las que conocía desde hace mucho tiempo.

Con una última mirada de aprensión a los feéricos de la galería, el mayordomo se marchó. Balwain ocupó su lugar presidiendo la mesa, en la única silla que no había sido manchada de sangre. Intentó examinar lo que sentía, pero no había nada que examinar: ni placer ni alivio, ni vergüenza ni asco. Solo la decepción por no ser capaz de disfrutar con la progresiva culminación de sus ambiciones, lo que poco a poco pasó a ser una depresión más profunda que le nublaba la mente, de modo que, por un momento, se olvidó de lo que lo rodeaba. Cuando le llevaran a la loba, esperaba ser capaz de sentir una respuesta emocional más intensa.

Un ruido cercano (piedra contra piedra, como cuando se abría una de las puertas ocultas del salón) lo sacó de su melancolía. Los arqueros se habían unido a él en la planta principal del gran salón, aunque él no había requerido su presencia; de hecho, había dado por sentado que regresarían con la Pálida Dama para informarla. En aquello, como en tantas otras cosas, se equivocaba. Los feéricos no necesitaban acudir a ella porque ella ya estaba allí.

La temperatura cayó en picado alrededor de Balwain, y, antes de que pudiera determinar la causa, unos labios fríos le rozaron la nuca, a lo que siguió un fuerte pinchazo, como si le introdujeran una aguja por la nuca. Un escalofrío le recorrió el pecho, y se le extendió por brazos y piernas. Intentó gritar pidiendo ayuda, pero la lengua se le volvió de hielo y su aliento formó una silenciosa nube de vaho al abrir la boca. Hasta la humedad de los ojos se le congeló, emborronándole la visión, y la Pálida Dama Muerte, con su cráneo coronado de púas de hueso, era apenas una niebla entre la niebla, una agente de la oscuridad.

—Balwain —susurró—, concluyamos nuestro trato.

El mayordomo no llegó demasiado lejos. Mientras correteaba por el pasillo, lo interceptó el Leñador, al que acompañaba una tropa de guardias de palacio a los que les había enseñado al feérico muerto y a su camarada caído junto a las cocinas. El mariscal Denham iba a la cabeza de los soldados.

—¿Dónde está Balwain? —preguntó el Leñador.

—Ha convocado al consejo de nobles y no se le puede molestar —contestó el mayordomo.

—Las circunstancias han cambiado. Llévanos hasta él.

Sin dejar de protestar durante todo el camino, el mayordomo los condujo hasta la entrada principal del gran salón y profetizó graves consecuencias cuando su señor se enterase de cómo habían maltratado a su sirviente. El Leñador llamó con ímpetu a la puerta y gritó el nombre de Balwain, pero nadie respondió.

—Tu señor no contesta —le dijo al mayordomo—, ni tampoco sus nobles. Si siguen ahí dentro, están muertos. Si no lo están, deberías impacientarte por descubrir lo que les ha pasado.

El Leñador se volvió hacia Denham.

—¿Cuentas con la autoridad necesaria para derribar la puerta?

—Sí, pero preferiría no hacerlo.

—Los daños pueden repararse. La muerte es permanente.

—Eso he oído.

El mariscal requirió a sus hombres más fuertes, que empezaron a forzar la puerta. No tardó en oírse el crujido de la madera al ceder ante la presión de sus cuerpos.

—Un último esfuerzo —ordenó el Leñador—. ¡Empujad!

Los guardias retrocedieron, reunieron impulso para la embestida final y se lanzaron a la vez contra la puerta. La barra del interior se rompió y, al abrirse la puerta, reveló un gran salón vacío: allí no estaban ni Balwain ni los nobles. Los guardias desenvainaron las espadas e iniciaron la búsqueda. El Leñador fue el último en entrar. Se acercó a la mesa, apoyó las manos en la madera y notó que se le pegaban a ella; el mayordomo corrió hacia la puerta.

—Detenedlo —indicó el Leñador.

Dos guardias interceptaron al hombre y, sin que este parase de patalear y quejarse, lo llevaron ante el Leñador y Denham.

—Aquí no tienes ningún poder —dijo el mayordomo—. En ausencia de su señoría, yo...

—En su ausencia, responderás a nuestras preguntas —lo interrumpió el Leñador—, y la primera es esta: ¿a quién pertenece esta sangre? —dijo, levantando las manos manchadas para ponérselas delante de la cara.

LIX
Beheafdian
(INGLÉS ANTIGUO)

Decapitar

Ceres y David recorrían una red de túneles muy antiguos, de los que solo uno (el principal e iluminado) estaba en uso. Algunos de los otros se habían derrumbado y eran infranqueables en parte o por completo, ya que habían quedado reducidos a poco más que hendiduras en la mampostería. Sin embargo, al menos uno de ellos acabaría por salvarles la vida.

Como había predicho el Leñador, los feéricos oyeron el grito de su hermana, y Ceres no tardó en advertir que acudían a ella. Aunque las criaturas feéricas eran capaces de moverse en silencio, en aquellas profundidades no necesitaban proceder con sigilo. No obstante, aunque hubiera sido aconsejable actuar con cautela, la urgencia por ayudar a una de la suyas en un momento de peligro las obligaba a avanzar con mayor prontitud. Las suaves almohadillas de los pies y el tintineo de las armas las traicionaba, lo que permitió a Ceres y a David buscar refugio en un túnel lateral. No obstante, la profundidad del túnel era tan limitada que Ceres habría podido alargar un brazo para tocar a los tres feéricos que pasaron junto a ellos, y solo cuando dejó de oírlos fue capaz de soltar el aliento que retenía. A su lado, David hizo lo mismo.

—Parecen pocos —susurró—. ¿Qué esperan conseguir cuando se enfrenten a un número de hombres mucho mayor?

—Puede que esto sea mejor que no hacer nada, pretendan lo que pretendan.

Reanudaron su expedición, internándose cada vez más, guiados por la certeza de que seguían el túnel por el que habían salido los feéricos, con la ayuda añadida del molesto dolor de la herida de

Ceres. A pesar de todo, el sufrimiento provocado por Calio le estaba resultando de un valor incalculable en su búsqueda. Pese a ello, una vez que encontraran a los niños, a Ceres no le importaría lo más mínimo que la dríade se marchitara y muriera, o que la hicieran pedazos con los que fabricar cerillas.

—¿Has oído eso? —preguntó David.

Ceres prestó atención.

—No oigo nada de nada.

—¡Chist!

Ceres fulminó con la mirada a David. No le gustaba que un hombre le diera órdenes, fuera por la razón que fuera, pero, como la luz era tan pobre, su mirada asesina sirvió de poco.

—No hace falta...

Allí estaba: el gemido de un bebé, apenas audible. Era el llanto de una criatura tan débil y agotada que a duras penas lograba reunir las fuerzas suficientes para emitir el sonido. Ceres y David rastrearon los sollozos hasta llegar a una sala llena de espejos, cada uno de los cuales contenía los últimos momentos de alguien que sufría una muerte dolorosa, con el rostro desfigurado por el tormento; y el final se reproducía una y otra vez. Todos los espejos tenían una forma similar (un óvalo de unos cuarenta y cinco centímetros de diámetro), pero cada marco era único, igual que cada muerte era distinta, aunque el destino final fuera el mismo.

—Una de las cámaras del Hombre Torcido —dijo David—. Tiene el aire de sus divertimentos.

No obstante, toda la atención de Ceres estaba centrada en una esquina de la estancia, donde había cinco cunas de mimbre dispuestas alrededor de un brasero con ascuas. Un feérico se inclinaba sobre una de ellas, con la cabeza gacha mientras inhalaba unos tentáculos de vapor blanco: se alimentaba de la fuerza vital de un pequeñín. Los llantos procedían de aquel niño, y ya empezaban a apagarse para siempre. Ceres sintió una furia que creía no haber experimentado jamás, quizá ni siquiera hacia el hombre que le había robado a su hija. El conductor no había pretendido hacerle daño a Phoebe. No había habido malicia en sus actos y, de haber tenido la más ligera sospecha de lo que iba a suceder, habría soltado el móvil de inmediato para volver a concentrarse en la carretera. Pero aquello..., alimentarse de un bebé, despojarlo adrede de la vida para alargar la suya..., y que para colmo lo hiciera un ser de vida extensa, siglos y más siglos, siendo aquella una criatura diminuta que apenas había tenido tiempo de sentir el sol en la piel...

Antes de que David pudiera detenerla, Ceres corría, espada en mano. Tan absorto estaba el feérico en su comida que no se percató de la amenaza hasta tener a Ceres casi encima, y entonces ya era demasiado tarde. La espada había empezado a descender cuando el feérico levantó la cabeza, y la hoja le acertó al volverse; Ceres le vio la cara al separarle la cabeza del cuerpo, cabeza que aterrizó con un siseo sobre un montículo de huesecitos que se hicieron trizas.

—¡Mira lo que me has obligado a hacer! —gritó Ceres, dirigiéndose al cadáver mutilado con la cabeza desgajada, y quizá también a aquel mundo y al mundo que había dejado atrás, ambos un reflejo distorsionado del otro—. ¡Mira en qué me he convertido!

Porque aquella muerte había sido distinta. En Salaama, el feérico impostor se había abalanzado sobre ella, y ella se había defendido con la espada casi sin darse cuenta, por lo que no sabía con certeza si había pretendido acabar con él o no. Esta vez, sin embargo, había decidido matar a otro ser vivo, y la ira subyacente al golpe mortal era fría. No se había dejado llevar por ella, sino que la había canalizado.

David acudió a su lado y le sujetó con fuerza el brazo de la espada, por si la adrenalina que circulaba por sus venas la llevaba a cercenarle la cabeza también a él. En las palabras de Ceres, David oyó un eco de las suyas, tiempo atrás, cuando él también había arrebatado una vida, y se preguntó si ese sería el precio que se debía pagar por las lecciones aprendidas en aquel sitio, y si la verdadera muerte era, en realidad, la suya: la muerte de su antiguo yo, al que sustituía otro más sabio pero más triste. No intentó decirle a Ceres que no pasaba nada, porque no era cierto ni lo sería nunca.

—Está hecho y había que hacerlo —se limitó a comentar.

De las cinco cunas, tres estaban ocupadas por bebés, ninguno mayor de un año. Una cuarta estaba vacía, y en la última solo quedaba el cadáver de un niño que se parecía a aquellos cuerpos preservados en las ciénagas que fascinaban al padre de Ceres y que a ella la inquietaban. El rostro de los bebés vivos estaba demacrado y enflaquecido. Su fragilidad persistiría bastante tiempo, y Ceres supuso que siempre les quedarían las marcas, tanto visibles como ocultas, de lo que habían soportado en aquellos túneles.

Sus reflexiones se vieron bruscamente interrumpidas al oír un gruñido que procedía de los huesos. Por un segundo, Ceres temió que el feérico hubiera sobrevivido de algún modo a su decapitación y a punto estuvo de gritar pidiendo ayuda. No se veía capaz de ponerse a descargar espadazos sobre una cabeza separada de su cuerpo. Su cordura no lo resistiría. Sin embargo, al acercarse, vio un par de manos esposadas a una anilla clavada en la pared, detrás del hito, y una figura masculina medio desnuda hecha un ovillo. Posó una mano en el hombre, que se apartó como si le quemara.

—Baako —dijo Ceres, porque era él—, no tengas miedo.

Baako reaccionó al sonido de su voz y Ceres no pudo evitar hacer una mueca al mirarlo. Tenía los ojos hundidos en las cuencas, los pómulos salientes bajo la piel y huecos en la boca, pues se le habían caído unos cuantos dientes. Los huesos se le habían quedado casi sin carne e incluso le habían salido vetas grises en el pelo. Eran los estragos causados por los feéricos.

—¿Tengo muy mal aspecto? —preguntó él al ver la cara de horror de Ceres—. Porque me encuentro muy mal.

Ella golpeó las cadenas con la espada para evitar responder a la pregunta. Eran viejas, forjadas por el Hombre Torcido en persona, y se resistían a sus intentos, así que, cuando por fin consiguió romperlas, estaba sin aliento.

—Te ayudaremos a recuperarte —dijo Ceres.

—Entiendo, estoy fatal.

—Si te sirve de consuelo, de todos modos no pensaba casarme contigo.

David y ella ayudaron a levantarse a Baako, que al principio se tambaleó, pero no tardó en poder sostenerse en pie sin ayuda.

A pesar de lo que hubiera sufrido su cuerpo, todavía contaba con su espíritu y una profunda reserva de fuerza a la que recurrir. Ceres sabía que llegaría a ser un hombre merecedor de respeto.

—¿Cómo están mi madre y mi padre? ¿Y mi hermana?

—Tu padre y tu hermana estaban bien cuando los dejé —respondió ella, procurando no desvelar más de la cuenta—. Tu hermana seguía en la aldea y tu padre había salido en busca de tu madre. A ella la secuestraron, como a ti. No sé nada más.

Y, hasta cierto punto, no mentía, pero ella no era la persona adecuada (ni aquel el lugar adecuado) para contarle a Baako que no cabía duda de que su madre había muerto. Por el momento, ya había sufrido suficiente, y tampoco tenía tiempo para consolarlo.

—Deberíamos marcharnos —dijo David—. Podemos llevar a un niño cada uno, y así tendremos libre el brazo de la espada.

Entonces oyeron un aleteo sobre ellos, y el grajo tuerto aterrizó en un soporte de antorcha vacío situado junto al túnel más pequeño y oscuro de los que daban a la sala de los espejos. Ladeó la cabeza para mirar a Ceres y graznó.

—No puedo —les dijo a los dos hombres—. Tengo que seguir adelante.

David observó la boca del túnel, como si al penetrar en su penumbra pudiera divisar la presencia que esperaba dentro. A su lado, Baako había improvisado un par de portabebés con las finas sábanas de las cunas y los usaba para colgarse una criatura sobre el pecho y otra a la espalda. A la que quedaba la cogió en brazos.

—Estoy demasiado débil para ser de ayuda en una pelea —le dijo a David—, pero puedo dejarte libre las manos para que luches tú.

David abrazó a Ceres.

—Recuerda —susurró—: si se trata del Hombre Torcido, te prometerá algo, algo que deseas de corazón. Te tienta y embauca, pero lo que te ofrezca será real. Eso es lo más difícil. Lo querrás y él tiene el poder de concedértelo.

—Si pago el precio.

—Sí, siempre hay un precio. Y puede que estés dispuesta a pagarlo.

Soltó a Ceres y se fue con Baako, que lo esperaba junto al túnel principal. Ceres cogió una antorcha de la pared y la encendió con el brasero para iluminarse. Nadie dijo nada más y sus caminos se separaron, dejando la estancia de los espejos en silencio, habitada tan solo por los muertos, tanto recientes como antiguos, o eso parecía.

Sin embargo, en lo alto del techo algo se movió, como si una parte de la roca estuviera a punto de desgajarse del resto, salvo que tenía brazos, piernas y una cabeza, y que no cayó al suelo, sino que reptó desafiando la gravedad por encima de los espejos. Se transformó en oro y cristal al pasar sobre ellos para, finalmente, al llegar al suelo de la cueva, acabar reflejando de nuevo la piedra. Tras un centelleo, Calio recuperaron su verdadera forma. Esperaron hasta que la luz de la antorcha de Ceres hubo desaparecido antes de seguirla a las profundidades del inframundo.

LX
Gwag
(CÓRNICO)

Espacio hueco en una mina

Balwain se despertó de súbito. Temblaba de forma incontrolable, el frío se le había metido en la carne y los huesos. Alrededor del cuello llevaba un collar metálico que se le clavaba a pesar del entumecimiento, y, aunque tenía los ojos abiertos, no veía nada; tan absoluta era la oscuridad. Estaba sentado en piedra y contra piedra, y al intentar moverse sonó una cadena; una cadena corta, además, puesto que tiró de él cuando trató de cambiar apenas unos centímetros de posición.

Sabía que no tenía compañía. Privado de un par de sentidos cruciales (la vista y el tacto), los demás intentaban compensar esa carencia, así que su oído, ya de por sí fino, se había agudizado aún más. El sonido de una respiración le llegaba desde dos puntos distintos.

—¿Quién anda ahí? ¿Por qué me habéis hecho esto?

Dadas las circunstancias, eran muy buenas preguntas, si bien la respuesta inmediata no se contaba entre las que le habría gustado recibir, puesto que Balwain oyó gruñidos y distinguió un olor animal inconfundible.

La luz floreció en la oscuridad: un brillo azul, aunque todavía no lograba distinguir lo cerca, o lejos, que se encontraba. Solo al crecer y hacerse visibles los rasgos de la mujer que la sostenía, se dio cuenta Balwain de que estaba a unos seis metros de él, casi a la misma distancia que la gigantesca loba encadenada por el cuello a la pared de la cueva, de modo que las tres presencias formaban las puntas de un triángulo más o menos equilátero: hombre, mujer, loba.

Pero no, no loba, no del todo; y tampoco mujer del todo. La loba alfa, de hocico gris y cuerpo retorcido, era hija de un lobo de pura raza y una loup medio humana, así que conservaba aspectos de ambos. La parte homínida se notaba en la estructura del cráneo, en el tamaño y la forma de las orejas y, lo más llamativo, en los ojos, que eran de un verde brillante y tan humanos que desconcertaban. La otra ocupante de la cueva levantó la luz, cuyo origen era un insecto grande encerrado en un tarro transparente que hacía las veces de bombilla. La luz del abdomen del insecto aumentaba de intensidad con su nerviosismo, pero el cuello del tarro era demasiado estrecho para escapar del recipiente en el que había nacido y crecido. La luminosidad desvelaba un rostro largo y ceniciento con unos labios rojos muy poco corrientes, así como una coronilla calva de la que crecían los espolones de hueso que le rodeaban por completo el cráneo y formaban su corona. Sus ojos estaban más cerca de la nariz que los de los feéricos, así que, como la loba, contaba con rasgos de dos especies distintas, y sus dientes eran puntiagudos y blancos, con la mordida de un cepo.

Balwain la reconoció por lo que era. Se trataba de la Reina Eterna, la Pálida Dama Muerte. Deseaba no haberla mirado, pero mirar a la cara a la Muerte no era lo mismo que aceptarla.

—Hicimos un trato, bajo juramento —dijo Balwain.

—Y hemos cumplido con nuestra parte —repuso la Pálida Dama—. Nos hemos librado de tus rivales. La mina, en cuyas profundidades más recónditas nos encontramos, es solo tuya. Y te hemos entregado a la loba... y a ti a ella, por supuesto. Un pacto no excluye necesariamente otro.

—No, eso no es lo que acordamos...

—Es justo lo que acordamos, pero el espíritu y la letra de un acuerdo no siempre coinciden. En cuanto a ti, habrías renegado del trato en el momento que te hubiera convenido. Nosotras no podemos mentir ni incumplir las cláusulas de un acuerdo, ya sea escrito o verbal, porque nuestra esencia nos lo prohíbe. En cambio, solo la moralidad y el honor habrían impedido que tú rompieras el pacto, y no posees ninguna de las dos cosas, aunque no está claro si por naturaleza o predisposición, y es algo que nunca sabremos. Por lo que respecta a la loba, solo deseaba enfrentarse a ti por fin para disfrutar ella también de su venganza. Se encuentra a las puertas de la muerte y ha visto a demasiados miembros de su manada caer ante tu espada o la de tus lacayos.

—Porque ella mató a mi mujer y a mis hijas.

—Ah, pero tu caza había empezado mucho antes —contestó la Pálida Dama—. Y su violencia fue una respuesta a la tuya. Empalaste a una camada entera de sus cachorros y los dejaste pudriéndose a las puertas de tu ciudad. ¿Por qué das por sentado que ella no amaba a sus retoños tanto como tú a los tuyos, si no más? Porque temo que tu personalidad, Balwain, nunca ha tendido hacia la devoción. Hacia el orgullo, sí, pero sin afecto alguno.

El gruñido grave de la loba había continuado durante todo el intercambio; no había apartado ni una sola vez la vista de Balwain, aunque, por lo demás, no se movía. Al oír que mencionaban a sus cachorros, saltó, una respuesta tan evidente a un estímulo que era prácticamente involuntaria, pero la cadena que le rodeaba el cuello le concedía tan poca libertad como la de Balwain a él, así que la detuvo antes de que sus patas traseras pudieran despegarse del suelo. Sin embargo, el intento hizo que el lord retrocediera hasta la pared rocosa y se quedara allí, porque, si bien la loba todavía no, él sí se había fijado ya en que, con su intento, había soltado la cadena de la pared un solo eslabón, que brillaba plateado mientras que el resto estaba rojo de óxido. Si seguía tirando, la loba podría alcanzarlo.

—¿Qué juego es este? —preguntó.

—Uno que puedes ganar, si lo intentas —contestó la Pálida Dama.

Exhaló en dirección al suelo de la cueva (a diferencia del aliento de Balwain y el de la loba, el de la Pálida Dama no era blanco; estaba demasiado fría por dentro), lo que hizo que una nube de polvo negro se levantara y dejara al descubierto una daga dentro de una vaina enjoyada. Estaba entre la loba y el lord.

—Tu cadena, como la de ella, la controla un mecanismo dispuesto en la roca —explicó—. He visto que te has dado cuenta de lo que ha ocurrido cuando ha tratado de alcanzarte, así que ya sabes que las cadenas no están fijas. Pero es una criatura lista y se percatará de que la distancia entre vosotros puede acortarse. Si llegas a la daga antes de que ella llegue hasta ti, quizá logres matarla. Entonces, serás libre.

—¿Y me dejarás vivir si lo consigo?

—Cualquier idea de venganza que exista será tuya, no mía. Si sobrevives, lo más inteligente por tu parte sería considerarlo una lección aprendida a las malas; si no, puedes buscarme y lo hablamos de nuevo.

Dicho lo cual, la Pálida Dama se marchó, y dejó a Balwain y la loba a solas.

LXI
Scomfished
(ESCOCÉS)

Sensación de asfixia al estar bajo tierra

El grajo guio a Ceres a través de las ruinas de los dominios del Hombre Torcido. Había escombros y desprendimientos, pero también salas intactas, como a la espera del regreso de sus ocupantes. Reconoció varias cámaras gracias al relato de David, y saber lo que antes contenían espoleó su nerviosismo, por miedo a que su presencia despertara recuerdos que era mejor no perturbar.

A veces, los lugares en los que se ha infligido mucho dolor o se ha hecho sufrir a otros quedan embrujados para siempre, igual que el trauma puede afectar física y psicológicamente a una persona. Quizá percibamos ese embrujo si nos vemos obligados a pasar un tiempo en esas ubicaciones (algo que va mal, algo que nos asusta) y queramos marcharnos lo antes posible. Incluso entonces, puede que tardemos horas, un día o toda una vida en librarnos de la miasma de lo que hemos encontrado. La guarida del Hombre Torcido había sido testigo de todas las maldades que se le pueden hacer a otro ser vivo, tanto en cuerpo como en espíritu; de todas las crueldades, tanto monstruosas como íntimas; de todas las traiciones, tanto graves como veniales, y, del mismo modo que un eco persiste después de que cese el grito que lo ha causado o unas ondas siguen perturbando la superficie de un estanque después de hundirse el guijarro, también aquellos espacios resonaban con una pena antigua.

Ceres se detuvo junto a la entrada de un dormitorio en el que destacaba una cama de madera tallada. Las sábanas estaban echadas a un lado y todavía se veía la huella de dos cuerpos en el colchón; y no solo la huella, sino también su sombra, o eso le pareció a ella. Desconcertada, metió un poco más la antorcha en la habitación y vio que el colchón estaba ennegrecido por una doble quemadura y que el aire, incluso después de tanto tiempo, olía a carne asada. Se acercó más, incapaz de comprender por qué no había ardido todo el jergón, ya que estaba lleno de paja que asomaba por aquellas zonas en las que la sábana de seda había empezado a pudrirse. La punta de su pie derecho tropezó con una losa y Ceres trastabilló. Alargó una mano para recuperar el equilibrio, se agarró a uno de los postes de la cama...

Y vio a dos personas envueltas en llamas, un hombre y una mujer, abrazados, incapaces de separarse. El fuego no cesaba, no se apagaba nunca porque eso satisfacía al Hombre Torcido, que había sido rechazado por uno de los miembros de la pareja. «Así que ardéis en pasión, ¿no? Bueno, pues os voy a enseñar lo que es arder de verdad...»

Ceres apartó la mano de un tirón y, por suerte, la imagen se desvaneció. Si una cama podía conservar todo aquel horror, no quería ni imaginar lo que habría visto de haber tocado la silla con pinchos de la celda polvorienta que había al lado o la bota de hierro que estaba tirada entre las cenizas frías de la chimenea, junto a las pinzas que colgaban de un gancho para poder colocar la bota al rojo vivo en un pie descalzo.

Aunque tenía mucho miedo, no se le pasó por la cabeza dar media vuelta, y no solo porque tuviera la certeza de que el camino de vuelta a casa se hallaba en aquellos túneles. Al final del mismo túnel lateral en el que estaban el dormitorio y la celda, había encontrado al grajo posado junto al borde de un pozo rebosante, no de agua, sino de zapatos de niños. No los había tocado. No se veía capaz de soportar el dolor, tanto de las criaturas como de sus padres, estando su niña como estaba, tanto presente como ausente, viva pero sin vivir. Si el ser responsable de aquella maldad había sobrevivido, tenía que enfrentarse a él, igual que David, porque, de lo contrario, sería cómplice de cualquier sufrimiento que pudiera causar en el futuro. Sin embargo, tenía que obligarse a no pensar en las capas de roca que se acumulaban sobre su cabeza, en la ausencia de luz solar, en la rancidez del aire y en la negrura que la consumiría si su antorcha empezaba a chisporrotear y se apagaba, dejándola morir allí abajo sola... o, peor aún, acompañada.

El grajo la observaba con su único ojo. Ceres sintió la tentación de buscar un objeto que arrojar a aquel sirviente cuyo amo era capaz de cosas tan horribles, pero el grajo salió volando antes de que ella pudiera dar con el proyectil adecuado. Solo después de seguir arrastrando los pies tras él comenzó a entender que el pájaro la había llevado hasta el pozo adrede, a pesar de que había supuesto desviarse del pasaje principal. El grajo quería que viera los zapatos, y tampoco había intentado evitar que entrara en la habitación de la cama quemada, ni la había apartado de la celda de la silla y la bota. Habría podido espantarla fácilmente, de haber querido (era un pájaro grande con el pico afilado y las garras muy largas), pero se estaba esforzando por compartir con ella los peores aspectos del reino putrefacto del Hombre Torcido. Quizá pretendiera asustarla, claro, ablandarla para lo que estaba por venir, lo cual no habría tenido mucho sentido porque ya estaba asustada de sobra.

«Se trata de un sirviente desleal, entonces», pensó, «o reticente.»

La negrura tras ella era tan absoluta como para resultar tangible, y, si bien Ceres no distinguía sonido alguno aparte del crepitar de la antorcha, estaba convencida de que los observaban. Cerca de ella, el grajo se acicalaba con mucha tranquilidad, porque ¿qué podía haber peor que su amo? Tras concluir su limpieza, se alejó volando, aunque procurando no ir más allá de la luz de la antorcha.

Ceres lo siguió, y Calio fueron tras ella.

LXII
Andsaca
(INGLÉS ANTIGUO)

Adversario

En su ruedo de piedra, Balwain y la loba se acercaban poco a poco al enfrentamiento final, iluminados tan solo por el agitado aleteo del insecto del tarro. La loba había averiguado que podía alargar la cadena ejerciendo presión, pero no de manera continuada; solo funcionaban los tirones cortos y fuertes, y no siempre. Balwain se encontraba en una disyuntiva similar: unas veces, la cadena cedía un eslabón o dos, mientras que otras, sus esfuerzos demostraban ser fútiles. En una ocasión incluso notó que retrocedía dos o tres centímetros y deshacía el doloroso progreso logrado hasta el momento; porque el progreso era, efectivamente, doloroso: el collar lo ahogaba, y se veía obligado a forcejear con la cadena para avanzar. O el mecanismo estaba estropeado, pensaba Balwain, o se había diseñado así. Lo último le parecía lo más probable, dado que eso hacía que la competición fuese más interesante para los espectadores. Puede que los feéricos, arracimados en torno a la Muerte, estuvieran observándolos para ver cómo se decidía el asunto. Bueno, Balwain les ofrecería una lucha para el recuerdo en cuanto llegara hasta el cuchillo. Pensaba destripar a la loba y después hacer lo mismo con las criaturas feéricas, tan pronto como regresara a la superficie y reuniera a sus tropas. A los feéricos a los que no lograra ponerles las manos encima los abrasaría vertiendo aceite en sus madrigueras y prendiéndoles fuego, antes de arrasar los túmulos y sembrar de sal el suelo.

Mientras tanto, la loba comprendía la amenaza que representaba la hoja. Si lograba llegar a ella antes que Balwain y apartarla con la pata, el hombre no tendría ninguna posibilidad contra ella. Los ojos demasiado humanos de la loba habían visto las cabezas cercenadas de sus cachorros muertos y a los cazadores de Balwain apilando e incinerando en piras los cadáveres de su manada. Pretendía comerse poco a poco al lord para castigarlo por sus crímenes, empezando por los dedos de pies y manos antes de seguir con el resto del cuerpo. Mantendría intacta la cabeza. Había dejado su rastro por aquellos lugares oscuros y estaba segura de ser capaz de encontrar de nuevo la salida. Se retiraría al bosque con la cabeza de Balwain entre las mandíbulas y la colgaría de una rama sobre la entrada de su cueva, como si fuera un tótem, para así poder mirarla desde el suelo cuando a ella le llegara la muerte.

De modo que Balwain forcejeaba, la loba tiraba y el insecto del tarro aleteaba, cada vez más inquieto porque, a pesar de su tamaño y situación, era una criatura observadora y había sido testigo de los preparativos de la Pálida Dama Muerte. Sabía lo que iba a suceder y solo deseaba escapar de su prisión antes de que fuera demasiado tarde.

LXIII
Dreor
(INGLÉS ANTIGUO)

Sangre, crúor

Al principio, el mayordomo era reacio a hablar de lo que podría haber sucedido tras las puertas cerradas del gran salón, pero el tacto de la punta del puñal de Denham bajo la mandíbula, acompañado de la amenaza de sacarle la lengua por el agujero que le haría en aquel preciso lugar si no empezaba a hablar, lo convenció para ser más comunicativo. La ausencia continuada de Balwain decidió el asunto, dado que el mayordomo temía que las criaturas feéricas hubieran resultado ser más listas que su amo; tendría más posibilidades de protegerlo y ayudarlo a sobrevivir si confesaba. Así fue como conocieron el destino de los cinco nobles, además de la alianza de Balwain con los feéricos y sus razones para haberla establecido: consolidar su riqueza y poder, y la promesa de que le fuera entregada la loba. Allá donde estuviera, sin duda Balwain se arrepentía del trato que había cerrado.

—Así que lo han traicionado igual que él ha traicionado a los nobles —comentó Denham mientras caminaba con el Leñador por la muralla para hablar con él en privado.

Puede que Denham fuera el mariscal de Balwain, pero no se había alistado para asesinar ni para pactar con seres que se alimentaban de niños. Además, como capitán de la guardia, era el responsable de la seguridad de todos los que se encontraban dentro de la muralla del castillo. El asesinato de los invitados era una afrenta para él.

—Los feéricos no traicionan —repuso el Leñador—. Engañan, pero solo a los que no prestan la atención debida. El prudente no será su víctima, solo el insensato o el que se deja llevar por una ambición ciega.

—Pero ¿qué esperaban conseguir de Balwain? La muerte de unos cuantos nobles..., e incluso la del propio Balwain, maldito sea, no cambiará las cosas durante mucho tiempo. Si matas a un lord o a una dama, otro ocupa su lugar. No hay escasez de ellos.

—Has hablado como un verdadero revolucionario decepcionado —opinó el Leñador—. Quizá hayas elegido la profesión equivocada.

—Como las personas a las que había jurado proteger están muertas, puede que lleves razón. Pero todavía no has respondido a mi pregunta: ¿qué quieren los feéricos?

A través de la ventana abierta que tenían detrás, unas fogatas lejanas iluminaban el cielo nocturno y la actividad de la mina, que no cesaba. Balwain había hablado de excavar a una profundidad aún mayor, aunque también de expandir sus operaciones, y en la pared de su cámara, junto con el gran friso de madera, el Leñador había visto un mapa en el que se marcaban los emplazamientos que pretendía exprimir más.

A los feéricos no les gustaba que los hombres excavaran. A los feéricos, los hombres no les gustaban en absoluto.

—Acceso —contestó el Leñador—. Creo que tenemos que desalojar esa mina.

LXIV
Hell-Træf
(INGLÉS ANTIGUO)

Templo infernal

Ceres y el grajo habían llegado a la cámara que contenía el reloj de arena roto, cuyos fragmentos y granos de cráneo estaban desperdigados por el suelo. Aquel era antes el corazón del reino del Hombre Torcido. La caída del último cráneo debería haber marcado el final de su vida. ¿Por qué, entonces, no había sido así?

El grajo esperaba junto a un agujero situado en la base de la pared. Parecía la entrada de un desagüe y, de hecho, había una canaleta en el suelo que acababa allí y que, a la luz de la antorcha, se veía negra.

«Pero antes era roja», pensó Ceres; «eso es sangre seca.»

Se arrodilló ante el grajo, que respondió saltando al hueco.

—No quepo ahí —dijo Ceres, aunque tal vez sí que hubiera cabido, con cierta estrechez; el caso es que no quería.

Incluso después de todo el tiempo transcurrido, olía como los vertidos de un matadero. Sin embargo, el grajo se limitó a responder con un graznido que pareció zanjar el tema. Si un encogimiento de hombros sonara a algo, sería a aquel graznido.

Ceres se echó hacia atrás, inhaló profundamente el aire algo más fresco de la cámara, contuvo el aliento y empezó a reptar por el pasadizo con la antorcha extendida ante ella para iluminar una madriguera que descendía hacia el interior de la roca. La abertura le presionaba los hombros, y tuvo una premonición en la que se veía atascada allí hasta que lograra liberarse o perdiera el peso suficiente por la falta de alimento para poder seguir adelante. Se obligó a no dejarse llevar por el pánico, aunque aquello era material para una pesadilla. No solo se encontraba bajo tierra, sino que corría el peligro de quedar atrapada allí abajo, lo que empeoraría una situación ya mala de por sí. No quería que su vida acabara de ese modo.

Al fin, tras mucho retorcerse y rasparse la piel, logró pasar. Tuvo que seguir arrastrándose sobre el vientre unos cuatro metros más, hasta un punto en el que el túnel empezaba a ensancharse, y después pudo caminar, primero agachada y, un poco más allá, erguida del todo. También cambió la pared de roca, cuya superficie se volvió más uniforme, si bien estriada, como el cañón de una pistola. Ceres se preguntaba cómo habrían construido un túnel tan liso. Encontró la respuesta al entrar en la gruta más grande de las que había visto hasta el momento, con un techo tan alto como el de la mayor de las catedrales, e iluminada, como el túnel más cercano al castillo, por el suave brillo que irradiaba la piedra en sí, ayudada por las antorchas en sus apliques. Ante ella había la membrana disecada de un gusano o una serpiente enorme, en cuya piel, a pesar de la putrefacción, todavía se veían marcas similares a las del túnel. Ni se imaginaba el tiempo que llevaba muerta, pero era la criatura que antaño había excavado la roca. Veía más túneles de un tamaño similar abiertos en otras partes de las paredes de la cámara y esperaba de corazón que todos se hubieran creado siglos atrás. Prefería no toparse con uno de aquellos gusanos en la flor de la vida, fuera cual fuera su dieta. Cerca del cadáver fluía un arroyo subterráneo que seguía un cauce abierto cuando el mundo aún era joven.

A diferencia de las paredes del túnel, las de la cámara eran irregulares. Hasta que Ceres acercó su luz a la más próxima no descubrió por qué. Estaba en un salón adornado con huesos, decenas de miles de ellos. Formaban columnas y arcadas, ménsulas y dinteles, incluso balcones y escaleras ornamentales. Sobre una plataforma elevada había un trono de hueso, y también una mesa de hueso rodeada por trece sillas, cada una de ellas coronada por una calavera humana rodeada de fémures, como los rayos del sol que nunca brillaba en aquel lugar. En la mesa había un pollo asado entero, un cuenco con manzanas, peras y uvas, y una jarra. La mesa estaba puesta para un comensal, con un plato de madera, un cuchillo y un tenedor de plata, y una copa vacía.

—Come —dijo una voz que salía de todas partes y de ninguna—. Seguro que tienes hambre.

Ceres miró a su alrededor, pero no ubicaba el origen de las palabras.

—¿Quién eres? —preguntó—. ¿Dónde estás?

—Creo que sabes quién soy; de lo contrario, no habrías seguido al grajo. En cuanto a dónde estoy, bueno, estoy aquí, al menos en espíritu, aunque no en cuerpo.

Algo parecido a una brisa pasó ante el rostro de Ceres; llevaba con ella el aroma a libros viejos.

—No puedo hablar con alguien a quien no veo —replicó.

—Lo haces a todas horas, en tu mundo. ¿Por qué iba a ser distinto aquí?

—Entonces, déjame decirlo de otro modo: no puedo negociar con alguien a quien no veo.

—Ah —repuso la voz—, ¿eso es lo que estamos haciendo? ¿Negociar?

—Debes de tener algún motivo para haberme traído aquí. Quieres algo de mí, lo que significa que piensas ofrecerme algo a cambio. Si no fuera así, no partirías de una posición ventajosa, ¿no?

Ceres oyó una risa.

—Incluso yo olvido a veces que, a pesar de que parezcas joven e inexperta, no lo eres. De acuerdo, negociemos.

—No hasta que te muestres.

—¡No tientes a la suerte! —le espetó la voz—. Estás atrapada bajo tierra, lejos de tus amigos. Que quizá esté dispuesto a llegar a un trato no significa que no pueda hacerte daño, aunque solo sea por confirmar quién manda aquí.

Ceres cedió. Había formas de tratar con los hombres difíciles. Todas las mujeres las aprendían.

—¿Podrías mostrarte, por favor?

—¿Seguro que es lo que deseas?

—Sí.

—De acuerdo, ya que lo has pedido con tanta educación...

Ceres oyó movimiento a su alrededor (correteos, chasquidos, tintineos) y vio a un milpiés enorme pasarle por encima de la bota. Lo lanzó hacia las sombras, pero reapareció de inmediato, esta vez rodeado de sus hermanos y hermanas, además de escarabajos, cucarachas, hormigas, ciempiés, tijeretas, pececillos de plata, pececillos de cobre, escorpiones... Cientos, miles, decenas de miles de criaturas de múltiples patas, y todos convergían hacia el mismo punto. Se unieron, y Ceres vio que la masa formaba un torso y unos brazos, y un cuello y una cabeza coronados por un sombrero torcido hecho de rechonchas arañas negras, bajo el cual los agujeros de la cara se asemejaban levemente a unos ojos y una sonrisa maliciosa.

Y hete ahí de nuevo al Hombre Torcido.

—¿Contenta?

Ceres se sentía asqueada, pero hizo todo lo posible por ocultarlo.

—Es mejor que hablar con el aire —repuso, aunque no lo fuera.

—Deberíamos darnos la mano como señal de buena voluntad —dijo el Hombre Torcido, que le ofreció una compuesta por cinco gordos escorpiones, con las colas a modo de dedos y los aguijones formando las uñas.

—Creo que no será necesario.

El Hombre Torcido se rio de nuevo.

—Me caes bien. Si no llegamos a un acuerdo, puede que me quede contigo solo para divertirme. Y cuando dejes de parecerme graciosa, lo que temo que pueda ocurrir más pronto que tarde, porque sospecho que, como muchos jóvenes, tiendes a la terquedad, añadiré tus huesos a mi colección y tu calavera podrá pasar la eternidad sonriéndome. —Un dedo de escorpión señaló la comida—. La invitación a comer sigue en pie.

En la mesa, varios insectos habían decidido desoír la llamada del Hombre Torcido y proceder a darse un banquete. El pollo era muy popular.

—He perdido el apetito —repuso ella; también había leído suficientes cuentos de hadas para saber que solo los muy tontos aceptaban probar un banquete semejante, ya que corrían el riesgo de sucumbir a un encantamiento.

Los escarabajos responsables de los labios del Hombre Torcido se reconfiguraron para expresar decepción.

—Una pena, porque las cucarachas lo robaron todo de las cocinas especialmente para la ocasión —dijo—. Aunque, como ves, no se va a desperdiciar, tampoco quiero que mis socios se acostumbren a recibir carne cocinada en todas las comidas.

Mientras hablaba, el cuerpo del Hombre Torcido estaba en continuo movimiento, pero a Ceres le pareció que la naturaleza inquieta de los insectos y arácnidos no era la única razón que explicaba lo inestable de su aspecto. Veía que le costaba mucho esfuerzo mantener su presencia física, acorralar a aquellas mentes menores para que participaran en la encarnación de una conciencia, todo al tiempo que su mitad inferior seguía siendo una congregación de criaturas reptantes, desconcertadas y combativas sobre las que la mitad superior podría caer con tan solo un mero instante de distracción.

—Si ya hemos terminado con las cortesías, entremos en materia —dijo Ceres—. ¿Qué quieres de mí?

—Liberación. Escapar de este mundo.

—¿Y qué me ofreces a cambio?

—Un final feliz para tu historia —contestó el Hombre Torcido—. Esta es mi promesa: te devolveré a tu hija.

LXV
Coffen
(CÓRNICO)

Mina abierta, profunda y estrecha

Balwain se acercaba al cuchillo. Ya casi lo tenía a su alcance, tanto que había rozado la empuñadura con la punta de los dedos, pero dos pasos adelante le costaron un paso atrás, así que se alejó de nuevo. La loba, por su lado, estaba cada vez más frustrada con la cadena. Su parte animal estaba tomando el control sobre la humana y el instinto superaba a la razón, de manera que había recurrido a intentar morder el metal, lo que había provocado que se le rompieran los dientes y le sangrara la boca.

Balwain hizo un nuevo intento y sintió que se soltaba un eslabón, y después otro y otro. Por segunda vez, tocó la daga. Respiró hondo, se relajó y avanzó unos centímetros más. Esta vez, la cadena no retrocedió y la mano de Balwain se cerró en torno a la empuñadura. En el tarro, los movimientos del insecto se volvieron frenéticos, alimentados por el pánico, y su luz pasó del azul al blanco cegador.

El lord levantó la daga, todavía envainada. Se sorprendió de su peso, y hasta que se la acercó a la cara no vio que también la funda estaba enganchada a una cadena que desaparecía en un agujero en el suelo de roca. Lo que había percibido no era peso, sino resistencia. Tiró con fuerza para liberarla sin pensar en lo que la anclaba, activando así mecanismos ocultos e instrumentos invisibles.

Los feéricos llevaban años, según la percepción humana, preparándose para aquel momento, aunque, como el tiempo transcurría muy despacio para ellos, sus acciones podrían haberse considerado apresuradas, incluso impulsivas. La argolla que rodeaba el cuello de Balwain se rompió y lo liberó, pero lo mismo sucedió con la de la loba mientras, en las profundidades de Pandemonio, se iniciaba un temblor.

El Leñador, con la ayuda de los soldados de Balwain, había logrado vaciar los niveles superiores de la mina cuando comenzaron las primeras vibraciones; muchos de los trabajadores, convocados por la llamada de los cuernos, todavía estaban intentando escapar de los niveles inferiores. Algunos recorrían a pie las pasarelas que rodeaban la boca de la mina; otros trepaban por los sistemas de altas escaleras o subían en jaulas tiradas por caballos y bueyes. Cuando aparecieron las grietas en la pared de roca y cayeron los primeros escombros, instaron a los animales a redoblar esfuerzos y el pánico empezó a extenderse entre los mineros.

—No lograremos sacarlos a todos —dijo Denham, que estaba al lado del Leñador viendo cómo se desarrollaba el desastre.

—Podríamos no haber logrado sacar a ninguno —repuso el Leñador.

—¿Me estás diciendo que podría haber sido peor?

Un enorme pedazo de roca negra se separó del resto y se desplomó, pasando junto a los mineros que subían hasta caer en lo más profundo de la mina y llevándose con él pasarelas y grúas, además de a hombres y enanos, y los animales que usaban para huir.

—No. Solo mejor —contestó el Leñador.

LXVI
Angenga
(INGLÉS ANTIGUO)

El que vaga solo, criatura solitaria

Calio habían pasado por el desagüe y recorrido el túnel excavado por el gusano hasta su entrada, que era donde ahora se encontraban agachadas, escuchando la conversación entre Ceres y el viejo monstruo.

La dríade sabía que la chica se consideraba lista, pero el Hombre Torcido era astuto, y la astucia siempre ganaba a la inteligencia. Era incluso más ingenioso que los feéricos, por cuyas venas la artería corría como la sangre, razón por la cual la Pálida Dama Muerte no había intentado establecer un pacto con él que pudiera dar margen para la manipulación. El trato entre ellos era simple: el Hombre Torcido abandonaría aquel mundo y las criaturas feéricas (a las que había perseguido, al igual que a humanos, loups y cualquier otra criatura) no intentarían detenerlo ni castigarlo, aprovechando su debilidad, por los muchos crímenes cometidos contra ellas. Una vez que hubiera desaparecido, los feéricos solo tendrían que enfrentarse a la humanidad.

Sin embargo, para que el Hombre Torcido se marchara, cumpliendo así su parte del pacto, parecía ser necesaria la cooperación de Ceres, y ella no podía ayudarlo si estaba muerta. El saco de veneno de Calio estaba lleno a rebosar, lo suficiente para inmovilizarla antes de llevársela a una madriguera bonita y seca, y vengarse así de un solo golpe tanto de los feéricos como de la chica, además de frustrar los planes del Hombre Torcido, que salía a cazar a Calio cada vez que le apetecía, siempre con una antorcha y gritando su nombre, y en más de una ocasión habían evitado por los pelos acabar inmoladas por él.

Tal era la furia que llevaba dentro aquella criatura antes tierna y tal era su rabia, porque a menudo ambas van unidas y una alimenta a la otra. Calio no habían sido creadas así. No eran una dríade engendrada por la madera podrida, sino que, en los primeros días de los feéricos, habían nacido de un joven álamo, un árbol asociado a la resiliencia; quizá por eso había sobrevivido tanto tiempo mientras el resto de su gente perecía. No obstante, ser la última de su especie era una condena a la soledad, puesto que la resistencia se cobra un precio. Calio habían sentido cómo sus hermanas desaparecían de aquel plano de la existencia, una a una, y, con cada pérdida, aquella última dríade se iba apagando, a pesar de que los espíritus de las difuntas habían acudido a refugiarse en el triste corazoncito de Calio. Encerradas en sí mismas, a solas con sus pensamientos, lamentos y anhelos, Calio se habían olvidado de todo lo que antes fueran... o, tiempo atrás, fuera.

No obstante, por mucho que Calio intentaran seguir al Hombre Torcido y a la chica esperando el momento de atacar, las distraía un olor más cercano: el de la madera quemada, acompañado por un silbido que, cuanto más lo escuchaban, más se parecía al eco lejano de unos gritos.

A su izquierda había otro túnel de gusano con la abertura cubierta de telarañas. El olor y los gritos procedían del interior. Pese a sus reticencias a dejar a Ceres y al Hombre Torcido a solas, la atracción por lo desconocido era demasiado grande. Todos los seres vivos tienen un propósito y, al igual que parte del de Ceres consistía en enfrentarse al Hombre Torcido, Calio también habían recorrido aquellos lares subterráneos por una razón. Quizá ellas pensaran que esa razón era entorpecer las esperanzas de muchos (incluso al entrar en el túnel, eso era lo que tenían en mente), pero su historia estaba destinada a tener un final muy distinto.

Así que allá que fueron Calio, siguiendo un olor y un ruido cada vez más fuertes, hasta llegar a una sala que parecía una capilla por su tamaño y estructura, aunque carecía de muebles. Entraron y se quedaron paralizadas. Poco a poco, en silencio, sus ojos empezaron a derramar lágrimas de savia.

Porque Calio ahora sabían por qué eran las últimas de su especie.

LXVII
Wrecan
(INGLÉS ANTIGUO)

Vengarse

En la cueva, la competición a muerte entre Balwain y la loba estaba a punto de decidirse. Ambos habían sufrido graves heridas. La loba había recibido media docena de puñaladas, pero aún se mantenía en pie y amenazante. Como el mariscal Denham, era veterana de muchas batallas y sus cicatrices visibles no constituían más que una pequeña parte de las que se ocultaban bajo la piel. Pese a ello, una de las embestidas de Balwain le había perforado el pulmón derecho y le costaba respirar. No le quedaba mucho tiempo.

Por su parte, Balwain tenía un lado del cuerpo incapacitado. Las mandíbulas de la loba lo habían destrozado de tal modo que se le había quedado el brazo izquierdo en carne viva desde el hombro hasta el codo, y los dos huesos principales del antebrazo estaban rotos. La loba también le había mordido el muslo izquierdo y le había arrancado un trozo de carne del tamaño de un puño, y la herida sangraba profusamente. Apenas era capaz de permanecer en pie, pero, si caía, la loba se le echaría encima, así que intentaba apoyarse en una de las paredes, evitando que las heridas la tocaran.

Los rodeaba el tumulto de la catástrofe, y ambos combatientes estaban cubiertos de una fina capa de polvo. A lo lejos, a Balwain le pareció oír gritos de hombres y enanos, junto con los chillidos de animales. Sabía lo que estaba sucediendo: la estructura de la mina se derrumbaba y él había precipitado su destrucción, tanto con sus actos en aquella caverna (la presión sobre la cadena, el tirón de la daga anclada) como con los anteriores, cuando se había creído lo bastante astuto para manipular a los feéricos, para al final ser manipulado a su vez con más destreza. Ni siquiera en aquel momento podía decir que no le hubieran dado lo prometido: habían eliminado a los cinco nobles, le habían entregado a la loba y la mina Pandemonio era toda suya... y sería su tumba. Pero si tenía que morir, lo haría sabiendo que la loba alfa lo había precedido.

—Vamos —la incitaba—, ¿vas a dejarme morir desangrado o piensas acabar lo que empezaste?

Las mandíbulas de la loba chorreaban sangre y saliva. Intentó acercarse más a él, pero temía tanto la hoja como Balwain sus fauces, así que ambos se mantenían fuera del alcance del otro. La loba retrocedió y pareció tambalearse, como si tropezara con sus propios pies. Balwain vio su oportunidad. Se abalanzó sobre ella con la daga en alto para atravesarle el corazón...

Sin embargo, el tambaleo había sido una treta y el lord apuñaló el aire. Desequilibrado, creyendo estar a punto de dar con carne y pelo, aterrizó en piedra. El dolor fue indescriptible y su intensidad lo dejó inconsciente un instante al tiempo que su mente trataba de protegerlo del sufrimiento.

Se tumbó boca arriba, temiendo moverse, temiendo incluso abrir los ojos, mientras unas gotas cálidas le estallaban contra la cara. Por fin los abrió y vio a la loba de pie sobre él. Quiso usar la daga, pero ella movió la pata izquierda y le inmovilizó la mano derecha contra el suelo de la caverna.

Balwain se rindió. Se había acabado.

—Nos engañaron a los dos —le dijo a la loba—. Aquí tienes tu victoria, si de algo te vale.

La loba inclinó la cabeza, abrió las mandíbulas y, despacio, con ternura, le desgarró el cuello.

LXVIII
Eaxl-Gesteallas
(INGLÉS ANTIGUO)

Amigos del alma, compañeros inseparables

Ceres no lograba hablar. ¿El Hombre Torcido podía devolverle a Phoebe?

—Dudas de mí —dijo él—, y no te culpo. Verás, su historia todavía se está escribiendo, como la tuya. Los médicos, sus amigos (incluso tú, en tus momentos de desesperación), se han olvidado de eso y le han dado a su cuento un final en el que nunca despierta, en el que no acude ningún príncipe a romper el encantamiento cayendo de rodillas ante ella o permitiéndose actos algo más íntimos.

El agujero que le hacía las veces de ojo izquierdo se las ingenió para lanzarle un guiño lascivo, ayudado por una cucaracha. Sin pensar, Ceres le dio una bofetada, pero la mano atravesó inofensiva una masa de patas, caparazones y antenas que volvió a formarse a su paso, aunque no sin antes regalarle algunos mordiscos y picaduras por la molestia. El Hombre Torcido retrocedió y levantó las manos a modo de disculpa.

—Perdóname. Me he excedido, como ya hicieron antes que yo unos cuantos príncipes apuestos al encontrarse con una joven dormida. Los hombres son criaturas desagradables. Cuando tu hija despierte, suponiendo que nuestro trato concluya de manera satisfactoria, harías bien en advertirla sobre ellos. Puedo ayudarla con eso.

—¿Y cómo propones hacer todo eso? —preguntó Ceres, que por fin había recuperado la voz.

—Deja que te lo muestre. —El Hombre Torcido se acercó al agujero de gusano más antiguo, profundo y oscuro—. Ven a ver lo que nadie más ha visto nunca.

Calio también eran testigos de algo que, hasta entonces, solo conocía el Hombre Torcido, ya que lo había creado él: una capilla decorada con madera tortuosa y ennegrecida, en la que cada pieza deforme era una dríade consumida por el fuego. A algunas, Calio las reconocían, a pesar de los estragos de las llamas: allí estaba Acantha, cuya corteza se cubría de rosas de ese mismo color en verano, y Daphne, la de los laureles; aquella era Elodie, de los pantanos, y Orea, de las montañas. Muchas habían muerto viejas y maduras, pero otras acababan de formarse; habían perdido la vida tan jóvenes que sus dedos eran apenas capullos. Todas estaban colocadas mirando hacia fuera, con las extremidades entrelazadas de tal modo que no se veía ni un centímetro de la pared que tenían detrás y era como si la capilla se hubiera construido tan solo con madera quemada. Incluso aquello habría supuesto una afrenta para Calio (como organismos vivos, los árboles merecían respeto, tanto en la muerte como en la vida), pero aquello no era solo madera, sino los restos de unas almas antiguas íntimamente conectadas con la tierra. Y allí estaba su destino: morir quemadas para entretener a una entidad que había vivido demasiado antes de que las usaran para adornar una de las cámaras del laberinto en el que moraba, donde podía revivir a placer el momento de su destrucción.

Lo poco que quedara indemne de Calio, lo que les había permitido aguantar tanto tiempo, por fin se desgarró. Por un instante, cuando el último atisbo de lo que fuera su antiguo ser desapareció y una nueva personalidad se preparó para ocupar su lugar, no fueron nada, tan solo un ser forjado por la ausencia, la oscuridad y la muerte: por cosas que no son. Una vez completada la transformación, Calio ya no eran solo ellas, sino todos los seres que habían sufrido a manos de alguien más fuerte y despiadado que ellos; todos los animales cazados y asesinados por diversión; todas las mujeres violadas por un hombre; todos los niños de los que había abusado un adulto; todos los bebés muertos de hambre; todas las vidas empobrecidas por la crueldad de otro. La especie ya no importaba porque el dolor era universal, y hacerle daño a uno suponía hacerles daño a todos. En la ira de Calio había pureza, incluso gracia, y una incandescencia tan aterradora y absorbente como el mayor de los infiernos.

Calio miraron la antorcha que siseaba junto a ellas en la pared. Se habían pasado toda la vida huyendo del fuego, igual que sus hermanos y hermanas, aunque al final el fuego los había encontrado y aniquilado a todos. Incluso en su nueva forma, Calio necesitaron de todo su valor para hacer lo que tenían que hacer.

Cogieron la antorcha.

LXIX
Ærgewinn
(INGLÉS ANTIGUO)

Enemistad ancestral

David y Baako regresaron al castillo a través de la puerta situada detrás del cuadro. Por el camino no se encontraron más feéricos, lo que fue una suerte porque los niños, que no habían disfrutado del paseo por los túneles, expresaban su descontento con un llanto bajo pero incesante.

Se detuvieron junto a una ventana y, a la luz de la luna, vieron una riada de personas y animales (trabajadores, sus familias, junto con todos los caballos y bueyes que habían podido salvar) intentando escapar de la inminente desintegración de Pandemonio y sus minas hermanas. Oyeron de lejos un redoble de tambor inconstante, al que los muros del castillo respondían vibrando. A pesar de que habían sentido el temblor en los túneles, desconocían la causa. Ahora la conocían.

Nadie les prestó atención en su camino desde los niveles inferiores a los superiores. Todos seguían demasiado preocupados por la mina y la posibilidad de que su destrucción se extendiera al castillo y alrededores. Aunque les separaba cierta distancia de Pandemonio, se sabía que el terreno estaba surcado de túneles y cavernas desde la época del Hombre Torcido, algunos de los cuales solo habían sido descubiertos durante la explotación minera y la construcción del nuevo castillo. Así que, igual que los mineros huían de Pandemonio, muchos residentes de la ciudadela iniciaron su éxodo para poder alejarse al máximo del área en peligro. En el castillo en sí, el pánico todavía no había calado, pero David se daba cuenta de que no faltaba mucho. Con que apareciera una grieta en la pared o un pequeño agujero en el patio, la alarma se transformaría en histeria.

Por ello sintieron cierto alivio al toparse con el Leñador, que también había regresado al castillo con la esperanza de que hubieran hallado el camino de vuelta. Se alegró mucho al verlos sanos y salvos, y con los bebés. En cuanto a Ceres, reconoció que no había esperado verla con ellos, lo que no significaba que no hubiera deseado hacerlo.

—El castillo sigue en pie, de momento —les dijo una vez que hubieron encontrado a unos criados que pudieran hacerse cargo de los niños—. Ahora todo depende de cómo hayan planeado los feéricos la destrucción de las minas. Diría que han debilitado las excavaciones en algunos puntos clave, aunque quizá lo hayan sincronizado mal. Se han perdido ya muchas vidas, pero, de haber sido más repentino el colapso, habría habido muchas más víctimas. Tal como están las cosas, hemos logrado evacuar a numerosos mineros y el resto va camino de salvarse. Sin embargo, la prioridad de los feéricos era la destrucción de la mina, no la muerte de los mineros.

—Si esa era su intención, ¿por qué asesinar a la señora Blythe y a su hija o atacar la aldea de Baako? —preguntó David.

—El objetivo consistía en eliminar a los que contaban con las habilidades necesarias para contrarrestar la magia feérica, de lo que se deduce que este no es más que el primer movimiento de una campaña mucho más larga. La pérdida de esos conocimientos nos perjudica más que el derrumbamiento de una mina.

—¿Sabéis algo de mi madre? —preguntó Baako.

—Ojalá tuviera alguna novedad que contarte —respondió el Leñador—, pero tendrás que esperar a que te informen tu padre y los suyos. Ellos son los que salieron a buscarla cuando las arpías la secuestraron.

Baako asintió.

—Lo que tenga que ser, será —dijo.

Entonces, agotado por su esfuerzo y la voracidad de las criaturas feéricas (y, quizá, por la intuición de que su madre estaba ya más allá del dolor), Baako se desplomó. Ayudado por el Leñador, David lo puso de nuevo en pie, aunque siguió inconsciente, y juntos fueron a ensillar los caballos. Había llegado el momento de abandonar el castillo. En cuanto a Ceres, no les quedaba más que aguardar.

LXX
Scima
(INGLÉS ANTIGUO)

Luz, resplandor

El túnel de gusano por el que el Hombre Torcido conducía a Ceres se ensanchaba cada vez más (seis, ocho, diez y finalmente, doce metros de circunferencia) antes de acabar en un par de colosales puertas de madera. A Ceres le parecieron más altas que el techo del túnel en sí, como si ocuparan un plano diferente al del resto de la guarida del Hombre Torcido.

—Te encantan los libros, ¿verdad? —preguntó él.

—Sí —respondió ella, ya que no veía ningún motivo para ocultarlo—. Me he pasado toda la vida rodeada de ellos.

—¿Y también las historias? Porque no son lo mismo, no sé si lo sabes.

El Hombre Torcido parecía ansioso, como un niño. Eso hacía que su aspecto resultara aún más obsceno, con aquel enjambre de criaturas que se contorsionaban, arrastraban, picaban y mordían.

—No lo son, no.

—Un libro es como una casa y las historias son las almas que la habitan —siguió él—. Un libro sin historia no tiene alma. Eso debes entenderlo porque, si no, lo que te voy a enseñar no significará nada y nuestra conversación, al igual que tu vida, llegará a su fin.

—Lo entiendo. Siempre me han gustado las historias.

—Como a mí. Podría decirse que he dedicado mi vida a ellas.

Levantó brevemente un dedo compuesto por un enredo de ciempiés y rozó una de las puertas, que se abrió poco a poco y sin hacer ruido.

—Entra. Conoce el mundo —la invitó.

Y Ceres entró.

Si las puertas le habían parecido de una altura imposible con respecto al túnel, lo que había al otro lado trastocaba toda concepción de distancia y volumen, puesto que, hasta donde alcanzaba la vista y más allá, había estantes y más estantes de libros (del derecho y del revés, de lado y en diagonal), aunque contenidos en una estancia que no era más grande que el dormitorio de la infancia de Ceres. De hecho, era su dormitorio de la infancia. Veía sus paredes, la moqueta desgastada, el armario, la cómoda con el espejo de su bisabuela encima y la cama individual en la que había dormido durante toda su niñez y adolescencia, hasta que dejó el hogar para asistir a la universidad. Incluso tenía los mismos pósteres colgados al lado de la cama y sobre ella: guapas estrellas del pop que ahora eran padres y apuestos actores que ahora estaban muertos. Sin embargo, cuando intentó tocar la pared, permaneció fuera de su alcance, y cuando dio un paso adelante, retrocedió. Una habitación infinita que albergaba una cantidad de libros infinita o casi infinita.

—Cada libro es un mundo —dijo el Hombre Torcido, como si le leyera el pensamiento—. Esta habitación tan pequeña encierra muchos mundos.

—Pero no es mi dormitorio, ¿no? No es más que una ilusión.

—¿Preferirías esto? —preguntó él.

Chasqueó los dedos, decapitando a un par de escarabajos, y la habitación se transformó en la biblioteca local a la que su madre la empezó a llevar en cuanto tuvo la edad suficiente para hacerse socia. Le habían entregado dos tarjetitas de cartón con su nombre en ellas para colocar las fichas de los libros prestados: un recordatorio de que aquellos volúmenes habían vivido un tiempo con ella y compartido un estante durante dos semanas junto a los que eran de su propiedad. No obstante, incluso después de devolverlos, parte de aquellas obras se quedaba con ella, porque Ceres, como todos los lectores, cambiaba con cada libro que leía, y así su vida se convirtió en un registro de su consumo. De haberla enfocado con una luz ultravioleta en una habitación a oscuras, se habrían visto los títulos escritos en su piel, tantos que quedarían tan enredados y entrelazados como los insectos y las arañas invocados por el Hombre Torcido para tomar forma.

—¿O esto?

Otro chasquido, y Ceres estaba en la sala de lectura de la biblioteca de su universidad, mucho más grande que la de su ciudad y con ese olor a humedad que acompaña al papel antiguo; aun así, a su modo, era muy pequeña (porque ¿cómo iban a caber en esa sala más que una mínima fracción de los libros que se habían escrito?), pero, cuando buscaba un título, allí estaba como por arte de magia o podía rescatarse de algún estante escondido en cuestión de horas. Existencias individuales, mundos, universos, más de los que se podrían explorar en una vida humana o en mil, todo en aquel único edificio. Incluso en su dormitorio infantil, para cuando lo abandonó, guardaba cientos de libros, cada uno de ellos un macrocosmos, que ocupaban un hueco en el que no habría cabido una segunda cama. La biblioteca del Hombre Torcido no respondía a las leyes de la física, porque ¿acaso alguna biblioteca o librería lo hace?

Un último chasquido y de nuevo estaba en su dormitorio, o en aquella versión de su dormitorio. Incapaz de llegar a tocar las paredes, se conformó con acariciar los libros más cercanos y sintió su pulso bajo las yemas de los dedos. Estaban todos encuadernados en cuero («o en piel», pensó) y calientes al tacto. Sacó uno de un estante. En la cubierta había símbolos rúnicos que se usaban para representar tanto números como letras: un nombre o un título. Mientras lo sostenía, el pulso del libro vaciló y se paró. Ceres olió a quemado y nuevas runas aparecieron en la cubierta.

—Una muerte —dijo el Hombre Torcido—. Una vida que acaba y una fecha que se anota.

—¿Qué quieres decir?

—Cada vida es una historia y, por tanto, digna de conmemoración entre unas cubiertas.

—Entonces, ¿todo esto son...?

—Vidas narradas: algunas completas, otras apenas iniciadas y unas cuantas pausadas, en estasis.

Ceres devolvió el libro a su lugar con mucho respeto y le deseó buen viaje a su alma.

—¿Está aquí la historia de Phoebe?

—Aquí están todas las historias.

Los estantes se movieron, aunque Ceres experimentó la breve náusea del desplazamiento repentino e inesperado, y sospechó que quizá fuera ella la que había cambiado de posición, no los estantes. Cuando cesó, se encontró junto a la librería del dormitorio de Phoebe, con los títulos que la niña adoraba... y un tomo extra que tenía cubiertas de color celeste y le palpitó débilmente en las manos cuando lo cogió.

—¿Esta es su historia?

—Ella es su historia —contestó el Hombre Torcido—. Sostienes a tu hija.

Ceres se llevó el libro a la cara, respiró hondo y olió a Phoebe, con la misma certeza que cuando se inclinaba sobre la cama de hospital para besarla. Incluso captó el olor característico del antiséptico del hospital.

—¿Puedo mirar dentro?

—Si quieres...

Ceres abrió el libro y vio una página tras otra de runas escritas con una tinta marrón rojizo, como sangre seca. Buscó la última página escrita y vio que la runa final estaba incompleta, como si al escriba lo hubieran requerido para atender un asunto urgente.

—La tuya está cerca, si deseas verla, aunque es una lectura muy aburrida desde que te robaron a tu hija.

—¿Y la tuya? ¿Está aquí tu libro? Porque tu vida también debe de ser una historia.

De nuevo sintió movimiento, pero más largo. Cuando se detuvo, se encontraban ante un libro muy grueso colocado sobre un atril, un tomo de miles de páginas con un recargado cierre de plata y protectores en las esquinas. Estaba abierto por unas páginas en blanco. Mientras las observaban, una serie de runas se grabó a fuego en el espacio vacío, dejando un olor acre en el aire. Alrededor de aquel santuario había una figura que Ceres recordaba de los estantes de su padre: un enorme dodecaedro, cuyos lados abiertos eran ventanas que daban a distintos paisajes que no paraban de cambiar. Ceres atinó a ver su mundo (guerra, incendios, conflictos, odio, aunque también algunos momentos de alegría y ternura) y otros: soles que nacían, planetas que morían; la nada, un vacío, la primera oscuridad de la que brotó toda la vida; después, una chispa de luz, y la luz empezó a formar letras, porque en el principio era el Verbo.

—Esta es mi historia —dijo el Hombre Torcido—, mi libro.

—Es muy largo.

—Bueno, soy muy viejo. —Señaló el volumen que Ceres tenía en las manos—. Por otra parte, tu hija es muy joven, y dentro de esa encuadernación caben muchas más páginas.

Ceres se llevó la historia de Phoebe al pecho.

—¿Cómo puedo reanudarla? —preguntó.

—Conmigo —contestó el Hombre Torcido—. Solo necesita un poco de vida, y yo tengo de sobra.

Ceres frunció el ceño.

—No lo entiendo, ¿tú le vas a dar vida?

El Hombre Torcido empezó a pasearse a su alrededor.

—Deseo abandonar este mundo —dijo—. No me quiere ni a mí ni a mis cuentos. Aunque aquí es donde se forman las historias, tu mundo es donde viven, donde se cuentan, comparten, escriben y recuerdan. Anhelo vivir allí. Estoy cansado de este reino. Una vez lo goberné por mediación de los fugitivos de tu mundo, pero esa época acabó. Siempre envidié a esos niños, por perdidos que estuvieran entre los suyos. Con cada uno de ellos que llegaba hasta mí, mi envidia aumentaba. No quiero seguir existiendo en las sombras de un mundo cuando puedo caminar bajo la luz de otro.

»Sin embargo, no puedo hacerlo sin un cuerpo, así que esto es lo que te propongo: dame a tu hija unos pocos segundos y, a cambio, dejaré parte de mi fuerza vital en ella. Permíteme volver contigo y pasar a ella cuando el umbral vuelva a abrirse, y me quedaré allí dentro hasta que se acerque otra persona, alguien en quien poder entrar, alguien joven. Si está enferma, yo la cuidaré. Si se muere, le daré nueva vida. La salvaré, y también a tu hija.

—¿Me prometes que me la devolverás? ¿Que no te la quedarás para ti?

—Te doy mi palabra.

—La palabra de una criatura con un corazón hecho de arañas —replicó Ceres, que veía aquella masa negra latiendo en el pecho del Hombre Torcido—. La palabra de una criatura que ha torturado y matado para divertirse.

—No, la palabra de una criatura que vive para crear historias, y algunas de las historias más memorables son crueles. Muéstrame cualquier historia exenta de angustia y verás que se trata de un cuento que no merece la pena contarse.

—Y si no había dolor, tú lo proporcionabas.

—Porque la historia era lo único que importaba. A mayor sufrimiento, mejor historia, aunque no me opongo a los finales felices. ¿Qué mejor final que devolverte a tu hija, después de todo lo que has pasado?

Bajo los pies de Ceres, el suelo temblaba. Llevaba un rato siendo consciente de un clamor como ocasionado por impactos de proyectiles y explosiones de una batalla que se luchara a kilómetros de distancia; aun así, aquel temblor era más fuerte.

—Se nos acaba el tiempo —dijo el Hombre Torcido—. Los feéricos querían deshacerse de la mina y pronto lo conseguirán. Cuando se derrumbe, te quedarás enterrada aquí conmigo, y te aseguro que no te gustará lo que suceda después.

—Pero tú también te quedarás atrapado.

—Salvo que yo no moriré, a diferencia de ti. Mi historia continuará hasta que encuentre a otra persona con la que negociar, a alguien que acepte mi oferta..., y encontraré a esa persona. Es una cuestión de necesidad o de amor, porque ambas son lo mismo, si te paras a pensar. Puede que no ames a tu hija lo suficiente, que no la necesites lo suficiente para permitirme ayudarla.

—O envenenarla. ¿Por qué iba a querer tener nada tuyo dentro de ella?

—¿Qué otra opción te queda?

—La esperanza —respondió Ceres.

—¿Esperanza? —El regocijo del Hombre Torcido era horrible—. Mira a tu alrededor. Este es el final de la esperanza. Aquí es donde la esperanza viene a morir, y tú con ella. Pero no tiene por qué ser así. De nuevo y por última vez, te invito a darme la mano. Estréchamela, dime en voz alta el nombre de tu hija y cerraremos el pacto. Si no, ni siquiera tus huesos rotos volverán a ver la luz del día. Trabajo mejor a oscuras, y el sufrimiento cuenta con su propio brillo.

El suelo volvió a temblar y, en sus estantes infinitos, los libros se apretujaron para consolarse mutuamente. Las antorchas de las paredes se extinguían una a una, y Ceres sintió verdadero miedo. No quería morir allí abajo, con aquel monstruo, y en ese momento sintió la tentación.

Un resplandor cálido y naranja brotó de la pared que tenía detrás y se fue colando poco a poco en su visión periférica. Al volverse, vio a una figura ardiente que se acercaba deprisa e iba directa hacia el Hombre Torcido. A medida que se aproximaba, su rostro resultaba visible, a pesar de las llamas. Era Calio. Todos los seres vivos temen el fuego, pero, como sucede con el dolor, algunos deciden abrazarlo al final.

Los componentes del cuerpo del Hombre Torcido se desperdigaron, desintegrándose alrededor de Calio; los insectos estallaban y los escorpiones ardían mientras el Hombre Torcido volvía a adoptar forma detrás de la dríade.

—Tendrás que esforzarte más si quieres tu venganza, ninfa —dijo él.

Sin embargo, Calio tenían algo mejor en mente, a pesar de que la piel les ardía, la visión se les nublaba y perdían la conciencia. El premio que deseaban reclamar no era el Hombre Torcido, sino su libro. Haciendo un último esfuerzo, Calio se abalanzó sobre él y el tomo prendió al instante. El Hombre Torcido apenas tuvo tiempo de gritar antes de que su forma invertebrada estallara en llamas; los insectos más grandes se retorcían y morían, y los más pequeños quedaban reducidos al instante a cenizas. Al caer, dejaban atrás una huella fantasmal con la forma del Hombre Torcido, como una marca grabada en el aire, en la que se le veía la boca abierta en un grito que no tenía voz para darle sonido. Abrió los ojos con algo que se asemejaba al asombro al ver arder su libro, y la historia de su larga y malvada vida acabó quemada. El cuerpo de Calio ya era uno con el volumen en llamas, apenas distinguible de él. La dríade había dejado de moverse, poniendo fin así a su soledad.

Ceres se volvió de espaldas a la escena justo cuando el mayor de los temblores hasta el momento sacudía las profundidades. A la luz del libro en llamas, encontró la puerta y se dirigió al túnel, pero en cuanto salió de él para acceder a la gruta central, se hundió tras ella. A su alrededor, el resto de los túneles también cedía, aunque el salón de huesos seguía intacto, lo que no iba a servirle de mucho, ya que acabar enterrada viva en una sala grande no era mucho mejor que hacerlo en una pequeña.

Y Ceres no estaba sola. Una presencia se había sentado en el trono de huesos, una mujer de piel pálida, boca insaciable y corona deforme en la cabeza. La Pálida Dama había acudido a por ella, como hacía con todos.

—No —dijo Ceres—. No es justo. No te permití llevarte a mi hija, ¿y ahora me quieres a mí? ¿Es que no has tenido muertes suficientes por un día? ¿Por qué no me dejas ir? Después de todo esto, después de haber llegado tan lejos...

La Pálida Dama Muerte se levantó y se le acercó, paralizándole la lengua. Era muy delgada y estaba muy hambrienta. Su existencia había dado comienzo con la del primer ser vivo y no cesaría hasta que desapareciera el último, el mundo fuera un páramo y el universo se quedara helado.

Entonces se oyó una voz procedente del suelo de la caverna.

—Por aquí, y arreando, si me perdonas el atrevimiento.

Ceres estaba tan cerca de la orilla del arroyo subterráneo que las puntas de los pies casi pendían sobre él. Al lado del izquierdo, el Espíritu del Arroyo la miraba.

—Me han ascendido —le dijo—. Ahora soy el Espíritu de Todos los Arroyos. Mucha responsabilidad, pero uno no se puede dormir en los laureles, ¿verdad? —Un par de manos acuosas se alargaron hacia Ceres—. Tú déjate caer en mis brazos —le indicó el espíritu de todos los arroyos—. Te cogeré, te lo prometo.

La Pálida Dama Muerte siguió acercándose a ella con paso majestuoso. La aparición del espíritu no la llevó a apresurarse, ni parecía enfadada por su intervención.

«Porque se le volverá a presentar la oportunidad», pensó Ceres. «Algún día, cuando esté demasiado enferma, cansada o vieja para huir, estaremos las dos solas y aceptaré el beso que una vez la invité a darme. Puede que incluso lo agradezca, pero hoy no, así que dejemos que sea paciente.»

Ceres cerró los ojos y se dejó caer.

LXXI
Anfloga
(INGLÉS ANTIGUO)

Volador solitario

La corriente era más cálida y veloz de lo que Ceres había imaginado, y flotaba mucho en ella, como si estuviera cargada de sal, aunque sospechaba que el Espíritu de Todos los Arroyos tenía algo que ver con todo eso: la protegía tanto del frío como de hundirse por completo. Tendida boca arriba, atravesaron fisuras tan estrechas que volvió a rasparse los hombros, ya lo bastante excoriados, y se metieron por huecos en la roca con tan poca altura que no se despellejó también la nariz por un par de centímetros. Aun así, no tenía miedo. Las reverberaciones eran cada vez más débiles y el agua, cada vez más cálida, por lo que empezó a quedarse dormida y por fin comprendió cómo alguien perdido en el mar puede abandonarse a la seducción de morir ahogado. Cuando salieron, ya era de noche y el Espíritu de Todos los Arroyos la llevó a descansar a una pequeña ensenada rocosa. Ahora que estaba fuera del agua, Ceres empezó a temblar.

—Tienes que mantenerte caliente hasta que te traiga ayuda —le dijo el Espíritu de Todos los Arroyos—. Recoge leña para hacer una fogata.

La orilla del río estaba llena de ramas y de palitos más pequeños para prender el fuego. Ceres apiló los segundos y formó una pirámide de ramas a su alrededor, pero no tenía forma de encenderlo. Incluso cuando acampaba con su familia, siempre le había costado encenderlo por fricción, y una vez vio a su padre (durante uno de sus esporádicos experimentos de regreso a la naturaleza) pasarse treinta minutos muy frustrantes perseverando con un hueso y un trozo de madera plana hasta rendirse por considerarlo una pérdida de tiempo y sacar un mechero. Por desgracia, Ceres no llevaba ninguno encima. Tampoco le quedaban fuerzas para usar el método de la fricción, y el Espíritu de Todos los Arroyos la había dejado sola, así que no podía pedirle consejo.

Entonces aparecieron las luciérnagas, al parecer movilizadas por su presencia, y, con su baile, los palitos ardieron. Ceres añadió más ramas y, en cuestión de minutos, se encontraba sentada frente a un fuego vivo. Sin embargo, al mirarlo, fue de nuevo testigo de los últimos estertores de Calio y vio su delicado cuerpo consumido por las llamas.

Se pasó los dedos por la picadura, que ya no le dolía. Ni siquiera le picaba. No sabía por qué Calio habían actuado de aquel modo. Solo que la última dríade había muerto, y eso le producía una profunda tristeza. Agotada, se hizo un ovillo junto al fuego y se dejó vencer por el sueño.

El grajo tuerto observó cómo el Espíritu del Arroyo ponía a salvo a la chica antes de regresar a la sala del reloj de arena, donde se posó junto a la calavera del niño. Metió la cabeza bajo el ala y no levantó la vista cuando la mujer se le acercó. La voz del niño lo llamó, notó frío en las plumas y se le paró el corazón.

Pero, para entonces, el grajo estaba de nuevo con quien más amaba.

LXXII
Unfaege
(INGLÉS ANTIGUO)

No destinado ni condenado a morir

Los feéricos rezagados no se mostraron hasta ver que la respiración de Ceres se volvía profunda y tranquila. Las minas habían desaparecido y los cimientos del castillo estaban dañados. Habían matado a seis nobles, desestabilizado el gobierno de la humanidad y, quizá lo mejor de todo, matado a tres mujeres sabias (las Blythe y Saada), y solo a costa de perder unos cuantos guerreros. Lo más importante era que las criaturas feéricas sabían que la tierra pronto volvería a ser suya. A juzgar por la mina, los hombres estaban empeñados en devastar el mundo y a ellos con él, pero el mundo se recuperaría, aunque no así los hombres. Cuando eso ocurriera, los seres feéricos regresarían para reclamarlo.

Y ahora tenían delante a una chica dormida y rebosante de vida suculenta. Los dos feéricos pensaron que podían darse un último festín antes de regresar a sus túmulos. Ni siquiera se molestaron en desenvainar las espadas antes de caer sobre ella. No las necesitarían. Les bastaría con su fuerza física para dominarla.

Las criaturas estaban ya casi encima de Ceres cuando alguien las levantó del suelo, agarrando a cada una con un puño enorme y carnoso que les pegaba los brazos al cuerpo. Antes de poder gritar, un índice con una púa de acero en la punta les atravesó el corazón y ambas murieron con el mismo pensamiento en la cabeza: gigantes.

Gogmagog e Ingeborg, su esposa, se acomodaron para custodiar el sueño de la chica. Sin embargo, habían viajado mucho y tenían hambre, así que les dieron unos mordisquitos a los feéricos, y siguieron con los mordisquitos hasta que no quedó nada de ellos.

El Espíritu de Todos los Arroyos localizó a David, Baako y el Leñador en su campamento junto al agua y les contó lo ocurrido con Ceres. David y Baako partieron de inmediato a buscarla, dejando atrás al Leñador. El hombre rehusó acompañarlos aduciendo que prefería vigilar los caballos mientras iban a por ella. El Espíritu de Todos los Arroyos también se quedó. Solo después de perder a David y Baako de vista, volvió a hablar.

—La Dama está cerca —dijo.

—Eso me parecía —contestó el Leñador.

—Pero no es a ti a quien quiere.

—No, yo estoy más allá de su alcance. —El Leñador pasó la yema de los dedos por la superficie del arroyo, como si acariciara a un sabueso fiel—. Gracias por ayudar a Ceres.

—No era su hora.

—Pero, sin ti, podría haberlo sido.

—Puede —respondió el Espíritu de Todos los Arroyos—. Te dejo, ya que te quedan asuntos por resolver.

El espíritu desapareció en el agua y el Leñador se quedó solo. Siguió junto al fuego, calentándose las manos, hasta que la Pálida Dama Muerte se mostró ante él.

—Hoy te has dado un buen banquete —le dijo el hombre.

Ella susurró una respuesta, y su aliento le puso la piel de gallina al Leñador, con hoguera o sin ella.

—Podría haber comido más.

—¿Por qué no lo has hecho? ¿Por qué parar con la mina? El castillo sigue en pie. ¿Por qué no llevártelo también, con todos los que allí viven?

—La mina era una abominación.

—Excavarán otra, y otras más grandes. El Pueblo Oculto no puede destruirlas, igual que no puede matar a todos los hombres y mujeres del mundo, ni siquiera contigo a la cabeza de sus huestes. —La Pálida Dama Muerte no respondió y el Leñador la miró detenidamente—. Ah, pero ellos ya lo saben, ¿verdad?

—Los feéricos pueden esperar. Dormirán en sus túmulos todo el tiempo que haga falta.

—¿«Todo el tiempo que haga falta»?

—Hasta que este mundo se purgue de la humanidad y vuelva a estar limpio. Entonces, las criaturas feéricas volverán para reclamarlo.

El Leñador, que podía ver mucho, tanto del pasado como del futuro, no se lo discutió.

—Y te encontrarán de pie entre los huesos.

La Pálida Dama Muerte bajó la barbilla para asentir y, con la punta de la lengua, se humedeció los labios de color rojo rubí.

—La mujer, Ceres —dijo el Leñador.

—¿Qué pasa con ella?

—Quiero que le des más tiempo.

—No doy tiempo. Solo lo detengo.

—No se trata de un contrato que puedas amañar como te plazca. Ceres ha tomado su decisión.

—En cierta ocasión tomó una decisión distinta.

—No, estuvo a punto de hacerlo, y solo por cansancio. No es lo mismo.

La Pálida Dama se lo pensó. Las sombras se arremolinaron en torno a ella, la oscuridad se abría para aceptarla.

—Puedo esperar —concluyó—. Al menos, en lo que a ella respecta.

El Leñador asintió. Sabía cómo debía ser, como ya había sido antes y volvería a serlo una y otra vez, siempre que hubiera vida, muerte y el espacio intermedio.

—Sé amable con ellos —dijo.

Algo que quizá fuera benevolencia asomó por un instante al rostro de la Pálida Dama. El dolor formaba parte de ella, pero también su final.

—No sentirán nada —repuso—. Ni siquiera me oirán llegar.

Después solo quedó la noche y el fuego. El Leñador ocultó el rostro entre las manos y lloró.

LXXIII
Cossian
(INGLÉS ANTIGUO)

Besar

Ceres, David y el Leñador acompañaron a Baako de vuelta a su aldea. Llevaron con ellos a dos de los bebés, ya que ambos lucían el tatuaje que los identificaba como parte de su pueblo. El tercer bebé lo entregaron al mariscal Denham, que les aseguró que haría todo lo posible por encontrar a sus padres.

Los nobles menores ya estaban compitiendo por el poder para llenar el vacío dejado por los sucesos recientes, y había dos pretendientes rivales para el castillo y las tierras de Balwain, que incluían el emplazamiento de la mina Pandemonio. Se hablaba de guerra civil.

—¿Qué vas a hacer? —le preguntó el Leñador a Denham.

—Soy un soldado. Elegiré un bando y lucharé.

Ceres lo escuchaba y se desesperó. Solo los hombres, reflexionó, hablaban así, pero cambiarlos no estaba en sus manos.

Al llegar a la aldea de Baako, un desfile salió a recibirlos. Con los aldeanos marchaban Thabasi e Ime, ambos vestidos del blanco del luto, lo que confirmó las sospechas de Baako de que su madre ya no estaba entre ellos. Las arpías habían dejado su cuerpo intacto y no intentaron evitar que lo recuperaran: la sabiduría de Saada le había impregnado la carne y los huesos, y a ellas les resultaba incomible. Thabasi había matado a su líder en un ataque de rabia, pero se resistió al impulso de seguir vengándose con el resto de la Camada, así que dejó que se ocuparan del cuerpo de su hermana como creyeran conveniente.

Ceres y los demás se quedaron lo justo para presentar sus respetos y ver a Saada arder en una pira, ahora que su hijo había vuelto y podía despedirse de ella. Después cabalgaron sin más incidentes hasta la sima, donde la gente había empezado de nuevo a dejar regalos en forma de comida a las arpías antes de cruzar. Ellos hicieron lo mismo. Cuando llegaron al otro lado, la comida ya no estaba.

No muy lejos de la casa del Leñador, se separaron de David. El hombre tenía ya el pelo completamente blanco y se parecía a las últimas fotos que Ceres había visto de él. No comentó nada sobre su cambio de aspecto, ni tampoco él lo mencionó, salvo al final, cuando ella lo abrazó para despedirse y se echó a llorar por él.

—No llores —le dijo David—. Sabía que no podía durar para siempre, ni tampoco lo deseaba. Solo quería pasar más tiempo con ellos, y eso me fue concedido.

Lo vieron alejarse y no reanudaron su camino hasta que el horizonte se lo llevó.

La Pálida Dama Muerte estaba esperando a David en su casa, pero él ni la vio ni la oyó y, para que fuera la última palabra que brotara de sus labios, ella le permitió llamar por su nombre a su esposa (aunque ella ya nada podía oír) antes de darle un tierno beso en la nuca.

El mundo se deshizo, la luz lo reemplazó, y así llegó a su fin la historia de David.

LXXIV
Hyht
(INGLÉS ANTIGUO)

Esperanza

Ceres estaba junto al árbol, que había abierto hasta la médula su piel de corteza y su carne de albura y duramen para recibirla. Dejó que el Leñador la envolviera en sus brazos y, al separarse de él, había cambiado: era más vieja, más pesada y más sabia. De nuevo, la niña de su interior se ocultaba bajo el disfraz de la madurez. Miró al Leñador con ojos de adulta y vio en él el espectro de su padre, igual que David mirara antaño la misma cara y atisbara en ella la sombra de su progenitor. «Todos son hijos suyos», oyó decir de nuevo a David.

«No», pensó, «todos somos hijos suyos.»

Solo entonces le contó al Leñador lo que le había ofrecido el Hombre Torcido.

—Estuve a punto de aceptar —confesó—. De no haber intervenido Calio, puede que lo hubiera hecho.

—Entonces yo también te ofreceré algo —dijo el Leñador—. Tengo la obligación de hacerlo, aunque solo sea por tener limpia la conciencia.

—¿Qué?

—Puedes quedarte, si quieres. Como ya te he dicho, el tiempo aquí no funciona como allí. En horas o días, tu hija se unirá a ti. Como David y su familia, podéis vivir juntas vuestros años perdidos, duren lo que duren. Puedes evitar el posible sufrimiento que te espera si regresas a tu mundo: esos peregrinajes tan dolorosos a su cama, esas vigilias nocturnas.

—Porque quizá Phoebe no se recupere.

—¿Quién lo sabe? Yo no.

De nuevo, Ceres se sintió tentada: de librarse de toda la angustia, de reunirse con su hija tal como antes era, todo en cuestión de unos días, como mucho. Sin embargo, para Phoebe no serían días, sino años, y los pasaría sin su madre al lado, fuera consciente de su presencia o no; sin el sonido de la voz de Ceres leyéndole, la oyera o no. Los médicos no podían saber lo que sucedía dentro de aquella efigie, pero, fuera lo que fuera, no dejaría que su hija lo soportara sola, aun cuando tuviera que vivir el resto de sus días al lado de su cama.

—No —respondió—. No puedo hacerlo. Tengo que estar con ella.

—¿Porque siempre hay esperanza?

—Aunque no la haya.

—Entonces puede que vuelva a verte —dijo el Leñador—. Con tu hija.

—No te ofendas si te digo que preferiría un final distinto.

—No me ofendo en absoluto.

Se abrazaron por última vez y Ceres, sin mirar atrás y sin nada de lo que arrepentirse, entró en el corazón del árbol, que se cerró a su paso y la sumió en la oscuridad.

Ceres vagaba por el bosque con dolor de cabeza y la camiseta manchada de sangre. Intentaba caminar en línea recta, pero los pies no obedecían, y al final dejaron de funcionarle del todo. Se le enredaron las piernas y se tambaleó andando en círculo hasta caer al suelo. Se golpeó la cabeza contra la tierra húmeda, aunque, antes de cerrar los ojos, oyó voces y que alguien decía su nombre.

—He vuelto —respondió ella—. Decidle que he vuelto.

Ceres despertó, no en el bosque, sino en una camilla de la clínica de cuidados prolongados; le dolía la cabeza, tenía un gotero en el brazo y una enfermera revoloteaba a su alrededor, supervisada por Olivier, que parecía nervioso.

—Bienvenida —dijo Olivier—. Nos has tenido preocupados.

—Me duele la cabeza —repuso ella, y después—: ¿Está bien Phoebe?

—Está igual que esta mañana, cuando la dejaste. Acabo de mirar porque sabía que me lo preguntarías en cuanto despertases. En cuanto a tu cabeza, estoy bastante seguro de que sufres una conmoción cerebral, y Elaine, aquí presente, te va a dar algunos puntos en el cuero cabelludo. Es probable que acabes por arrepentirte de haber salido a explorar, si es que no lo has hecho ya, porque te va a molestar un tiempo.

—¿Me he metido en un lío?

—Bueno, supusimos adónde habías ido, así que ha sido allanamiento de morada y daños a la propiedad privada. Te va a caer una buena. Seis meses de trabajos forzados, a pan y agua.

La enfermera le chistó.

—No le hagas caso —le dijo a Ceres—. Aunque es una suerte que ese sitio no se te cayera encima mientras estabas dentro. Puede que así se convenzan de una vez de que hay que arreglarlo. —Llenó una jeringa y presionó el émbolo para eliminar las burbujas de aire—. Ahora tengo que ocuparme de ese corte. Te va a picar un poco.

A Ceres se le escapó un chillido con el primer pinchazo de la aguja y con el segundo. Sin embargo, para el tercero, ya tenía la cabeza adormecida.

—Bien, ¿qué dibujo quieres que te borde? —le preguntó la enfermera—. A mí, personalmente, me gustan los corazones...

A Ceres le permitieron echarle un breve vistazo a Phoebe antes de ir a Urgencias, ya que el médico de guardia de Lantern House insistía en que debían examinarla. Al final le dieron el alta al cabo de unas horas y se subió a un taxi para volver a la clínica. Olivier la acompañó a la habitación de Phoebe y las dejó a solas. Cuando se fue, Ceres lloró como no había llorado desde el accidente.

—Creía que no volvería a abrazarte nunca —le dijo a su hija—. Creía que te había perdido para siempre.

No dijo nada más, pero le tomó la mano y le acarició el pelo mientras aquel dolor tan familiar y querido regresaba con ella.

LXXV
Wyrd-Writere
(INGLÉS ANTIGUO)

Quien escribe sobre lo acontecido

El corte curó deprisa y le quitaron los puntos una semana después. Ceres apenas fue consciente del paso de aquellos días, tan absorta como estaba en su nuevo proyecto. Inmediatamente después de que le quitaran los puntos, fue a ver a Phoebe. Eran poco más de las seis de la tarde, aunque todavía no habían bajado los estores, así que la habitación derramaba su luz amarilla sobre los árboles y arbustos del otro lado. Se quedó junto a ella con la esperanza de ver al grajo tuerto, pero allí no había pájaros de ningún tipo.

—Gracias de todos modos —dijo—. No caerás en el olvido.

Acercó una silla a Phoebe y le enseñó el cuaderno de tapa dura que había llevado consigo, cuyas primeras ochenta páginas estaban ahora escritas con una letra pequeña y pulcra. Había pocas correcciones en el texto porque había fluido de forma muy natural. Como siempre, Ceres tomó la mano derecha de Phoebe mientras hablaba.

—He escrito algo. Es una historia, y creo que quiere ser un libro, claro que todavía no está terminado. No sé cómo acaba, la verdad. Cuando empecé, no tenía ni idea de cuál sería el final, y sigo sin saberlo. Creía que los escritores sabían esas cosas, lo que me lleva a pensar que quizá yo no lo sea, o no de verdad. Pero no se puede tener un final si la historia todavía sigue desarrollándose, ¿no? Es preciso ver hasta dónde te lleva. Así que veamos adónde nos lleva esta a las dos. —Ceres abrió el cuaderno... y se detuvo—. Debería aclarar que se trata de una continuación, así que empieza de una forma un poco extraña, aunque creo que entenderás el motivo, porque siempre te han gustado los cuentos de hadas. —Respiró hondo y empezó a leer en voz alta—: «Érase otra vez, pues así deberían continuar algunas historias, una madre a la que le habían robado la hija...».

Y, contra la palma de su mano, como una pluma que acaricia una página, un dedo se movió.

AGRADECIMIENTOS

Nunca se me había pasado por la cabeza escribir una secuela de *El libro de las cosas perdidas*. Siempre que alguien me lo sugería, contestaba que el original era una historia autoconclusiva y que no necesitaba añadirle nada más. No obstante, con el paso de los años, he escrito otros cuentos que se desarrollaban en el universo del libro, todos ellos incluidos en la edición de su décimo aniversario, en 2016, para la que también pulí un poquito el original. Después, durante el primer confinamiento de la COVID en 2020, trabajé en un guion para una propuesta de adaptación al cine. La película no llegó a hacerse realidad (o todavía no), pero disfruté con la experiencia de regresar a la novela, de verla desde una perspectiva distinta y reimaginarla. Me di cuenta de que, a pesar de todas mis protestas, había estado volviendo al mundo de *El libro de las cosas perdidas* desde su publicación, en 2006. No era capaz de abandonarlo... o él no me dejaba abandonarlo, como se prefiera.

Siempre me ha encantado coleccionar palabras interesantes y poco conocidas, pero *Landmarks,* de Robert Macfarlane (Penguin, 2015), y *The Wordhord: Daily Life in Old English,* de Hana Videen (Profile, 2021), me ayudaron a ampliar considerablemente mi vocabulario para este libro.

Como siempre, hay algunas personas a las que me gustaría expresar mi gratitud: Sue Fletcher y Emily Bestler, mis editoras británica y estadounidense desde hace tiempo, que en su momento guiaron *El libro de las cosas perdidas* hasta su publicación, y que ahora han prestado el mismo servicio para su secuela; el personal de Atria/ Emily Bestler Books, todos muy agradables y alentadores, como Libby McGuire, Dana Trocker, Dana Sloan, Lara Jones, Sarah Wright, Emi Battaglia, Gena Lanzi, David Brown, Dayna Johnson y muchos más; todo el personal de Hachette y Hodder & Stoughton, en especial Katie Espiner, Jo Dickinson, Carolyn Mays, Swati Gamble, Rebecca Mundy, Oliver Martin, Alice Morley, Catherine Worsley, Dominic Smith y su equipo de ventas; el personal de Hachette Ireland, entre ellos Breda Purdue, Jim Binchy, Elaine Egan, Ruth Shern y Siobhan Tierney; mi agente, Darley Anderson, y su equipo; Laura Sherlock; Ellen Clair Lamb, que se preocupa de muchas cosas para que yo no tenga que hacerlo; Cliona O'Neill, cuyo ojo científico captó muchos errorcillos; Jake Nalepa, que me ayudó a no perder la cordura durante la COVID obligándome a hacer ejercicio en el exterior durante aproximadamente un año, lloviera o tronase, y después amenazó con volverme tarumba preguntándome una y otra vez si no me gustaría cambiar de idea sobre lo de no escribir una secuela de *El libro de las cosas perdidas;* el señor..., no, el doctor Robert Drummond, que respondió a mis preguntas médicas sobre los problemas de salud de Phoebe y los cuidados que necesitaría; Dominick Montalto, cuyas habilidades como corrector me siguen salvando del bochorno; y Jennie, Cameron y Alistair, que estuvieron a mi lado durante el primer libro, y Megan, Alannah y Livvy, que se han unido a ellos para el segundo.

Por último, a todos los libreros, bibliotecarios y lectores que a lo largo de los años han apoyado y alabado *El libro de las cosas perdidas* y mis otras obras: gracias.

Últimos títulos
Colección Andanzas

1084. El marido de mi madrastra
Aurora Venturini

1085. Escalera interior
Almudena Grandes

1086. Buenas noches, lechuza
Jordi Ibáñez Fanés

1087. Los niños de Himmler
Caroline De Mulder

1088. Retratos de jazz
Haruki Murakami y Makoto Wada

1089. Hombre caído
Fernando Aramburu

1090. El fenómeno Minerva
Eduardo Mendicutti

1091. Escribir
Marguerite Duras

1092. Hotel Roma
Pierre Adrian

1093. Una joven en Tokio
Aki Shimazaki

1094. El viaje inútil
Camila Sosa Villada

1095. Lo que sé de Almudena
Rafael Reig

1096. Los mensajeros de la oscuridad
John Connolly

1097. Morir en la arena
Leonardo Padura

1098. Los últimos de la lista
Grégory Cingal

1099. Lo que no se ve
Cristina Fernández Cubas

1100. El corazón revolucionario del mundo
XXI Premio TQE de Novela
Francisco Serrano

1101. Mesopotamia
Olivier Guez

1102. Ese montón de espejos rotos
Gonzalo Celorio

1103. Quince años
Ramiro Pinilla

1104. Wendy
Eugenio Fuentes

1105. La tierra de las cosas perdidas
John Connolly

1106. Primer amor
Banana Yoshimoto

1107. Eileen
Miquel Berga